晚清民国
“吃人”叙事小说研究

王海泉　著

河北大学出版社
·保定·

出 版 人：朱文富
责任编辑：田　阳
装帧设计：王占梅
责任校对：苏安邦
责任印制：常　凯

图书在版编目（CIP）数据

晚清民国“吃人”叙事小说研究 / 王海泉著. -- 保定：河北大学出版社，2023.6
ISBN 978-7-5666-2207-5

Ⅰ. ①晚… Ⅱ. ①王… Ⅲ. ①小说研究－中国－近代 Ⅳ. ①I207.42

中国国家版本馆CIP数据核字(2023)第094772号

出版发行：河北大学出版社
地址：河北省保定市七一东路2666号　邮编：071000
电话：0312-5073003　0312-5073029
网址：www.hbdxcbs.com
邮箱：hbdxcbs818@163.com
经　　销：全国新华书店
印　　刷：保定市北方胶印有限公司
幅面尺寸：170 mm × 240 mm
字　　数：236 千字
印　　张：18.25
版　　次：2023 年 6 月第 1 版
印　　次：2023 年 6 月第 1 次印刷
书　　号：ISBN 978-7-5666-2207-5
定　　价：76.00 元

如发现印装质量问题，影响阅读，请与本社联系。
电话：0312-5073023

序

海泉的新著《晚清民国“吃人”叙事小说研究》即将付梓，嘱我写几句话，算是序言。一般说来，为人作序，一要凸显作者的学识个性；二要提炼作品的精髓亮点；三要对作品做出较为公正恰当的评价。总之，就是要在最短的篇幅用最平实的语言把作者其人和作品其意介绍给读者。这事说起来容易，做起来却是很难的。所以多年来对作序尤其是给自己学生的书作序，总是能推就推。一则自知学浅才疏，难以胜任；二则也是避忌蒙“王婆卖瓜”之嫌。这次海泉告诉我书已在出版社预备印刷，急等序言，且明确表示这个序言非我不可。想我与海泉，虽名曰师生，实则好友，所以只能硬着头皮写几句了。

这部书稿实则来源于海泉的博士学位论文《中国近现代文学“吃人”叙事研究》，在出版的过程中进行了一些小的修改与调整。海泉可以说是名副其实的“河大学子”，在多年的交往中，他给我的印象是，既有燕赵男儿豪爽、义气、粗犷的个性，又有诗人细腻的情感、敏锐的哲思和学者的坚实与严谨。他于 1995 年考入河北大学中文系，毕业后到河北电视台工作，后又回校攻读文艺学专业硕士。就在海泉考入河北大学的当年，我离开保定到北京师范大学去攻读博士学位，所以，虽然多年来海泉都对我以师视之，但本科和研究生时期我都没有正式给他上过课。不过，这期间我与海泉的交往还是蛮多的，因为他不嫌弃我不谙世事的痴愚，我也喜欢他刚正、热情、豪爽及对文学的那份执着的深爱与坚守。每次他回母校，只要有机会必找我聊天。他在自己工作岗位上做得很是出色，二十几年来工作岗位虽在不断地调整变化，但我感觉他挚爱文学的那份热情与初心一直没有改变。海泉在电视台工作，接触三教九流，阅世颇广。每次见面聊的话题很多，但最核心而开心的话题必是文学。海泉很健谈，目光炯炯，一口带有唐山味的普通话，声音洪亮，慷慨激昂，活力四射。聊李林甫、聊鱼玄机、聊薛涛……对唐诗宋词他能信手拈来，朗声吟诵。聊到得意处常常发出很有穿透力的响亮的笑声。海泉就是这样，真诚、简单，毫无伪饰。听他的老同学聊起他的过往，有两件事让我印象深刻。一件是大学时期替同学“顶包”。当时，他和一名同学一起勤工俭学，给留学生当汉语老师。第一次进入留学生公寓时，受到相关人员的拦阻，理由是留学生公寓中国学生不得入内。与他一起的同学可能由此联想到新中国成立前上海某公园写的“华人与狗不准入内”的告示，一时气冲牛斗，一拳就把拦阻者打倒在地。之后相关部门追查此事，当时作为学生干部的海泉，把所有的事儿都揽在自己身上。还有一事，就是海泉在一次参加文化沙龙聚会的时候，一位社会名流在那儿大谈鱼玄机。海泉听其对鱼诗的解释凿枘不合，于是当场质疑该学者到底有没有读过鱼诗，令对方很是难堪。海泉则全然不顾对方是一方名流、这样做会有什么后果、会不会影响自己前途，等等。从这两件海泉同学们口口相传的小“逸闻”中，可印证海泉个性中具有担当责任的义气、直面人生的豪气与勇于揭破一切虚伪与矫饰假面的正气。在如今这个日益商业化与世俗化的社会，海泉能够葆有这份真率性情，秉有其赤子之心，敢爱也敢恨，这是很难得的。

豪爽、义气、粗犷是海泉为人处世的一面，而丰富细腻的情感、灵动敏锐的哲思则是他诗性的一面。大概六七年前，海泉交给我一部诗稿让我看，并希望我给写个小序。当时我想象他的诗应该是近乎持铜琶铁板唱“大江东去”“大风起兮云飞扬”“飞流直下三千尺”这类豪放风格的。可是当翻阅了《自我与本我的对话》那部厚厚的诗稿后，原来的预想被完全颠覆了。集里所收录的近 200 首诗，或长或短，或咏物或抒情或言志，均没有技巧的炫耀和卖弄，而是细腻的情感的波痕、柔软的心灵的震颤与睿敏的思想的闪光。其中有回忆，有乡愁，有怀人，更多的是作为一个生活的亲历者记录着人生脚步飘过的声音，作为生活者对自我人生和存在的思考与审视。诗作往往抓取生活中某个瞬间的所见、所闻、所想并升华成诗。如：“年轻时　从不相信自己会死/老了　却总想着怎么才能多活几年//也许就是光阴　刻在/我们身上的故事”（《光阴的故事》）；“我的窗前，有一棵黑暗的树/雪花飘落在她的头顶/在夜里闪闪发光　就如同/我那发光的白发//雪夜里　时间却不曾发出一点光亮/它肃肃而行　庄严地穿过我们的身体/雪夜里　那一棵黑暗的树/也许正是被我隐蔽的/我自己//在这黑暗的雪夜/有多少孤独　便有多少寒夜”（《我的窗前，有一棵黑暗的树》）；“翟营南大街上，一个汽修厂/几个工人刚刚结束了上午的工作/聚在门口，一起吸着烟/高声讨论着，一会儿去哪儿喝点啤酒/同时，用眼角的余光打量着　来来往往的姑娘//你看，幸福本来就是这么简单/复杂的人儿，却再也找寻不见……”（《4 月 2 日的中午》）。他的诗作在率真自然、太朴不雕的描述中却内蕴着情感的波动与对人生的思考。正是这部诗稿，使我认识到海泉作为诗人丰富而细腻的情感与敏锐而灵动的哲思。

2018 年，海泉考取河北大学中国现当代文学专业博士研究生，再次步入河大校园学习、生活。具有诗人气质而又在社会上闯荡多年的海泉很快就适应了紧张而又程式化的学习、生活，上课认真听讲，讨论积极发言，虚心向各位专业老师请教，热心与同学们交流，不折不扣地读完任课老师指定或推荐的阅读书目并写出读书报告或课程论文。很快到了学位论文的开题阶段，因他多年从事新闻传播工作，从平时聊天中又知道他对梁启超和清末的“小说界革命”了解较多，所以我建议他考虑从近现代小说的传播与转型方面选题。由是，当时海泉狠看了一阵梁启超、李伯元、吴沃尧、黄摩西的作品以及王德威和陈平原等学者的相关著述，后来他对我说陈平原先生把问题都说透了，他是无法超越的——所以他放弃了这个选题。最终，他自己选择了《中国近现代文学“吃人”叙事研究》这个题目并提交了开题报告。对此，一开始我是有些疑虑的，因为虽然鲁迅的《狂人日记》这篇典型的“吃人”叙事小说作为现代新小说的奠基性作品，影响很大，并且此后从封建礼教吃人这一主题衍生出的作品很多，但真正作为“吃人”叙事的小说文本，在近现代文学中却很少。清末只有康有为弟子韩文举发表在《新民丛报》上的一篇《人肉楼》，而且篇幅极短，只有一千多字。此后在整个“中国现代文学三十年”中，除《狂人日记》外，明显作为“吃人”叙事的小说文本则只还有 1928 年汪静之发表在《小说月报》上的一个短篇《人肉》。我虽然因“吃人”叙事的小说文本少而对海泉掌握的资料能否支撑起一篇博士论文有些担心，但看他写的开题报告却觉得架构完整，思路清晰且富有新意。于是抱着做着看的心理让他去写。不像一些学生，论文写一章甚至一节就发过来让导师给指导，海泉开始论文写作后却联系少了。此后新冠疫情打破了人们正常的工作与生活秩序，在核酸检测、封楼、封小区、封校的紧张防疫中不知不觉一年过去了。海泉的论文写得怎样了？用不用换选题？正当我有点着急的时候，他趁一个疫情缓和的空当把打印好的一本论文初稿给我送了过来。我通读了他的论文之后，一颗悬着的心放了下来。海泉基本上按照开题报告设想的思路完成了预定的目标。于是，在让他从章节上和个别具体表述上做了一些调整和修改后，即申请学校送教育部研究生学位论文送审平台去参加评审。不久，反馈回五个匿名评审专家对海泉论文的肯定意见，其中不乏“选题非常新颖”“研究视角独特”“研究思路宏阔”“史料功夫很深”“工作量很饱满”之类的溢美之词。海泉坚实的努力和严谨的研究终于获得了收获与认可。

其实，海泉这篇博士学位论文真正的学术价值在于其在中国近现代文学研究中，第一次建构起一个完整的“吃人”叙事研究的体系框架。以往研究者的“吃人”叙事研究，多是对某篇作品从某个侧面进行研究。如对《狂人日记》的研究，多聚焦在封建礼教“吃人”的启蒙主题之上，而不大关注作品与其他“吃人”叙事作品以及与历史学、社会学、人类学中的“吃人”研究之间的关联。也就是说，孤立地看某篇“吃人”叙事作品会限制人们对作品的意义进行多侧面的深入认识、理解与生发。如就韩文举的《人肉楼》来说，孤立地看，这只是一篇以“人肉楼”暗示清政府统治下的中国，以坐在“人肉楼”上专门“吃人”的老妪和少年暗指慈禧和光绪，以“扪焦人”占领“须陀国”并专食“须陀人”意指满人对汉人的侵略和残杀的宣传反清革命的影射故事。加之作品发表时的题目为《虞初新语·人肉楼》，很容易让人们当作类似于《周语》《山海经》《世说新语》之类的逸闻趣事，所以长期以来并未得到应有的关注。但如果把《人肉楼》放到“吃人”叙事的发展链条和研究体系中来考察，那么，这篇小说在研究体系中的作用与意义就被激活生发出来了。其就不再是一个简单的影射故事，而是具有了“礼教吃人”批判的先声、中国近现代“吃人”叙事现象的开端的体系性意义。其“吃人”的描写也从影射清政府对汉人的残酷统治与虐杀，进一步升级到对数千年来“人吃人”历史的揭示的思想与精神的层面。

汪静之的《人肉》也是这样，孤立地看，《人肉》是批判礼教“吃人”与战乱造成以人为食的两种主题的叠加。作品通过乡绅汪举人表里不一的言行揭示了封建礼教的虚伪与“吃人”的本质。汪举人自我标榜“以道德为帽，以礼教为鞋，以天理为马褂，以良心为长袍”，实际上却满肚子男盗女娼残忍至极。他以为双亲报仇的名义组织乡民抵抗“长毛”，可真实的动因却是因“长毛”掳走了他的爱妾。在为躲避“长毛”睡在草舍中一家只有一条棉被的情况下，太太提出和他睡一头，中间隔着睡在另一头的儿媳，媳妇的脚在中间将两人隔开。汪举人以有乱伦之嫌加以拒绝。他要太太睡在中间，做他和儿媳之间的墙壁。但睡下之后，一阵妇人头发上的气味却使汪举人浮想联翩：“这发髻的主人到底是谁呢？三舅娘吗？已经老了……大表妹么？可惜是麻子。内侄女么？脸儿太黑。妹夫的妹子吗？真是俏皮！但愿这个发髻的主人便是妹夫的妹子。他想着他的两个儿子都在去年‘长毛’来时失踪了，等太平的时候，可以后嗣为由把妹夫的妹子娶了过来……假使不在逃难的时候，有这样的艳遇那便不管三七廿一……”。在被“长毛”追到山顶的紧急时分，举人对太太和儿媳说“与其被他们掳去侮辱，不如便在这里滚下去自尽”。正当太太要纵身跳崖时，他却不忘拦住太太让她把衣袋里的珍珠留给他。太太跳崖之后，他残忍地将不愿自尽的儿媳推下悬崖。这些细节描写虽然很鲜活，但其对封建礼教虚伪与“吃人”的本质的批判与揭露并没有超越五四时期的鲁迅。况且，在汪举人身上，依稀有着鲁迅笔下赵太爷的身影，而汪举人睡觉时的浮想联翩，也很容易让人想到阿 Q 对革命情境的想象：“赵司晨的妹子真丑。邹七嫂的女儿过几年再说。假洋鬼子的老婆会和没有辫子的男人睡觉，吓，不是好东西！秀才的老婆是眼泡上有疤的。……吴妈长久不见了，不知道在那里，——可惜脚太大。”而该小说描写战乱造成民不聊生、以人相食的社会批判内容，显然也被当时反映阶级反抗斗争的革命文学所淹没。这可能是《人肉》多年来被冷落的主要原因。

但与《人肉楼》一样，如果把《人肉》放到“吃人”叙事的发展链条和研究体系中，那么，这篇小说在这一研究体系中就具有了新的定位与新的意义。正像海泉在论文中所总结的：“对于‘吃人’叙事现象来讲，如果说最早出现的‘吃人’小说《人肉楼》是一种政治寓言，《狂人日记》是以文化批判为内核的隐喻话语，那么《人肉》则是直面人性的描写。‘狂人’疯狂的行为和呐喊是为了启蒙中国固有文明对于人的遮蔽，从而实现人的觉醒；汪举人的兽性则揭露了人性的黑暗，一旦爆发甚至会超越魔鬼。所以……‘吃人’叙事的隐喻性在这些小说作品中得到进一步的延展，使‘吃人’的内涵前进到更高的维度之上。”而正是在这个“更高的维度之上”，《人肉》在“吃人”叙事的发展链条上具有了反思启蒙的意义。正像海泉在论文中所分析的：“按照小说中社会底层人物的逻辑，吃人的唯一目的就是为了充饥和活下去，没有什么道理可讲。然而越是没有什么道理可讲，便越会体现人性的黑暗。人性消失了，取而代之的是兽性的张扬，在这种兽性的张扬之下，‘吃人’叙事的内涵得到继续延展——多年启蒙与解蔽的效果何在？人性觉醒是否会带来黑暗的觉醒和兽性的回归?”这就是《人肉楼》和《人肉》被放到“吃人”叙事的研究体系后所生发的新的内容与新的意义。其他的作品，也应作如是观。这正是海泉这篇博士学位论文所建构的“吃人”叙事研究体系的学术价值与理论意义。

以上着重谈的是海泉论文“吃人”叙事研究体系建构的价值与意义。下面简要谈几句这篇论文在写作上给我留下的突出印象，或说是特点或优长吧。感觉海泉这篇论文在写作上做到了视野宏阔，史料坚实。论文把“吃人”叙事这一文学现象置于从晚清到民国这一宏观的历史文化背景下，从文学的转型、社会历史的变迁、政治革命的风暴等多个维度考察论述“吃人”叙事的生成、发展、成熟与演变，不仅横向勾连了中西文学的“吃人”叙事，而且从纵向回溯中国历史上有关“吃人”的记载，在充分占有资料并对其进行多学科、多方位的综合分析的基础上，建立起完整的“吃人”叙事的体系框架。可以说，其研究虽聚焦于“吃人”叙事一点，但研究的视野宽，涉猎的范围和材料广，开掘的题意深。

以上拉杂地谈了一点对海泉和他的博士学位论文的印象和感受，聊表对海泉新书出版的祝贺与喜悦之情。

是为序。

田建民

2023 年 7 月 28 日

目　录

绪　论

“吃人”，作为真实发生过的历史事件或者现象，在中外文献中多有记载。美国当代人类学家佩吉·里夫斯·桑迪（Peggy Reeves Sanday）在他的著作《神圣的饥饿：作为文化系统的食人俗》中，对均匀分布在“从事跨文化研究的人类学家所界定的6个主要世界区域内”的156个社会标本进行了考察——这些标本还表现了“政治复杂性程度和生存技术类型上的多样化”。在这156个标本中，“109个标本所产生的信息足以能够判断食人俗是否可以分为存在和不存在两种情况。其中有约三分之一（34%）的社会标本所产生的信息表明食人俗是存在的。对食人俗的描述有以下几种资料来源：对看到过当地食人行径的有关人士的造访、教牧传道人员所留下的目击报告、部落世代因袭的资料及旅行者的记录”①。在我国的历史文献中，对“吃人”事件记载较多。“‘食人’言说的中国传统资源相当丰富，正史、野史、笔记、说部中均有不少记载，后三者尤甚。”② 纵观我国古代历史文献中关于“吃人”的记载和描述，不难发现在大多数时候记载和描述这些事件的目的可

---

① ［美］佩吉·里夫斯·桑迪：《神圣的饥饿：作为文化系统的食人俗》，郑元者译，中央编译出版社，2004。

② 付建舟：《进化论传播脉络与近代中国的“食人”言说》，《学术月刊》，2019年3月第51卷。

以分为三类：一是记载历史事件，二是对远方民族的蛮夷想象，三是满足时人的猎奇心理。从19世纪末开始，随着清末民初思想启蒙和文学革命的到来，在中国小说的现代转型过程中，这些事件、故事和传说中的“吃人”，逐渐转化为小说主题和“吃人”叙事现象。本书研究范围所覆盖的“吃人”叙事小说，即是指在晚清民国出现的，以真实的“吃人”和隐喻性“吃人”为主要内容的小说作品。在这些作品中，小说家通过对历史中所谓“吃人”事件的凝练、总结，最终形成一个用来进行历史和文化批判的经典文学意象①和叙事母题，一个“由历史经验事件演化而来的文化政治问题”②，一个被反复言说“理解中国文学现代性的核心命题”③。

对于本书研究所涉“吃人”叙事文本所涵盖的时间范围，大致在1840年第一次鸦片战争之后到1949年新中国成立之前，这个时间区间既覆盖了鸦片战争到五四运动之间的所谓“近代文学”，也覆盖了1919年至1949年的“现代文学”。为了有助于体现这一叙事现象的演变过程并明确时间概念，所以将这一时间内的中国文学统称为“中国近现代文学”。另一个在本书中会频繁使用的时间概念是“清末民初”。按照历史学分期，“清末”指的是从光绪二十六年，即1900年签订《辛丑条约》开始，到宣统三年十二月二十五日，即1912年2月12日宣统皇帝退位为止；“民初”是指从民国元年即1912年1月1日开始，到1919年五四运动爆发为止。虽然“吃人”叙事小说的史前史需要追溯到鸦片战争之后，但“吃人”叙事现象的发展、演变以及形成的主要过程

---

① 朱军：《“吃人”叙事与中国文学现代性的开端——从〈人肉楼〉到〈狂人日记〉》，《中国现代文学研究丛刊》2015年第10期。

② 吴义勤、王金胜：《“吃人”叙事的历史变形记——从〈狂人日记〉到〈酒国〉》，《文艺研究》2014年第4期。

③ 朱军：《“吃人”叙事与中国文学现代性的开端——从〈人肉楼〉到〈狂人日记〉》，《中国现代文学研究丛刊》2015年第10期。

却集中在1900年到1919年，故笔者将用“清末民初”指代这一历史时期。本书所涉及“吃人”叙事文本共有五种：一是鸦片战争后进入中国的西方有关“食人”“食人族”的传说和相关记载；二是清末民初翻译小说中的“吃人”叙事；三是以真实性“吃人”或“吃人肉”为主要内容的故事和小说；四是以隐喻性“吃人”为主要内容的小说；五是与“吃人”有关的非故事类文学文本。对于第二种文本，笔者有必要做一个简单的说明，即对清末民初的翻译小说是否属于中国近现代文学的范畴，在学术界有一些不同意见。笔者认为，按照比较文学变异学的“他国化”理论，即“一国文学在流传到他国，由于文化观念、历史传统、民族心理等异质性因素，在通过译介、过滤、接受和阐发之后，发生了深层次的变异，即传播国文学本身的文化规则和文学话语根本上被接受国所同化，从而成为他国文化和文学的一部分”①。在本书所涉及的翻译小说中，翻译家结合本国读者的接受习惯与思想启蒙的需求对原著进行了归化，从而完成了作品的主题建构。故笔者认为，可以将这些翻译小说看作清末民初“吃人”叙事现象的重要组成部分。

中国文学史上关于“吃人”叙事的研究，始于《狂人日记》的发表。在这之前，虽然有关于“吃人”历史事件的记载和韩文举短篇小说《虞初今语·人肉楼》（以下简称《人肉楼》）及翻译小说《食人会》《食人国》等文学作品的出现，但并未引起学术界的注意。《狂人日记》发表之后，对其的解读、研究逐渐多了起来，同时带动了对于“吃人”叙事以及“吃人”母题的研究，特别是进入20世纪90年代以后，相关研究愈发多了起来。1996年，王乾坤先生发表了论文《关于“吃人”》，他认为“‘简单地’理解鲁迅的‘吃人’概念不仅是一个普遍性的现象而且是一个从来就存在过的问题……把‘吃人’仅仅理解

① 曹顺庆、罗富明：《变异学视野下比较文学的反思拓展》，《中外文化与文论》2011年第1期。

为上层人对下层人，或礼教对妇女、对臣民、对幼者的生存权利的剥夺，甚至仅仅理解为对被压迫者生命存在的肆虐与杀戮，却并不鲜见于书刊。这就有意无意地把鲁迅的‘吃人’概念降到了十八世纪戴震所谓‘以理杀人’的水平”。“鲁迅所说的‘吃人’，虽然包涵了‘以理杀人’的内容，但由于他对人解放的理解已经超越了对生命和‘人欲’的朴素同情，因而他所抨击对象已不只是含混的‘灭人欲’问题，而主要是在现代个性自由与发展意义上立论的。”① 王乾坤先生以鲁迅的“立人思想”为原点，认为“吃人”所指涉的是对人的个体精神自由的否定，是对人生存发展的贬低、抑制和摧残。自己被人吃、同时也吃人，不仅自己的精神自由与生存发展受到贬抑，同时摧残了他人的自由与发展。1999 年 9 月，山东画报出版社将钱理群先生 1997 年在北京大学中文系“周氏兄弟思想研究”专题课上的演讲结集出版，名为《话说周氏兄弟——北大演讲录》，其中有一部分涉及“国民性改造思想”的内容。有意思的是，钱先生正是从鲁迅“国民性改造”思想出发，提出“‘吃人（食人）’这个概念在鲁迅、周作人关于改造国民性的思想体系里面具有双重意义”，但是一些研究者通常“比较注意的是把‘吃人’看成一种象征”。1999 年，李书生对“吃人”意象的内涵有了一个新的看法，他认为这是具有“开放性和非确定性”的，各种单一的定论都不能体现其内涵的丰富性，“只有从不同视角和层面综合考察‘吃人’意象的显性表现和隐性特质，才能切入到其内涵的本质。‘吃人’的内涵应是一个大的范畴。历史意识形态的荒谬，现实生存环境的虚妄，人性的丑恶和异化，导致各范畴内在因素的变形和扭曲，并外化为不同的表现形态”②。此论虽然暗合王乾坤、钱理群两位先生

---

① 王乾坤：《关于“吃人”》，《鲁迅研究月刊》1996 年第 2 期。

② 李书生：《戳穿“瞒与骗”的世界——狂人形象、“吃人”意象的再审视》，《山东师大学报（社会科学版）》1999 年第 2 期。

的观点，但李书生并没有顺着这个方向延展和论述，而是把重心放在“吃人”叙事如何“揭穿这个充满‘瞒与骗’的‘吃人’世界的丑恶面”之上，不能不说略有几分遗憾。在 2001 年和 2002 年，有两篇专门研究“吃人”意象的论文值得重视，一篇是《论“吃人”意象的象征意义》，另一篇是《百年苦旅：“吃人”意象的精神对应——鲁迅〈狂人日记〉和莫言〈酒国〉之比较》。前者认为，“吃人”意象是一个“个人象征”，而“‘礼教吃人’，其实是指中国的封建文化在对中国人进行文化整合过程中，消解了人性而张扬了兽性，从而形成了典型的民族文化心态：‘狮子似的凶心，兔子的怯弱，狐狸的狡猾’，这便是‘家族制度和礼教的弊害’所在”①；而张磊在《百年苦旅：“吃人”意象的精神对应——鲁迅〈狂人日记〉和莫言〈酒国〉之比较》中认为，“吃人”意象实质上是“以反思和改造的方式进行”的一种现代性思考，“‘反思’是对历史和现状的反思，‘改造’是对历史和现状的改造”②。

在以往的研究中还有一种现象，就是常常有学者将“吃人”叙事纳入“疾病”叙事、“疯癫”叙事、“癫狂”叙事等叙事类型的研究中，这也恰恰说明了“吃人”叙事的母题性质。德国学者弗兰采尔认为，母题“是较小的主题性的（题材性的）单元，它还未能形成一个完整的情节或故事线索，但它本身却构成了属于内容和形式的成分”③。基于母题的这种性质，“吃人”叙事作为故事的基本元素和类型，衍生出了不同的叙事形式。1998 年，施军在其论文《鲁迅小说中死亡母题解读》中认为，在鲁迅小说集《呐喊》《彷徨》中，有一半以上篇章直接

① 余连祥：《论“吃人”意象的象征意义》，浙江学刊 2001 年第 5 期。

② 张磊：《百年苦旅：“吃人”意象的精神对应——鲁迅〈狂人日记〉和莫言〈酒国〉之比较》，《鲁迅研究月刊》2002 年第 5 期。

③ ［美］乌尔利希·韦斯坦因：《比较文学与文学理论》，刘象愚译，辽宁人民出版社，1987，第 136 页。

或间接地涉及了死亡。“死亡”是旧中国人民生活命运的缩影，是“被吃者”命运的隐喻符号，是作者在“情节、结构上的一次反传统开拓性突破”①。施军认为“吃人”叙事是“死亡”母题的一个类型，认为“‘吃人’是对中国几千年封建社会性质的概括，是对中国几千年封建社会历史的总结……是鲁迅通过深深思索得出的结论。同时在创作上鲁迅做出了一个有选择的开端，这就是苦心营造的‘人吃人’的主题和人物死亡的情节模式”②。此论将“吃人”叙事融入死亡主题，虽指出了“吃人”的性质和开创性，但对其认识却只停留在了制度“吃人”、礼教“吃人”的层面。进入21世纪以来，一些年轻学者也对“吃人”叙事和母题性有比较高的关注，比如来自吉林大学的裴铮博士就把“吃人”言说纳入“痴狂叙事”之中，认为《狂人日记》是中国文学“痴狂”叙事的缘起，从而叩开“现代中国小说大门”③。华东师范大学博士李音在其博士论文《晚清至五四：文学中的疾病言说》中，详细论述了清末民初文学作品中大量存在的“疾病”隐喻，在谈到“吃人”问题时说道：“尽管鲁迅的‘吃人’的叙述确实是建立在读史的基础上，但是文学作品却在相当的程度上转换为隐喻的表达。相应地，读者的有效解读必然也是以接受隐喻方式为契约的。‘吃人’在这里已经远远超出吴虞所列举的礼教和家族制度方面的历史丑恶，而成为一种意象，一种对中国封建文化的抽象的整体性的批判”④。2018年，在东华理工大学硕士论文《鲁迅与沈从文“疯癫”“痴傻”书写研究》中，作者提到“‘吃人’在一般人的眼里，是一个具体的行为事实”，但在《狂人日记》中，“吃人”却是一个极具象征意味的意象，“在狂人对‘吃人’的社会本质的揭示之下，‘吃人’也是极具象征意味的反

① 施军：《鲁迅小说中死亡母题解读》，《徐州师范大学学报（哲社版）》1998年第2期。

② 施军：《鲁迅小说中死亡母题解读》，《徐州师范大学学报（哲社版）》1998年第2期。

③ 裴铮：《痴狂叙事与现代中国小说》，博士学位论文，吉林大学，2018。

④ 宫爱玲：《现代中国文学疾病叙事研究》，博士学位论文，山东师范大学，2007。

文化的英雄”。作者认为，鲁迅通过塑造疯癫的狂人以及“吃人”等象征意象，呈现出具有隐喻、象征意味的多维话语空间，构建了具有现代意识的“民族寓言”。“在反映觉醒者痛苦地挣扎的同时，也寓意中国整体文化结构的颓废和衰落，展露出颇为深意的国民性批判，其寓言式叙事风格源于对中国现实状况的整体把握，是站在宏大的民族角度关于中国革命具体开展的一种存在状态的写照。”① 华侨大学的谢琼在其硕士论文《绝望与反抗：中国现代文学“疯癫”现象分析》中论及《狂人日记》“吃人”叙事时认为：“‘吃人’与‘被吃’，一语中的道出了以封建专制体制和儒家伦理道德为核心的封建文化的本质。”狂人的“身上有着充分而合理的理性色彩，围绕着吃人这一命题，从社会、历史到家族，一层层地剥开了传统礼教冠冕堂皇的外衣，露出了其疯癫变态的面目”，狂人本就是“一个历史本质的洞彻者，也是一个个体命运的悲剧者”。② 季雅瑄在其论文《〈狂人日记〉与中国现代小说叙事中的吃人言说》中，通过对鲁迅《狂人日记》、陈映真的《乡村教师》和莫言的《酒国》等三篇作品的研究，探索了现当代文学中“吃人”叙事的变化。该文认为，“当代文学前三十年，‘吃人’几乎成为对旧社会、旧中国的本质性指认，知识分子借‘吃人’表达封建礼教的危害。20世纪五六十年代，文学作品中的‘求生性食人’几乎是在以最残酷直白的方式促使人反思战争的危害，反思‘大跃进’的种种弊端，并从中总结经验教训”，到了20世纪80年代，“吃人”叙事则转换为“启蒙理想的审视和启蒙精英形象的反思”，“这些‘吃人’的背后，是反思，是批判，是对建立更完善的社会秩序的期待”。③ 此论对于现当代文学中“吃人”叙事的内涵变化予以了关注，但对于“吃人”

---

① 杨熔：《鲁迅与沈从文“疯癫”“痴傻”书写研究》，硕士学位论文，华东理工大学，2018。

② 谢琼：《绝望与反抗：中国现代文学“疯癫”现象分析》，硕士学位论文，华侨大学，2013。

③ 季雅瑄：《〈狂人日记〉与中国现代小说叙事中的吃人言说》，《牡丹》2018年5月。

叙事转变的内在动力以及对清末民初中国文学现代化的影响等方面的问题并未深入探讨。以上这种将“吃人”母题纳入某一种叙事类型的研究还有一些成果，但其立论基本大同小异，这里就不再一一赘述了。

2014年到2019年，有几篇直接以“吃人”叙事为研究对象的论文颇值得重视。首先是吴义勤、王金胜的《“吃人”叙事的历史变形记——从〈狂人日记〉到〈酒国〉》。此文认为“吃人”由一个经验性历史事实成为一个文化政治问题，是中国现代性的重要表征。鲁迅《狂人日记》的巨大贡献在于，它将“吃人”的观念化表达熔铸为一个重要的文学命题，并形成了对中国历史与文化的经典性现代认知。① 其次是王学谦、汪大贺的《“吃人”悲剧的当代叙事——李佩甫〈送你一朵苦楝花〉与鲁迅〈狂人日记〉的精神联系》。两位学者认为《狂人日记》和《送你一朵苦楝花》两部作品中，都以“‘吃人’象征以儒家文化为核心的传统文化对人的摧残、戕害，都是以悲剧的形式叙述人性自由、个性解放的‘五四’新文化运动的启蒙母题”，所以“吃人”叙事是一种“启蒙性思想，同时又都不拘泥于启蒙，都涉及人的存在的悲剧性质，都显示出以悲剧眼光看世界的悲剧审美精神，在叙述上都有强烈的主观性、抒情性和象征性”。② 再次是朱军的《“吃人”叙事与中国文学现代性的开端：从〈人肉楼〉到〈狂人日记〉》。他认为“吃人”叙事是理解中国文学现代性的核心命题，全面深刻理解这一命题，需要把握晚清文学到“五四”文学的演进脉络。他通过比较康有为弟子韩文举的短篇小说《人肉楼》和鲁迅《狂人日记》中的吃人叙事，认为《人肉楼》所描述的“吃人”既是清代满族对汉族残酷统治的写照，更是对数千年来统治者“人吃人”历史的揭发。“基于‘吃人’主

---

① 吴义勤、王金胜：《“吃人”叙事的历史变形记——从〈狂人日记〉到〈酒国〉》，《文艺研究》2014年第4期。

② 王学谦、汪大贺：《“吃人”悲剧的当代叙事——李佩甫〈送你一朵苦楝花〉与鲁迅〈狂人日记〉的精神联系》，《学术交流》2014年第9期。

题的对读可见，儒学‘人禽之辨’的晚清转化与‘第三世界文学’的身份焦虑纠结碰撞，制造了现代文学‘吃人’叙事的开端。”而《狂人日记》的出现使“吃人”叙事指向了“绝对理性的批判”，形成了“中国近代‘吃人’叙事演化的逻辑链条”，从而成为中国现代文学的开端。[①] 最后是曹禧修在2019年发表的论文《论鲁迅叙事系统的价值基点》。他认为“‘吃人’的文化命题可谓既狠又准，一语中的，点进了中国文化问题的死穴”，而对“吃人”的解读不能“只局限在‘家族制度和礼教’等有限范围”，而支撑“吃人”命题以及鲁迅叙事系统的有力支点，就是鲁迅“个”的思想。[②] 以上四篇论文在对“吃人”叙事的研究中，都意识到了三个关键问题：一是“吃人”从作为历史事件到成为一个文化政治问题的转变；二是“吃人”内涵从对传统文化和礼教摧残人性的象征到启蒙思想的转变；三是“吃人”叙事在《狂人日记》之后成为一个小说叙事类型并指向了绝对理性批判。比较遗憾的是，以上各位学者中，除了耿传明、朱军、付建舟三位之外，几乎均未将清末“政治小说”开端之作《人肉楼》以及陈景韩的翻译小说《食人会》、河北觉生翻译的冒险小说《食人国》、鲁迅的译作《食人人种的话》、汪静之的小说《人肉》等作品，包括后来出现的大量以隐喻性“吃人”为内容的小说纳入自己的研究视域。对于“吃人”叙事的研究也只停留在相对浅表的层面，并未对“吃人”叙事现象进行系统的研究，对其发展脉络、形成原因、精神向度、主题建构、现代转换等方面并无涉及。

“吃人”叙事在中国近现代小说史中属于一个比较特殊的文学现象，其特殊性主要表现在三个方面：一是虽然“吃人”文本存在的时

---

① 参见朱军：《“吃人”叙事与中国文学现代性的开端——从〈人肉楼〉到〈狂人日记〉》，《中国现代文学丛刊》2015年第10期。

② 参见曹禧修：《论鲁迅叙事系统的价值基点》，《中国现代文学研究丛刊》2019年第9期。

间跨度相对较大，但“吃人”叙事的发端与形成，却主要集中在从辛亥革命之后到革命文学兴起之间的二十多年时间里，这期间明确以“吃人”——包括真实性“吃人”和隐喻性“吃人”——为主要内容的本土小说与翻译小说约有十四部，分别是韩文举的《人肉楼》，陈景韩的翻译小说《食人会》，河北觉生翻译的冒险小说《食人国》，鲁迅的《狂人日记》《食人人种的话》《孔乙己》《药》《阿Q正传》《祝福》以及汪静之的《人肉》《翠英及其夫的故事》《父与女》《耶稣的吩咐》《北佬儿》等。二是在产生于1902年到1928年的这十四部小说中，不乏非常重要的作品。这些作品横跨了清末民初两次文学革命和思想启蒙运动，对中国文学的现代化具有重要意义。三是1930年之后，中国文学史上出现了更多以隐喻性“吃人”为内容的小说和话剧，如巴金的《家》、老舍的《月牙儿》、曹禺的《雷雨》、萧红的《生死场》与《呼兰河传》、张爱玲的《金锁记》，等等，进一步拓展了“吃人”叙事的外延。

在对“吃人”叙事的研究中，学术界存在着三个主要倾向。一是对《狂人日记》的研究遮蔽了对其他“吃人”叙事小说的研究。大多数学者热衷于研究《狂人日记》，研究的角度、向度、深度、广度以及相关结论可以说是百花齐放、百家争鸣。这本身无可厚非——《狂人日记》对于中国现代文学的重要程度决定了这一点——但正因为如此，有关“吃人”叙事的其他作品并未得到足够的重视。即使同样是鲁迅的重要作品，诸如《孔乙己》《药》《阿Q正传》《祝福》以及翻译小说《食人人种的话》等，也没有达到如《狂人日记》那样的受重视程度，其他作家、作品更是自不待言。像陈景韩翻译的《食人会》、河北觉生翻译的《食人国》、汪静之发表于1928年的小说《人肉》等就鲜有学者关注，似乎在一百多年的学术史上没有形成一点儿涟漪。二是大多数研究者将研究重点集中在了两个方面，首先是单个作品主题意蕴、人物形象建构以及作家的艺术表达，诚如陈平原先生所言，“中国小说的现代化似乎成了中国小说主题思想的现代化”①。当然，这类研究也只是针对以《狂人日记》为代表的鲁迅作品，其他几部“吃人”叙事小说连这个层面的研究都谈不上。二是大部分研究集中在这些作品的文学史意义之上，而没有将“吃人”文本看作一种叙事类型或者现象，对于它的创生、形成、演变的脉络和原因，以及所展示的精神向度、作品的主题建构、现代性转换等问题并未予以足够的关注和重视。三是对“吃人”叙事的研究往往停留在文学本身层面，而对这一叙事现象的前文本——近代来自西方的“食人传说”——很少予以关注。学者们对于在“吃人”叙事形成过程中起到重要作用的、关于“吃人”的人类学和社会学研究成果也关注不多，尤其是对明治维新之后日本社会学家、人类学家关于中国人“食人风习”的研究没有予以足够的重视。

结合以上对“吃人”叙事的研究综述，笔者认为在对“吃人”叙事小说的研究中，有以下几个需要解决的问题。一、“吃人”叙事发端于《人肉楼》，形成于《狂人日记》，两部小说分别处于清末民初两次文学革命和思想启蒙运动前端，“吃人”叙事在二者之间存在怎样的演变过程。二、在清末民初产生的“吃人”叙事小说中，那些鲜有学者关注、在学术界没有引起反响的作品，是本身缺乏学术价值，还是在《狂人日记》的遮蔽之下被学术界有意无意地忽视了？它们在“吃人”叙事形成的过程中扮演了什么角色、起到了哪些作用？三、我国古代文献和文学作品中，虽然存在着数量可观的“吃人”事件记载和“吃人”故事，却并未引起历代学者、文学家的重视与研究，到了清末民初才逐渐演化为一种政治寓言和文化言说，这种演化发生的动力是什么？四、在西方和日本，“吃人”叙事并没有最终熔铸成叙事类型或文学现象，更多的研究是在人类学、社会学层面进行的，但这些研究成

① 陈平原：《中国小说叙事模式的转变》，北京大学出版社，2010，第2页。

果为何能够策动中国近现代文学中“吃人”叙事的形成？五、在五四文学革命第一个十年结束、第二个十年开始的1928年，在中国文学创作面临重大转向之际，鲁迅却翻译了法国小说《食人人种的话》，湖畔诗人汪静之创作了《人肉》，其中的原因是什么？笔者认为，以上诸问正是“吃人”叙事小说研究的关键，厘清这些问题也就厘清了中国近现代文学中“吃人”叙事现象的创生、演变以及发展脉络与成因，找到了这一叙事现象对中国文学现代化转换的意义。

尽管有很多学者关注了晚清民国小说中的“吃人”叙事，但学术史上尚未将这类小说所形成的现象总结归纳为“吃人”叙事现象。笔者认为，“吃人”叙事现象的提法对学术研究来讲既具有实质性效果，也有一定创新性意义。具体来说，在三个方面有创新与突破。其一，对“吃人”叙事概念的提出与确认。尽管有关“吃人”事件的记载和“吃人”故事在中国古代文献里数量可观，尽管鸦片战争之后随着西学东渐步伐的加快西方“吃人”传说陆续进入中国并与本土文本发生互动，尽管在清末民初出现了一定数量且极具分量的“吃人”叙事小说，但长久以来却鲜有学者将其作为一种叙事类型或现象加以系统性研究。基于以上因素，“吃人”叙事现象这一概念的提出具有一定的创新意义。其二，将有关“吃人”叙事的作品置于晚清民国宏观政治、文化视野与中国小说现代化转换的视域之下，对其成因、发展、演变等环节做出相应的考察，并对“吃人”叙事小说做出两个向度的研究——经典叙事学的文本研究，以及从后经典叙事学理论出发，对文本所涉及的文化和语境进行的研究——并通过两种研究的结合全面阐述这一叙事现象，不但是对“吃人”叙事在中国近现代文学史上应有地位的肯定，也在一定程度上填补了学术研究的空白。其三，“吃人”叙事现象的提出以及对其演变的研究，是对近现代中国小说研究新视野的尝试性建构。将“吃人”叙事置于20世纪文学史中便可发现，在“吃人”叙事小说文本中，一些作品具有非常重要的学术价值。例如，韩文举的《人肉楼》不但处于现代文学史前史的位置，还被认为是“吃人”叙事小说的滥觞之作和《狂人日记》的先声；陈景韩、河北觉生的翻译小说《食人会》与《食人国》不但为中国近现代小说提供了“他者”标本，同时为“吃人”叙事现象的形成提供了话语资源；处在现代小说起点位置的《狂人日记》，本身就是中国现代文学的标志，更是以独特的格式、深邃的思想、别具一格的魅力吸引了大批五四文学青年，并为他们提供了现代白话小说的范式。通过对“吃人”叙事现象所涉作家、作品之间的内在联系，文本的精神向度与主题建构、现代性转换以及现代化表征等问题的厘清即可发现，“吃人”叙事小说正是中国小说现代化的标志之一。

第一章　“吃人”叙事小说作为一种叙事现象

在中国古代文献和文学作品中，有着数量可观的“吃人”描写，比如在《三国演义》中有刘安杀妻，《水浒传》中有李逵吃了李鬼的肉、打江州割了黄文炳等情节，不过彼时的“吃人”描写，还是指真的吃人——在漫长的中国文学史上，大部分时间里都是如此。到了近代之后，小说文本中的“吃人”逐渐成为一个意象，其内涵也发生了变化，由真实的、物理意义上的吃人，演变为隐喻性的、社会意义上的“吃人”。其中所包含的意蕴也由“吃人肉”逐渐升华为对社会思想、文化的理性批判，对政治的启蒙与人性觉醒的呐喊，“吃人”文本也逐渐成为中国近现代文学史中一种叙事类型和文学现象。

第一节　“吃人”叙事的形成与发展

从时间上看，“吃人”叙事的发展可以概括为四个阶段：一是从1840年鸦片战争爆发到1898年戊戌变法；二是从戊戌变法到1911年辛亥革命爆发；三是从辛亥革命到五四新文学运动第一个十年结束的1928年；四是从1928年到新中国成立。在这四个阶段里，近现代文学中的“吃人”叙事以中国古代“吃人”故事与记载为基础，在西方“进化论”和“吃人”话语资源的影响之下，受到日本关于中国人“食人风习”研究的刺激，在清末民初的社会变革中，被置于民族家国叙事时代主题之下，经历了“小说界革命”和五四文学革命期间的两次突变后最终形成。其发展脉络梳理如下。

一、戊戌变法前，西方“食人”传说进入中国

这一阶段“吃人”文本发展的重要标志是西方“食人”传说的“东渐”。彼时，“食人族”的传说早已在西方不绝于耳，“自哥伦布以降，西方社会想象和描述‘食人族’的文字日益增多。法国学者蒙田、作家凡尔纳，美国政治家杰斐逊和作家麦尔维尔等人都曾在作品中提到过食人族”[①]。正是在这种情况下，西方“食人”传说随着传教士的脚步进入中国。晚清时，由西方传教士主办的《中西见闻录》中所载《岛民陋俗》的故事即属此类：

> 南海地当赤道下，在巴布亚之东南，有数十小岛，名抹兰内细，译言黑人岛也。民俗犷悍，习于争斗，擒人辄食之。近有英人乘船抵其处，登岸游历。遥望山巅高林大树种有巨巢，意为鹏鹤所居，逼视之，皆人巢也，大可容数人，其下亦有房室。黑人昼居于房，夜栖于巢，上下有云梯，以藤为之。登巢则将梯悬巢旁，系框莒数十，盛石累累，皆备以防敌者，嘻！此黑人其殆有巢氏之裔欤。[②]

① 汪汉利：《食人族、修辞与福音书——从海洋文学等看英国社会对南太平洋及加勒比岛屿土著的想象》，《宁波大学学报（人文科学版）》2015年第2期。

② 《中西见闻录》，第18号，1874。

这篇描写英国人发现黑人“食人族”的短文在晚清流传颇广，二十多年后在美国人安纳斯脱·美查创办的《点石斋画报》“文集”中也刊载了一篇类似的故事，名为《野番巢居》①，除了遣词造句略有区别，二者故事梗概几乎一样。在该画报“酉集”里，还刊载过一篇“攫食生人”的故事，篇幅很短，特录如下：

> 美国某帆船由新金山启行，中途忽遭海风，飘荡时，船内共有七十九人，皆惊骇欲绝。俄而漂至一海岛，众方以为绝处逢生，相率跃登彼岸，讵行未数武，瞥见野人无数，欢奔而来。男女皆裸体，惟私处则以鸟毛蔽之，其声呦呦，向人而笑。迨逼近，则以手攫人，前行者被攫，后行者哗然返奔，而山内野人已四出兜截，竟被攫去五十一人，尚余二十八人。奔至船旁，解下三板，驶离该岛。有携手枪者，回向岸上轰击，野人始不敢穷追。及诸人惊魂甫定，遥见野人将所攫去者，或裂而生食，或挂于树上以火炙而后食，凄惨万状，目不忍睹。遂飞驶而逃。遇轮船获救，有知其地者曰：该岛名麻力哥鲁，人迹罕至，野人之以人为食，固也。今客竟得脱离虎口，不亦如天之福乎？②

在《点石斋画报》中，类似的故事还有“信集”中的《野性难驯》、“文集”中的《刀下余生》、“书集”中的《番食倭肉》等。随后，在西人所办刊物带来的“食人”传说影响之下，当时中国的一些报纸、杂志也时常刊载这类故事。由于戊戌变法前的中国社会处在大变革之前的“渐变”过程中，反映到当时的文学变革上，“吃人”文本表现出

① ［清］吴友如主编：《点石斋画报》，武建宇、孙玉敏、陈瑶点校，中国文史出版社，2019，第103页。

② ［清］吴友如主编：《点石斋画报》，武建宇、孙玉敏、陈瑶点校，中国文史出版社，2019，第61页。

的也是一种相对缓慢地变化。在这一时期内，“吃人”叙事虽然尚未形成，但从宏观上看，有三种现象是值得引起注意的。一是“吃人”文本的增加和流传，成为“吃人”叙事形成的量变。对远方民族的蛮夷想象和妖魔化建构的吃人故事为“吃人”叙事的最终形成打下了基础。二是中国近代小说中尚未出现将“吃人”作为描写对象或主要内容的作品。这一阶段陆续出现的“食人”传说、见闻虽然具有一定的文学性，但还不能称其为现代小说。三是学术界尚未注意和关注到对“吃人”的研究。不管是从生物学、进化论、人类学出发，还是从文化、政治的角度出发，均没有学者予以关注。这种状态和 1877 年之后，日本学者积极、深入地研究中国人“食人风习”形成了鲜明的对比。

二、从戊戌变法到辛亥革命，“吃人”文本被纳入民族家国叙事

甲午战争、戊戌变法和庚子国变等一系列事件，让传统中国社会的价值体系土崩瓦解，列强的逼迫、政治的腐败、社会的落后、文化环境的混乱，使“救亡图存”逐渐成了时代主题。彼时，传统中国的“文化绝对基准点”① 逐渐被消解，参照系不复存在，要想建立一个井然有序的新的中国，必然要重建新的基准点与参照系。经过多年救亡图存的挣扎，经历了变革/失败、失败/变革的轮回和摧残，中国知识界完成了从“器变”“制变”到“意变”② 的认知过程。在这个大背景下，“吃人”叙事被纳入民族家国叙事之中，变化的脚步也越来越快。

西方“食人”传说进入中国之后，最初在各类杂志、报纸上偶有呈现，其本质和我国古代文献中关于外族吃人的传说并无区别，都属于对远方民族的“蛮夷想象”。戊戌变法的失败和“小说界革命”的爆

① ［法］伊夫·瓦岱：《文学与现代性》，田庆生译，北京大学出版社，2001，第 26 页。

② 参见梁启超：《五十年中国进化概论》，《饮冰室合集·文集》之三十九，中华书局，1989，第 43—45 页。

发，导致在对西方和日本小说的翻译中出现了值得注意的“吃人”叙事，“吃人”文本与之前相比发生了明显的变化。其中，代表性较强的有译自英国作家丹尼尔·笛福的小说《鲁滨孙飘流记》、译自美国作家马克·吐温的小说《食人会》和译自日本原抱一庵的冒险小说《食人国》，这三部翻译小说被译者寄予了不同的期望。首先到来的是英国作家丹尼尔·笛福写于1719年的《鲁滨孙飘流记》。这本书在中国译本很多，光在1898年到1905年间，就有沈祖芬翻译的《绝岛飘流记》、英国传教士英为霖的粤语译本《辜苏历程》、《大陆报》未署名译本《鲁滨孙飘流记演义》和林纾、曾宗巩译本《鲁滨孙飘流记》。在这部小说中，“一共四次描写了血淋淋的吃人场面，采用文明与落后、先进和愚昧的二元对立模式的斯文来贬低原住民文化”[①]。《鲁滨孙飘流记》的译者——从沈祖芬到林纾——均希望通过该译作鼓励国人学习西方的冒险精神，奋发进取，从而改变民族国家的现状。《食人会》旨在表明在晚清复杂的时局下，政治腐败、社会动荡、列强环伺，吞噬他人的财产、事业、心思才力，这样的事似乎每一天都在发生，这些现象的本质和“吃人”并无区别且亟待拯救。冒险小说《食人国》则以敢于“组织团结，冒危险、赌生命，深入此鬼域”的日本青年对比连遇到一条小蛇都要骇而惊走的中国学生，旨在唤醒沉睡、麻醉的国人。

在这一阶段中还有一部非常值得关注和重视的本土短篇小说，就是韩文举的《人肉楼》。它的主要目的是用发生在广袤无垠的“吃人”场所“人肉楼”中野蛮、残酷的“吃人”行为，影射晚清腐败且残暴的统治，主张用革命的手段推翻异族政权，是当时典型的“革命排满”思想的体现。这一阶段的“吃人”叙事，虽然在文本形态上仍然保持着文言传统，但其自身却有了三个明显的变化：一是在政治启蒙和“小说界革命”影响下，“吃人”叙事被纳入民族家国叙事；二是“吃

---

① 刘小刚：《清末民初翻译文学中的西方形象》，浙江大学出版社，2017，第229—230页。

人”叙事的内涵发生了第一次“突变”——由单纯的蛮夷想象变成了政治影射，包含了富国救民的期望和唤醒国民的寄托；三是“吃人”意象具备了寓言性质和讽喻功能。

三、五四运动前后，“吃人”叙事正式形成

梁启超在民初发起的“小说界革命”经过几年的高歌猛进之后，其以西方小说为参照系建立起来的理论体系和创作范式，很快就出现了问题。因为清末“小说界革命”的口号，“是维新派为配合其改良群治的政治运动而提出的”①，所以其根本目的是将小说作为工具，完成对普通民众的思想启蒙。从“小说界革命”向五四文学革命演进的过程中，“政治小说”在经过短暂的繁荣之后便开始分化、退潮。在这样的背景下，五四文学革命开始走上历史舞台，“吃人”叙事在这个阶段发生了“突变”，真正成为对文化、政治的理性批判。突变的标志有三：一是出现了现象级现代小说《狂人日记》。对于《狂人日记》，一百多年间学术界有着执着、广泛、深入的研究，基本认为其主题是具有多义性的，首先是“意在暴露家族制度和礼教的弊害”，其次指出“中国人尚是食人民族”，意在改造“吃人”这一中国人的国民性痼疾。其中既有政治启蒙，也有人性觉醒。二是《狂人日记》出现之后，带动了学术界对于“吃人”叙事的研究，当时比较有代表性的学者是傅斯年、吴虞与沈雁冰。三是文学创作上的跟进，出现了更多与“吃人”有关的现代小说，如鲁迅的短篇小说《孔乙己》《药》《阿Q正传》《祝福》等，以及鲁迅译自日本堀口大学日译本的法国小说《食人人种的话》和湖畔诗人汪静之的中篇小说《人肉》等一系列作品。其中《食人人种的话》延续了《狂人日记》中狂人的觉醒——“你们立刻改了，

---

① 陈平原、夏晓红：《二十世纪中国小说理论资料·第一卷（1897年—1916年）》，北京大学出版社，1989，第1页。

从真心改起！你们要晓得将来是容不得吃人的人……”，指出了“人肉的筵宴是悲凉的”。

四、五四文学革命第二个十年及以后，“吃人”叙事小说大量出现

在五四文学革命第一个十年结束，第二个十年即将开始的时候，新文学已经发生了一些变化。钱理群先生认为：“到了第一个十年的后期，一般新文学作者在忙着尝试各种创作方法之后，逐渐都转向现实主义。这种转变，对于小说创作来说收获更大一些。如偏于客观写实的乡土小说的兴起，作品表现的角度从个人圈子转向社会底层。从提问题或重抒情转向人物形象的刻画，艺术上显得更加成熟了。”[①] 1926年到1929年，湖畔诗人汪静之先后发表、出版了《耶稣的吩咐》《翠英及其夫的故事》《人肉》《北老儿》《火坟》《父与女》等多部小说。其中，中篇小说《人肉》是直接以“吃人”为主要内容的，其他诸作则均以隐喻性“吃人”为内容。在《人肉》中，汪静之通过塑造外表仁义道德、内面妖魔鬼怪的举人汪舜臣这一典型形象，揭露了经过封建礼教长期的熏染和浸泡，把人变成“吃人”魔鬼的残酷现实，暴露了人性的极端丑恶。在这之后的1931年到1944年，巴金发表了控诉封建文化对生命的桎梏和摧残的长篇小说《家》；曹禺发表了怒斥封建家庭黑暗、腐朽、顽固且吞噬人性的话剧《雷雨》；老舍发表了表现残酷且道德败坏的社会压榨并最终“吃掉”社会底层女性的小说《月牙儿》；1935年到1940年，萧红先后出版了展现延续千年的畸形人生和病态心理的小说《生死场》及鞭挞中国几千年封建陋习的《呼兰河传》；1944年，张爱玲发表了中篇小说《金锁记》，塑造了一个在腐朽、没落的封

① 钱理群、温儒敏、吴福辉：《中国现代文学三十年（修订本）》，北京大学出版社，1998，第29页。

建家庭里由“被吃者”转变为“吃人者”的女性曹七巧，展现了旧的社会传统、家庭制度将一个正常女性变为一个阴鸷狠毒的“吃人者”的残酷过程。正如钱理群先生所说，这一时期的文学家逐渐转向了现实主义，把关注的重点放在了腐朽残酷的社会对底层人民的压榨和逼迫、专制腐朽的封建家庭对人性的摧残与吞噬等方面。这些以隐喻性“吃人”为内容的小说，一方面延展了“吃人”叙事的内涵，另一方面促进了它的发展。笔者认为，到1949年新中国成立以前，“吃人”叙事已经发展成为一种叙事现象，成为近现代文学中的一个重要“叙事”母题。

第二节 “吃人”文本的类型与特性

单纯地从文学本身来看，近现代文学中“吃人”叙事现象经历了“吃人”传说、“吃人”见闻、“吃人”故事、“吃人”小说这一线性发展脉络。进入近代之后，随着“西学东渐”的影响和社会政治变革的发生，经历了清末民初两次文学革命与思想启蒙，“吃人”叙事形成并逐渐成熟，以“吃人”为主要内容的小说越来越多。

一、“吃人”文本的分类

笔者梳理了所能接触到的、自鸦片战争至1949年相关出版物中的“吃人”文本，按照其体裁的不同分类，主要有以下三种。

（一）传说、见闻

这一类文献有近三十种，分别是1865年夏燮在《中西纪事》刊载的“西人掠食小儿”传说；1874年在西方传教士主办的《中西见闻录》第18号中，刊载了名为《黑人岛上食人族》的见闻；1884年到1898

年间《点石斋画报》所刊发的多篇食人故事；《大陆报》1903 年第 2 期中《杂俎》专栏所载《记食人国》；《直隶白话报》1905 年第 2 期中“谈丛”类《日日新室杂录》专栏所载《食人国》；《新新小说》1904 年第 1 期《伏鸷庵奇觚》专栏所载《食人国》；《庄谐杂志》附刊 1909 年第 1 期所载《中国之人肉宴》；《医学世界》1913 年第 24 期《杏林拾遗》专栏所载《食人国》；上海《大同报》1914 年第 1 期《国外纪闻》专栏所载《土番食人肉之骇闻》；《眉语》杂志 1915 年第 3 期《译林拾遗》专栏所载《食人国》；《民心周报》1921 年第 9 期中《随感录》专栏所载《吃人肉者之道德》（荆生撰）；《末世牧声》1926 年第 3 期所载《吃人肉者的回答》；《时兆月报》1926 年第 11 期所载《一个吃人肉者的回答》；《国闻周报》1928 年第 7 期所载《纪非洲土人之人肉宴》；《东方杂志》1929 年第 5 期所载《有尾人种与食人人种的发现》；等等。

（二）研究文献

这一类文献有一种，即汪企张发表于《医药评论》1929 年第 5 期的《吃人肉的研究和考据》。

（三）故事、小说、杂文

这一类文本约有四十种，分别是《新民丛报》1902 年第 5 号所载短篇小说《人肉楼》（韩文举著）；1902 年到 1905 年间翻译出版的三个版本的《鲁滨孙飘流记》；《新新小说》1904 年 9 月第 2 号所载翻译小说《食人会》（美国马克·吐温著、冷血译）；河北粹文出版社 1907 年 4 月出版的冒险小说《食人国》（日本羽化仙史著、河北觉生译）；1909 年 9 月 17 日至 19 日连载于旧金山《中西日报》的《杂录》专栏中的《食人国探险记》；《小铎》杂志分别在 1917 年 4 月 16 日第 77 号和 1917 年 8 月 5 日第 188 号刊载的《惯吃人肉之产婆——这人身不是那人参》和《想吃人肉之老妪：末世轮回，已成兽类》；1918 年 5 月 15 日鲁迅发表于《新青年》杂志第 4 卷第 5 号的短篇小说《狂人日记》；1919 年 5 月鲁迅发表于《新青年》第 6 卷第 5 号上的短篇小说《孔乙己》以及后期发表的《药》《阿Q正传》《祝福》等作品；1925年10月3日田汉发表于《南国特刊》第52号的话剧剧本《东西文化及其吃人肉》；1926年连载于《山西国语报》第146—152期的小说《人肉店》；1926年到1929年汪静之先后发表的以生物意义上的“吃人”为主要内容的小说《人肉》（1928年4月《小说月报》第19卷第4号），以及以隐喻性“吃人”为内容的小说《耶稣的吩咐》《翠英及其夫的故事》《北佬儿》《火坟》《父与女》等；1928年10月20日鲁迅发表于《大众文艺》第2期的翻译小说《食人人种族的话》（法国腓立普著）；《国闻周报》1929年第50期所载《食人岛上水手王》（海客撰）；1930年到1944年，陆续发表的隐喻性“吃人”叙事小说还有巴金的《家》、老舍的《月牙儿》、曹禺的《雷雨》、萧红的《生死场》与《呼兰河传》、张爱玲的《金锁记》等；另有一些杂文也关注了“吃人”现象，但大多是五四新文化运动期间对“礼教杀人”的反思和批判，主要有吴虞在1917年2月发表于《新青年》第2卷第5号上的《家族制度为专制主义之根据论》、1919年11月1日发表于《新青年》第6卷第6号的《吃人的礼教》，以及鲁迅于1925年5月发表在《莽原》周刊中的《灯下漫笔》等。

二、“吃人”文本的复杂性

厘清“吃人”叙事的形成脉络，需对近现代甚至古代和中外的“吃人”文本进行梳理。在梳理过程中笔者发现，近代早期出现在报纸、杂志中的吃人文本——那些相对雷同的“食人族”类的故事——和中国古代文献中人“吃人”的记载相比较，虽然二者目的性已有不同，但可以这样说：大量古代、近现代文献中的“吃人”文本，都在“吃人”叙事形成的过程中留下过影子，并对结果产生了一定的影响。“吃人”文本的复杂性表现如下。

（一）“吃人”文本来源复杂

近现代文献中“吃人”文本的来源比较复杂，既有来自我国古代和近现代的，也有来自西方和日本的。这些文本通过各种渠道和方式来到近现代文学史中，通过文学家的整理、加工和重塑，通过在与中国接受者互动过程中的对话、共鸣、交融，最终完成了由“吃人”文本到“吃人”叙事的转变。在中国古代文学中，虽然没有形成“吃人”叙事现象，但其中的“吃人”文本却对近现代“吃人”叙事的形成有着非常重要的影响。周作人曾说过鲁迅“不看正史而看野史，从《谈荟》知道列代武人之吃人肉，从《窃愤录》知道金人之凶暴，从《鸡肋编》知道往临安行在去的山东义民以人脯为干粮，从《明季稗史汇编》知道张献忠和清兵的残杀，这些材料归结起来是‘礼教吃人’，成为《狂人日记》的中心思想”[①]。由此可见，明清及以前的“吃人”文本对鲁迅的影响何其大。五四运动初期，易白沙为了“举吾国数千年残贼百姓之元凶大恶，表而出之，探其病源，以示救民之道”[②]，编写了刊载历代帝王种种恶行的著作《帝王春秋》，其中归纳总结了各类史书中帝王的“吃人”行为。这些来自古代的“吃人”文本既是易白沙用于揭露和批判历代专制统治者丑恶行径的工具，也是“吃人”叙事现象形成的重要推手。

在来自西方的“吃人”文本中，除了前文所提及的航海家以及传教士的“食人族”见闻之外，清末民初的翻译小说中也出现了“吃人”叙事。如英国作家丹尼尔·笛福写于1719年的《鲁滨孙飘流记》汉译本；美国作家马克·吐温著、冷血译自日本原抱一庵日译本的《食人会》；法国腓立普著、鲁迅译自日本堀口大学日译本的《食人人种族的话》等。直接来自日本的“吃人”文本则有日本羽化仙史著、河北觉

① 周作人：《鲁迅的青年时代》，河北教育出版社，2002，第42页。

② 易白沙：《帝王春秋》，中华书局，1924，第1页。

生翻译的冒险小说《食人国》。另一类来自日本的“吃人”文本更为复杂，即明治维新之后日本学术界对于中国人“食人风习”的研究。这类研究主要集中在人类学、政治学、进化论的范畴之内，但其因为与中国密切相关，所以将其纳入“吃人”叙事研究视域之内是非常必要的。李冬木认为，中国人“食人肉之说”始于神田孝平，完成于桑原骘藏，其主要工作是对中国历史上“食人”事实的调查和确认，从而都成了一个关于中国人“食人”言说的基本内容框架。

（二）“吃人”文本的多元性

多元性通常是指一个系统的组成部分各自具有不同的性质、特点、目的和行为，这些不同类型的构成要素虽然担负着各自的任务，但其在特定的条件下能组成一个统一的系统或者形态，共同承担一项任务、表达一种思想。具体到“吃人”叙事的研究中，如果把“吃人”叙事看作一个系统，那么组成这个系统的文本就具有多元性——不同时期、不同类型的“吃人”文本，具有各自不同的特点、目的和主题。在鸦片战争到五四运动之后的八九十年时间里，文学史上出现的“吃人”文本表现出较为丰富的个体性和目的性。从来源上看，既有来自海外，也有源于本土的原创作品；从类型上看，既有见闻、故事、小说、杂文等文学作品，也有人类学、社会学的学术论著；从创作主体上看，既有维新派、革命派的政治家，又有学者、诗人、作家。而这些“吃人”文本的创作目的，也随着时代的变化而千差万别，既有对远方民族的蛮夷想象和侵略者妖魔化建构，也有满足大众的猎奇心理；既有救亡图存、革命排满和政治启蒙，也有礼教批判和人性觉醒。所以，多元性正是这一时期“吃人”文本所体现的复杂性之一。

（三）“吃人”文本的突变性

在从鸦片战争到戊戌变法的五十八年时间里，“吃人”文本处于缓慢的渐变过程中。不管是伴随着“西学东渐”而来的关于野蛮民族“吃人”见闻，还是随着列强入侵而出现的“西人掠食小儿”传说，基本上都还处于“文野之分”和蛮夷想象范畴。一些杂志、报纸刊登的食人故事，也大多是为了满足受众的猎奇心理。相对于同一时期正在深入研究中国人“食人风习”的日本学者，中国的人文学者在这方面无疑是麻木的——尽管古代文献中存在着大量关于“吃人”的记载和传说，但他们对于“吃人”的研究却是空白的。反观1870年之后的日本学术界，以神田孝平为首的日本学者已经开启了一轮又一轮对中国人“食人风习”的研究，从进化论和人类学的角度完成了明治维新之后日本的形象建构。① 这种现象直到戊戌变法之后，才得以逐渐发生改变，这可以看作“吃人”叙事的渐变。“渐变”自然是在为即将到来的“突变”打基础、做铺垫、积蓄力量。“吃人”叙事的第一次突变就出现在戊戌变法之后，突变的契机是“庚子国变”的刺激导致革命思潮的抬头和“小说界革命”的发起。这期间，维新派思想家在很短时间内就完成了小说理论框架的搭建，出现了新兴的文学刊物和新闻杂志，大量来自西方和日本的文学作品被翻译成中文并广为流传，一批革命派和维新派作家开始走上历史舞台。“吃人”文本随着这一潮流，发生了第一次突变，其标志为韩文举《人肉楼》的发表。1917年1月，胡适在《新青年》杂志上发表了《文学改良刍议》，提出文学改良应从“八事”入手；同年2月，陈独秀在《新青年》上发表了《文学革命论》。在胡、陈的理论文章的基础上，钱玄同、刘半农等人开始把改革和批判的矛头指向旧小说，“文学革命理论在充满刺激性的论争中逐步完善……新文学的倡导者、先驱者和追随者们诉诸创作实践而获得的新文学运动的‘实绩’”② 逐渐得到体现。在这一基础上“吃人”文本发生了第二次突变，其标志为鲁迅《狂人日记》的完成。《狂人日记》

① 参见李冬木：《明治时代“食人”言说与鲁迅的〈狂人日记〉》，《文学评论》2012年第1期。

② 朱文华：《中国近代文学潮流——从戊戌变法前后到五四文学革命》，贵州教育出版社，2004，第286页。

发表之后，学术界开始关注“吃人”“吃人肉”“食人”等话题，陆续出现了与之相关的文学作品和研究。

第三节 “吃人”叙事现象形成的原因

在既往对“吃人”小说的研究中，对于“吃人”叙事的基础性文学资源、理论资源有着相对统一的认识和观点。首先是文学资源，其中既有中国古代文献中关于“吃人”的记载、传说和故事，也有近代由西方传入的，由航海家和传教士记载的“吃人见闻”，还有清末民初中国文学家创作的与“吃人”有关的文学作品。其次是理论资源，其中包括：鸦片战争之后传入中国的进化论、乌托邦主义、无政府主义等方面的学说，日本明治维新之后从人类学、社会学角度对中国人“食人风习”的研究成果，戊戌变法之后的文学思潮与梁启超关于“新小说”的理论框架，五四文学革命期间有关“人的文学”以及文学改良的理论体系。前文中笔者对清末民初的“吃人”文本进行了分类，对“吃人”叙事的发展脉络进行了梳理，从中不难看出，“吃人”叙事的形成存在三个关键节点，即鸦片战争、戊戌变法和“五四”文学革命。任何一个文学作品都不可能脱离时代语境而单独存在，正如罗斯·钱伯斯所说：“叙事之所以成为叙事，依赖于一种隐含的社会契约关系。这种契约关系使得叙事作品与社会之间具有一种交换关系。”①只有将“吃人”叙事置于文本所处的时代，在当时的社会历史文化语境中，才能真正厘清其发展的脉络，找到真正的成因。

① 转引自王丽亚：《分歧与对话——后结构主义批评下的叙事学研究》，外国文学评论，1999年4月。

一、“西学东渐”与救亡图存的双重动力

（一）西方“食人”传说与中国古代“吃人”故事的互动

鸦片战争之后，西方“食人”传说进入中国，并在“西学东渐”的语境之下，成为清末民初报刊经常刊载的故事和话题，具有一定的热度。在这种情况下，西方“食人”传说与中国古代“吃人”故事产生交集并形成互动，为中国近现代小说中“吃人”叙事的出现做了先期准备。

1. 鸦片战争之后，西方“食人”传说进入中国

在从鸦片战争到戊戌变法的近六十年时间里，中国文学处于一个渐变的时期。渐变的动力一是鸦片战争失败刺激之下以“器变”为目的的内部革新需求；二是战后大量西方传教士进入中国之后带来的现代性因素。随着时间的推移和洋务运动的开展，出现了两个对后来影响较大的变化：一是近代教育出现了新的变化。洋务派为了满足“洋务人才”的需求，“在继续实行科举制度的同时”开办了京师同文馆、福建船政学堂、天津水师学堂、天津军医学堂等新式学堂，[①] 在知识传播、外语学习等方面为西学的传播和文学的现代化奠定了基础。二是新式媒体的出现。这一时期，西方传教士将创办中文报刊当作传教的主要手段，有学者统计，在鸦片战争到戊戌变法之间的五十八年时间里，由传教士主办的、有影响力的中文报刊达十一种之多，基本形成了以上海为中心、辐射京津及东南沿海的态势[②]，其中不乏丁韪良、林知乐、傅兰雅等颇具影响力的知名人士创办的《万国公报》《中西见闻录》《格致汇编》等刊物。这些报刊在传播西学的同时，也带动“中国

① 参见朱文华：《中国近代文学潮流——从戊戌变法前后到五四文学革命》，贵州教育出版社，2004，第30页。

② 参见尹延安：《传教士中文报刊译述语言文化研（1815—1907）》，博士学位论文，华东师范大学，2013。

知识分子尝试创办了第一批体现近代思潮的报刊”①，这对新知识、新思想在近代的传播起到了非常关键的作用。这个时期的报刊有一个共同的特点，即大部分都有文艺性的专栏、专版和副刊，“如《申报》和《新闻报》经常刊登试帖诗和八股范文之类……而《字林沪报》等，还辟有‘诗词杂作’一类专栏，《六合丛刊》和《瀛寰琐记》，《申报》附属刊甚至还选择发表了若干西洋文学作品”②。这无疑为中国近现代文学的发展奠定了基础，从而为“晚清文学提供了崭新的载体、媒介和文本，三者三位一体，在加速文学生产和扩大文学传播的同时，也在推动中国文学发生的一系列变革”③。1840 年之后的大清帝国正处在西风压倒东风的年代，已经“睁眼看世界”的社会精英们在“洋为中用”“师夷长技以制夷”的思想主导下，开始对西方世界进行介绍和学习。在这一过程中，近代西方对欧洲之外不同种族“吃人”的蛮夷想象也随着传教士的脚步、现代媒体的建立和对西方文学翻译的增加来到当时的中国。笔者前文提到过由西方传教士主办的《中西见闻录》中所刊载的“岛民陋俗”的故事即属此类。到了清末民初，各类报纸、杂志所载的食人故事多了起来，其中绝大部分来自西方，属于对远方民族的蛮夷想象，比如《大陆报》所载《记食人国》：

> 南洋坡奈奥岛中之土人，其野蛮虽不似澳大利亚土人之甚，然有一种食人之俗。不但杀仇敌或杀罪人而食之，且亲友中若有罹重病者，亦乃朵颐垂涎，食指跃跃，辄思击毙以供抔羹。顾此岛非北极野蛮之地，不知何以养成此种风俗，好事者不可不研究

① 朱文华：《中国近代文学潮流——从戊戌变法前后到五四文学革命》，贵州教育出版社，2004，第 28 页。

② 朱文华：《中国近代文学潮流——从戊戌变法前后到五四文学革命》，贵州教育出版社，2004，第 29 页。

③ 张天星：《报刊与晚清文学现代化的发生》，凤凰出版社，2011，第 2 页。

之也。[①]

在1904年9月出版的《新新小说》第1期中，也刊载了名曰《食人国》的短文，内容与《大陆报》所载《记食人国》相似度较高，现抄录如下：

> 南洋坡奈奥岛，其俗喜以人供口腹。不特杀罪囚及仇敌而啖其肉，即亲友中之罹重病者，亦辄击毙，磨刀霍霍，分其一脔。[②]

实际上，在这一时期的《直隶白话报》《医学世界》《点石斋画报》《大同报》《眉语》等报纸、杂志上，都曾经刊载过类似《食人国》《记食人国》之类的短文，内容基本大同小异，一般刊载于这些报纸、杂志的“谈丛”“杂俎”“译林拾遗”“国外纪闻”等专栏。这些“吃人”的故事大部分属于“在某个遥远的地方，一些从未看见过的人们经常食人肉”[③] 这一类型。

2. 西方“食人”传说的本质

学术界一般认为，随着新航路开辟和地理大发现的到来，西方殖民者的触角开始向世界各地延伸，在航海家和传教士的信件、日志和见闻中，逐渐出现了“食人族”的身影。1493年，航海家哥伦布在给西班牙女王总管路易斯·德·桑塔戈尔（Luis De Santangel）的信中提到，他在阿来瓦克岛上听闻有“一个名叫加勒比（Carib）的岛屿……居住在该岛上的居民被所有其他岛屿视为十分残忍的民族；他们以人肉为食；他们有很多独木舟，出入于印度所有岛屿，将他们能够到手

---

① 《大陆报》，1903年第2期，作新社图书局。

② 《新新小说》，1904年9月第1号，上海新新小说社。

③ ［美］威廉·阿伦斯：《人食人的传说》，孙云利译，上海文艺出版社，1993，第8页。

的东西掳掠一空……”[①] 这基本上被认为是“食人族”一词的首次出现。随着西方国家的殖民扩张，“西方社会想象和描述‘食人族’的文字日益增多”[②]，其“吃人”或者“食人族”传说的信息来源主要有三种，即“对看到过当地食人行径的有关人士的造访、教牧传道人员所留下的目击报告、部落世代因袭的资料以及旅行者的记录”[③]。美国学者威廉·阿伦斯曾经列举过近代西方比较流行的“食人者”传闻：“非洲的刚果人把战争中抓到的俘虏适当养肥后作膳食使用；斐济的酋长们一定要用人肉作正式午餐；巴布亚新几内亚人在长期间海上航行时，把船上的雇工逐渐一个一个吃掉；阿兹台克族按照宗教仪式举行盛大食人宴会；南美洲的图皮南巴族有一种复杂的分配炸人肉片的礼仪成规，并当作料理技术之一保持着。”[④] 但阿伦斯并不认为关于吃人的记载或传说都是真的，他认为“作为社会性认可习惯的人食人现象，不管哪个时代和地方，多半是没有的。但是在生死抗衡的情况下，作为少见的反社会性行为发生人食人，在任何文化社会中也不是不可能的”[⑤]。这些西方社会流传的关于欧洲之外吃人传说产生的原因，一是“这类书的首要目的是吸引学生的兴趣，如果说同时又往往与销售联系在一起，因此才对这样小题大做和刺激性描写的做法也就不足为怪了”[⑥]；二是“西欧文化对异种文化近乎露骨的偏见和许多人的空想方

---

① ARNOLD A. *A history of literature in the Caribbean*. Philadelphia(Amsterdam:John Benjamin's Publishing Company,2001),p. 3.

② 汪汉利：《食人族、修辞与福音书——从海洋文学等看英国社会对南太平洋及加勒比岛屿土著的想象》，《宁波大学学报（人文科学版）》2005 年第 2 期。

③ ［美］佩吉·里夫斯·桑迪：《神圣的饥饿：作为文化系统的食人俗》，郑元者译，中央编译出版社，2004，第 13 页。

④ ［美］威廉·阿伦斯：《人食人的传说》，孙云利译，上海文艺出版社，1993，第 12 页。

⑤ ［美］威廉·阿伦斯：《人食人的传说》，孙云利译，上海文艺出版社，1993，第 6 页。

⑥ ［美］威廉·阿伦斯：《人食人的传说》，孙云利译，上海文艺出版社，1993，第 12 页。

面，也无批判的帮了忙”①。

此时的“吃人”叙事具有一定的社会和政治因素，大量有关他者“吃人”的蛮夷想象的记载都涉及文明与野蛮的分野。16 世纪前后，欧洲人认为“在西欧文明社会周围边缘地带生活着一些食人肉的野蛮人，通常把这些称为食人者”②，而同时代的中国人也把“所有外国人都看作没有知识的野蛮人”③。正是基于这一点，“吃人”的记载或是传说“往往被纳入文化认同的范畴中讨论，即通过将他者规定为食人族这一手段，划定一条文明与野蛮的分界线，把‘我们’与‘他们’区别开来”④。有西方学者认为，“长期以来，我们用虚假的论调来讨好自己，认为自己是一个文明的、信奉基督的民族。我们谈到地球上其他地方的民族时，认为他们是野蛮的和不文明的。我们对印第安人裸体战斗时发出的呐喊，以及食人族可怕的宴会感到战栗，祈祷自己避开这些灾难”⑤。在记录、传播“吃人”传说或“食人族”的航海家、传教士们看来，那时中国人与印第安人、食人族并无太大区别，都是愚昧、落后、野蛮且需要西方文明拯救的对象。在这个背景下，“食人族”实际上是一种指称“他者”的象征性符号，也是西方“文化精英”“为国家海外事业精心炮制的一个修辞性表达”⑥。而当时的中国，虽然已是苟延残喘的“老大帝国”，但两千多年来领先世界的认知惯性和心理优

---

① ［美］威廉·阿伦斯：《人食人的传说》，孙云利译，上海文艺出版社，1993，第 7 页。

② ［美］威廉·阿伦斯：《人食人的传说》，孙云利译，上海文艺出版社，1993，第 50 页。

③ ［意］利玛窦等：利玛窦中国札记，中华书局，1983，第 94 页。

④ 程梦稷：《从蛮夷想象到妖魔建构——近世中国的西人食人传说谫论》，《民族文学研究》2019 年第 6 期。

⑤ BEAUMONT M. *Heath cliff's great hunger*: *the cannibal other in Wuthering Heights*, Journal of Victorian Culture 9, no. 4(2004): 143-145.

⑥ 汪汉利：《食人族、修辞与福音书——从海洋文学等看英国社会对南太平洋及加勒比岛屿土著的想象》，《宁波大学学报（人文科学版）》，2015 年第 2 期。

势尚未完全消失，同样认为遥远的“食人族”是蒙昧与野蛮的，是和“我们”截然不同的。

3. 西方“食人”传说与中国古代“吃人”故事的异同

在我国历代文献中，关于异族“吃人”的记载和描写颇为丰富。在《墨子》中就有骇沐之国生首子而食的记载：“昔者越之东，有骇沐之国者，其长子生，则解而食之，谓之宜弟。”①《墨子》中还有“啖人国”的故事：“鲁阳文君语墨子曰：楚之南，有啖人之国者，其国之长子生，则解而食之，谓之宜弟，美则以遗其君，君喜则赏其父，岂不恶俗哉?”②《后汉书·南蛮西南夷列传》中所记“啖人国”③ 的故事与此大同小异，从文本来看有一定的继承性。在汉之后，唐宋元明四代文献中，同样有此类记载，比较典型的像唐代《一切音经义》中有南海吃人夷人的记载：“南海洲岛中夷人也……爱啖食人，如罗刹、恶鬼之类也。言语不正，异于诸蕃。善入水，竟曰不死。”④ 元代《异域志》中亦有“食人国”的记载：“西番，即鬼方，武丁征鬼方，三年克之。又曰鬼，阴类，曰鬼戎，曰犬戎。无王子管辖，无城池房舍，多在山林内住，食人肉。其国人奉佛者，皆称刺麻。”⑤ 这类故事不胜枚举，其共同特点在于：一是普遍认为中原之外的远方民族有吃人肉的恶习；二是这些种族尚处于蒙昧野蛮状态，袒胸裸体、衣不蔽体、没有文化、不懂礼仪；三是记载均无可靠信源，要么是传说、见闻，要么是因袭前代。毫无疑问，这些中国古代“异族食人”的记载和传说，无一例

① 孙饴让：《墨子间诂》卷 6，收录于《诸子集成》第 4 册，上海书店出版社，1996，第 115—116 页。

② 孙饴让：《墨子间诂》卷 6，收录于《诸子集成》第 4 册，上海书店出版社，1996，第 184—185 页。

③ 参见（南朝宋）范晔：《后汉书》，卷 86，《西南夷列传》，中华书局，1965，第 2834 页。

④ 慧琳：《一切经音义》，卷 81，上海古籍出版社，1986，第 3203 页。

⑤ 周致中：《异域志》，陆峻岭校注，中华书局，1981，第 20 页。

外地涉及了人禽之辨和文野之分。在漫长的历史进程中，中原地区以其相对稳定的政治制度、完善的社会结构、发达的经济体系居于华夏的中心，上到统治阶层下到士农工商，这种中心观念早已成为中原民族的集体无意识。他们认为“西鄙北鄙”的边缘民族均为类似禽兽鬼怪的蛮夷，这无疑和来自西方的以“蛮夷想象”为目的的“食人”传说别无二致，无非是出现的时间比西方早了八百年而已。

然而，近代西方出现的“食人”传说是伴随着对外殖民、侵略的脚步而产生的，是和西方列强的海外扩张事业紧密相连、根据其实际需要而制造出来的。① “欧美白人对海岛有色人种的想象和言说，是欧美白人从本体论上对本土以外的他者身份的一个界定，无论在人种学、宗教学或社会学意义上，形象制作者和将被制作者都不在一个对等位置……食人族作为南太平洋及加勒比岛屿土著的指涉符号，不仅体现了欧洲人的文化优越性和自我中心意识，还反映了形象制作者的欲望、心理和意识。”② 作为见证者和记录者的航海家、传教士们将“食人族”描绘成低等、野蛮、未开化的种族，着力渲染其残忍、血腥的食人行为，其目的首先在于对西方文明形象的自我建构，从而将西方文明对外扩张美化为对野蛮民族的拯救与改造。“首先是传教士，他们打开了世界上大部分地区。如果不是传教士，我们就不会像今天这样认识全世界”③；其次在于为其进行军事和文化侵略进行理论铺垫和心理建设，即正因为“他们”是蒙昧、野蛮、凶残的“食人族”，所以“我们”所做的一切——侵略、扩张、杀戮、传教、掠夺……都是合理的。这正

---

① 参见汪汉利：《食人族、修辞与福音书——从海洋文学等看英国社会对南太平洋及加勒比岛屿土著的想象》，《宁波大学学报（人文科学版）》2015 年第 2 期。

② 参见汪汉利：《食人族、修辞与福音书——从海洋文学等看英国社会对南太平洋及加勒比岛屿土著的想象》，《宁波大学学报（人文科学版）》2015 年第 2 期。

③ 司弼尔：《福音与新世界》，第 123 页。转引自顾长声《传教士与近代中国》，上海人民出版社，2004，第 114 页。

是与中国古代“吃人”故事最本质的不同。

4. 东西互动的主要表现及其意义

因为中国古代文献里存在着大量蛮夷想象的“吃人”文本，所以代表着西方文明身份自我建构色彩的“食人”传说被传教士引进中国之后，最初并没有引起文学界、学术界的关注，只是被拿来当作猎奇的需要和茶余饭后的谈资而已。但是，在大变革的年代里，其终究还是与中国的“吃人”故事发生了互动。

东西互动的表现之一，就是使发生在中国古代和近代的“吃人”故事受到了一定的关注。在西人所办的《点石斋画报》中，具体有三种这类内容。一是采生折割。这是中国古代“吃人”记载中比较典型且广泛的一类。《点石斋画报》中有十余篇此类文章，如比较有代表性的《张孺人小影》，描写了一个温婉贤淑、柔顺善良的广西桂林女子张玉贞，出嫁后对翁婆殷勤侍奉孝顺有加。有一年老公公生了病，久治不愈，贤良的儿媳妇张玉贞便从自己臂膀上割下一块肉，煮熟后给公公吃下，公公因此痊愈。二是因果报应。在“文集”中有个叫《群孩索命》的故事，讲的是在上海“浦东人某甲，负贩营生，性残忍好食孩尸”，经常在夜里偷挖婴儿坟墓，将其尸体盗回。谁知一天夜里，此人就寝之时，骤然看见无数婴孩在其床上，“相逼而前，争啮其肉。甲痛极而号，惟闻群孩嘤嘤啜泣曰：‘尔食人多矣！能无及是乎？’”而后一拥而上，将某甲噬咬而死。结尾以一句“世有与甲同癖者，尚其戒之”① 来警示世人。三是本地见闻。比如“文集”中的《刀下余生》，讲述了天山深处的“食人族”玛哈沁人抓获了一名玛纳斯妇女，在野人割下她的肉烤食的过程中其为人所救。这个故事直接来自纪晓岚《阅微草堂笔记》，即为其卷九《如是我闻三》中之“玛纳斯有遣犯之妇”。《点石斋画报》中的《刀下余生》文本与纪晓岚的故事几无二致，

① 吴友如主编，武建宇、孙玉敏、陈瑶点校：《点石斋画报》，中国文史出版社，2018，第 38 页。

只是在开头加了一句“纪文达公《笔记》云”[①] 表明了出处，并且名之为《刀下余生》。而“书集”中的《番食倭肉》则写的是倭奴侵犯台湾后，被台湾吐番俘获，将其肢解如宰杀猪羊，分而食之，并称“倭肉虽臭而美然”。

东西互动的表现之二，是蛮夷想象“食人”传说催化了近代中国对西方形象的妖魔化建构。自明朝以降，中国一直存在着对西方形象的妖魔化建构倾向，在明清两季广泛流布的“佛郎机掠小儿为食”传说便是一个比较典型的例证。严从简在《殊域周咨录》中，对佛郎机[②]人吃小儿的行为进行了详细描写：

> 别有番国佛郎机者，前代不通中国，或云此喃勃利国之更名也。古有狼徐鬼国，分为二洲，皆能食人。爪哇之先鬼啖人肉，佛郎机国与相对，其人好食小儿，然惟国主得食，臣僚以下不能得也。其法以巨镬煎水成沸汤，以铁笼盛小儿，置之镬上，蒸之出汗，汗尽，乃取出。用铁刷刷去苦皮，其儿犹活，乃杀而剖其腹，去肠胃，蒸食之。[③]

这段令人毛骨悚然的描写出现在1574年前后，在这之后的明清两代关于“佛郎机掠小儿为食”的传说便不绝于耳，甚至写入《明史》：

> 佛郎机，近满剌加。正德中，据满剌加地，逐其王。十三年，遣使臣加必丹末等贡方物，请封，始知其名。诏给方物之直，遣

① 吴友如主编，武建宇、孙玉敏、陈瑶点校：《点石斋画报》，中国文史出版社，2018，第5页。

② 明代对葡萄牙、西班牙等国的混称。

③ 严从简：《殊域周咨录》，余思黎点校，中华书局，1993。

还。其人久留不去，剽劫行旅，至掠小儿为食。①

进入16世纪中叶，随着新航路开辟和地理大发现的到来，葡萄牙等国开始向亚洲拓展其殖民地，随着中西交往的增多，双方在政治、文化等方面的冲突也愈发显现。在葡萄牙人的海外贸易中，最重要的敛财手段就是贩卖来自非洲和亚洲的奴隶。他们来到中国沿海城市之后，同样进行了掠卖儿童的罪恶行径，这一点法国汉学家亨利·考狄（Henri Cordier）② 和中葡关系史学家张天泽已有考证③。“佛郎机掠小儿为食”记载与传说的形成，与葡殖民者的这种行为是密不可分的。这类以真实事件作为事实基础，通过“在特定历史情境的激活下，比附传统的叙事框架与既有的食人记载而展开的想象性加工”而形成的“吃人”叙事，完成了对西方殖民者的妖魔化建构。到了清朝末年，随着西方列强的入侵，西方文化和宗教大量进入中国，“中西关系的格局发生了根本改变，对于国人来说，如何应对西方列强在外交、军事、贸易、传教等问题上咄咄逼人的攻势，忽然之间变成了紧迫的事情。与此同时，西人食小儿传说也渐渐大行其道”④。在魏源的《海国图志》中就记载了这样的传说：

若中国之天主教则方其入教也，……其病终有本师来取目睛之事。……有伪入教者，欲试其术，乃佯病数日不食，报其师至，果持小刀近前，将取睛，其人奋起夺去之，乃踉跄遁。闻泰西中国铅百斤可煎纹银八两，其余九十二斤，仍可卖还原价，惟其银

---

① 《明史》卷325《外国六·佛郎机传》，中华书局，1997，第8430页。

② Henri Cordier, *L'Arrivée des Portugais en Chine*, Leide: Libraire et Imprimerie E. J. Brill, 1911, P. 38.

③ 张天泽：《中葡通商研究》，华文出版社，2000，第41页。

④ 李华川：《“西人掠食小儿”传说在中国的起源及流播》，《历史研究》2010年第3期。

必以华人睛点之乃可用，而西洋人之睛不济事。故西洋病终无取睛之事，独华人入教则有之也。①

1865年，夏燮在《中西纪事》一书中这样写道：

西人自弛禁之后，传教入中国者，佛郎西之人尤多。近年来始有传其取婴儿脑髓、室女红丸之事，播入人口。盖又于天主堂后兼设育婴会也。道家修炼，其下者流入采补，此固邪教中必有之事。②

随着大清国力的日渐衰微和西方列强侵略的加剧，在一波又一波民间反教浪潮中，“佛郎机掠小儿为食”的传说逐渐进入到妖魔化西方人的叙事中，“不仅扩展到包括佛郎机在内的全体西方人，而且直接将矛头指向基督教”③。一般来说，从鸦片战争到五四运动的近八十年时间里，西方在中国的形象经历了蛮夷化想象、妖魔化建构、理想化描述三个阶段。其中对西方形象妖魔化建构的原因，既有随着新航路开辟之后，中国人面对不请自来的陌生种族时内心产生的恐惧，也有因传教士、殖民者的自身行为引发的猜想与认知偏差。16世纪初，佛郎机人进入明朝，在东南沿海地区劫掠儿童卖做奴隶的行为，致使远方民族被贴上了“食人”标签。到鸦片战争前后，西方传教士将西方“食人”传说带入中国，同时“直接与传教活动对应起来的西方人开始

① 魏源：《海国图志（中）》，岳麓书社，1998，第1198页。

② 夏燮：《中西纪事（卷2）》，文海出版社，1962，第29页。

③ 程梦稷：《从蛮夷想象到妖魔建构——近世中国的西人食人传说谫论》，《民族文学研究》，2019年第6期。

作为一个陌生的整体进入中国人的视野”①，而他们在华的某些不光彩行径，直接将蛮夷想象的“食人”传说催化为对西方形象的妖魔化建构，这也是“吃人”叙事在戊戌变法前重要的变化之一。想要理解这一点，首先要厘清三个问题：一是传教士在鸦片战争中扮演了什么样的角色；二是传教士在中国活动的真实目的是什么；三是传教士的在华行径在接受者中造成的恶劣影响。

顾长声在《传教士与近代中国》中说，“当时在华的基督教传教士的基本信条：只有基督教能拯救中国解脱鸦片，只有战争能开放中国给基督教”，“传教士实际上玩弄了两面手法，一方面他们几年来一直在发出战争叫嚣，鼓动英国政府使用武力；一方面却又向中国方面大念和平经，要林则徐屈服和答应他们的要求”。② 他们不但从来没有公开谴责和反对过有百害而无一利的鸦片贸易，而且一直鼓吹只有使用武力，才能让中国人接受基督教。更有甚者，直接成为英军的间谍为其提供情报，成为战争的参与者。表面看来，彼时西方传教士办报刊、开学堂并且提出了一些革新和改良的主张，但其行为的本质却是“要中国变为某一外国或数个外国的殖民地，是为了更加便利于外国对中国进行掠夺”③。在这种目的的驱使之下，传教士在中国的活动必然会引发社会矛盾。顾长声在其著作中提到，从 19 世纪 40 年代开始发生民教相争的教案，“到 60 年代发生的次数逐渐增多，从 70 年代到 90 年代更为频繁，民愤极大”，引发民教相争的原因是多样化的，其中最典型的就是土地问题，“1860 年之后，天主教在华传教士大量地霸占田产，扩展教会势力，吸收无地农民入教，天主教修会的经费来源逐渐由依

① 程梦稷：《从蛮夷想象到妖魔建构——近世中国的西人食人传说谫论》，《民族文学研究》2019 年第 6 期。

② 顾长声：《传教士与近代中国》，上海人民出版社，2004，第 46、51 页。

③ 顾长声：《传教士与近代中国》，上海人民出版社，2004，第 155 页。

靠国外转而直接从中国占有的土地、房产及发放高利贷和经营其他商业活动获取接济……遍布在中国农村的天主堂一般都拥有大量土地，农民称呼天主堂为地主堂，这是一针见血之词，包含了多少农民的辛酸”①，这也正是教案频发的根本原因之一。彼时的教案基本上是一个模式，即教案发生，“传教士向公使馆告状，公使馆立即对清政府施压，接着就是清政府对人民的镇压，向外国侵略者屈服。传教士得逞后愈加放肆，人民对之就愈痛恨，在忍无可忍的情况下又起来反抗”②，在这样如此往复的循环之下，矛盾便愈加深刻且无可化解。前有因袭明代的“佛郎机掠小儿为食”传说，后有西方“食人”传说催化，随着民教矛盾的加深，基本完成了对西方形象的妖魔化建构。“到了晚清，由于中西关系的格局发生改变，国人的排外仇洋情绪急剧增长，西方传教士开办的育婴堂又易授人以柄，‘食小儿’传说得以广泛流播。”③

“吃人”文本的东西互动对于中国近现代小说中“吃人”叙事的最终形成具有三方面的意义。首先，伴随着“西学东渐”而来的西方“食人”传说，使晚清知识精英认识到，中国不再是世界的中心。昔日被自己视为蛮夷的“须发皆赤、目睛圆，长丈许”的“红毛鬼”，④ 不但已经远远超越了曾经的礼仪之邦，而且早已经把他们之外的异族视作“食人”者。其次，西方“食人”文本丰富了中国传统的“吃人”话语，使其由传统“蛮夷想象”的层面走向更深入、更复杂的“妖魔化建构”，这无疑为戊戌变法之后“吃人”叙事的进一步发展、演化进行了话语准备。再次，为中国知识精英深入了解作为“文化他者”的西方形象提供了另一个维度，使之在即将到来的社会变革中，在经历

---

① 顾长声：《传教士与近代中国》，上海人民出版社，2004，第101页。

② 顾长声：《传教士与近代中国》，上海人民出版社，2004，第120页。

③ 李华川：《“西人掠食小儿”传说在中国的起源及流播》，《历史研究》2010年第3期。

④ 张守常：《说“神助拳，义和团”揭帖》，《历史研究》1997年3月。

了无数矫枉过正和认知偏差之后，能够把握社会思潮和变革的走向，当然这要等到五四运动之后才能看到效果。至此，在近代中国社会中广为流传的“吃人”叙事已经由单纯的猎奇发展到对西方形象的妖魔化构建，并且企图在妖魔化他者的同时，找到自我的文化认同、身份认同与传统认同。但这一切都是徒劳的，当时的晚清已是苟延残喘的老大帝国，一方面是自身内部具有强烈社会变革的需求和富国强兵的愿望，社会精英阶层对来自西方的思想、做法、经验往往不加批判，照单全收，“他们一律地都是以幼稚的学生的态度唱着‘西学’的赞美诗，把西方资产阶级的文明，包括其社会政治制度，说成是至善尽美”①；另一方面则是环伺的列强均想在这个肥美的老大帝国身上割块肉。几乎是在同一时期，在与大清隔海相望的日本，在这个刚刚经历了明治维新、走上资本主义道路的国家里，一些学者也正在不遗余力地通过对中国“吃人”历史的考证，将中华民族妖魔化为“食人族”。也正是因为上述三点，中国近代文学中的“吃人”叙事，很快就要发生深刻的、质的变化。

二、民族国家叙事对“吃人”叙事的催化

笔者在前文中已经论述了在戊戌变法之后，“吃人”叙事被纳入民族国家叙事之中，并对相关作品进行了分析。实际上，从鸦片战争到戊戌变法的近五十年时间里，“吃人”文本基本停留在对远方民族的“蛮夷想象”和对西方侵略者的妖魔化构建的层面。这一阶段小说也仍处在边缘文体阶段，并没有出现以“吃人”为内容的作品，但这并不意味着“吃人”叙事没有发生变化，只不过它尚处在渐变的过程里，处于正在积蓄力量的阶段。因为从宏观上看，“近现代文学则可以说是

① 胡绳：《从鸦片战争到五四运动》，人民出版社，1981，第 526 页。

变异占主导位置的文学”①，处于近现代文学变革中的“吃人”叙事自然也会随其变化而变化。而这种变化的动力则来源于两个方面：一个是来自中国社会内部主动求变的精神；另一个是在西方文化冲击下的反省与改革。这两种倾向随着时间的推移变得越来越明显，不但在从戊戌变法到五四运动期间一直是民族反省的重要动力，而且对“吃人”叙事产生了重要的催化作用，为其即将到来的突变打下基础。

（一）民族国家意识的觉醒

尽管鸦片战争改变了当时的社会形态，促使一部分知识精英“睁眼看世界”，并开始了以“师夷长技以制夷”为目的的洋务运动，但彼时的统治者和大部分国人并没有真正意识到危机所在，脑子里仍然充满了天朝上国的迷梦和四夷臣服的想象。这种自蔽的认知一直持续到甲午战争，北洋水师的全军覆没和割地赔款的《马关条约》给当时的中国人当头一棒：天朝上国败给了蕞尔小邦，更何况还是多年来一直被其鄙视的倭奴。洋务也办了，枪炮局、造船厂也建了，庞大的北洋舰队也组建了，可为什么还是会输呢？几十年的洋务运动一瞬间化为乌有，晚清政权风雨飘摇，“对西方文化思想的抗拒、对中国传统本体思想的维护，到这个时候已经被甲午中日战争的失败无情摧毁，传统价值体系摇摇欲坠”②。面对如此残酷之现实，当时的社会精英自然要做出相应的分析和反思。从 1894 年开始，中国经历了甲午战败、维新流产、义和团运动、八国联军侵华、庚子赔款等一系列事件之后，“传统价值观念的正当性与权威性均遭到严重动摇”③，老大帝国面临着亡国灭种的危险。黑暗的政治环境、混乱的社会秩序、危如累卵的时局、腐败无能的朝廷，令当时的国人“对封建政治体制、权力结构、经济

---

① 耿传明：《决绝与眷恋——清末民初社会心态与文学转型》，复旦大学出版社，2006，第 9 页。

② 管雪莲：《中国现代文学思潮的萌端》，中国社会科学出版社，2014，第 20 页。

③ 管雪莲：《中国现代文学思潮的萌端》，中国社会科学出版社，2014，第 26 页。

模式和思考方式产生了怀疑，试图以民族主义的强大凝聚力重新构建新国家、新体制、新信仰以挽救危亡”①。迫于形势的压力，晚清政府自1901年开始了自上而下的“遮羞变法”，“戊戌年康有为要辅助光绪帝行的新政，这时西太后都行了，而且超过了”②。尽管改革是由慈禧皇太后假借光绪皇帝的名义进行的，但其对祖宗成法的猛烈批判和公然抛弃、对师法欧美的明确要求与大力号召、对教育文化体制的深度改革，在当时引起了极大的反响。“在清廷宣布改革之后，传统文化及制度对思想的控制无疑已经打开了闸门，对西方现代思想的汲取也就获得了一种普遍而正当的鼓励。”③ 在这一背景下，晚清知识精英的民族国家意识开始觉醒。

晚清危局之下，朝廷苟延残喘的变法努力，使向西方学习得到了社会各界的一致确认，并在实践上做出了努力。大量留学生走出国门接受西学的洗礼，大量儒生因为科举制度的废除开始走进新式学堂。这两个群体既有“旧学”的基础，又有西学经历，很快就成了新思潮的接受者和“新小说”的创作主体。他们“开始接触了西洋文学并欣赏之；加上他们深受维新思潮的影响，在要求中国社会的革新与进步的问题上是坚定不移的，而作为有社会责任感的知识分子，中国社会现实的黑暗的确时时处处给他们以深刻的刺激，他们对于社会生活现象，也大都有自己的从各个不同角度侧面出发的认识”④。危机唤醒了知识精英们的民族国家意识，引发了他们对民族国家的忧虑，带来了文学思潮的变迁。为了找到救亡图存的路径、拯救颓败国运，从而建立独立、自主、富强的现代国家，小说家开始“通过对民族国家主体

---

① 林红玲：《清末民初国民意识生产与嬗变的历史考察》，博士学位论文，吉林大学，2015。

② 蒋廷黻：《中国近代史》，上海古籍出版社，2001，第71页。

③ 管雪莲：《中国现代文学思潮的萌端》，中国社会科学出版社，2014，第27页。

④ 朱文华：《中国近代文学潮流——从戊戌变法前后到五四文学革命》，贵州教育出版社，2004，第59页。

的想象性建构来助推政治社会变革，由此民族国家叙事成为晚清小说的主流叙事"[①]，小说成了"想象中国"的重要载体，成了鼓舞民心、开化民智的工具。"民族国家叙事成为晚清作家借鉴西方国家强国经验，进行民族国家'想象共同体'建构的一种重要表意方式。"[②] 在民族国家叙事的语境之下，不同的作家通过各自的文学作品给出的救亡图存的方案与路径虽然千差万别，但小说的叙事指向却具有内在的一致性——对老大帝国形象的反思、对残酷现实的批判以及对民族国家未来的向往。

民族国家意识的觉醒带来的是清末民初文学思潮的爆发和文学创作实践的高潮，对"吃人"叙事的发展和形成具有重要意义。比如韩文举 1902 年发表在《新民丛报》第 5 号上的短篇小说《人肉楼》，用"人肉楼"和"吃人"的意象来影射清朝满族统治者对汉人残酷无情的统治和压迫，这无疑暗合了汪、章二氏关于种族主义、革命排满的民族主义思想。梁启超更是在其对民族、国家、国民认识的基础上开启了"小说界革命"的大幕，尽管其主观目的在于将小说当作工具来实现他的政治目标，但客观效果却催化了近代小说的演进与变化，为中国文学现代化做了初步准备，从而成为五四文学革命的前进基地。在"小说界革命"的语境之下，一些来自西方和日本的以"吃人"为主要内容的小说开始被译介到中国。对于"吃人"叙事而言，正是因为晚清社会精英民族国家意识的觉醒，才被纳入以"启蒙与救亡"双重变奏为基础，同时蕴含着多元性、冲突性和复杂性的民族国家叙事，为其最终发生质变，形成"吃人"叙事现象提供了强劲动力。

（二）民族反省的策动

"民族反省是世界资本主义市场形成之后所出现的一种常见的思想

---

① 耿庆伟：《晚清小说的民族国家叙事》，《江西社会科学》2017 年第 1 期。

② 耿庆伟：《晚清小说的民族国家叙事》，《江西社会科学》2017 年第 1 期。

文化现象，它往往与一些国家的思想启蒙运动、革命宣传活动或者重大劫难之后所引起的广泛的群众性反思活动联系在一起。”① 清末民初的民族反省，正是伴随着鸦片战争、甲午战争、庚子事变等一系列对外战争的失败，以及洋务运动、戊戌变法、清末新政、辛亥革命等一系列救亡图存努力的流产、夭折、崩溃而产生和展开的。民族反省的行为本质，是中国社会精英在危如累卵的局势之下，面对咄咄逼人的西方军事、政治、文化入侵，面对西方先进的社会观念、科学技术、知识体系之时，反求诸己的一种深入思考——既要抛弃对西方的固有成见与偏见，又要克服对西方的恐惧与排斥，还要弄清楚自己究竟是怎么样、应该怎么办。有学者认为，民族反省“更接近于一种深沉的爱国主义形态，渗透在其中的清醒的忧患意识和强烈的革新意识往往构成了一个民族觉醒与进步的起点”②。近代民族反省思潮从本质上讲是中西文化冲突的产物，是国人中的先觉者在民族危亡之际，通过认真对比中西在科学技术、政治制度、思想文化等各个方面巨大差距的前提下，为民族国家的救亡图存进行的思想准备。近现代的民族反省自鸦片战争起，经历了甲午战争、戊戌变法、庚子事变、辛亥革命，到五四运动时期达到高潮，深刻影响了中国文化的走向。正是因为如此，每一种民族反省的思潮，都会有相应的救国救民的方案，都会形成一定的文学思潮，从而对在这一时期中被作为工具使用的小说带来影响。

三、不可忽略的日本因素

日本明治维新之后，虽然并没有完全为资本主义的发展扫清障碍，但其社会内部对于近代化的迫切要求，很快就把发展资本主义提上了

① 朱文华：《试论近代中国的“民族反省”思潮》，《复旦学报（社会科学版）》1993 年第 3 期。

② 朱文华：《试论近代中国的“民族反省”思潮》，《复旦学报（社会科学版）》1993 年第 3 期。

日程。正如《共产党宣言》所说：“资产阶级……把一切民族甚至最野蛮的民族都卷到文明中来了……它迫使一切民族——如果它们不想灭亡的话——采用资产阶级的生产方式。它迫使它们在自己那里推行所谓文明制度，即变成资产者。一句话，它按照自己的面貌为自己创造出一个世界。”通过向西方诸国学习先进理念和知识、派遣留学生和聘用外国专家、引进先进技术和设备、按照西方模式改革行政制度和训练军队等措施，日本在短期内摆脱了陷入半殖民地化的危机，达到了富国强兵、殖产兴业和文明开化的目标，① 日本近代文学也正是在这个大潮流中迅速发展起来的。早在 20 世纪 30 年代，日本学者伊达源一郎就提出，“欧洲底所谓近代文学，是指十八世纪末期至十九世纪初年底时候勃兴在英、德、法、俄及其他各国的新文学”，其特点是把“文艺复兴、宗教改革和启蒙思潮三者当作近代文学的渊源。并且把它当作近代文学三种根本的要素”②。明治维新之后日本国门洞开，大量西方思想和各种近代文学思潮迅速涌入日本，“日本现代文学是遵循明治近代化的方针，大量地吸收了西欧思想和海外文学。可以说现代作家的写作活动都是在这种影响下进行的”③。西方文学思潮与日本传统文化经过激烈的碰撞和交锋之后，促进了日本近代文学的速成，并且在不久以后成为中国文学现代化过程中不可忽略的日本因素，直接影响了“吃人”叙事现象的形成。

（一）清末民初赴日留学高潮

20 世纪 90 年代，学者陈漱渝认为，在甲午战争之后，“中国文化与日本文化的流向发生了根本变化，由中国流向日本变成了日本向中国倒流。中国现代文学的肇始与发展，也受到了包括日本近代文化在

① 参见王向荣：《明治维新后日本是怎样学西方的》，《世界历史》1978 年第 1 期。

② ［日］伊达源一郎：《近代文学》，张闻天、汪馥泉译，商务印书馆，1930，第 1—2 页。

③ ［日］村松定孝：《日本近代文学和中国》，刘彤编译，《现代日本经济》，1991 年第 5 期。

内的域外文化的有力影响”①。进入 21 世纪，学者耿传明认为，中国文学现代性转换的起点“大致可以说是由 1894 年‘甲午战争’和 1900 年的‘庚子之变’开始的”，并且在 1903 年因为“知识界的‘新觉醒’与《民约论》所唤醒的个人和民族权利之争，立宪与革命的齐头并进，形成了文化西化的第二次高潮”②。笔者认为，无论是日本近代文化对中国文学的影响还是 1903 年文化西化的第二次高潮，在其发展、形成的过程中，都有一个非常重要的因素，那就是赴日留学生所发挥的作用。虽然在洋务运动伊始，清政府就着手派遣留学生出国学习，但效果却不甚理想，究其原因，一是当时认知上存在着一定偏差，对于西方的学习只停留在造枪造炮的层面；二是因为在戊戌变法之前赴日留学生数量十分有限，《晚清思想史》中统计，“1898 年，在日本的中国留校生仅为 77 人”③。赴日留学生数量的激增是从 1901 年开始的，“1901 年后，中国留学生的数量一改往日零散、断续的低迷状态，呈现出突发性的骤然跃进态势，形成一股很大规模的留学潮”④，刚刚经历了庚子事变的晚清政府在 1901 年进行的“遮羞变法”无疑是这一现象的幕后推手。同时，近代日本改革的成功，“实际上为中国乃至整个亚洲树立了一个榜样”⑤——不用大改政体、无须废除皇权，甚至有助于巩固专制统治的改革是可以成功的。1905 年，日本在日俄战争中取得胜利，国际地位得到相应提高。日俄战争不仅使中国人蒙受了空前的劫难，也使中国人看到了一个经过改革之后的强大日本——在不到十年的时间里，连续打败中俄两大帝国，这不得不使晚清统治阶层和社会精英产生学习日本经验、改造老大帝国的想法。在这种情况下，中国留学

① 陈漱渝：《日本近代文化对中国现代文学的影响》，《中国文化研究》1995 年夏之卷总第 8 期。
② 耿传明：《决绝与眷恋——清末民初社会心态与文学转型》，复旦大学出版社，2006，第 11 页。
③ 郑大华：《晚清思想史》，湖南师范大学出版社，2005，第 267 页。
④ 管雪莲：《中国现代文学思潮的萌端》，中国社会科学出版社，2014，第 37 页。
⑤ 方长安：《中国近现代文学接受日本文学影响反思》，《福建论坛（人社版）》2005 年第 10 期。

生大量涌入日本，据实藤惠秀《中日留学日本史》统计，“1896 至辛亥革命前，留日清国学生达 34327 人，其中 1905 至 1907 每年七八千人，1912 到 1917 年有 61130 人。累计约 10 万人，其中包括语丝社、创造社的不少著名作家”[①]。这和郑大华在《晚清思想史》中所说“到了 1905 年就达到了八千多人”基本吻合。可见在 1901 年之后，“航东负笈，络绎不绝”的赴日留学热潮的确蔚为壮观。

1898 年，张之洞在《劝学篇·外篇·游学第二》中说，“出洋一年胜于读西书五年，此赵营平百闻不如一见之说也。入外国学堂一年胜于中国学堂三年，此孟子置之庄岳之说也”，这无疑是对出国留学的官方认可。同时，他还指出“游学之国，西洋不如东洋”的理由，其中很重要的一点是“西学甚繁，凡西学不切要者东人已删节而酌改之，中、东情势风俗相近，易仿行，事半功倍，无过于此”[②]。从中不难看出晚清政府对留日学生寄予的希望是清晰的，既体现了对“日本西学、日本近代化经验的一种信赖乃至依赖心理”[③]，也体现了统治者派遣留学生赴日的目的性、迫切性和功利性。对留日学生而言，其中绝大多数是“关注现实、满怀理想的激进的革命青年，充满青春激情，为拯救祖国、在世界上重塑中国形象，他们恨不得一下子让中国实现近现代化，跨入世界强国之列”[④]。这些学生甫一赴日，接触到日本文学以及以日本为中介接触到真正的西学之后，便不惜一切地加以介绍、吸纳，为中国文学的现代化打下了初步的基础，在后来的“晚清文学变革、五四文学革命和革命文学三阶段的转换、流变的关键处，都留下

---

① 转引自：陈漱渝《日本近代文化对中国现代文学的影响》，《中国文化研究》1995 年夏之卷总第 8 期。

② 张之洞：《劝学篇》，广西师范大学出版社，2008，第 61 页。

③ 方长安：《中国近现代文学接受日本文学影响反思》，《福建论坛（人社版）》2005 年第 10 期。

④ 方长安：《中国近现代文学接受日本文学影响反思》，《福建论坛（人社版）》2005 年第 10 期。

了日本文学的印迹”①。许多后来在中国文学史上赫赫有名的人物，如王国维、周作人、郭沫若、陈独秀、李大钊、陈寅恪等都在赴日留学之列。与“吃人”叙事的形成有密切关系的文学家，如鲁迅、陈景韩、河北觉生等人，也均在此列。除了赴日留学的青年学生，还有一些清末民初的知识精英因为其他原因旅居日本——比如梁启超、韩文举、茅盾等，在中日、中西文学互动中，这些学者同样发挥了重要作用。正是因为这两个群体的存在，才使得“日本现代文学史上的大多数文学思潮和流派以及理论主张在现代中国都匆匆重演了一遍”②，而就是在这“重演”的过程中，伴随着中国文学的现代转型，“吃人”叙事现象得以逐渐形成。

（二）日本在中西文学互动中的桥梁作用

日本在明治维新之后，随着启蒙思想的滥觞，开始对欧美文学进行广泛的介绍。“日本近代文学对外国文学思潮的吸取是十分活跃的”，各种西方文学流派“都能在日本近代文学中找到它的代表”③，这恰好为在日本的中国知识精英提供了可供学习的知识和可兹利用的材料。戊戌变法失败带来的一个最大影响，就是梁启超遁走日本之后开始接触到真正的西学——之前的所谓“西学”，往往是国人对西方各国走马观花式的介绍，或者是西方传教士按照其目的性有选择的给予——认识到了把希望寄托于皇族来一场从上到下的改革是不可能改变中国现状的。梁启超后来描述过他当时的心情，“畴昔所未见之籍，纷触于目，畴昔所未穷之理，腾跃于脑，如幽室见日，枯腹得酒”④，从中不难见其之兴奋程度。究其原因，则是因为“日本自明治维新以来，大

① 方长安：《中国近现代文学接受日本文学影响反思》，《福建论坛（人社版）》2005 年第 10 期。

② 张福贵：《中日现代文学发展中的时差与异质》，《社会科学战线》1990 年第 3 期。

③ 王德禄：《五四新文学与日本近代文学——两个文学发展过程的比较研究》，《中国现代文学研究丛刊》1986 年第 12 期。

④ 梁启超：《论学日本文之益》，《饮冰室合集·文集之四》，第 80 页。

量译介西方政治、经济、哲学、社会学方面的著作，这些著作对于从‘学问饥荒时代’走来的梁启超来说，如久旱逢甘霖”①。梁启超正是因为在日本广泛接触“西学之书”后，进行了反求诸己的思考，认为当时之中国“需要重新建构、全面革命之处尚多”②，唯有唤醒民众，达到“新民”与“群治”的目的，才有可能取得成功。于是他一边从传统文学中寻找可兹利用的论据，一边在日本文学与西方小说中寻找与晚清境遇情景相合的作品，揭开了“小说界革命”的序幕，开展了一场以“新民”为目的的政治启蒙，以改良旧小说、倡导新小说为抓手，以理论先行、创作跟进为路径的文学运动。这一路径纯属摸着文学的“石头”过政治的“河”，而这些“石头”和新小说最初的创作范式，恰恰就是寓居日本的梁启超及其同志翻译的日本与西方的所谓“政治小说”。在 1896 年到 1911 年的十五年时间里，中国出版了一百零一部日本翻译小说，“其中政治小说占百分之五十以上”③。这正是在“小说界革命”的旗帜之下，企图以日本为榜样，将小说作为启发民智、宣扬政治理想的工具，从而达到启蒙的目的。梁启超早在 1898 年逃亡日本的途中，便着手翻译了矢野龙溪的《经国美谈》和东海散士柴七郎的《佳人奇遇》，并先后发表在他主编的《清议报》和《新民丛报》上，开启了我国清末民初翻译日本政治小说的序幕。梁启超行为的本质在于他意在通过小说的价值和意义，达到救亡图存、新民救国的目的，故而“小说界革命”被其建构成一场更新国民精神、改造国民性的思想启蒙运动，这场运动的理论资源和创作实践，均与日本文学有着密切的关系。

在清末民初，很多进入中国的西方文学作品是通过日本转译的，

---

① 关爱和：《梁启超与文学界革命》，《中国近代文学论集》，中华书局，2006，第 221 页。

② 关爱和：《梁启超与文学界革命》，《中国近代文学论集》，中华书局，2006，第 222 页。

③ 陈漱渝：《日本近代文化对中国现代文学的影响》，《中国文化研究》1995 年夏之卷总第 8 期。

日本对外国文学的翻译具有“眼界宽、范围广、速度快，内容兼收并蓄”[①] 的特点，这无疑为在日本求学、旅居的中国知识精英接触西方文学，并吸收、采纳为我所用提供了有利条件。就对“吃人”叙事形成的影响而言，有两部比较重要的欧美小说正是以日译本为中介进入了中国。1904年，由日本留学回国的陈景韩翻译了美国小说家马克·吐温作品 *Cannibalism in the Cars*，命名为《食人会》，发表在《新新小说》上，他正是通过原抱一庵的同名日译本进行翻译的。1928年，鲁迅通过日本堀口大学日译本翻译了法国小说家查理·路易·腓立普的短篇小说《食人人种的话》；发表于1918年的《狂人日记》虽为鲁迅的原创作品，但其风格却借鉴了俄国小说家果戈理的同名作品，而鲁迅接触到果氏的“狂人”，正是通过日本著名小说家二叶亭四迷的同名日译本。这三部作品翻译和发表的时间，刚好横亘在晚清至民国中国文学现代化转型的三个重要时间节点之上，对“吃人”叙事的形成有着非常重要的作用。比如《食人会》这部1904年2月发表于《新新小说》创刊号上的短篇小说，陈景韩忠实地翻译了原抱一庵的日译本，并通过在小说结尾加注的“批解”实现了对日译本的归化，指出在晚清复杂的时局之下，每天都发生的吞噬他人财产、事业、心思、才力这样的事，其本质和“吃人”没有什么区别。毫无疑问，这样的观点已经使“吃人”不再是单纯生物意义上的吃人，而是具备了一定的象征性意义，可以看作为《狂人日记》的出现进行了话语准备。

《食人会》可以看作早期以日本为中介进入中国的西方小说之一。在20世纪20年代之前，对日本文学以及以日本文学为中介对西方文学的翻译，可以看作中国近代文学转型的第一个“他者”。“他者”伴随着救亡图存而来，在中国文学自我建构和转型的场域中被赋予了拯救和改良的责任。“这些翻译小说不只是打开了一个窗口，而是形塑了一

① 陈漱渝：《日本近代文化对中国现代文学的影响》，《中国文化研究》1995年夏之卷总第8期。

个场域，在这个场域中，中国的接受者与来自异域的西方形象进行对话，产生摩擦、抵牾、共鸣和交融。”① 五四运动之后，对日本乃至西方文学的翻译进入一个全新的时期，在这一时期，一些著名的文学团体——比如语丝社和创造社——成为翻译日本文学的中坚力量。彼时“正值白桦派文艺思潮席卷日本文坛，它那肯定积极人性的立场，尊重自由和个性解放的精神，以及提倡人道主义和新现实主义的主张，不仅打破了长期统治日本文坛的自然主义的禁锢，而且也像一股清风吹进了窒息的中国文艺界”②，这为“吃人”叙事的发展提供了新的历史文化语境，使其沿着《狂人日记》的政治文化的理性批判之路继续前行，直接影响了后来湖畔诗人汪静之的小说创作，才有了小说《人肉》，并赋予了“吃人”叙事更多的、新的内涵。

---

① 刘小刚：《清末民初翻译文学中的西方形象》，浙江大学出版社，2017，第 1 页。

② 王凌：《日本近代文学翻译在中国》，《辽宁大学学报（哲学社会科学版）》1981 年第 3 期。

第二章　“小说界革命”与“吃人”叙事小说的出现

20世纪90年代中期，学者汤哲声认为，“在历史上，有很多有价值的事物都在人为的忽视之中失去了光彩，这并不否认客观实在的存在性，因为再有价值的事物不被挖掘，其价值也只限于‘存在’”①。虽然汤氏观点的指向是从戊戌变法到五四期间的文学变革，但同样涵盖并适用于处在这个变革过程之中的“吃人”叙事现象。笔者在前文曾经论述，在戊戌变法以前，有关“吃人”的故事和历史文献一直存在于各种史料之中，但因为封建道德观念和知识分子思维方式的遮蔽，并没有学者对其进行过相应的研究；戊戌变法之后——尤其是甲午战败之后——伴随着“西学东渐”的过程，西方关于野蛮民族的“吃人”见闻开始进入中国，并与存在于史料中的“吃人”资源发生了双向互动，逐步形成了清末民初小说中的“吃人”叙事现象，出现了一批以“吃人”为主要内容和关注对象的小说作品。但这些作品展现出来的状态和水平，可以用“有高峰、无高原”来概括，这也正如杨联芬所形容的20世纪前小说的状态，“在中国，吴敬梓、曹雪芹等，堪称小说艺术平地突起的奇峰，他们的周遭，是沙漠一般寂寞的旷野。20世纪以

① 汤哲声：《中国文学现代化的转型》，南京大学出版社，1995，第1页。

前中国曾经有杰出的小说，但不曾出现小说的盛世”[①]。在数量有限的“吃人”叙事的小说作品中，《狂人日记》无疑是以“高峰”的姿态出现的：中国第一部白话小说、中国现代小说的开山之作、五四文学革命的创作实践……所有这些评价和认定都不过分。但也正是为此，才使得“吃人”叙事的其他小说——如韩文举的《人肉楼》、汪静之的《人肉》以及陈景韩、河北觉生的翻译作品等被遮蔽于《狂人日记》的阴影之下，并未得到应有的重视、开掘和研究，其价值自然得不到认可和体现。在这一时期，一些“吃人”叙事小说属于出现在关键时间节点的关键作品，其对于文学史的重要性和学术价值自不待言。比如，出现在现代文学史前史位置、被认为是“小说界革命”先锋的《人肉楼》就属于此类作品。但《人肉楼》也并不是突然出现的，在它之前同样有相应的话语准备。

第一节 《点石斋画报》与“吃人”叙事的雏形

笔者在前文提到，鸦片战争后，一些西方“食人”传说开始出现在外国传教士以及外国人创办的报纸、杂志之上。据笔者不完全统计，仅在《点石斋画报》中就有几十篇之多。这类故事大多数本质上仍属于对远方民族的蛮夷想象和妖魔化建构，其目的以满足读者的猎奇心理为主。如果对这些“吃人”文本进行分析即可发现，它们篇幅短小、灵活多变、语言质朴自然，属于随笔形式的笔记体，与古代的笔记体小说非常相似。随着时间的推移，这些文本在东西文化碰撞过程中发生了双向互动，从而使一些食人故事发生了变化，成为清末民初小说

① 杨联芬：《晚清至五四：中国文学现代性的发生》，北京大学出版社，2003，第19页。

“吃人”叙事现象形成的前文本。在戊戌变法的前几年，《点石斋画报》“书集”中刊载了一则故事，叫《番食倭肉》：

> 倭奴蔑视中国，大肆要求，凡在华人，罔不欲食其肉而寝其皮，而无如前敌。诸将畏葸不前，张其毒焰，致有此次割界台湾之事，闻者爽然，而不料食其肉者，乃在此台地之生番，岂非天从人愿乎？番人虽被之化，而性甚野蛮，喜食生人。前经冠军扼守大科嵌，以防出扰。今倭兵突至，官军遂驰其禁，密遣番人四出埋伏。倭人每见刘军绝无动静，三五成群，潜探要隘，辄被番人截杀，如宰豕然。立时分食，或携归作羹，日必数起。佥曰：倭肉虽臭而美，然则番人亦知味矣。①

这则故事以叙事为主，情节简单，运用了直白简洁的文言，从形式上看仍然属于笔记体小说，“《点石斋画报》沿用（笔记体）这一记述的手法，记见闻、辨新物、述异事、写情景”②。从内容上看，它却加入了当时甲午战败后台湾被割让给日本这样的时事政治背景，并对“诸将畏葸不前，张其毒焰，致有此次割界台湾之事”进行了针砭和批判，与之前的“吃人”文本相比变化较为明显。究其原因有二：一为画报创办者美查“择新奇可喜之事，摹而为图”的要求；二是在戊戌变法之前，维新派思想家对小说的社会功用的认识已经有一定的变化。1895 年，在清廷甲午战争失败之际，英国圣公会传教士傅兰雅（John Fryer）在上海开展了“求著时新小说”活动。他在征文广告中写道：

---

① 《点石斋画报》“信集”，中国文史出版社，2019，第 82 页。

② 陈建红：《〈点石斋画报〉（1884—1898）图文艺术化传播与出版研究》，硕士学位论文，北京印刷学院，2020。

> 窃以感动人心，变易风俗，莫如小说。推行广速，传之不久，辄能家喻户晓，气息不难为之一变。今年中华积弊最重大者计有三端：一鸦片，一时文，一缠足。若不设法更改，终非富强之兆。兹欲请中华人士愿本国典盛者，撰著新趣小说，合显此三事之大害，并祛各弊之妙法，立案演说，结构成篇，贯传为部。使人阅之，心为感动，力为割除。①

傅兰雅不但认识到小说作为传播载体的优势，同时呼吁中国人能够针对当时国民所具有的陋习进行揭露与批判，从而实现祛弊强国的目的。相比传统小说，傅氏对中国传统小说观念已经有了三个方面的突破：一是主张以小说为工具改良社会风气，“感动人心，变易风俗”，从而教化社会；二是打破了传统小说的题材局限性，将神仙侠客、鬼怪妖狐、盗贼义士、才子佳人等传统题材转换为国家、国民所具有的弊端劣性；三是呼吁小说作者关心国家时事政治和社会风气，使小说具有针砭时弊的作用。通过《番食倭肉》文本中“致有此次割畀台湾之事”一句，以及 1895 年 4 月 17 日李鸿章与伊藤博文签订《马关条约》将台湾及澎湖列岛割让给日本，1895 年 6 月 1 日，清政府代表李经方与日本人签订《交接台湾文据》，台湾正式割让给日本的时间节点推算，《点石斋画报》“书集”的出版时间应在 1895 年 6 月到 10 月之间。而傅兰雅的《求著时新小说启》发表于 1895 年 5 月 25 日出版的《申报》之上，两者时间非常接近。值得注意的是《点石斋画报》正是作为《申报》的副刊出现的，它与《申报》共同的老板就是美国人美查。从这几点来推测，《点石斋画报》中《番食倭肉》的“吃人”故事受到了傅兰雅的影响，出现了对时事政治的关注以及对“将畏葸不前，

① 傅兰雅：《求著时新小说启》，《申报》，1895 年 5 月 25 日。转引自《傅兰雅与清末第一次小说革命——评〈清末时新小说集〉》，《古籍新书报》第 258 期。

张其毒焰，致有此次割界台湾之事”的批评，也属情理之中。作为戊戌变法之前出现的“吃人”故事，《番食倭肉》中出现了三个不太明显但比较典型的变化：一是改变了鸦片战争之后“吃人”文本以西方“食人”传说、见闻为主的态势，出现了以描写发生在中国的“吃人”事件为内容的故事；二是尽管故事中认为“番人虽被之化，而性甚野蛮，喜食生人”，但其体现的主题已经不再是纯粹的蛮夷想象和妖魔化建构，而是赋予了“吃人”文本新的内涵，即通过生番“吃人”的载体，对国人因缺乏勇气和战斗精神而导致“无如前敌”、诸将畏葸不前，最终导致“割界台湾之事”这一刚刚发生的时事进行了批判；三是“吃人”文本的目的——小说的功用观——已经发生了变化，不再只是纯粹的猎奇，而是要关心国家时事政治、社会风气，强调小说针砭时弊的作用。这些变化无疑暗合了傅兰雅的《求著时新小说启》。类似的现象也发生在该杂志刊载的其他故事中，比如“文集”中《群孩索命》在讲完因“吃人”导致的因果报应之后，结尾用“世有与甲同癖者，尚其戒之”来警示后人；在《刀下余生》中，曾经被“食人族”掳走、差点被吃的妇人获救后，因为经历过坐等被“脔割”的恐怖情形而对世人发出向善的劝诫；等等。

笔者认为，正是因为傅兰雅《求著时新小说启》的出现，其小说观念对《点石斋画报》产生了影响，致使其在甲午战争后刊载的“吃人”故事发生了变化。《点石斋画报》在当时有着非常广泛的受众，影响力颇为可观。鲁迅认为其在西学的传播中有重要意义，“这画报的势力，当时是很大的，流行各省，算是要知道‘时务’——这名称在那时就如现在所谓的‘新学’——的人们的耳目”①。在这种情况下，不但出现了《番食倭肉》这样的“吃人”故事，而且影响了康、梁等维新派思想家，激发了清末的小说变革。1897 年，康有为和严复分别提

① 鲁迅：《上海文艺之一瞥》，《鲁迅全集（第四卷）》，人民文学出版社，1983，第 293 页。

出了自己的小说功用观。康有为出于宣传维新思想、开通民智以改革政治的考虑，在《日本书目志》卷十四“小说门”中说：“仅识字之人，有不读经，无有不读小说者。故六经不能教，当以小说教之；正史不能入，当以小说入之；语录不能谕，当以小说谕之；律例不能治，当以小说治之。”① 虽然此论过于夸张地强调了小说的作用，但康氏“能够抛弃正统文人偏见，愿意为下层人民撰述，这在创作观念上已是一个很大的进步”②。严复与夏曾佑两人对小说功用的强调在当时比康有为更具国际视野和政治高度，此二君发表于《国闻报》的《本馆附印说部缘起》，被阿英誉为“阐明小说价值的第一篇文字”。文中强调，“且闻欧、美、东瀛，其开化之时，往往得小说之助”，这一论点因为描述和强调了小说在欧美强国以及日本立国或维新之时所起的重要作用而得到重视，一些学者也将其“视为现代中国第一篇强调小说社会功用的评论文章”③。实际上这一年梁启超也在其师的影响下提出了自己对小说的看法，“上之可以借阐圣教，下之可以杂述史事，近之可以激发国耻，远之可以旁及彝情”④，可见早在戊戌变法以前，梁启超已经对小说寄予厚望，认为其具有社会教育的功用。戊戌变法失败，梁启超逃亡日本之后，在1898年底又一次强调了小说的社会功用，认为“彼美、英、德、法、奥、意、日本各国政界之日进，则政治小说，为功最高焉”⑤。而他在《译印政治小说序》中所云“往往每书一出，而全国之议论为之一变”的说法，与傅兰雅所强调的“推行广速，传之不久，辄能家喻户晓，气息不难为之一变”，不但似曾相识，而且句

① 康有为：《日本书目志》，《康有为全集》第3集，第522页。

② 胡全章：《晚清小说与文学转型》，中国社会科学出版社，2012，第5页。

③ 夏志清：《人的文学》，台湾纯文学出版社，1984，第63页。

④ 梁启超：《变法通议·论幼学第五》，《时务报》第8册，1896年10月。

⑤ 梁启超：《译印政治小说序》，见陈平原、夏晓红：《二十世纪中国小说理论资料·第一卷（1897—1916）》，北京大学出版社，1989，第22页。

法、用词皆颇为相近。基于以上论述笔者认为，《点石斋画报》中数量可观的“吃人”故事为“吃人”叙事的创生提供了一定的话语准备，而《番食倭肉》则可以看作“吃人”叙事小说的雏形。

第二节 韩文举与《虞初今语·人肉楼》

发表于1902年《新民丛报》第5号上的短篇小说《人肉楼》，其作者为康有为的弟子韩文举，他用旧小说的形式，讲了一个在当时颇具颠覆性的“吃人”故事。《人肉楼》诞生于清末社会巨变的时代，在当时救亡与启蒙的语境之下，小说已被纳入民族国家叙事，成为救亡图存的工具。在《人肉楼》中，来自遥远的“不知所谓君臣、不知所谓治乱”的“世界中自然一极乐国”华胥国的天冶子，带着书童游历至“须陀国”，见到扪焦人的吃人之所“人肉楼”，其中“煎熬芬芳，香气喷鼻，虽天国中人无不食指动也”。之后，天冶子不但与书童走散，还被扪焦人擒住押往“人肉楼”。在这个过程中，天冶子获悉，自数百年前扪焦人来此定居后，就专以吃人为事，其中须陀人脑力甚大，其人脑至为美味“最为可啖”。在“人肉楼”中，天冶子看到前面坐一少年，后坐一老妪。“老妪啖人肉最多，十余年间，啖‘须陀人’数百万”。最终，天冶子被老妪烹食，“童子遂测知天冶子被祸”，立刻返回华胥国报告了这一消息。“华胥帝大惊，即举大兵飘忽飞来，遂迫其国”，并发出疑问：“吾种不同须陀，非易烹也。岂有野蛮烹文明者乎?”此时须陀人方才醒悟：“扪焦人专食我种也。”在《人肉楼》中，韩文举将当时中国政治社会浓缩为一座吃人者的“人肉楼”[①]，通过天

---

① 参见韩文举：《人肉楼》，《新民丛报》，1902年5月，第97—99页。

冶子的见闻和最后被吃的结局，将生物学意义上的“吃人”上升到了具有一定内涵的政治寓言。

一、《人肉楼》的写作背景

《人肉楼》发表于1902年5月《新民丛报》第5号上，此时距离梁启超发起“小说界革命”尚有七个月时间。作者韩文举生于1864年，卒于1944年，字树园，号孔庵，笔名扪虱谈虎客，广东番禺人，是清末民初维新派革命家、政治家、教育家、报人。根据陈汉才所著《康门弟子述略》考证，韩文举的主要生平事迹可以概括为三点：第一，1891年韩文举二十七岁时，因“目睹清廷腐败无能，国运日衰，毅然放弃举子业……入广州长兴里万木草堂读书”①，拜康有为为师。韩文举学识高卓，曾任万木草堂学长，他“深受康有为爱国精神的濡染，关心国事，日与梁启超、陈千秋、麦孺博以义理、气节、经世之学相砥砺，以维新救国为己任，刻苦钻研学术，修养德行品格”②。曾协助康有为校对《新学伪经考》《孔子改制考》等著作。第二，韩文举与梁启超交好，并因“善于文学而分别被称赞为‘子游’、‘子夏’”③。1896年曾与梁启超、黄遵宪等一起在上海创办《时务报》鼓吹新政，后担任澳门《知新报》主笔。戊戌变法后韩文举流亡日本，协助梁启超办《清议报》《新民丛报》，开始以“扪虱谈虎客”的笔名，在两报上发表政论文章，继续宣传维新变法。④ 第三，韩文举在日本期间，深受革命派影响。“在日本期间，梁启超与孙中山革命党人来往日密，遂有赞成革命、孙康合作之议。韩文举、欧榘甲尤为赞同。”1899年6月，与梁启超、欧榘甲、梁启田、麦仲华等十二人结义立誓，“立志实现大同理

① 陈汉才：《康门弟子述略》，广东高等教育出版社，1991，第25页。

② 陈汉才：《康门弟子述略》，广东高等教育出版社，1991，第25页。

③ 陈汉才：《康门弟子述略》，广东高等教育出版社，1991，第25页。

④ 陈汉才：《康门弟子述略》，广东高等教育出版社，1991，第26—27页。

想，反对那拉氏暴政”①。这一点尤为重要，也是理解《人肉楼》、厘清其主题建构的最关键一点。

《人肉楼》发表的1902年，正处在新旧思想交替的变革年代。学术界一般认为，戊戌变法失败之后维新派内部发生了分化，“一部分转为保皇，成为封建势力的一翼，如康有为；一部分转向启蒙，如梁启超，他抛弃了康有为的天下观，正式确立了现代中华民族的观念”②。但在这个分化的过程中，即1899年到1902年，以梁启超、韩文举为首的康门弟子接受了革命派的排满思想，并与革命派代表人物孙中山来往甚密。梁启超的弟子、学者黎东方在《孙中山在日本和康有为、梁启超的关系》一文中认为，梁启超早在1897年就已经在对其学生札记的批语中流露出“对满人反抗的态度”。而戊戌变法失败亡走日本之后，梁曾多次与孙中山会谈和磋商，“1899年间，孙中山等在日本曾与梁启超等多次讨论两派联合组党事，梁启超态度一度坚决……孙、梁商妥两派联合立党，拟推孙中山为会长，梁启超副之”③。1902年4月，梁启超致信康有为，认为要想唤起民族精神，“势不得不攻满洲”，“日本以讨幕为最适宜主义，中国以讨满为最适宜主义”④。在这一阶段，康门弟子受到卢梭民约思想和俄国虚无党、无政府革命思潮共同冲击，脑质为之改易，思想言论与前者若出两人。以“十三太保”为代表的康门激进弟子群体倡言革命，与孙文为代表的共和革命派渐有合流趋势，与老师康有为的分歧则达到了顶峰，“排满‘言革’之心已经非常坚

---

① 陈汉才：《康门弟子述略》，广东高等教育出版社，1991，第27页。

② 管雪莲：《中国现代文学思潮的萌端》，中国社会科学出版社，2014，第167页。

③ 周兴梁：《试论一九〇〇年前后孙中山与梁启超的关系》，《贵州社会科学》1984年第5期。

④ 梁启超：《与夫子大人书》，《梁任公先生年谱长编》，丁文江、赵丰田编，欧阳哲生整理，中华书局，2010，第144页。

定”①。在《与夫子大人书》中，梁启超还提到，“树园（即韩文举），吾党中最年长者，然其恶满洲之心更热。新民报（即《新民丛报》）中‘扪虱谈虎’一门，及‘人肉楼’等篇，树园笔也。同门之人，皆趋于此”。阿英认为，“研究晚清小说，最被忽略又最不应该被忽略的”，就是种族革命小说。“这些小说，是以宣传革命思想，鼓动革命情绪，使人民同情、参加，以完成中国的种族革命为任务。”② 革命排满、种族革命是庚子事变后的主流社会思潮和趋势，当时的一位保守派曾有以下记录：“自从平等自由革命排满之说倡行，少年后学从风而靡……其毒乃遍于学校，裂纲毁纪，视为当然，相习成风。”③“只有通过革命排满才能确立现代民族主义，只有通过革命才能推翻专制体制建立现代民主共和国家的思想，在那个时代的革命者心里是高度一致的。”④ 在1902年前后，出现了大量体现革命排满思想的小说，如《自由结婚》《狮子吼》《洗耻记》《卢梭魂》《东欧女豪杰》《革命军》等。

自1899年6月韩文举与梁启超、欧榘甲等十二人结义立誓，“立志实现大同理想，反对那拉氏暴政”⑤ 开始，在革命排满社会思潮和革命派创作实践的影响下，维新派韩文举不但和康门“十三太保”中的其他人一起与孙中山多次接触、探讨革命事宜，并且将革命排满思想深刻地融入他的作品之中。1902年到1903年在《新小说》杂志上连载的小说《东欧女豪杰》，署名岭南羽衣女士著、谈虎客批，但实际上作者是康门“十三太保”之一的罗普，批注者谈虎客即韩文举。这部小说

① 朱军：《革命与超越：“新小说”的美学新变——以康门激变为线索》，《文艺理论研究》2015年第3期。

② 阿英：《晚清小说史》，江苏文艺出版社，2009，第90页。

③ 《辛亥革命与近代文化（上）》，第321页。转引自耿传明：《决绝与眷恋——清末民初社会心态与文学转型》，复旦大学出版社，2006，第153页。

④ 管雪莲：《中国现代文学思潮的萌端》，中国社会科学出版社，2014，第178页。

⑤ 陈汉才：《康门弟子述略》，广东高等教育出版社，1991，第27页。

以俄国19世纪70年代革命民粹派为题材，借在瑞士与俄国留学生朝夕相处的中国女子华明卿的眼睛，充满激情地描写了虚无党的革命活动，塑造了女英雄苏菲亚光彩照人的形象。乌兹别克斯坦学者凯玫丽亚认为，韩文举意在通过对《东欧女豪杰》主题思想的批点，“来宣传平等思想，反对专制主义，来启发民智，区别传统小说，以呼应梁启超‘小说救国’的思想”①。不但如此，对这部小说的批点明显体现了韩文举的排满思想。《东欧女豪杰》第一回中写道：“可恨我国二百兆同胞姐妹，无一人有此学识，有此心事，有此魄力。又不但女子为然，那号称男子的也是。卑湿重迟，文弱不振，甘做外人的奴隶，忍受异族的欺凌，祖国耻如鸿毛，弃人权如敝屣，屈首民贼，摇尾势家，重受压抑而不醉，不知自由为何物。”② 这段话虽然是作者借着“东欧女豪杰”的事迹反求诸己，指出面对异族残暴统治的“我国二百兆同胞姐妹”和一众男子的仰人鼻息、麻木无能，但也直接体现了罗普的排满思想。韩文举对其批注为“此是著书本意”“天下种种腐败混乱事情，没有一件不是从专制政体生出来的”③，对此持肯定态度。在对小说《新罗马》的批点中，韩文举也提到“今日正是民族主义竞争时代，非全国人万众一心，结成一至大团体，不足以图自立而抗外敌”④。综合以上各种因素可以判定，《人肉楼》通过天冶子被吃所建构的主题就是排满，这部作品可以看作韩文举以及康门“十三太保”激进排满思想的具体体现。

---

① ［乌兹别克斯坦］凯玫丽亚：《谈虎客批点〈东欧女豪杰〉》，中国文学观念的背景与特质——古代文学理论研究（第四十五辑）中国古代文学理论学会专题资料汇编。

② 《东欧女豪杰》，岭南羽衣女士著，谈虎客批注，《新小说》1902年第1号。

③ 《东欧女豪杰》，岭南羽衣女士著，谈虎客批注，《新小说》1902年第1号。

④ 朱军：《革命与超越：“新小说”的美学新变——以康门激变为线索》，《文艺理论研究》2015年第3期。

二、《人肉楼》所赋予“吃人”叙事的新内涵

学术史上对这篇小说关注不多，南开大学耿传明认为它“是一篇不太显眼但值得重视的小说，可以说它是‘五四’控诉‘礼教吃人’的先声”[①]。耿传明也是目前对《人肉楼》最为关注的学者，先后在论文《清末民初“乌托邦”文学综论》《清末民初小说中“现代性”的起源、形态与文化特征》和专著《决绝与眷恋——清末民初社会心态与文学转型》《来自“别一世界”的启示——现代中国文学中的乌托邦与乌托邦心态》等论著中论及此作。耿传明关于《人肉楼》的观点可概括为以下四点。一是将《人肉楼》看作《狂人日记》的先声。[②] 二是认为它以现代启蒙主义的文野之分彻底颠覆、取代了传统的华夷之辨，传统中国所推崇的圣贤、忠臣、义士在此都成为“吃人国度”中无谓的“被吃者”，这种价值重估的颠覆性、深刻性自不待言。尽管其中不无偏激和简单化之处，但它标志着一种文化的转向。[③] 三是小说带有明显的政治影射性质。[④] 四是“现代中国人的学习西方，不只是缘于枪炮的教训，更由于从文化上发现一个新天地的惊喜和激动”，“更有发现一个非中国的、从未出现过的‘新文明’乌托邦的狂喜和激动”。[⑤] 耿传明对《人肉楼》的研究和论述涵盖了清末民初社会心态、文学转型、20世纪初中国的“乌托邦”和无政府主义等各个方面，指出了《人肉楼》的“吃人”叙事是《狂人日记》对“礼教吃人”控诉的先声。但

---

① 耿传明：《来自“别一世界”的启示——现代中国文学中的乌托邦与乌托邦心态》，南开大学出版社，2014，第46页。

② 参见耿传明：《清末民初小说中“现代性”的起源、形态与文化特征》，《文学评论》2010年第5期。

③ 耿传明：《清末民初“乌托邦”文学综论》，《中国社会科学》2008年第4期。

④ 耿传明：《决绝与眷恋——清末民初社会心态与文学转型》，复旦大学出版社，2010，第141页。

⑤ 耿传明：《决绝与眷恋——清末民初社会心态与文学转型》，复旦大学出版社，2010，第141页。

其始终停留在文学的“外部研究”[①] 层面，对《人肉楼》这一作品本身的叙事方式、意象、隐喻、象征等文学内部因素的研究略有欠缺——虽然指出了该作品是《狂人日记》的先声，却对两部作品之间的摒弃与继承、“小说界革命”与五四文学革命之间的关系没有进行深入探讨。《人肉楼》之所以成为“礼教吃人”批判的先声和中国近现代“吃人”叙事现象的开端，正是因为韩文举通过“吃人”意象的塑造，建立了具有政治寓言性质的隐喻系统，形成了小说文本与社会现实的互文关系，完成了对晚清残暴统治的政治影射。对其的研究也应该内外结合，既要厘清小说产生的社会背景、与现实的关系以及对文学史的影响，又要解析作品文本以及作者建立的隐喻系统。只有如此，才能认识到《人肉楼》所描述的“吃人”既是清季满族对汉族残酷统治的写照，更是对数千年来统治者“人吃人”历史的揭发。

勒内·韦勒克和奥斯·汀沃伦认为，小说家的世界和宇宙，“包含有情节、人物、背景、世界观和‘语调’的模式或结构或有机组织”[②]。在《人肉楼》中，韩文举在革命排满世界观指导之下，建构了一个颠覆传统价值观念的政治空间，将《人肉楼》作为一种政治寓言，通过隐喻的手段表现了革命排满的思想。学者朱军提出，“它既是一部历史的寓言，也暗含着巨大的破坏冲动。在形而下的层面是排满，在形而上的层面是否就是新兴的革命意识以及无政府主义呢？或者我们更进一步问，康门的新儒学传统及其内部分歧是否为破坏美学提供了支持

① 勒内·韦勒克和奥斯汀·沃伦认为，所谓文学的外部研究指的是作家研究、文学社会学、文学心理学，以及文学与其他学科的关系之类不属于文学本身的研究，即文学的“外部研究”。而文学的“内部研究”则是指对文学自身的种种因素，诸如作品的存在方式、叙述性作品的性质与存在方式类型、文体学以及韵律、节奏、意向、隐喻、象征、神话等形式因素的研究。勒内·韦勒克和奥斯汀·沃伦：《文学理论》，刘象愚、邢培明、陈圣生、李哲明译。浙江人民出版社，2017，第7、61、129页。

② ［美］勒内·韦勒克、奥斯·汀沃伦：《文学理论》，刘象愚、邢培明、陈圣生、李哲明译，浙江人民出版社，2017，第208页。

呢？这是有待考辨的问题”①。虽然是有待考辨的问题，但在《人肉楼》的文本之中，对无政府主义、乌托邦思想、破坏主义以及封建专制的批判均有一定体现。按照《西方文学术语辞典》中的定义，寓言是一种包含多层含义的叙述文体，作品在表层简单叙事话语之下，隐藏着符合内在逻辑、具有一定现实指向意义的真实意图。西方学者罗杰·福勒认为，“寓言作品中的人物、行为以及场景均有一定的象征意义，不仅暗示了精神、政治以及心理的矛盾冲突，而且人物也被恐惧、欲望和需求所左右，象征主义是寓言的显著特征”，寓言的典型特征“就是一个‘清白者’他所经历的一系列事件，恰恰是对当今现实社会的如实反映”。② 德国学者瓦尔特·本雅明认为，把寓言当作写作文体可以巧妙地捕捉社会和人类的一些没落症结，从而打破人们对美的幻想，以此实现艺术的“真理内涵”③。具体到《人肉楼》而言，经历过戊戌变法失败的韩文举见识过晚清政府的残暴统治和对维新派的血腥镇压，加之其作品所表现的主题在清末的特殊性和敏感性，所以他采取了寓言化的叙事。这样既可以通过“典型的人物、戏剧化的事件以及夸张的语言，最终构建现实世界的意象，从而达到某种政治诉求”④，又能做到通过离奇的情节、生动的描写将抽象的政治批判具象化，有效激发读者的阅读兴趣，更好地传达故事的弦外之音——“对历史种种专

---

① 朱军：《革命与超越：“新小说”的美学新变——以康门激变为线索》，《文艺理论研究》2015年第3期。

② FOWLERR. *A dictionary of modern critical terms*(London:Rutledge and Kegan Paul,1987), PP. 5-6.

③ ［德］瓦尔特·本雅明：《德国悲剧的起源》，陈永国译，文化艺术出版社，2001，第140页，转引自卢旻烨：《寓言视角中的极权主义——奥威尔的〈动物庄园〉和〈一九八四〉解读》，硕士学位论文，西北师范大学，2012。

④ 张倩玉：《政治寓言：蝇王中的极权主义及其启示》，《常州工学院学报（社科版）》2021年第2期。

制严厉的批判，其中包括异族征服屠戮的狂暴、本国‘肉食者’对民众的残酷统治，也排斥以天道或自由为名行杀戮吃人之实”①。

在《人肉楼》中，韩文举通过来自华胥国的天冶子在须陀国游历过程中被扪焦人烹食的“表层简单叙事话语”，建构了一个比较复杂的隐喻系统，“把抽象概念转变成图画式的语言”②，使这一政治寓言具有了更深层次的含义。而对于隐喻，勒内·韦勒克和奥斯·汀沃伦在讨论诗歌理论时认为，隐喻是“在一定程度上比拟人事，把人事的一般表达转换成其他的说法，从而赋予诗歌以精确的主题”③。笔者认为，这一论述对于小说创作来讲，同样是成立的。韩文举找到了文本表层叙事内容与清末残酷社会现实之间的类比性，用“人肉楼”里所发生的荒诞的“吃人”故事和坐在前面的少年、后面“啖人”的老妪、“比干心”、“鄂侯脯”、“子胥目”、“方孝孺舌”等一系列的意象，隐性地表达了他对晚清政府残酷统治的批判以及革命排满的政治诉求。在韩文举的隐喻中，已经看不到早期维新派“仰视庙堂的政治希求心理”④，取而代之的是对晚清政权残酷统治和无情压迫的极强指向性，以及对社会现实极度失望之后的情感宣泄。从《人肉楼》内容上来看，有三个值得注意的方面。一是小说中主人公天冶子从何而来，欲往哪儿去。小说中清楚地交代了这两个问题，即从“不知所谓君臣、不知所谓治乱”的“世界中自然一极乐国”华胥国而来，到被“扪焦人”残酷统

---

① 朱军：《“吃人”叙事与中国文学现代性的开端——从〈人肉楼〉到〈狂人日记〉》，《中国现代文学研究丛刊》2015 年第 10 期。

② S·T. 柯勒律治，《全集》（纽约，1853 年第一卷，第 437—438 页）；转引自勒内·韦勒克、奥斯·汀沃伦：《文学理论》，刘象愚、邢培明、陈圣生、李哲明译。浙江人民出版社，2017，第 178 页。

③ ［美］勒内·韦勒克、奥斯·汀沃伦：《文学理论》，刘象愚、邢培明、陈圣生、李哲明译。浙江人民出版社，2017，第 175 页。

④ 方国武：《影射叙事与政治批判——晚清谴责小说政治修辞分析》，《学习与探索》2009 年 3 月。

治、国人时时被啖的悲惨世界“须陀国”去。不知“君臣”与“治乱”自然极乐之国，可以看作韩文举对未来国家模糊的“乌托邦”式的想象。二是在“人肉楼”中，天冶子看到前面坐一少年，后坐一老妪，“老妪啖人肉最多，十余年间，啖‘须陀人’数百万”，这无疑是对晚清政治生态以及光绪、慈禧的影射，并对二人进行了妖魔化处理，完成了对晚清政权合理性的否定。三是“人肉楼”中其地广大无垠，蓄人无数，其中人皮、人眼、人耳、人心、人手足、人脑等各为一堆。而那些历史上著名的忠臣良相之肉，则以“比干心”“鄂侯脯”“子胥目”“方孝孺舌”等一一标注，从时间和空间上确认了当时的中国就是一座每天都在残忍地“人吃人”的“人肉楼”。正是通过这三个方面，韩文举将“吃人”由生物意义上的事件升级为政治寓言，并建立了一个以政治批判为目的的隐喻系统，赋予了“吃人”一定的象征意义。《人肉楼》也因此被认为是“小说界革命”的先锋、“吃人”叙事的起点、《狂人日记》的先声。

第三节　清末翻译作品中的“吃人”叙事小说

从梁启超号召“译印政治小说”开始，到“小说界革命”揭幕，其对旧小说的否弃和对“新小说”的提倡都伴随着来自域外文学的“他者”——翻译小说。在引言部分笔者曾做出说明，根据比较文学变异学的“他国化”理论，晚清民国的翻译小说应被认为属于中国近现代文学的一部分。在“小说界革命”开始后不久，便有一些西方及日本的“吃人”叙事小说被译成中文，并在翻译过程中通过对原著的归化，实现了对中国近现代小说“吃人”叙事的有益补充。

一、控诉病态社会的《食人会》

最早出现在翻译小说中的“吃人”文本是《鲁滨孙飘流记》中的“吃人”描写，但“吃人”却不是这部小说的主要内容，对此前文已有简述。第一部以“吃人”为主要内容的翻译小说，是发表于1904年8月《新新小说》第1年第1号上的政治讽喻小说《食人会》。该小说原著为美国小说家马克·吐温，冷血翻译。但是，冷血并非译自英文原版，而是译自日本著名翻译家原抱一庵的日译本。马克·吐温原著名为 *Cannibalism in The Cars*，写于1868年。原抱一庵的译本叫作《食人会》，于1903年发表在日本《太阳》杂志上。[①] 1904年，冷血将日译本翻译成中文并在《新新小说》第1号上发表。《食人会》采用嵌套式的叙事结构，讲了一个故事中的故事：一位议员“汉仁加君”与二十三名乘客、八名火车管事员被困于雪地火车之上，方圆一百公里之内没有人烟。冻饿七天之后，议员建议人们采用“议会法”，通过组成“临时议会”的手段，选举并吃人充饥，十六天后三十人被吃掉。被困十八天后，“救援军来，而生存者独余与大僧正洁留氏二个”。“我”听了这个故事后，内心暴怒，认为汉仁加君“乃残忍无道之食人汉”，并欲“急追”此贼。但后经“车掌”澄清了解了真相，所谓“食人会”是汉仁加议员过去搭乘火车雪中遇险之后，“神经呈异状，常不快”，后来再乘火车过曾经遇险之处时，“每不能不忆昔日冻饿之痛，触景思故，因一时激发而假设彼之食人会”而已，食人事件并未真实发生。

（一）陈景韩其人

《食人会》的翻译者冷血，即晚清著名报人陈景韩。陈景韩是松江县（今上海市松江区）人，生于1878年，卒于1965年，笔名冷血、冷等。他1899年年末至1902年年中在日本留学，归国后进入报界工作。

① 参见国蕊：《陈景韩对第一人称叙事小说翻译的探索》，《明清小说研究》2016年第4期。

曾先后担任《大陆报》《时报》《新新小说》《小说时报》《申报》等沪上主要报刊的主笔，并兼翻译和创作小说，译、著作品颇丰，是 20 世纪初相当有人气和影响力的报人、小说家和翻译家。从目前关于陈景韩的研究成果来看，戊戌变法失败之后，湖南、湖北两地知识分子因对清政府极其不满，联合民间秘密组织，成立了数量可观的革命会党，当时在湖北武昌武备学堂读书的陈景韩也加入其中。后因清廷侦知此事，其被湖广总督张之洞下令通缉。在家人的奔走相助和松江士绅的疏通下，陈景韩只是被武备学堂开除学籍，并未出现严重后果。1899 年陈景韩前往日本，成了早稻田大学的留学生。1902 年年中，陈景韩回国任《大陆报》主笔并开始翻译外国小说。1904 年在上海创办《新新小说》，同年就任上海《时报》主笔；后又担任《小说时报》《申报》等主要报刊主笔。学术界一般认为，陈景韩的思想是偏向于革命派的，在他的译作和自著小说中，均能看到其对国民性的猛烈批判和对暴力革命手段的推崇。比如在与《食人会》发表于同一期《新新小说》之上的、冷血代表作“侠客谈”系列小说第一部《刀余生传》中，就曾列出过一个骇人听闻的“救国杀人谱”：

鸦片烟鬼杀！小脚妇杀！年过五十者杀！残疾者杀！抱传染病者杀！身体肥大者杀！侏儒者杀！躯干斜曲者杀！骨柴瘦无力者杀！面雪白无血色者杀！目斜视或近视者杀！口常不合者杀（其人心思必收检）！齿色不洁净者杀！手爪长多垢者杀！手底无坚肉者脚底无厚皮者杀（此数皆为懒惰之证）！气呆者杀！目定者杀！口急或音不清者杀！眉蹙者杀！多痰嚏者杀！走路成方步者杀（多自大）！与人言摇头者杀（多予智）！无事时常摇其体或两腿者杀（脑筋已读八股读坏）！与人言未交语先嬉笑者杀（媚已惯）！右膝合前屈者杀（请安已惯故）！两膝盖有坚肉者杀（屈膝已惯故）！齿常外露者杀（多言多笑故）！力不能自举其身者杀

(儿不在此例)！凡若此者，均取无去。其能有一定职业，能劳动任事者，均舍去，且勿扰及财物。①

范伯群认为，“救国杀人谱”虽然看上去像格杀勿论，“但实质上主要是向中国民族劣根性与若干民族陋习的一种宣战”②；袁进对此持相同观点，认为“这一系列的‘杀’的目的是实现国族人种的优胜劣汰，实质上是向民族劣根性宣战，当是进化论在知识分子中流行的一个表现”③；而在《刀余生传》的“叙言”中，陈景韩提到其“侠客谈”系列的目的，是“为改良人心、社会之腐败也”④。

（二）陈景韩对《食人会》日译本的归化

学术界对翻译小说《食人会》的关注可谓少之又少，并没有学者对此作进行专门研究。究其原因有二：一是在清末民初对外国文学的翻译和借鉴的过程中，当时的社会精英比较重视来源于欧洲的文学资源。日本学者伊达源一郎甚至认为“阿美利加底文学和欧洲文学比起来，实在是不足道的，所以如其大胆说起来，所谓近代文学，大概是把阿美利加底文学除去的……原来阿美利加是世界上最新产生的国家，他真有国家的存在底意义是在那独立战争以后，就是属于十八世纪的事情；所以他底文学不能如欧洲各国那么老练，那么复杂，而是幼稚的，简单的，在世界文坛上面不能占有重要的地位”⑤。按照陈平原的统计，这一时期在对各国小说的翻译数量上，排在前三位的分别是英

① 冷血：《侠客谈》，《新新小说》，1904年8月第1年第1号。

② 范伯群：《〈催醒术〉：1909年发表的“狂人日记”——兼谈“名报人”陈景韩在早起启蒙时段的文学成就》，《江苏大学学报（社会科学版）》2004年第5期。

③ 《中国近代文学编年史——以文学广告为中心（1872—1914）》，袁进主编，北京大学出版社，2013，第379页。

④ 冷血：《侠客谈》，《新新小说》，1904年8月第1年第1号。

⑤ ［日］伊达源一郎：《近代文学》，张闻天、汪馥泉译，商务印书馆，1930，第190—191页。

国、法国和日本，如果“倘以译者所据本子语种统计，译自日文的小说应是第一位，因为许多英、法小说的译本实际上是根据日译本重译的”①。二是学术界对陈景韩的研究大多集中在其报人身份和新闻从业经历之上，对其在小说翻译、小说创作等文学方面的成就关注较少。即使是在对其文学行为的研究中，研究重点也大部分放在了对其“虚无党小说”“侠客小说”的翻译和自著短篇小说之上，鲜有学者关注这部名不见经传的《食人会》。所以，对此做的研究大多散见于对陈景韩小说进行整体研究的论著之中。比如李志梅在其博士论文中指出：“《食人会》则叙述人吃人的恐怖意识流故事，可以说是鲁迅《狂人日记》的前身。”② 赵琳娜则以《食人会》为例对陈景韩翻译作品的归化倾向进行了研究，认为他对马克·吐温的原著进行了大规模的改写，是对原著“有意识的误译”，“根据中国小说习惯，删除了小说中与中国习惯不符合的部分……在小说中直接以‘我’的口说出了译者对于食人这一行为的想法，甚至围绕道德展开了一段讨论，这明显是为了达到说教目的而对小说进行了有选择的改编”③。林家钊在《晚清翻译小说中的政治、诗学与媒体——马克·吐温〈火车上的食人族〉日、中译本比较研究》一文中，通过对英文原版和日、中译本的细读与比较，探讨了小说翻译的跨文化接受和变异。文中认为，日译本对英文原著进行了大量改写，而陈景韩则忠实保留了日译本中的人名、故事情节和日文语法特征。这样做的原因一是因为日译本中明显的汉文调特征，其风格接近明清文体；二是因为“原抱一庵通过改写而表达出来的个人政治诉求也正好与陈景韩所面临的情况相似”，他不需要“大

① 陈平原：《中国现代小说的起点——清末民初小说研究》，北京大学出版社，2005，第61页。

② 李志梅：《报人作家陈景韩及其小说研究》，博士学位论文，华东师范大学，2005。

③ 赵琳娜：《陈景韩翻译中的日本影响》，硕士学位论文，山西大学，2017。

费周章进行二次改写就能发挥文本的政治与社会功能”[①]。付建舟在其论文《进化论传播脉络与近代中国的“食人”言说》中，也对《食人会》予以了关注，认为陈景韩之所以翻译这部小说并在结尾添加“批解”，是因为受到了近代中国进化论思潮的影响，但“他只有朦胧的进化论观念，还缺乏鲜明的进化论思想，更缺乏强烈的竞争意识”[②]。笔者认为，以上研究均未涉及关于《食人会》的两个关键问题。一是陈景韩为什么选择了这部马克·吐温作品中比较边缘且不受重视的小说。马克·吐温在其自传中说，“我是从 1867 年初开始写作生涯的”[③]，而 *Cannibalism in The Cars* 写于 1868 年。这部马氏初期以讽刺当时美国政治生活和议会制度为目的的小说可以说并没有什么名气。二是陈景韩忠实地翻译了原抱一庵的日文译本，几无误译和改写。在这种情况下，译者是如何对日译本进行归化，并实现小说的政治与社会功用的呢?

马克·吐温是一位杰出的喜剧作家，是一位幽默大师，这一点毋庸置疑。早在 20 世纪初，虽然日本学者认为美国文学并没有太多值得一看的作品，但马克·吐温却是个例外。伊达源一郎就认为马氏“赤裸裸地彻底地把阿美利加人本来的谐谑滑稽底面目，在他的作品中表现出来了。他在最近阿美利加作家中为最博得喝彩的一个，他的著作都为世人所爱读”[④]。正因为如此，马克·吐温在彼时的日本文坛颇有市场，其作品《我的手表》《是他生还是她死》《乞丐王子》等作品在

① 林家钊:《晚清翻译小说中的政治、诗学与媒体——马克吐温〈火车上的食人族〉日、中译本比较研究》,《中外文化与文论》2018 年 9 月。

② 付建舟:《进化论传播脉络与近代中国的“食人”言说》,《学术月刊》2019 年第 3 期。

③ [美] 马克·吐温:《马克·吐温自传》，姜贵梅、楚春礼译，中国书籍出版社，2017，第 181 页。

④ [日] 伊达源一郎:《近代文学》，张闻天、汪馥泉译，商务印书馆，1930，第 200 页。

《食人会》面世之前就已经被翻译成了日文。[①] 结合陈景韩的留日经历，笔者认为他选择原抱一庵日译本《食人会》进行翻译的原因有三：一是留学经历使陈景韩熟练掌握日语，并通过日本作家的译介接触到了马克·吐温的作品。二是《食人会》的故事所具有的新奇性符合《新新小说》的办刊宗旨。在《新新小说》创刊号的启示中说：“凡有诗词杂记、奇闻笑谈、歌谣俚曲、游戏文字以及灯谜酒令、楹联诗钟等类，不拘新旧体裁，本社均拟广为荟集。”[②]《食人会》所讲的故事对于清末民初的中国人来说，无疑是新奇荒诞的，属于启示中涵盖的“奇闻”之列。三是马克·吐温虽然是喜剧作家、幽默大师，但是其作品仍然具有较强的政治讽喻色彩和批判性。美国文学批评家哈罗德·布鲁姆认为：“马克·吐温与大多数杰出的喜剧作家一样，从来不曾远离对人性和人类社会固有的野蛮性的再现。”[③] 马克·吐温对虚伪议会政治的讽刺和对人性丑恶的批判，恰好暗合了陈景韩对国民性批判的观点。

对于第二个问题，陈景韩是如何对日译本进行归化，并实现小说的政治与社会功用的，笔者在前文提到他对日译本的翻译比较忠实，这样做的一个重要原因是原抱一庵的日译本已经对马克·吐温的原著进行了一定的归化和改写。原氏首先将题目由 *Cannibalism in the Cars*（《车厢内的吃人行为》）改译为《食人会》；其次是对小说中各个人物赋予了不同的身份和阶层。在英文原著中，作者只交代了人物所来自的地区，原抱一庵则给每个角色赋予了新的身份，并通过身份完成了所有人物的阶级分化。对于马克·吐温的原著所表达的主题，有学者认为是通过“神经呈异状”的汉仁加议员讲述的荒谬故事和“食人会”

---

① 参见林家钊：《晚清翻译小说中的政治、诗学与媒体——马克吐温〈火车上的食人族〉日、中译本比较研究》，《中外文化与文论》，2018 年 9 月。

② 《新新小说社启》，《新新小说》，1904 年 8 月第 1 年第 1 号。

③ ［美］罗德·布鲁姆：《小说家与小说》，石平萍、刘戈译，南京译林出版社，2018，第 170 页。

真实民主程序的对比，讽刺了当时美国的政治生活，“反映了当时原始与文明之间的冲突”[①]。原抱一庵在翻译的过程中，通过对英文原版的改写，完成了原著的归化[②]，体现了当时日本社会精英“对西方民主思想、西方政治体制、议会改革的思考”[③] 陈景韩对《食人会》日译本的翻译，基本上沿袭了原抱一庵的版本，题目一模一样、内容相差无几，这并不符合他一贯“豪杰译”的风格。2009 年曾有人在《人物》杂志上撰文回忆陈景韩，说他“曾译一部日文小说，已译了大半部，不高兴译了，弄出一条狗来，把书中那个主角咬死了。包天笑骇问何故，陈冷说：‘他也不是好人，死了就结束了’”[④]。这样看，陈景韩对《食人会》的翻译似乎有些反常。根据学术界的研究成果，一般认为陈景韩与梁启超之间因为政见不同而存在分歧和矛盾，甚至一度通过媒体进行过论战和攻伐，但陈景韩对梁启超的办报理念和“小说界革命”的理论体系是认可的。这是因为作为早期留日学生，他在日本期间以日本为中介，接触到大量西方文学作品，看到了这些作品在法国、德国甚至日本等国家中对社会变革、开启民智所起的作用。“当亲眼看到其他国家的进步、中国的落后，以及由此造成的彼此之间差距日益扩大的情形下，陈景韩内心深处的爱国、变革思想被再次引燃。因此，当康、梁等人的‘小说界变革’的口号提出来的时候，他在第一时间

---

① 马克·吐温：《火车上的食人族》，朱振武主编《火车上的食人族——马克·吐温短篇小说（评注本）》，华南理工大学出版社，2010，第 8 页。

② 美国解构主义翻译理论家韦努蒂提出了翻译的异化与归化理论。归化理论是指在翻译过程中，作者将作品本土化，原作中的异质因素被转化，译者采取一种读者所习惯的方式进行翻译，归化以读者为归宿。参见 Lawrence Venut. *The scandals of Translation*（London and NewYork: Routledge, 1998）, pp. 182-184.

③ 林家钊：《晚清翻译小说中的政治、诗学与媒体——马克·吐温，〈火车上的食人族〉日、中译本比较研究，《中外文化与文论》2018 年 9 月。

④ 刘霞：《报界耆宿，文坛侠客——陈冷（陈景韩）其人其事》，《人物》2009 年第 1 期。

予以回应、表示支持，并真正开始了自己‘新小说’的创作之路。”①从1902年到1904年，正是梁启超倡导的“小说界革命”之后，新小说突飞猛进的两年。小说的社会功用得到了史无前例的强调，上升到了“新民”“救国”的高度。在这样的大环境下，陈氏无疑也会受到文学革命的影响，在他发表于1905年的《论小说与社会之关系》一文中，这样写道：

> 我问小说之所以有益于社会者，为其能损益社会之过不及而剂之于平也。……当先知其弊而过，及而后能益；知其流弊而用其矫正之术……夫我社会沉滞不进者，以科学上之智识未足。……故而因之而安于固陋，入于迷信者大半。以此若提倡小说者而能含科学之思想，物质之经验，是则我社会之师也。……人只知有目前，而不顾有日后，只知有一己，而不顾大局，此欺骗苟且之事，所以日多而人心所谓不古。……非己所应为之事，不肯仗义以为之，而社会之性情遂因之而颓靡。为堕失人道之第一病根。当事者无报复之思，不与事者无辅助之心，此我社会所以每遇外事而无一不败者也。②

陈景韩认为小说应该具有三个方面的社会功用：一是传播科学思想，提升民众知识，开通风气；二是鼓励侠义精神，挽救“堕失”的人道，“矫正社会性质之偏缺”；三是改造社会，救亡图存，改变“我社会所以每遇外事而无一不败”的局面。他在《〈新新小说〉叙例》中说：“本报纯用小说家言，演仁侠好义、忠群爱国之旨，意在浸润兼

① 辛亭亭：《陈景韩的“三重身份”解读》，硕士学位论文，苏州大学，2015。

② 陈景韩：《论小说与社会之关系》，《东方杂志》1905年第8期。

及，以一变旧社会腐败堕落之风俗习惯。”① 这自然也能体现出他对小说社会功用的认知与期许。从其小说理论出发，回看陈氏翻译域外小说的目的，是在于“自身意识到小说改造社会的重要作用，同时他又看到了日本在西学影响下的转变”，企图“将西学的功用与小说的开通风气相结合，通过翻译小说来救国救民”②。显然，在这种理论及思想之下，原抱一庵的日译本并不能满足陈景韩的需求、实现他的目的以及对新小说寄予的厚望。原抱一庵对马克·吐温原著的改造和归化，是在日本通过明治维新建立起君主立宪制之后，在民权运动的背景下，以“反对政府独裁统治，反对不民主、不自由的政体，呼吁建立真正的、代表各个阶层的议会体制”③ 为目的的。显然，陈景韩对日译本忠实的翻译，并不能契合清末民初中国的政治现状和社会现实。为了实现对日译本的归化，他在小说结尾后加了“批解”，总结了他翻译这部政治讽刺小说的“诸感交集”：

> 我译此篇，我知凡为议会事，皆欲使人为其难者，而已为其易者，为之一感；我译此篇，我知凡有条理人，即至极紊乱时，亦有条理，为之一感；我译此篇，我知怨毒之于人甚，遇有机会无不发泄，又为之一感；我译此篇，我知人生最紧要之事，无过口腹，故西谚有云，道德面包，又为之一感；我译此篇，我知人类所以不灭者，唯有此爱同类之心，所以闻而色变，欲告发，又为之一感；我译此篇，我知人世虽无此实事，然既有此思想，难免有此实事之时之地，又为之一感；我译此篇，我知西人仅有此

① 《大陆报》第二卷第五号 1904，见陈平原、夏晓虹：《二十世纪中国小说理论资料》，北京大学出版社，1989，第 125 页。

② 赵琳娜：《陈景韩翻译中的日本影响》，硕士学位论文，山西大学，2017。

③ 林家钊：《晚清翻译小说中的政治、诗学与媒体——马克·吐温，〈火车上的食人族〉日、中译本比较研究》，《中外文化与文论》2018 年 9 月。

思想，而我国饥馑之岁，赤地千里，人相食者，时有所闻，又为之一感；我译此篇，我知食人之事，虽不多见，然世界物竞，无一非食，食人名誉、食人财产、食人事业、食人心思才力者，无时蔑有，又为之一感。①

正是通过这个“批解”，陈景韩在《食人会》中译本里有效地实现了对“吃人”叙事的归化，使其与马克·吐温原著、原抱一庵日译本相比，内涵发生了明显的变化。马克·吐温原著中旨在以“神经呈异状”者不靠谱的讲述，与严谨、周密的民主选举程序之间的对比来讽刺政治的可笑。日译本的重点则在于“会”，当时的日本社会，明治维新之后爆发的民权运动虽然高潮已过，但设立民选议院和由人民选举代表设立立法机关的呼声仍然不绝于耳。原抱一庵企图借用《食人会》中对议会运作机制的展示——即使是在讨论吃人充饥这等残酷之事的时候，仍然要有严谨、周密的民主程序——来推动日本的议会改革。而陈景韩所关注的点在于“我国饥馑之岁，赤地千里，人相食者，时有所闻”，在于“食人名誉、食人财产、食人事业、食人心思才力者，无时蔑有”。“吃人”叙事在这里被赋予了两层含义：一是我国确实有吃人的现象发生，尽管是在饥馑之年发生的，但“吃人”却是真实存在的；二是除了物理意义上的吃人，再就是更高层次的“吃人”，在晚清复杂的时局下，政治腐败、社会动荡、列强环伺，吞噬他人名誉、财产、事业、心思才力，这样的事似乎每一天都在发生，这些现象的本质，又和吃人有什么区别呢？“陈景韩借用西方人的口吻对列强的倾轧、政府的腐败进行控诉，控诉各方势力操纵下的中国社会陷入了一种病态，一种亟待解救的非正常、非健康的状态。”② 在陈景韩很多译

① 摘自《新新小说》第1年第1号，1904年9月。

② 辛亭亭：《陈景韩的“三重身份”解读》，硕士学位论文，苏州大学，2015。

作和著作中，往往会出现激进的革命思想和理想化的政治想象，比如在《刀余生传》中企图用“杀人”手段完成进化、改造国民劣根性；把“变革社会的希望寄托在盗侠身上，构建出一个平行于现实世界的理想王国”①，“期望要建立一个无视清政府的独立不羁的权力系统”②。这既体现了他对晚清社会现实极度失望，也寄托了他对社会变革和国民性改造的强烈期盼。正是在这种心理的主导之下，陈景韩以日译本为中介翻译了《食人会》，通过一个荒诞而又意味深长的故事，在“译作和时局世事之间构筑隐性关联”，通过影射与暗喻将深刻的含义蕴藏于文本之间。

二、旨在唤醒睡狮的《食人国》

1907 年，河北粹文书社出版了日本羽化仙史著、河北觉生翻译的冒险小说《食人国》，在国内和日本同时发售。小说故事梗概大致如下。来自日本的三位“热诚慷慨之士”——二十九岁的“法科大学高才生”“未来政界泰斗”仁科德宝，二十六七岁的“士官候补生”“自比相如”的武田侠之助，二十二三岁的理科大学的“东京学界才子”生野流吉，三人意气相投，肝胆相照，为刎颈之交。三人有感于美国探险家苦克博士计划南极探险一事，不甘居于“欧美赤髯奴”之下，遂相约“先以矫正蛮人之恶习为宗旨”到拍浦亚岛上的食人国探险。后历尽千难万险，采用了各种手段，终于“遍化拍浦亚全岛食人之恶习”。对于拍浦亚全岛各部落之间的关系、斗争，生野流吉等一众青年如何想方设法降服野人、改造野人等，小说中均有描写。

① 参见《中国近代文学编年史——以文学广告为中心（1872—1914）》，袁进主编，北京大学出版社，2013，第 379 页。

② 范伯群：《〈催醒术〉：1909 年发表的“狂人日记”——兼谈“名报人”陈景韩在早起启蒙时段的文学成就》，《江苏大学学报（社会科学版）》2004 年第 5 期。

（一）《食人国》著、译者以及产生背景

《食人国》原著作者羽化仙史原名涩江保，此君“本名成善，小字三吉，通称道陆，笔名有‘羽化生’‘羽化仙人’‘羽化仙子’‘乾坤独步’‘涩江易轩’等”①，按照李冬木对涩江保的研究，“涩江保是日本近代史上赫赫有名的涩江抽斋的儿子”，“从渔村、竹径之海保氏父子、岛田篁村、兼松石居、根本羽岳读经，随多云纪从学中医，又于师范学校被培养成教育家，在公立学舍、庆应义塾研究英语，又于浜松、静冈或做校长，或当教头，并兼做报纸记者论说政治。然而耗费精力最大者，还是为书肆博文馆所做的著作翻译，其行刊书籍，通计约达百五十部之多”。而对于小说的译者河北觉生，学者付建舟认为“汉译者觉生是化名，真实姓名待考。可能是当时的留日学生”②。从《食人国》汉译本出版商为保定河北粹文书社和在中、日两国同时发售的情况来推断，笔者认为此君很有可能为在当时留日大潮中赴日并学成归国的河北籍留学生，但这也仅仅是在极为有限的材料之上做出的推断，因为在中国近现代文学史、思想史等的文献及研究论著之中，均难以见到“河北觉生”之名。

学术史上对《食人国》的研究可谓凤毛麟角、少之又少，在笔者收集的大量论著和学术史料之中，只有学者付建舟对此作予以了关注。究其原因有二。一是原著作者涩江保和翻译者河北觉生均未引起学术界重视。按照李冬木的研究成果，涩江保著译颇丰、数目庞大，且所涉及领域非常广泛。尽管涩江保笔耕不辍且涉猎广泛，但却因为说了“对为博文馆著译书籍颇不以为然的话”，造成了和博文馆之间的不睦，最终导致涩江保成了“被历史淹没的名字，不仅在日本现在各种通用的诸如明治时代著述者人名词典或近代文学辞典中找不到，而且，甚

---

① 付建舟：《进化论传播脉络与近代中国的“食人”言说》，《学术月刊》2019 年第 3 期。

② 付建舟：《进化论传播脉络与近代中国的“食人”言说》，《学术月刊》2019 年第 3 期。

至在1937年出版的《博文馆五十年》正文当中，没有出现过涩江保的名字以及有关他著译情况的记事”。而对于河北觉生，如果没有学者付建舟的研究，中国近现代文学史几乎已经将其遗忘。二是《食人国》出版的1907年，虽然处于在“小说界革命”催动作用下晚清小说发展的高峰期，但此时小说的创作倾向已经出现了启蒙和娱乐的分化。有学者认为，这一时期强调启蒙的“政治小说”虽然仍有一定市场，但娱乐消闲类小说的兴起已是不争之事实。[①] 其实，这种苗头早在1906年就已经出现，比如《粤东小说林》[②] 曾于1906年9月24日在《少年报》上刊载了一篇广告，将其所载小说题材归纳为“如冒险、如侦探、如艳情”，不但没有提到“政治小说”，“艳情小说”反而赫然在列。[③] 从这一时期开始，小说创作出现了两种明显的倾向：一是将“小说界革命”以来“对于社会黑暗现实的暴露转为传统内容题材（男女情爱）的关注，这就是所谓的‘言情小说’和‘狭邪小说’”；二是梁启超提出的“政治小说”逐渐式微，“改而大写‘拟旧小说’或‘讲史小说’、‘公案小说’之类”[④]。在这样的背景下，以唤醒“终日梦梦”之同胞、以期发奋图强的《食人国》汉译本没有得到应有的重视也在情理之中。

（二）《食人国》的“序”与“小引”之辨与翻译目的

学者付建舟在其论文《进化论传播脉络与近代中国的“食人”言说》中，在进化论背景下对《食人国》进行了研究，认为近代中国在

---

① 参见谢仁敏：《晚清小说低潮研究——以宣统朝小说界为中心》，中国社会科学出版社，2013，第250页。

② 1906年8月29日由小说家黄世仲与其兄黄伯耀创办，初名《粤东小说林》；1907年5月11日迁移至香港，更名为《中外小说林》。参见《中国近代文学编年史——以文学广告为中心（1872—1914）》，袁进主编，北京大学出版社，2013，第246页。

③ 参见《中国近代文学编年史——以文学广告为中心（1872—1914）》，袁进主编，北京大学出版社，2013，第246页。

④ 朱文华：《中国近代文学潮流——从戊戌变法前后到五四文学革命》，贵州教育出版社，2004，第163—164页。

进化论影响之下形成了“食人”言说思潮，在这一思潮催化作用下，又产生了一批“食人”言说的新文献，翻译小说《食人国》就是其中的代表作之一。他认为《食人国》反映了两种观念，一是“文明与野蛮的竞争”，二是“文明国之间的竞争”。[①] 小说中三位日本青年组团进入食人国、改造吃人蛮族，即为文明与野蛮竞争的体现；而日本青年赴食人国探险的诱因，则是“美国有名探险家苦克博士，用自动桥计划南极探险一事”[②]。日本青年不甘居于“欧美赤髯奴”之下，认为“吾人亦当崛起，做一番惊天动地的大事业，以与彼赤髯奴相抗”[③]。付建舟认为，“这体现了明治时代的日本精神，即奋发向上的创造精神和脱亚入欧的民族精神，也体现了赶超欧美的竞争意识”[④]。付建舟的论文虽然旨在以冷血所译《食人会》、觉生所译《食人国》和鲁迅翻译的《食人人种的话》为例证，厘清近代小说“食人”言说旅行的主要脉络，但其认识到了《食人国》在“吃人”叙事现象形成过程中的重要作用，无疑是对这部作品客观的认知和评价。

在《食人国》的“小引”中，羽化仙史写道：“然二十世纪之今日，所谓食人种族，固所在多有，年积月累为害滋甚，欲不酸鼻乎？兹有我有志之士，相与组织团结，冒危险、赌生命，深入此鬼蜮，以感化凶恶，救生灵于现世之地狱，其壮烈不信可嘉乎？”[⑤] 结合小说正文来看，羽化仙史既有对某个遥远地方未开化部落的蛮夷想象，又有站在道德高地进行生命拯救的上帝扮演。根据李冬木的研究成果，涩江保生于1857年，卒于1930年，其创作高峰期在1890年到1900年。虽然对于涩江保创作《食人国》的时间并无考证，但他的创作高峰期

① 付建舟：《进化论传播脉络与近代中国的“食人”言说》，《学术月刊》2019年第3期。
② ［日］羽化仙史：《食人国》，河北觉生译，河北粹文书社，1907，第6页。
③ ［日］羽化仙史：《食人国》，河北觉生译，河北粹文书社，1907，第6页。
④ 付建舟：《进化论传播脉络与近代中国的“食人”言说》，《学术月刊》2019年第3期。
⑤ ［日］羽化仙史：《食人国》小引，河北觉生译，河北粹文书社，1907。

恰好处于日本学术界关于中国人“食人风习”的研究和讨论甚嚣尘上的阶段，从《食人国》的内容上看，涩江保无疑受到了这一研究的影响。他将日本定义为近代文明，将拍浦亚全岛的世居民族定义为野蛮民族。在文明与野蛮的二元对立的语境之下，通过对日本青年感化、改造食人族的描写，一方面纾解了 1877 年之后摩尔斯所带来的“日本人食人”的自身焦虑①，通过将拍浦亚世居民族划为野蛮族群从而否认自身的“食人”性、把食人行为排除出自身；另一方面以日本青年对“食人族”的有效改造的过程，潜隐地营造出日本社会文明与理性的表象，完成明治维新之后日本自我形象的重构。究其本质，涩江保原著体现出来的本意，与这一时期日本学术界将中国人定义为“食人”民族的目的并无区别。“吃人”在这部小说中是真吃还是假吃、“吃人”叙事到底有什么内涵其实都不重要，重要的是热诚慷慨的日本青年如何去降服、感化、解救食人蛮族，这才是所谓日本精神的体现。但在以上的论述中，必将产生一个疑问：既然如此，河北觉生为何要翻译这部小说，在当时晚清的政治背景和社会现实之下，他想达到的目的又是什么？通过小说文本本身，似乎很难得出明确而有效的结论。但在这部小说的中译本中，还有一个不可忽略的“序”。抄录如下：

> 顷与友人某，游于日本箱根山麓，偶于涧侧见一大蛇，予骇而惊走。友人笑曰：子何怯之甚耶？今世界列强方视我如肥肉，争欲割而食之。吾同胞已俨然陷于无形之地狱，刀山火树隐列目前，顾子终日梦梦，如睡狮不知所惕惧。一蛇当前，乃骇而惊走，是何？所畏者之无大小轻重之分耶。晚归东京，更出示所新购之

---

① 1877 年 6 月，美国动物学家摩尔斯带领东京大学学生发掘了日本“绳之时代”的古人类遗址大森贝冢，根据现场出土的带有加工痕迹的人骨得出了日本从前居住着“食人人种”的推论，并于 1879 年发布了这一推论。当时，这一推论在日本引起巨大反响，并使日本人产生了对自身食人行为的焦虑。参见李冬木《明治时代“食人”言说与鲁迅的〈狂人日记〉》，《文学评论》2012 年第 1 期。

和文冒险小说一册，题曰食人国。予读之，益恍然悟友人之所以教我者，至深且挚，爰急为译出，以觉世之与我同梦梦者。[①]

在《食人国》中译本的正文之前，有“序”和“小引”，“序”排在“小引”之前，二者落款均为“著者识”。那么这个著者是谁？是涩江保还是河北觉生？这是一个关键的问题。学者付建舟认为，“序”和“小引”均为涩江保所作，而他写这部小说的目的，也在“序”中予以了明确的说明，即羽化仙史“在《序》中声称，‘今世界列强方视我如肥肉，争欲割而食之。吾同胞已俨然陷于无形之地狱，刀山火树隐列目前’，而同胞终日梦梦，如睡狮不知所惕惧，于是写冒险小说《食人国》以觉世”[②]。但是，这里有一个逻辑上的问题，如果这个序言为涩江保所作，那么“睡狮”就是用来指代日本，这显然和近代以来约定俗成的习惯相悖。结合序言和正文来看，付建舟先生很有可能是被“著者识”这三个字迷惑了，同时忽略了文本中的一些细节。首先是“列强方视我如肥肉”，指的是日本还是大清？当时的日本，已经在明治维新之后的资本主义道路上昂首阔步走了近四十年，在 1894 年至 1905 年的十年间，又相继取得了中日甲午战争和日俄战争的胜利，挟着将两个大帝国按在地上摩擦之威风，日本正加紧准备对中国和朝鲜的侵略，这种情况下羽化仙史恐怕很难将日本称为“睡狮”。而反观此时的晚清，政治黑暗、社会混乱，普通民众虽然在列强环伺中垂死挣扎，却因为长期以来在专制的压迫、礼教的蒙蔽、生活的摧残之下，处于蒙昧、麻痹、软弱、无能的状态。这正是“序”中所言之“终日梦梦，如睡狮不知所惕惧”。而少数先觉的社会精英为了唤醒民众、救亡图存，正多方奔走、泣血呼号，为的就是唤醒沉睡的雄狮。其次是

① ［日］羽化仙史：《食人国》，河北觉生译，河北粹文书社，1907。

② 付建舟：《进化论传播脉络与近代中国的“食人”言说》，《学术月刊》2019 年第 3 期。

“序”的结尾提到，游玩结束，晚上“予”回到东京之后，友人送了“我”一本“和文冒险小说”，“我”读了颇有感触，于是急忙“译出”，其目的就是“觉世之与我同梦梦者”。如果“序”的作者为涩江保，又何必将“和文冒险小说”急忙译出呢？从这两点来看，“序”中的“予”不应该是羽化仙史，而应该是河北觉生，所以这个“序”显然是河北觉生翻译完成之后，为阐述自己的翻译目的而做。

河北觉生为《食人国》中译本所作的“序”，与陈景韩在《食人会》中所加的“批注”有异曲同工之妙，都旨在用小说文本之外的译者话语，将其作品纳入民族国家叙事之下，完成对译作的归化。考察涩江保的著译类型，其文学作品少之又少，付建舟认为，“涩江保以历史著作闻名，不以小说见长”①。正因为如此，《食人国》中对于拍浦亚岛食人蛮族以及“食人”的描写是符号化的，只是称他们“嗜食人肉”，情节上也只有日本青年探险组织装成天神下凡时岛上的人曾杀少女献祭。作者的大部分笔墨用在了“冒牌天神”日本青年如何与岛上的人斗智斗勇以及最终完成对全岛的教化与改变之上。小说的主旨在于强调日本与食人蛮族的文野之分，以及“文明日本”对“吃人野人”的拯救与改造，从而完成明治维新之后日本已是文明种族的心理建设和自我认同。从这个角度出发，结合译者在“序”中所表达之思想，与之前各种作品相比，“吃人”叙事的内涵在这里有了新的指向，即译者在“序”中所云“恍然悟友人之所以教我者”，对此笔者认为可以从三个方面来理解。

首先，既然“吃人”与否是文明与野蛮的分野，拍浦亚岛上的食人者自然属于野蛮民族，而该族“常以人肉为第一美味”而不自知身为野蛮民族。在《食人国》出版的1907年，当时的大清帝国内有革命党以推翻清政府为己任，屡战屡败、屡败屡战，外有列强环伺、虎视

① 付建舟：《进化论传播脉络与近代中国的“食人”言说》，《学术月刊》2019年第3期。

眈眈，“俨然陷于无形之地狱，刀山火树隐列目前”，而大多数民众面对危局却不自知，不但没有感觉到国家即将被瓜分的危险，而且尚“终日梦梦，如睡狮不知所惕惧”。此时如再不觉醒，与拍浦亚岛上食人蛮族有何区别？杨联芬认为，“醒狮”是一个20世纪初颇为流行的意象，是当时“中国启蒙运动普遍使用的民族主义符号……其来历无疑是‘沉睡的巨兽’”[①]。在留日学生河北觉生看来，面对如地狱一般刀山火树的环境，国人却仍然如同“睡狮”——沉睡的巨兽——一般，终日浑浑噩噩，不知所以。其次，要呼唤具有冒险精神的中国青年早日觉醒。面对尚未开化的野蛮、凶残的食人族，日本青年尚能“组织团结，冒危险、赌生命，深入此鬼蜮”，这种冒险精神正是译者所看重的。潜隐其中的民族反省即为：如果中国青年都像“予”——译者——这样，连遇到一条小蛇都要“骇而惊走”，还谈什么救亡图存？中国青年必须要有不畏艰险、敢于牺牲的精神，才可唤醒睡狮、救国救民于水火。这无疑是当时充满思想启蒙色彩的主流话语。在小说正文中，译者更是借小说中人物之口说：“仆素耻我政府当局诸公，每遇外交事件，不问事之大小，率以仰承外人之鼻息为其本能。吾辈铁血男子，岂可效彼等软骨汉之所为哉？”[②] 在当时的知识分子心中，“中国被想象为威猛而敏捷的狮子，尽管沉睡多年，然而毕竟是百兽之王，一旦觉醒则会威震全球”，然而虽然狮子具有强大的能力，但如果“沉睡不醒、跟不上进化的节拍，则难免被淘汰的命运”[③]。所以启蒙的任务便是反省它沉睡的原因、寻找唤醒它的办法、探索使其变强的路径。再次，小说第十一回《协议》的结尾，武田慷慨激昂的演说获得满场喝彩，河北觉生此刻却忍不住以译者的身份在故事情节中加了一段颇

---

① 杨联芬：《边缘与前沿——杨联芬学术论集》，北京新星出版社，2018，第340—341页。

② ［日］羽化仙史：《食人国》，河北觉生译，河北粹文书社，1907，第59页。

③ 杨联芬：《边缘与前沿——杨联芬学术论集》，北京新星出版社，2018，第341页。

为突兀的评论：“天下事原以热心动人者，最易讨好。读者诸君，不曾见我留学界及内地学界之开会议事时乎？每见一人登台演说，不问其真热心、假热心，只见其所嘘是热气、所吐是热涎，辄拍手喝彩，交互赞赏不已；又见一人登演，亦不识其为何如人，只见其平心静气讨论，言语间不带几个杀字斩字，辄相顾笑骂，甚者叱声四起。二者之得失，固不待译者评判，稍有识者，自能辨之。”① 光喊口号对于救亡图存来讲是没有意义的，要有实际行动；对于那些慷慨激昂、催人泪下，喊着口号、喊打喊杀的人，也一定要学会辨别他们是真革命还是假革命。

综上所述，出现在《点石斋画报》中的“吃人”故事和出现在“小说界革命”前夜的《人肉楼》都可以看作“吃人”叙事的雏形和起点。鉴于韩文举与梁启超的关系，《人肉楼》非常鲜明地体现了梁启超的小说观念。虽然从形式上看，这部小说具有非常明显的传统小说特点，采用了“虞初体”② 笔记小说的形式并名之为《虞初今语·人肉楼》，故事的性质也充满“虞初体”志怪、猎奇的色彩，但如果从内容上分析，它却准确地体现了梁启超赋予“新小说”的社会功用——“上之可以借阐圣教，下之可以杂述史事，近之可以激发国耻，远之可以旁及彝情”，正是因为如此，学者朱军认为《人肉楼》不但是“小说界革命”的开路先锋之一，也是“新小说”的典范之作。③ 而出现在清末的翻译小说《食人会》和《食人国》，则是在西学东渐、启蒙与救亡时代潮流催生下产生的“食人”言说新文献，④ 补充了近代中国有关

① ［日］羽化仙史：《食人国》，河北党生译，河北粹文书社，1907，第60—61页。

② “虞初体”是指中国小说中的短篇文言小说。参见陆学松：《小说、传记与传记体小说——从〈虞初新志〉重审“虞初体”内涵》，《社会科学家》2017年第8期。

③ 朱军：《“吃人”叙事与中国文学现代性的开端——从〈人肉楼〉到〈狂人日记〉》，《中国现代文学研究丛刊》2015年第10期。

④ 参见付建舟：《进化论传播脉络与近代中国“食人”言说》，《学术月刊》2019年第3期。

“吃人”的话语资源。笔者认为，处于“吃人”叙事开端位置的这三部小说，确实为《狂人日记》的出现提供了话语准备，延展了“吃人”的内涵。在《人肉楼》中，韩文举在表达革命排满主题的同时，通过天冶子的视角看到“比干心、鄂侯脯，其次为子胥目，为方孝孺舌”均在被吃之列，从而将中国数千年历史浓缩成了“人吃人”的残酷场景。陈景韩在《食人会》的“批解”中说，“我知食人之事，虽不多见，然世界物竞，无一非食，食人名誉、食人财产、食人事业、食人心思才力者，无时蔑有”，无疑也将彼时社会看作“吃人”世界。“吃人”的内涵在这些作品中不断延展，由蛮夷想象阶段的生物意义上的“吃人”变成了隐喻性“吃人”，赋予了其更多的文化和社会意义，为《狂人日记》中“吃人”叙事的形成奠定了基础。

第三章 鲁迅小说与“吃人”叙事的形成

梁启超发起的“小说界革命”有一个比较明显的特点，即其路径是理论先行、创作跟进。在梁启超提出这一口号和相应理论的时候，除了韩文举的《人肉楼》之外，清末小说界尚没有成型的“新小说”作品。“小说界革命”发起之后，“新小说”创作逐渐进入高峰期，到1908年，其发表量达到顶峰，[①] 之后便开始走下坡路。根据学者谢仁敏的研究成果，梁启超以小说作为启蒙工具的小说理念，因为当时各个文学派别的利益出发点并不相同，所以在后期的创作实践中出现了走样、变形，并没有达到预期效果。“启蒙的日渐式微是晚清小说发展的大趋向。”[②] 1907年之后，“一方面强调启蒙的小说依然拥有市场……另一方面，娱乐消闲类小说的兴起已是不争的事实”，到了辛亥革命前期，小说所宣扬的启蒙功能已经让位于消遣娱乐。辛亥革命之后，胜利成果被以袁世凯为首的北洋军阀篡取，不久便连续发生了袁世凯称帝、张勋复辟等政治闹剧，和革命胜利前相比旗帜有所不同，手段却

① 按日本学者樽本照雄统计，1908年小说发表量为407篇；按照谢仁敏统治，这一年小说发表量为653篇。以上均参见谢仁敏：《晚清小说低潮研究——以宣统朝小说界为中心》，中国社会科学出版社，2013，第4页。

② 谢仁敏：《晚清小说低潮研究——以宣统朝小说界为中心》，中国社会科学出版社，2013，第248页。

是别无二致。政治腐败、政局危如累卵；社会混乱，百姓民不聊生。思想、文化层面出现了“开倒车”的现象，“或鼓吹将维护‘三纲’孔教奉为国教，列入宪法；或出版《灵学丛志》，公然宣传鬼神迷信”①。此时，“小说界革命”所提倡的“新小说”已经少有人提，取而代之的则是相继出现的鸳鸯蝴蝶派小说与黑幕小说。“关于鸳鸯蝴蝶派，历来有两种理解。一种观点把民初以来的游戏的、消遣的、趣味主义的文学都列入其中；另一种则认为真正的鸳鸯蝴蝶派应该是专门描写才子佳人故事的作品，包括哀情、悲情、艳情、苦情、凄情等等涉足‘情’字的文学。”② 黑幕小说则出现在鸳鸯蝴蝶派之后，鲁迅认为此类小说是从谴责小说发展而来的，他在《中国小说史略》中说：“其下者乃至丑诋私敌，等于谤书；又或有谩骂之志而无抒写之才，则遂堕落而为‘黑幕小说’。”③ 这类小说“倡导撰写充满声色刺激和低级趣味的”④ 所谓黑幕，几乎没有什么文学性可言。周作人在《论黑幕》中认为这类小说是专门用来泼污水、揭阴私的，与封建复辟思潮同气相求，并无多大区别。正是在这样的思想文化氛围之下，五四文学革命拉开了序幕。

从本质上说，五四新文化运动是中国寻求现代化的思想启蒙运动，这一运动并不是凭空发生，而是“在西方现代思潮影响下，先进的知识分子总结了晚清以来历次社会变革的经验教训，意识到中国要向现代化转变，建立名副其实的民主共和制度，必须在意识形态尤其是价值观领域要彻底反对封建伦理思想，击退辛亥革命后愈加嚣张的尊孔

① 严家炎：《二十世纪中国文学史》，高等教育出版社，2010，第152页。

② 参见《中国近代文学编年史——以文学广告为中心（1872—1914）》，袁进主编，北京大学出版社，2013，第419页。

③ 鲁迅：《中国小说史略》，朝华出版社，2017，第342—343页。

④ 严家炎：《二十世纪中国文学史》，高等教育出版社，2010，第152页。

复古逆流”[①]。和以往历次社会变革、维新不同的是，陈独秀、胡适、李大钊、鲁迅等知识精英从一开始就把思想启蒙作为自己的使命。“他们相信只有国民精神解放了才会有社会的革新进化，而当务之急是要在传统文化的劣根上动手术，打破以‘三纲五常’为核心的专制主义文化的束缚。”[②] 在这种以思想启蒙为主的文化运动的驱动之下，五四文学革命被提上了日程。1917 年，胡适《文学改良刍议》、陈独秀《文学革命论》、刘半农《我之文学改良观》的发表，以及 1918 年鲁迅《狂人日记》的发表，标志着五四文学革命的正式启幕。之后，鲁迅又陆续发表了一系列以直接“吃人”或间接“吃人”为主要内容的小说，如《药》《孔乙己》《祝福》《阿 Q 正传》等。1928 年，鲁迅又翻译了法国作家查理·路易·腓立普所著的小说《食人人种的话》。笔者认为，鲁迅这些作品的出现，标志着萌芽于清末，以《人肉楼》为开端的“吃人”叙事，至此已经正式形成。

第一节　《狂人日记》——“吃人”叙事现象形成的标志

按照鲁迅的自述和许广平的回忆，鲁迅的创作生涯中有两个沉默期，第一个沉默期是广为学术界重视且有深入研究的 1908 年到 1918 年，其中从民国元年（1912 年）之后到《狂人日记》发表之前这一时期尤为重要。第二个沉默期是 1926 年到 1928 年，1927 年 9 月鲁迅在《答有恒先生》一文中说，他的沉默期是两年。以此对照鲁迅的创作历

① 钱理群、温儒敏、吴福辉：《中国现代文学三十年》，北京大学出版社，1998，第 5 页。

② 钱理群、温儒敏、吴福辉：《中国现代文学三十年》，北京大学出版社，1998，第 5 页。

程不难发现，在他的第一个沉默期结束之时，便有了《狂人日记》的诞生；而在他自己设定的第二个沉默期结束之时，则翻译了一部关于“吃人”的小说——通过日本堀口大学日译本翻译的、法国作家查理·路易·腓立普所著的小说《食人人种的话》。发表于1918年5月15日《新青年》杂志第4卷第5号之上的短篇小说《狂人日记》，其主人公是一位“迫害狂”患者，在小说中通篇展现出来的均为“被迫害”的妄想，他感到身边的人都想谋害他、吃他的肉。他百思不得其解，“人何以要吃人”呢？为了得到答案，他去研究历史，可“翻开历史一查，这历史没有年代，歪歪斜斜的每页上都写着‘仁义道德’几个字。我横竖睡不着，仔细看了半夜，才从字缝里看出字来，满本都写着两个字是‘吃人’”。最终他发现，几千年历史的中国，处处都在“吃人”，“吃人”的人也在被“吃”，“四千年来时时吃人的地方，今天才明白，我也在其中混了多年”。在《狂人日记》中，鲁迅将“吃人”这一历史经验性事件上升为具有象征意义的意象。“《狂人日记》的创作意图就是暴露中国家族制度的罪恶，中国封建社会的支柱是封建宗法家族制度，鲁迅用简洁的‘吃人’二字就把它的本质形容出来，这种深刻洞察中国社会黑暗性的能力是与作家犀利的触角分不开的。狂人所生活的那个小家族，其实就是中国传统社会背景的缩影。小家族里的众生要从肉体上‘吃人’，隐喻着传统中国社会大环境中统治阶级意识形态对个人自由发展的扼杀与泯灭。”①

一、《狂人日记》诞生的思想准备

对于鲁迅的第一个沉默期，他在《呐喊·自序》中对其原因有过比较详细的叙述，概括地说就是因为“砍头”事件而认识到“医学并非一件紧要事……所以我们的第一要著，是在改变他们的精神”，从而

① 倪宏玲：《文化守夜人与后期寻根文学的精神特征》，硕士学位论文，青岛大学，2007。

开始提倡文艺运动，准备创办《新生》杂志以达到启蒙的目的。然而，《新生》的夭折使其认识到“就是我决不是一个振臂一呼应者云集的英雄”，“我于是用了种种法，来麻醉自己的灵魂，使我沉入于国民中，使我回到古代去”。从这时开始，鲁迅进入了在绍兴会馆里“钞古碑”的第一个沉默期。许广平在其回忆录中也提到了这一时期：“从日本回国以后，他看到辛亥革命失败，看到反动势力的复辟，看到鬼魅势力的横行，感到个人力量微弱，因而曾经有过一个时期的悲愤。在袁世凯宣布‘莫谈国事’时期，他曾一个人孤独地坐在山会邑馆的槐树底下，成天默默地整理旧书、抄录碑贴，以致晚出的槐蚕，冰冷地落到他的颈上，他也不为之拂去。”[①] 在写于 1932 年的《〈自选集〉自序》中，鲁迅对这一时期自身的“沉默”状态予以了又一次确认，他提到“然而我那时对于‘文学革命’，其实并没有怎样的热情。见过辛亥革命，见过二次革命，见过袁世凯称帝，张勋复辟，看来看去，就看得怀疑起来，于是失望，颓唐的很了”[②]。从这些叙述中可以看出，如果说在日本时《新生》杂志的夭折是鲁迅所谓“寂寞”的开始，那么民初乱象则是使其深陷“寂寞”之中的重要因素。1912 年民国初建到 1914 年，先后发生了“二次革命”“护国运动”，经历了这些所谓“革命”的民国不但没有朝着国人期待的方向发展，形势反而越发糟糕，接踵而来的便是袁世凯称帝和张勋复辟，这对当时的知识精英和社会心态产生了极大的影响。1924 年，孙中山在广东女子师范进行了一次演讲，他说，“我们从前推翻专制帝国，造成平等自由的民国，本意是打破不好的旧世界，改造成一个很好的新世界，要人人在这个新世界中，都可以安乐，都可以快活。现在不但是不快乐、不安乐，并且反

---

① 许广平：《鲁迅回忆录》，中国文史出版社，2020，第 1—2 页。

② 鲁迅：《〈自选集〉自序》，《鲁迅选集（第三卷）》，人民文学出版社，1983，第 139 页。

加忧愁，反加痛苦”①，这正是对民初乱象及后果的佐证和确认。学者耿传明认为，辛亥革命的成功确实给当时的国人带来了兴奋和期待，但民国却很快陷入了混乱之中，即使到了十余年之后，“这种乱象非但没有消除，反而更为加剧”②，这种乱象不但使当时的社会普遍弥漫一种悲观气氛，更令当时的知识精英受到严重的“轰击”。钱玄同曾致信陈独秀说，“目睹洪宪帝制之反古复始，倒行逆施，卒致败亡也。于是大受刺激，得了一种极明确的教训”③，这种“刺激”波及很广，影响极深，“对政治的厌倦感和失败感是整个知识界的主调，大部分知识精英不仅是失去了参与政治的机会，同时也对民元以后种种狂热的政治实践产生了根本性的怀疑”④。鲁迅就是在这一背景下，进入了他的第一个沉默期，他在《呐喊·自序》中提到他在绍兴会馆中的状态——再不像青年时代那样慷慨激昂——“许多年，我便寓在这屋里钞古碑。客中少有人来，古碑中也遇不到什么问题和主义，而我的生命却居然暗暗的消失了，这也就是我惟一的愿望”。许广平在其回忆录中说，“‘五四’以前，鲁迅在专心一致整理古书、钻研碑帖，打算从中发掘许多有用的东西”⑤。笔者认为，抛开这段沉默期对鲁迅学术研究的意义不谈，所谓思想方面“有用的东西”至少有三层。一是对中国历史中的“吃人”问题进行了深入思考。按照许广平的回忆，这一时期“鲁迅深刻地研究过中国历史，所以他对于许多‘吃人’的‘道德’‘礼教’，有着深切的痛恨”⑥。鲁迅在日本留学期间，确立了其以“立

① 参见《孙中山文集》，北京团结出版社，1997，第640页。

② 耿传明：《决绝与眷恋——清末民初社会心态与文学转型》，复旦大学出版社，2006，第181页。

③ 钱玄同：《致独秀》，《新青年》第23卷第5号。转引自钱理群主编：《中国现代文学编年史——以广告学为中心（1915—1927）》，北京大学出版社，2013，第47页。

④ 杨早：《清末民初北京舆论环境与新文化的登场》，北京大学出版社，2008，第144页。

⑤ 许广平：《鲁迅回忆录》，中国文史出版社，2020，第2页。

⑥ 许广平：《鲁迅回忆录》，中国文史出版社，2020，第4页。

人”为核心的思想发展起点，并且受到了19世纪初日本国民性讨论的影响，很早就提出了“尊个性而张灵明”的观点，并且“形成了独特的启蒙观、文学观：强调人性、国民性改造，以及文学‘撄人心’的作用”[①]，其中自然也蕴含了后来他在《我怎么做起小说来》中所说的“为人生”和“改良人生”的创作目的。鲁迅关于中国历史和现实中“吃人”资源的获取，是他“直截地从书本上和社会上看了来的，野史正史里食人的记载，食肉寝皮的卫道论，近时徐锡麟心肝被吃的事实，证据更是确实了”[②]。按照日本学者李冬木的研究成果，鲁迅在掌握这些“吃人”言说基本文献和事实的基础上，受到了18世纪末、19世纪初日本学术界关于中国人“食人”大讨论的影响，为《狂人日记》的诞生打下了基础。[③] 笔者认为，鲁迅正是带着日本“国民性讨论”和中国人“食人”研究成果的影响回到了国内，并在第一个沉默期内对中国历史和现实中的“吃人”进行了重新审视和评估，所以许广平才说他对于许多“吃人”的“道德”“礼教”，有着深切的痛恨。二是通过思考与反思，确认了当时中国的“铁屋子”状态。对于民国元年（1912年）之后的乱象，鲁迅无疑是失望的。他在《呐喊·自序》中说“后来也亲历或旁观过几样更寂寞更悲哀的事，都为我所不愿追怀，甘心使他们和我的脑一同消灭在泥土里的”，这些更寂寞、更悲哀的事情——应该是指他在《〈自选集〉自序》中所说的二次革命、袁世凯称帝、张勋复辟等——使鲁迅对当时中国的现状有了更深刻的认识并确认了“铁屋子”状态。学者李欧梵认为，“鲁迅的小说并非创作于偶然冲动，而是长期苦闷和反思以后积累起来的创作力的爆发”[④]，认为中

---

① 钱理群主编：《中国现代文学编年史——以广告学为中心（1915—1927）》，北京大学出版社，2013，第78页。

② 周作人：《鲁迅小说里的人物》，北京十月文艺出版社，2013，第19页。

③ 参见李冬木：《明治时代“食人”言说与鲁迅的〈狂人日记〉》，《文学评论》2012年第1期。

④ 李欧梵：《铁屋中的呐喊》，尹慧珉译，人民文学出版社，2010，第49页。

国是“绝无窗户而万难破毁的铁屋子”正是其反思的结果之一。三是形成了“自我解剖”式的启蒙与反思的思想基调。虽然这一时期的鲁迅看起来似乎真的埋头于故纸堆中了，但正是因为他的“回到古代”和“沉入于国民中”的做法，催化了他的反思。日本鲁迅研究专家竹内好认为鲁迅在发表《狂人日记》之前，正处于“酝酿着呐喊的凝重的沉默中”①。在这种沉默之中，他“以会稽郡为横坐标，以魏晋时代为纵坐标”② 进行了古籍的整理和辑录。钱理群先生认为，“魏晋玄学引发的玄学思考与生命体验，使鲁迅把外在的黑暗转化为内心的黑暗，形成了研究者所说的鲁迅‘黑洞’，充溢着‘近于绝望的生命本体的黑暗体验’，但又是‘满溢着阳光的黑暗’，依然是专与黑暗捣乱的‘立意在反抗，指归在动作’的‘精神界战士’”③，这正是鲁迅“自我解剖”式的启蒙与反思的思想基调的精神内核。这一精神内核的表象，就是他在《狂人日记》中所说的，“四千年来时时吃人的地方，今天才明白，我也在其中混了很多年”——“我”虽然是先觉者，但“我”也是“吃人肉”的那个。作为思想先驱的鲁迅，他的启蒙是与反思并行的，他“一面抱着冲破铁屋子的希望为唤醒沉睡的人们而大声疾呼，勇猛地揭露和批判封建文化及封建吃人者的虚伪和罪恶，一面又由于封建文化和旧习惯势力的强大，感到这‘铁屋子’万难破毁，因而对启蒙进行反思与质疑”④。这在全面否定传统、重新估定价值的五四大潮流中，无疑是有别于其他先驱者且特立独行的。

从1908年到1918年，鲁迅的第一个近十年的沉默期覆盖了从晚清

---

① ［日］竹内好：《近代的超克》，李冬木等译，生活·读书·新知三联书店，2005，第51页。

② 陈方竞：《鲁迅与浙东文化》，吉林大学出版社，1998，第111页。转引自钱理群主编：《中国现代文学编年史——以广告学为中心（1915—1927）》，北京大学出版社，2013，第79页。

③ 钱理群主编：《中国现代文学编年史——以广告学为中心（1915—1927）》，北京大学出版社，2013，第79页。

④ 田建民：《鲁迅、钱钟书论稿》，人民出版社，2015，第183页。

到民国政权更迭和政体之变，如果从历史学的角度考察这近十年的时间里所发生的事件，又涵盖了太多的反复与倒行逆施。旗帜虽然不同，手段别无二致，中国的境况一如以前——“铁屋子”依然坚固。然而，“铁屋子”虽然万难破毁，但先驱者却不想再做屋中沉睡至死的人，“因为希望是在于将来，决不能以我之必无的证明，来折服了他之所谓可有”①。发生在1917年6月的张勋复辟对鲁迅产生了一定的影响，根据周作人回忆，“因为经历这次事变，深深感觉中国改革之尚未成功，有思想革命之必要”②。无独有偶，1915年的陈独秀正是因为袁世凯称帝这一倒行逆施的愚蠢行为而意识到思想革命的重要性，故而决定创办《新青年》杂志。当年“周氏兄弟在日本办《新生》即有思想启蒙之意，现在因张勋复辟更感到思想革命的迫切性，他们和陈独秀最终走到一起，乃是势之所至”③，这也直接导致了他第一个沉默期的结束和《狂人日记》的诞生。

二、《狂人日记》的多义性主题

通过对《狂人日记》的文本分析不难看出，“吃人”作为文本中一个意象，因为反复出现使其有了象征意义。勒内·韦勒克和奥斯汀·沃伦认为，“‘象征’具有重复和持续的意义，一个‘意象’可以一次被转换成一个隐喻，但如果它作为呈现和再现不断重复，就变成了一个象征，甚至是一个象征系统的一部分”④。从这个角度来看，《狂人日

① 鲁迅：《呐喊·自序》，《鲁迅文集》第一册，北京燕山出版社，2018，第8页。

② 周作人：《知堂回想录（下）》，第367页。转引自钱理群主编：《中国现代文学编年史——以广告学为中心（1915—1927）》，北京大学出版社，2013，第77页。

③ 钱理群主编：《中国现代文学编年史——以广告学为中心（1915—1927）》，北京大学出版社，2013，第77页。

④ ［美］勒内韦勒克、奥斯汀沃伦：《文学理论》，刘象愚、邢培明、陈圣生、李哲明译，浙江人民出版社，2017，第179页。

记》中的“吃人”叙事的确形成了一个象征系统。而对于这个系统所隐喻的内涵，从此作诞生之日起，便引起了广泛的研究和讨论，这一点笔者在前文已有论述。鲁迅的小说创作并不是偶然冲动，而是经过长时间彷徨、思考、积累之后的行为，对此学术界早有公论。李欧梵认为，“和大多数‘五四’早期那种过分浪漫主义、形式松散的作品相比，鲁迅小说严密的结构和富有学识的反讽，在那个时代完全是‘非典型’的”①。既然鲁迅经过了如此阶段，才创造了“非典型”的《狂人日记》，那么几乎贯穿全篇的“吃人”象征系统，在作品中的重要性便不言而喻。鲁迅自己曾经说过，“一八三四年顷，俄国的果戈理就已经写了《狂人日记》……但后起的《狂人日记》意在暴露家族制度和礼教的弊害，却比果戈理的忧愤深广，也不如尼采的超人渺茫”②。在此基础上，加上吴虞《吃人与礼教》一文的分析与解读，“吃人的礼教”就成了《狂人日记》公认的主题。然而，纵观觉醒年代的社会政治背景、五四运动前后的文学思潮的发展与演变，以及鲁迅个人思想形成的轨迹，《狂人日记》中“吃人”这个象征系统所隐喻的内涵却要远比“礼教杀人”复杂得多，或者说这个象征系统虽然“暴露了家族制度和礼教的吃人本质”，但“这个看法实际上只说出了《狂人日记》多义主题的一个重要方面，远不是对小说总命意的正确概括”③。

解读《狂人日记》主题最直观的材料来源便是鲁迅本人对这部小说的自评。这些自评时间上跨度较大，散落在鲁迅的杂文、信件和著作之中，笔者对其进行了梳理。1918 年 5 月，在《狂人日记》发表之前，鲁迅在给许寿裳的信中说：“《新青年》第 5 期大约不久可出，内有

---

① 李欧梵：《铁屋中的呐喊》，尹慧珉译，人民文学出版社，2010，第 49—50 页。

② 鲁迅：《中国新文学大系・小说二集・导言》，上海文艺出版社，2003 年 7 月影印版。

③ 杜圣修：《“尚是食人民族”的自我超越——狂人日记的人类学解读》，《鲁迅研究月刊》1994 年第 9 期。

拙作少许。”[①] 虽然说了此期刊物中会有自己的作品，却并没有提《狂人日记》。学者北海认为，这似乎是“让许寿裳去猜想哪篇是他的作品”[②]。同年 8 月 20 日，在给许寿裳的信中，鲁迅提到，“《狂人日记》实为拙作，又有白话诗署‘唐俟’者，亦仆所为。前曾言中国根柢全在道教，此说近颇广行。以此读史，有多种问题可以迎刃而解。后以偶阅《通鉴》，乃悟中国人尚是食人民族，因成此篇。此种发现，关系亦甚大，而知者尚寥寥”[③]。1919 年，在与傅斯年的通信中，鲁迅写道：“《狂人日记》很幼稚，而且太逼促，照艺术上说，是不应该的。来信说好，大约是夜间飞禽都归巢睡觉，所以单见蝙蝠能干了。我自己知道实在不是作家，现在的乱嚷，是想闹出几个新的创作家来，——我想中国总该有天才，被社会挤倒在底下，——破破这中国的寂寞。”[④] 1923 年，在《呐喊·自序》中，他说：“是的，我虽然自有我的确信，然而说到希望，却是不能抹杀的，因为希望是在于将来，决不能以我之必无的证明，来折服了他之所谓可有，于是我终于答应他也做文章了，这便是最初的一篇《狂人日记》。”[⑤] 1933 年，在《我怎么做起小说来》一文中，鲁迅说：“但我的来做小说，也并非自以为有做小说的才能，只因为那时是住在北京的会馆理，要做论文罢，没有参考书，要翻译罢，没有底本，就只好做一点小说模样的东西塞责，这就是《狂人日记》。大约所仰仗的全在先前看过的百来篇外国作品和一些医学上的知识，此外的准备，一点也没有。”随后他还谈到了为何要写这个题材，“说到‘为什么’做小说，我仍抱着十多年前的‘启蒙主义’，以

---

① 鲁迅：《鲁迅全集（第十一卷）》，人民文学出版社，2005，第 362 页。

② 北海：《关于〈狂人日记〉——鲁迅自评探讨》，《上海鲁迅研究》总第 80 辑，上海社会科学院出版社，2018，第 14 页。

③ 鲁迅：《鲁迅全集（第十一卷）》，人民文学出版社，2005，第 365 页。

④ 鲁迅：《鲁迅全集（第七卷）》，人民文学出版社，2005，第 236 页。

⑤ 鲁迅：《鲁迅全集（第一卷）》，人民文学出版社，2005，第 441 页。

为必须是‘为人生’，而且要改良者人生”①。1935 年，在鲁迅编辑的《中国新文学大系·小说二集》的序言中，他写道，“从 1918 年 5 月起，《狂人日记》《孔乙己》《药》等，陆续地出现了，算是显示了‘文学革命’的实绩，又因那时的认为‘表现的深切和格式的特别’，颇激动了一部分青年读者的心。然而这激动，却是向来怠慢了绍介欧洲大陆文学的缘故。一八三四年顷，俄国的果戈理（N. Gogol）就已经写了《狂人日记》……但后起的《狂人日记》意在暴露家族制度和礼教的弊害，却比果戈理的忧愤深广，也不如尼采的超人的渺茫”②。

在鲁迅对《狂人日记》的自评中，有几个关于此作的要点：一是对国外文学作品的借鉴。鲁迅清晰地表明《狂人日记》的创作仰仗的是之前看过百来篇外国文学作品，并且借鉴了果戈理同名之作的经验。对比两部小说可以看出，它们都采用了日记体的形式，都塑造了一个“狂人”形象，都将讽刺当成手段、将批判作为目的。二是《狂人日记》的创作，受到了中国历史上和现实中真实“吃人”事件的影响，这个影响是由“偶阅”《资治通鉴》而触发的。实际上，根据周作人叙述，对鲁迅有触发作用的并不是只有《资治通鉴》，“鲁迅是直接的从书本上和社会上看了来的，野史正史里食人的记载，食肉寝皮的卫道论，近时徐锡麟心肝被吃的事实，证据更是确实了。此外如把女儿卖做娼妓，清朝有些地方的宰白鸭，便是把儿子卖给富户，充作凶手去抵罪。也都可以算作实例”③。通过这些实例，鲁迅“乃悟中国人尚是食人民族”，并认为“占据主流意识标榜‘仁义道德’的儒家经典遮蔽了绵延数千年的‘食人’史，儒家经典及其教义并非如他们自我标榜的那样温厚典雅”。“而知者尚寥寥”的原因，正是源于这种遮蔽。三

① 鲁迅：《鲁迅全集（第四卷）》，人民文学出版社，2005，第 526 页。

② 鲁迅：《鲁迅全集（第六卷）》，人民文学出版社，2005，第 246—247 页。

③ 周作人：《鲁迅小说里的人物》，北京十月文艺出版社，2013，第 19 页。

是写作《狂人日记》的目的与意义。综合鲁迅的自评以及对《狂人日记》的文本分析，笔者认为鲁迅创作这部作品的目的有以下几点。

首先就是“破破这中国的寂寞”。鲁迅在《呐喊·自序》中也提到了“寂寞”，“凡有一人的主张，得了赞和，是促其前进的，得了反对，是促其奋斗的，独有叫喊与生人中，而生人并无反应，既非赞同，也无反对，如置身毫无边际的荒原，无可措手的了，这是怎样的悲哀呀？我于是以我感到者为寂寞。这寂寞又一天一天地长大起来，如大毒蛇，缠住了我的灵魂了”。笔者认为，“寂寞”于鲁迅自己，是他作为启蒙主义的思想先驱，其“超前的卓识和极具历史穿透力的思想”[①]并不被人所理解、响应，是屡遭挫折之后的一种孤傲、无奈的心态与情绪。田建民先生认为，“鲁迅虽然豪气满胸真理在手，然而他义正词严的批判犹如是独自在无边无际的荒原上的呐喊，根本得不到关注和回应，那是一种怎样的悲壮、悲哀、孤傲和无奈啊！这就是鲁迅在 20 世纪 20 年代对现实文化生态体验的基础上形成的精神文化的荒原意识”[②]。而这“寂寞”之于当时的中国，则也有一番深意。晚清六七十年的历史进程——特别是后甲午战争时期——无疑是混乱、黑暗、残酷和无望的，不管是社会精英还是普通民众，都期盼这一切在 1911 年辛亥革命成功之后能够结束。然而现实是残酷的，辛亥革命虽然结束了清政府的统治，建立了“共和国体”，选举了“大总统”，但之后却接连经历了二次革命，袁、张两次复辟，护国运动，“政局非但无变好之象，反而越来越糟，直至陷入了军阀混战状态。由此社会心态也发生了一个由高到低的坠落，人们对政治普遍产生厌倦情绪”[③]。在这种情绪和社会心理的支配下，社会精英陷入了沉默。反映到文学上，甲午战争之

---

① 田建民：《鲁迅、钱钟书论稿》，人民出版社，2015，第 19 页。

② 田建民：《鲁迅、钱钟书论稿》，人民出版社，2015，第 7 页。

③ 耿传明：《决绝与眷恋——清末民初社会心态与文学转型》，复旦大学出版社，2010，第 177 页。

后的民族国家叙事开始退潮，梁启超的“小说界革命”已被大部分作家抛于脑后，取而代之的是“民初小说的‘言情潮’和娱乐、谴责小说的兴起”①。国家尚在水深火热之中，革命和启蒙却是屡战屡败。革命者流淌的鲜血尚未冷却，窃国者却早已粉墨登场。这对于国家来讲，无疑是绝望的，这种绝望使社会精英陷入一种更大、更深的“寂寞”，这正是鲁迅口中所说的“铁屋子”。在万马齐喑中，鲁迅要“破破这中国的寂寞”，“他绝不灰心、绝不妥洽，总要拼命地刻苦地干下去，奋斗到底”②。《狂人日记》便是他打破“寂寞”的第一声呐喊，“他要唤醒在铁屋子中就要窒息而死的人们，他要为病态的社会、病态的人群‘揭出病苦，引起疗救的注意’，他要为住在黑洞般的破屋子的奴隶亲手挖开一个窗，他呼唤人们‘救救孩子’”③。

其次是要“暴露家族制度和礼教的弊害”。“礼教吃人”之所以成为《狂人日记》最显见且深入人心的主题，一是因为鲁迅自己所言，“《狂人日记》意在暴露家族制度和礼教的弊害”；二是因为吴虞在 1919 年 11 月发表于《新青年》第 6 卷第 6 号的文章《吃人与礼教》，这一点在前文已有简述。在这篇文章中，吴虞通过分析历史上一些著名的“吃人”事件，最终得出“表面讲礼教，内容吃人肉的”“一面讲礼教，一面尊孔子，一面吃人肉”的越来越多，“孔二先生的礼教讲到极点，就非杀人吃人不成功，真是残酷极了。一部历史里面，讲道德说仁义的人，时机一到，他就直接间接的都会吃起人肉来了”，最后得出结论“吃人的就是讲礼教的，讲礼教的就是吃人的呀”④。《吃人与礼教》发表以后，“礼教吃人”变成了《狂人日记》广为人知的主题，“从它发

① 耿传明：《决绝与眷恋——清末民初社会心态与文学转型》，复旦大学出版社，2010，第 177 页。

② 许寿裳：《我所认识的鲁迅》，中国文史出版社，2020，第 3 页。

③ 田建民：《鲁迅、钱钟书论稿》，人民出版社，2015，第 23 页。

④ 参见吴虞《吃人与礼教》，《吃人与礼教——论鲁迅（一）》，李长之、艾芫等著，河北教育出版社，2000，第 1—4 页。

表以后，‘吃人的礼教’一句话就深入人心”[①]。田建民先生认为，对封建旧文化的批判是五四启蒙的核心内容，“当时五四先驱者们认定维护封建制度的旧的伦理道德、思想文化是制约革新前进的最深的根源。它摧残人性，桎梏了整个民族的生机和活力，致使国家孱弱、民族危机”[②]。鲁迅则在反封建文化的战斗中，以犀利的笔锋借“狂人”之口揭出了封建礼教仁义道德背后掩盖的“吃人”的本质。暴露和批判的目的无疑是为了重建，在小说中“狂人”说，“你们立刻改了，从真心改起！你们要晓得将来是容不得吃人的人……”，这既是“狂人”对未来的憧憬，也是作为思想先驱的鲁迅对未来的期许。由于“几千年来形成的以封建礼教为基础的封建专制文化已经渗透到每个人的潜意识，深入到骨髓，其根深蒂固的惰性力量是难以撼动的”，这也正是鲁迅口中的“绝无窗户而万难毁灭”的铁屋子。抱着冲破铁屋子的希望大声疾呼从而唤醒沉睡者是鲁迅文学创作的主基调，也是鲁迅文学启蒙的先声。对封建文化和浸淫其中的“吃人者”的虚伪的批判和对其罪恶的揭露，以及鲁迅对于国民劣根性的探讨，都是为了“要对传统文化进行彻底地改造和重新构建”[③]，而重建一切的基础首先便是打破那些虐杀人性的伦理纲常和封建专制统治。

再次是“为人生”和“改良这人生”。这可以看作鲁迅整体文学观和他对文学功用的认识，当然这只是一种笼统且抽象的宏观指涉。“五四启蒙的核心问题就是‘人’的问题，即人的独立意识和独立人格的觉醒”[④]，鲁迅思想发展的起点，就是其在留学日本期间形成的‘立人’思想。他“以‘立人’为‘立国’之本；‘立人’的核心是‘个体精神

---

① 王瑶：《〈狂人日记〉略说》，《语文学习》1978 年第 8 期。

② 参见田建民《鲁迅、钱钟书论稿》引言，人民出版社，2015，第 4 页。

③ 参见田建民《鲁迅、钱钟书论稿》引言，人民出版社，2015，第 4 页。

④ 参见田建民《鲁迅、钱钟书论稿》引言，人民出版社，2015，第 35 页。

自由’。”[①] 田建民先生认为，鲁迅作为启蒙主义思想先驱，他“确立了以尊重独立人格，肯定个体价值，弘扬主体个性为主要内涵的‘立人’思想并以此作为基本的评判标准对一切价值进行重估”[②]。正是在这一前提下，鲁迅形成了“为人生”的整体文学观和“改良这人生”的文学方法论。在鲁迅的杂文中，他多次提到“人生”“为人生”，比如他在《论睁了眼看》中说：“中国人向来因为不敢正视人生，只好瞒和骗，由此也生出瞒和骗的文艺来，由这文艺，更令中国人更深地陷入瞒和骗的大泽中，甚而至于已经自己不觉得。世界日日改变，我们的作家取下假面，真诚地、深入地、大胆地看取人生并且写出他的血和肉来的时候早到了：早应该有一片崭新的文场，早应该有几个凶猛的闯将。”[③] 呼唤“崭新的文场”、呼唤“凶猛的闯将”，目的就在于要真诚、深入、大胆地写出人生的“血和肉来”，大胆地戳破“瞒和骗的文艺”，从而形成真正的揭露与批判——对虚伪的封建伦理道德规范的揭露，对缺乏独立性、创造性，而仅仅具有奴隶性的人生的批判。他在《灯下漫笔》中写道，“但实际上，中国人向来就没有争到过‘人’的价格，至多不过是奴隶，到现在还如此，然而下于奴隶的时候，却是数见不鲜的”，这无疑说出了作为“奴隶”的人生是何其的可悲。在《我怎么做起小说来》中，他说：“仍抱着十多年前的‘启蒙主义’，以为必须是‘为人生’，而且要改良这人生。我深恶先前的称小说为‘闲书’，而且将‘为艺术的艺术’，看作不过是‘消闲’的新式的别号。所以我的取材，多采自病态社会的不幸的人们中，意思是在揭出病苦，引起疗救的注意。”[④] 他认为小说应该具有社会功用，“为人生”就是要

---

① 参见钱理群主编：《中国现代文学编年史——以广告学为中心（1915—1927）》，大学出版社，2013，第78页。

② 参见田建民《鲁迅、钱钟书论稿》引言，人民出版社，2015，第6页。

③ 鲁迅：《鲁迅全集（第一卷）》，人民文学出版社，2005，第240—241页。

④ 鲁迅：《鲁迅全集（第四卷）》，人民文学出版社，2005，第526页。

“揭出病苦”——道德的虚伪、纲常的桎梏、礼教的残忍、民众的奴性与麻木等，无一不是启蒙先驱眼中的病苦；“引起疗救的注意”就是要“改良这人生”——通过小说等文艺手段批判封建道德和礼教、解蔽麻木的民众，形成独立的人格并具有“个体精神自由”。类似的论述还有很多，比如他说“人生是因为作者而不同，看作品又因读者而不同”[①]“现代的文艺是往往给人不舒服的，没有法子，要不然只好使自己逃出文艺，或者从文艺推出人生”[②]，等等。有学者认为，在鲁迅广泛的论述中，他“深刻地分析了‘为人生’之于文学的普遍意义，——不仅现代的文学将人生作为自己主要的关注对象已经成了现代的文学的特征，而且就是那些号称要离开人生的作家其实也并没有真正地达到目的”[③]。不难看出，在鲁迅的作品中，“人生”“为人生”这两个词汇反复出现，已经成为其话语系统的核心词汇，在鲁迅整个文艺思想体系中具有核心地位，“无论前后期都是鲁迅创作的基本出发点”[④]。鲁迅曾在他的杂文《记念刘和珍君》中说过，“真的猛士，敢于直面惨淡的人生，敢于正视淋漓的鲜血”[⑤]，虽然此文是为了纪念被段祺瑞政府枪杀的无辜学生而做，但“直面惨淡的人生”亦可以看作鲁迅在文学创作中一以贯之的追求，一方面说明他在文学创作中，将直面人生作为感知世界、剖析人性的手段和方式；另一方面说明他的文学和艺术并不是虚幻的空中楼阁，而是现实社会的需要、是人类生存与发展的需要。

---

① 鲁迅：《集外集・俄文译本〈阿Q正传〉序及著者自叙传略》，《鲁迅全集（第七卷）》，人民文学出版社，1983，第82页。

② 鲁迅：《而已集・〈尘影〉题辞》，《鲁迅全集（第三卷）》，人民文学出版社，1983，第547页。

③ 李怡：《“为人生”的小说与鲁迅创作的基点问题》，《小说评论》2008年第2期。

④ 刘中树：《鲁迅“为人生”的文学观》，《吉林大学社会科学学报》1985年第3期。

⑤ 鲁迅：《记念刘和珍君》，《鲁迅文集（第三册）》，北京燕山出版社，2018，第823页。

三、《狂人日记》与“吃人”叙事的形成

笔者在论述“吃人”叙事发展脉络时，认为从时间角度来看其发展可以大致分为四个阶段。但是这个“四段论”的分割无疑是线性的，如果从“吃人”叙事现象所承载的精神向度与主题意蕴来看，它的发展又是历时性的——每一个阶段“吃人”叙事所先行获得的内涵都会被纳入后续的、新的内涵之中。也就是说，从最初进入中国的西方食人传说和“吃人”故事开始，到形成“吃人”叙事的雏形，再到“新小说”中“吃人”的政治影射等，都会作为一个“子系统”被纳入“吃人”叙事现象。所以“吃人”叙事是在历时性变化之中形成、发展的，而《狂人日记》即可看作这一叙事现象最终形成的标志。此时的“吃人”叙事的性质与内涵较前代文本相比已经发生了质变，成了一个隐喻——“概念系统中的跨领域映射”①。这也提醒研究者在对这一叙事现象的研究中，既要考虑叙事现象本身形成过程中的社会政治因素，也要考虑文学家的思想体系、写作意图等，尽量避免出现对“吃人”叙事现象含义单一化和解读边缘化的倾向，这也是笔者在前文论述《狂人日记》多义性主题的根本原因。

《狂人日记》出现之时，尚没有学者对其中出现的“吃人”予以特别的青睐，大部分研究仍集中在对小说主题的解读和“狂人”的形象分析之上。在《狂人日记》发表后不久的1919年1月，傅斯年说：“就文章而论，唐俟君的《狂人日记》用写实笔法，达寄托的（symboism）旨趣，诚然是中国近来第一篇好小说。”② 1919年4月，傅斯年又发表了《一段疯话》，他说：“鲁迅先生所作《狂人日记》的狂人，对于人世的见解，真个是透彻极了；但是世人总不能不说他是个狂人。哼哼！

① 赵一凡、张中载、李德恩主编：《西方文论关键词》，外语教学与研究出版社，2006，第775页。

② 傅斯年：《书报介绍·新青年杂志》，《新潮》，1919年1月第1卷第2号。

狂人！狂人！耶稣、苏格拉底在古代，托尔斯泰、尼采在近代，世人何尝不称他做狂人呢！但是过了些时，不管大家愿不愿，一个人去辟不经人迹的路。最初大家笑他，厌他，恨他，一会儿便要惊怪他，佩服他，终结还是爱他，像神明一般地待他。所以我敢决然断定，疯子是乌托邦的发明家，未来社会的制造者。”① 在傅斯年的论述中，看到了《狂人日记》作为白话小说的艺术价值，也看到了作为觉醒者的“狂人”形象以及这一形象在当时社会背景下的价值。同年 11 月，“四川省只手打倒孔家店的老英雄”② 吴虞发表了《吃人与礼教》，鲜明、深刻地分析了《狂人日记》的主题，他说：“我觉得他这日记，把吃人的内容，和仁义道德的表面，看得清清楚楚。那些带着礼教假面具吃人的滑头伎俩，都被他把黑幕揭破了。”③ 在文章中，吴虞列举了历史上关于“吃人”的事件，来论证“礼教吃人”的主题，并且认识到了“人”应该觉悟，因为“我们不是为君主而生的！不是为圣贤而生的！也不是为纲常礼教而生的”④！吴虞的观点不但在当时旗帜鲜明地揭示了《狂人日记》“礼教杀人”的主题，也为后来近一百年的《狂人日记》研究贴上了“礼教杀人”的标签。1923 年，茅盾先生发表了名为《读〈呐喊〉》的评论文章，他说：“那时我对于这古怪的《狂人日记》起了怎样的感想呢，现在已经不大记得了；大概当时亦未必发生如何明确的印象，只觉得受着一种痛快的刺戟，犹如久处黑暗的人们骤然看了绚丽的阳光。这奇文中冷隽的句子，挺峭的文词，对照着那含蓄半吐的意义，和淡淡的象征主义的色彩，便构成了异样的风格，使人

---

① 傅斯年：《一段疯语》，《新潮》，1919 年 4 月第 1 卷第 2 号。

② 胡适：《〈吴虞文录〉序》，《胡适文存》第 4 卷，亚东图书馆，1921。

③ 参见吴虞《吃人与礼教》，《吃人与礼教——论鲁迅（一）》，李长之、艾芜等著，河北教育出版社，2000，第 1—4 页。

④ 参见吴虞《吃人与礼教》，《吃人与礼教——论鲁迅（一）》，李长之、艾芜等著，河北教育出版社，2000，第 1—4 页。

一见就感着不可言喻的悲哀的愉快。这种快感正像爱于吃辣的人所感到的‘愈辣愈爽快’的感觉。……因为这篇文章，除了古怪的不足为训的体式外，还颇有些‘离经叛道’的思想，传统的旧礼教，在这里受着最刻薄的攻击，蒙上了‘吃人’的罪名了。”①

尽管和鲁迅同时代的学者们基于时代的需要、囿于认知的局限，为《狂人日记》贴上了“礼教杀人”的标签，但这无疑是对该作的一个正确的、基础性解读。在此后漫长的文学史中，许多读者、学者在阅读和研究的过程中因为涉及社会政治因素，对《狂人日记》的理解基本保持在“礼教杀人”的延长线上，将“狂人”定义为一个反封建、反礼教的战士。比如朱彤认为，“‘狂人’分明是一个有血有肉性格鲜明的战士”②；许钦文认为，“这个狂人实际上是鲁迅先生创造的反封建战士”③；徐中玉认为，“狂人”是反封建的英勇战士，“事实上，他是因为不信了‘从来如此’的道理，才被视为狂人，诬为狂人。迫使他有了一些狂的外表。事实上，他是比谁都明白，比谁都清醒，岂止并非狂人，倒真是一个革命的先知先觉”④。王瑶先生也持此类观点，“他因为革命才被逼成疯子的。这样，在这个狂人的性格中，就有了既是狂人又是革命者的两种特征”⑤。1979 年，陈涌在其《鲁迅与五四文学运动的现实主义问题》一文中提出：“过去有些人把《狂人日记》中的‘狂人’当作一个现实主义的小说人物来分析，在那里谈论什么鲁迅创造的‘英雄形象’，这就是因为不去区分象征的方法和现实主义的方法。其实，狂人不过是一个象征，一个鲁迅所假定的抗击旧世界的力量的象征，鲁迅并不把他作为一个现实主义的正面人物或英雄人物来

① 雁冰：《读〈呐喊〉》，《文学旬刊》1923 年第 91 期。

② 朱彤：《鲁迅作品的分析（第一卷）》，东方生活出版社，1954，第 73 页。

③ 许钦文：《〈呐喊〉分析》，中国青年出版社，1956，第 13 页。

④ 徐中玉：《鲁迅生平思想及其代表作研究》，自由出版社，1954，第 115 页。

⑤ 王瑶：《〈狂人日记〉略说》，《鲁迅作品论集》，人民出版社，1984。

创造的。”[1] 他确认了“狂人”的象征性，这是对《狂人日记》解读的一个进步。对于“吃人”的研究出现在新时期以后，笔者在绪论中曾提到了王乾坤、钱理群二位先生对“吃人”的研究。王乾坤认为鲁迅的“吃人”概念不能仅仅简单理解为真的“吃人”或者是“以理杀人”，而应该认识到“吃人”所指涉的是对人的个体精神自由的否定，是对人生存发展的贬低、抑制和摧残。钱理群先生则确认了“吃人（食人）”这个概念的双重意义，认为不应该仅把“吃人”看成一种象征，而更应该认识到在中国历史中人的生命在至高无上的伦理道德面前是微不足道并随时可以牺牲的，这种旗帜之下的“吃人”不但没有受到谴责，相反在传承过程中被文学化、审美化了。

王、钱二位先生的观点对于“吃人”叙事的研究来讲具有重要意义。笔者认为，在“吃人”叙事历时性发展轨迹之上——从《点石斋画报》中的《番食倭肉》、到韩文举的《人肉楼》以及翻译小说《食人会》与《食人国》、再到《狂人日记》——出现了一个双重指涉：从概念上讲，“吃人”经历了由文学意象、政治寓言、文化隐喻的发展历程；从内涵上讲，则由单纯的“吃人肉”发展为具有多重含义——蛮夷想象、妖魔化建构、政治影射、文化批判、人性觉醒等——的叙事现象。在西方叙事学和修辞学理论中，所谓隐喻至少包括四个方向的含义：一是“将某物视为另一物”；二是“一种隐含的类比，它以想象的方式将某物等同于另一物，并将前者的特性施加于后者，或将后者的相关情感和想象因素赋予前者”；三是“本义指示某一事物、行为的词语或表达，被应用于另一明显不同的事物或行为而并不认为是比较”；四是从隐喻互动论角度来讲，属于一种“概念系统中的跨领域映射”[2]。在《狂人日记》中，有一段被研究者广泛引用的文本：

---

① 陈涌：《鲁迅与五四文学运动的现实主义问题》，《文学评论》1979 年第 3 期。

② 赵一凡、张中载、李德恩主编：《西方文论关键词》，外语教学与研究出版社，2006，第 775 页。

> 凡事总须研究，才会明白。古来时常吃人，我也还记得，可是不甚清楚。我翻开历史一查，这历史没有年代，歪歪斜斜的每页上都写着“仁义道德”几个字。我横竖睡不着，仔细看了半夜，才从字缝里看出字来，满本都写着两个字是“吃人”！

这段文本中出现了两种“吃人”，一种是“我”记忆中的、古时候经常出现的“吃人”——这无疑是指生物意义上的吃人；另一种是“我”从字缝里看出来的、满本历史上都写着“吃人”——这显然是隐喻性的“吃人”。而在这段“狂人”描述中，同样存在两个文本，一个是表面上写着“仁义道德”的文本，虽然将“仁义道德”写得歪歪斜斜，但终究还是写着呢——这可以看作一种显性文本，即经过至高无上的伦理道德改造过的“儒学超文本”①；另一个则是隐藏着残酷“吃人”事实的潜文本——这是“吃人”隐喻的核心，它不但是“狂人”最大的发现，也是使他疯狂的根本。在《狂人日记》中，鲁迅正是通过这种“显性”与“潜隐”的描述与类比，确认了人在旧文化、旧道德、旧伦理之下遭受的摧残无异于在现实生活中肉体被残忍地吃掉。“旧体制下人所受的摧残”与“现实生活中肉体被残忍地吃掉”，这两种情况虽然属于具有不同经验和意义的双重视域，但却通过二者之间所具有的相似性和关联性组成了具有张力结构的隐喻体，“吃人”叙事也因此转换成一种文化隐喻，成为一种叙事现象。

---

① ［美］罗鹏（Carlos Rojas）：《免疫与社群——解读鲁迅笔下“吃人”的双重含义》，陈心湛译，《济南大学学报（社会科学版）》2017年第6期。

第二节　《食人人种的话》——对“吃人”者的双重批判

1928 年 10 月，鲁迅在《大众文艺》第 1 卷第 2 期上发表了翻译小说《食人人种的话》，讲述了一个好战黑人部落“谟泰拉司”吃掉俘虏的故事。因为奸细告密，谟泰拉司勇士们在对邻近部落的偷袭中扑了个空，只俘虏了母女两个，母亲二十岁、女儿七岁。收兵之后，勇士们被部落的女人和老人们嘲笑，并被蔑称为“败北者”。勇士们为了“博得父老的欢心”，让贪嘴的妇女们感到高兴，他们便说，“我们虽然只捉了两个俘虏来，但这是为了将两个都吃掉的”——他们曾经有吃掉敌人的传统。于是部落开始准备人肉的盛宴，因为母亲胖胖的，而女儿身材干瘦，所以他们选择了母亲。在一个“宗教上的祭日”，部落安排了一个女巫来杀孩子的母亲，因为“他们决不将这个俘虏的女子，来做野蛮的本能的牺牲，是用她来报复爱秩序和正义而强有力的诸神的”，因为“黑人是信仰很深的人”，所以在祭日这一天，大家准时来到广场上的面包树荫下。“规定的时间一到，执事人便分送了各人的份儿。大家吃了”，“然而这祝典，却没有大家所高兴地豫料着那样的快活”，因为那个七岁的女孩看到母亲被吃了之后，在不停地哭。“好好的祭日，给一个不做美的女孩弄糟了。”女孩不停地哭喊着要她的母亲，“从宴会的开头到煞尾，她总是哭”，这让部落成员的心态发生了微妙的变化。“一个孩子的眼泪，就够在国民全体的心里，唤起道德之念来”，最后族长感于女孩的诚心，将其收为义女，并且说：“可怜，死了的母亲，是已经迟了，一点法子也没有！只有因为她的死，弄出来的这悲哀的事，但愿作为我们的规诫。我们永远不要忘却，人肉的筵宴是悲哀的，而不给一点高兴的事罢。”[①]

在上一节中，笔者论述了鲁迅第一个沉默期结束后，《狂人日记》的诞生标志着中国近现代文学中“吃人”叙事的形成。《食人人种的话》则是鲁迅在他的第二个沉默期结束之时，翻译的以真实性“吃人”为内容的法国小说。在这里，基于以上的论述必将产生两个关键问题。一是既然《狂人日记》已经将“吃人”升华为一种文化隐喻，鲁迅为何还要翻译这部以“吃人肉”为内容的小说；二是这部小说为何出现在鲁迅第二个沉默期结束之时。按照鲁迅在《答有恒先生》文中所说，他的第二个沉默期大概开始于1926年的夏天。许广平曾提到，“当北京‘三一八’事件之后，政治还是那么黑暗。我们料想：中国的局面，一时还会不死不活地拖下去，但清醒了的人是难于忍受的。恰好这时厦门大学邀请鲁迅去教书，换一个地方也好吧，鲁迅就答应去了……因此决定：一面教书，一面静静地工作，准备下一步的行动。为另一个战役做更好的准备……因此，我们就相约，做两年工作再作见面的设想”[②]。这段回忆首先确认了鲁迅离京赴厦的原因，即“三一八”惨案令其意识到政治仍然黑暗带来的失望所致；其次印证了鲁迅在《答有恒先生》所言“我豫定的沉默期间是两年”。不过他在文中所言保持沉默的原因，却已经不再和1926年夏天的一样，而变成了“我恐怖了。而且这种恐怖，我觉得从来没有体验过”[③]。由此可见，鲁迅的第二个沉默期并没有他预想中的那样平静，如同他在1927年底所说：“我抱着梦幻而来，一遇实际，便被从梦境放逐了，不过剩下些索漠。”[④] 很快，这个沉默期就结束了。按照许广平的回忆，鲁迅所谓的恐怖来源于

---

① ［法］查理·路易·腓立普：《食人人种的话》，鲁迅译，《大众文艺》第二期，上海现代书局，1928。

② 许广平：《鲁迅回忆录》，中国文史出版社，2020，第65页。

③ 鲁迅：《答有恒先生》，《鲁迅全集（第二卷）》，人民文学出版社，1983，第350页。

④ 鲁迅：《在钟楼上——夜记之二》，《鲁迅全集（第二卷）》，人民文学出版社，1983，第444页。

1927 年发生在广州的“四一五”反革命政变。在这一事件中，鲁迅所在的中山大学有部分青年学生被捕，“鲁迅悲愤填膺地力争，坚持营救学生，未获通过。仅有一二人先还似要响应鲁迅的话，到后来看情形不妥就不开口了。结果力争无效，鲁迅独自宣布辞职。回到白云楼，把经过一一向许寿裳先生细说，气得连晚饭也未进一口”①。在“四一五”反革命政变中，国民党当局“公开血腥地屠杀共产党和革命青年，有些是失踪，有些是在病床上被扼杀的，这些反常的举动，比北洋军阀还黑暗”，这使鲁迅感觉到了恐怖。但鲁迅的所谓恐怖并没有停留在当时的党争之上，而是进行了更为深入的思考。首先是“我的一种妄想破灭了”，这种妄想便是他在《狂人日记》所说的“救救孩子”。在《答有恒先生》一文中鲁迅进行了诠释：“我至今为止，时时有一种乐观，以为压迫，杀戮青年的，大概是老人。这种老人渐渐死去，中国总可比较地有生气。”然而在广州的事变之中他却发现，杀戮青年的却正是那些“对于别个的不能再造的生命和青春”毫无顾惜的青年，“血的游戏已经开头，而角色又是青年，并且有得意之色。我现在已经看不见这出戏的收场”。其次是反思自己成了“人肉的筵宴”的帮凶。“我曾经说过，中国历来是排着吃人的筵宴，有吃的，也有被吃的。被吃的也曾吃人，正吃的也会被吃。但我现在发见了，我自己也帮助着排筵宴……弄清了老实而不幸的青年的脑子和弄敏了他的感觉，是他万一遭灾时来尝加倍的苦痛，同时给憎恶他的人们赏玩这较灵的苦痛，得到格外的享乐。”② 在这里，鲁迅发生了两个向度的思考，一是“吃人”意象含义的延展。在《狂人日记》中“我”——狂人——是“被吃”者，也是“吃人”者，在这里“我”——作者——却成了中国这个“人肉的筵宴”里帮着排筵宴的帮凶，“吃人”意象的含义得到了进

---

① 许广平：《鲁迅回忆录》，中国文史出版社，2020，第 71 页。

② 鲁迅：《答有恒先生》，《鲁迅全集（第二卷）》，人民文学出版社，1983，第 351 页。

一步延展。二是对之前自己启蒙主义的质疑。前文曾有提过，鲁迅的启蒙与反思是并行的，但是在这里他对《狂人日记》的启蒙进行了更深层次的质疑，即启蒙者成了“人肉的筵宴”的帮凶，被启蒙的青年也拿起了屠刀，“唤醒必然被吃的人，只能让他们品味更大的痛苦，只能让‘吃人者’享受更大的快乐。这次发现是基于残酷的事实，并将导致巨大的绝望，使鲁迅本人怀疑自己的启蒙者身份”①。这也暗合了《呐喊·自序》中“现在你大嚷起来，惊起了较为清醒的几个人，使这不幸的少数者来受无可挽救的临终的苦楚。你倒以为对得起他们么?”

按照许寿裳的“鲁迅年谱”，鲁迅 1926 年 8 月到厦门大学任教，1927 年 1 月就到了广州，“四一五”反革命政变当天辞职，同年 10 月抵达上海。这一年多的经历对鲁迅最大的影响是其所相信的进化论的崩塌。1932 年他在《三闲集·序言》中说：“我一向是相信进化论的，总以为将来必胜于过去，青年必胜于老人，对于青年，我敬重之不暇，往往给我十刀，我只还他一箭。然而后来我明白我倒是错了。这并非唯物史观的理论或革命文艺的作品蛊惑我的，我在广东，就目睹了同是青年，而分成两大阵营，或则投书告密，或则助官捕人的事实！我的思路因此轰毁，后来便时常用了怀疑的眼光去看青年，不再无条件的敬畏了。”② 经过五四时期启蒙洗礼的新一代青年屠戮异己的表现，使《狂人日记》中“狂人”所言“难见真的人”一语成谶，也使鲁迅重新审视了自己的启蒙主义，认为“现在倘再发那些四平八稳的‘救救孩子’的议论，连我自己听去，也觉得空空洞洞了”。在他于 1926 年夏天所预定的两年沉默期结束之后不久，鲁迅便翻译发表了法国作家腓立普的《食人人种的话》。这部小说的原著作者查理·路易·腓立普

① 董炳月：《论鲁迅对〈狂人日记〉的阐释——兼谈〈呐喊〉的互文性》，《文学评论》2018 年第 5 期。

② 鲁迅：《三闲集·序言》，《鲁迅全集（第四卷）》，人民文学出版社，1983，第 5 页。

在法国名不见经传，其作品《食人人种的话》也没有多大名声，在笔者所能接触的文献中，并没有发现该小说的原著。在我国学术史上只有浙江师范大学付建舟教授对其有所关注。他在《进化论传播脉络与近代中国的“食人”言说》一文中认为，这部小说是“鲁迅反对‘弱肉强食’、提倡人道主义的一篇重要译作”。鲁迅在新文化运动退潮后，依然关注“人肉的筵宴”，所以他在1928年翻译《食人人种的话》并不是偶然现象，而是对“‘弱肉强食’的社会达尔文主义的严厉批判，是对庸俗进化论的深刻反思”①。对于鲁迅翻译《食人人种的话》并非偶然这一观点笔者是认同的，但如果只是把小说看作对社会达尔文主义的批判、对庸俗进化论的反思，恐怕不能解释鲁迅在“译者附记”中所说的“我所取的篇中深刻的讽喻”。

从鲁迅的译本来看，腓立普想表现的主题应该在小说第一段和最后一段之中，即“无论怎样的败德的人的心底里，也总剩着一点神圣之处”和“一个孩子的眼泪，就够在国民全体的心里，唤起道德之念来”，这也正是鲁迅在“译者附记”中所说的“首尾的教训”。然而，鲁迅却并不认同这样的思想——“大约出于作者的加特力教思想，在我是也并不以为的确的”。许广平曾回忆说，鲁迅从事文学翻译是从《域外小说集》开始的，“他着重于东欧和北欧文学的介绍，尤其是弱小民族的作品；因为那些作品富于挣扎、反抗、怒吼的精神，翻译过来，不但能借此转移性情，更可改造社会”②，显然鲁迅文学翻译的目的是与清末民初大多翻译家保持一致的。但在《食人人种的话》这部小说中，却并没有所谓的“挣扎、反抗、怒吼”，并不能达到转移性情、改造社会的目的。既然如此，鲁迅翻译这部名不见经传的短篇小说的目的又是什么呢？笔者认为，其目的便是他在“译者附记”中说

---

① 付建舟：《进化论传播脉络与近代中国的“食人”言说》，《学术月刊》2019年第3期。

② 许广平：《鲁迅的写作和生活——许广平忆鲁迅精编》，上海文化出版社，2006，第22页。

的“所取的是篇中深刻的讽喻”，这也是“吃人”叙事发展到这一阶段所延展出的新的内涵。

在小说的文本中，有三个值得注意的细节，第一个是在勇士们只带回母女两个俘虏受到部落父老和女人嘲笑时，想起了部落的“吃人”传统，所以他们才说带两个俘虏回来，是准备吃掉的。之后，整个部落的人果真兴高采烈地吃了起来。从小说文本来看，“谟泰拉司”部落曾有吃人的传统，“就是在白人渡来以前，他们曾经吃过敌人的肉。他们以为提起这传统来，一定能博父老的欢心的；况且讲到吃，也该可以给贪嘴的妇女们的感情高兴。他们自已，原也并非乐于做食人人种的，然而事出于不得不然”①。在15世纪地理大发现之后，欧美白人在对外殖民的过程中建立了“世居民族居民/欧美白人”二元对立的思维模式，并赋予其一个隐藏的等级秩序，即欧洲之外的世居民族居民都是低级的、未经教化、野蛮落后的有色人种，是异教徒；欧美白人都是高级的、文明开化、文质彬彬的基督徒。在这种思维模式之下，“吃人肉”或者“食人”等类似的词组，自然会成为一种不言自明的精神前见，即凡“吃人”的种族，都是野蛮、落后、低级的。这部小说中腓立普将“谟泰拉司”人称为“食人黑种”自然也暗含了这种精神前见。不同的是，虽然吃敌人的肉是他们的传统，但在“白人渡来”之后，他们接受过“白人”的教化和启蒙，已经摒弃了这个野蛮传统。然而现在，几乎空手而归、只带了母女两个俘虏的“谟泰拉司”勇士们，却因为小小的颜面问题，为了让父老和贪吃的女人们高兴，就轻而易举地恢复了这个传统，重新回到野蛮时代。“传统”何其强大，启蒙又何其脆弱？经过教化与启蒙之后已经改掉“吃人”习惯的部落，却只因为一个所谓“勇士们的颜面”问题，便堂而皇之地将野蛮的

① ［法］查理·路易·腓立普：《食人人种的话》，鲁迅译，《大众文艺》第二期，上海现代书局发行，1928年10月20日。

“吃人”传统复活了。以腓立普的描写反观诸已，从清末开始的救亡图存与启蒙解蔽，不管是梁启超的“新民”还是鲁迅的“立人”，不管是国民劣根性批判还是人性觉醒的呐喊，其目的均是为中华民族寻找一条自立、自强的复兴之路。但多年的启蒙运动总是轻而易举地被现实“轰毁”，从洪宪帝制到张勋复辟，从“三一八”惨案到“四一五”反革命政变……启蒙者的呼号奔走，革命者的流血牺牲，都抵不过一个堂而皇之的借口。而作为被启蒙者的民众，被唤醒且能够呐喊的人仍是少之又少。这也暗合了1928年4月鲁迅在《铲共大观》结尾的一段话，“我临末还要揭出一点黑暗，是我们中国现在（现在！不是超时代）的民众，其实还不很管什么党，只要看‘头’和‘女尸’。只要有，无论谁的都有人看，拳匪之乱，清末党狱，民二，去年和今年，在这短短的二十年中，我已经目睹或耳闻了好几次了”[①]。

第二个细节是在杀掉女孩母亲的时候，他们并没有用屠牛者，而是让巫女——一个神官——在宗教的祭日上来动手。这就意味着他们不把女子“当作野蛮的本能的牺牲”，而是作为祭品献给了“爱秩序和正义而强有力的诸神”。为了“勇士们的颜面”而恢复的“吃人”传统、发生“吃人”行为，成了庄严的“祝祭”。“黑人是信仰很深的人。没有一个迟到的。祝日的早晨，便聚集在村的广场上的面包树荫下”，等待着“吃人”时间的到来。在弱肉强食的过程中，强者吃人的过程居然得到一定程度的神化，虽然肉吃到了人的肚子里，但女人却是献给诸神的祭品。辛亥革命之后，袁世凯正是假借“革命”之名大杀党人，“从袁世凯那方面看来。是一点没有杀错的，因为他正是一个假革命的反革命者”[②]。而这之后的张勋复辟、“三一八”“四一二”“四一五”等各种惨案和政变，也都有其冠冕堂皇的理由。“正义，人道，公

① 鲁迅：《铲共大观》，《鲁迅全集（第二卷）》，人民文学出版社，1983，第475页。

② 鲁迅：《〈杀错了人〉异议》，《鲁迅全集（第三卷）》，人民文学出版社，1983，第273页。

理之类的话”漫天飞舞，干的却是倒行逆施的“吃人”勾当。“他们仰仗政治权力，摆出‘道学家’的架子，以真理道德的垄断者的身份，轻易地审判别人，‘以理杀人’。”① 而那些作为被启蒙者的民众——那些高高兴兴“吃人肉”的人——“就证明着国民性的怯懦，懒惰又巧滑”。1926 年 10 月，在鲁迅第二部小说集《彷徨》出版之后，高长虹曾在《狂飙》周刊第 1 期上发表文章，认为鲁迅“终于写出更大的破灭与绝叫，且终于写出更深刻而悲哀的彷徨”。笔者认为这一评价同样适合鲁迅翻译的短篇小说《食人人种的话》。从 1912 年开始到 1927 年，鲁迅在经历过太多的反复与失望之后，清醒地意识到自己“依然在沙漠中走来走去”，清醒地确认了自己身处荒原之上的孤独与无助。

第三个细节是小女孩的眼泪唤醒了部落成员心底的“道德之念”，认识到“我们永远不要忘却，人肉的筵宴是悲哀的”。在小说描写的吃人过程中，因为女孩的泪水，使酋长以及部落成员良心发现，找到了深藏在心底的道德，对重新成为食人种族发出了忏悔。不难发现，“吃人”叙事在此作中延续了《狂人日记》中“狂人”的觉醒——“你们立刻改了，从真心改起！你们要晓得将来是容不得吃人的人……”，指出了“人肉的筵宴是悲凉的”——本来已经开始摒弃糟粕传统、走上文明开化的道路，却又因为看似冠冕堂皇的理由而走了回头路，这更是悲凉中的悲凉。

由此可见，虽然《食人人种的话》属于域外小说且情节简单，在学术史上受到的关注也非常有限，但就其表现的主题和译者的翻译目的来看，其无疑对“吃人”叙事现象的形成和发展具有一定深意。如果说《狂人日记》是鲁迅第一个沉默期沉淀和思考的结果，其目的在于以对“礼教杀人”的批判为手段完成对庸众的启蒙与解蔽的话，那

① 钱理群主编：《中国现代文学编年史——以广告学为中心（1915—1927）》，北京大学出版社，2013，第 525—526 页。

么《食人人种的话》则是由第二个沉默期内在广州所遭遇令其思路轰毁的事件所诱发，其主旨在于对“吃人”者的双重批判，这也暗合了鲁迅在《中国小说的历史的变迁》中的一段话：

> 中国进化的情形，却有两种很特别的现象：一是新的来了好久之后而旧的又回复过来，即是反复；一种是新的来了好久之后而旧的并不废去，即是羼杂。然而就并不进化么？那也不然，只是比较的慢，使我们性急的人，有一日三秋之感罢了。

第三节　鲁迅“吃人”叙事小说的延长线

在《狂人日记》诞生后的一百多年时间里，伴随着学术界对其研究的广度和深度的不断加强，其主题的多义性指涉也变得越来越明显。实际上，在鲁迅很多小说和杂文作品中都提到过“吃人”这件事。在《灯下漫笔》中，他说：“所谓中国的文明者，其实不过是安排给阔人享用的人肉的筵宴。所谓中国者，其实不过是安排这人肉的筵宴的厨房。不知道而赞颂者是可恕的，否则，此辈当得永远的诅咒!”；在《抄靶子》中他说：“黄巢造反，以人为粮，但若说他吃人，是不对的，他所吃的物事，叫作‘两脚羊’”；在《随感录·四十二》中他说：“试看中国的社会里，吃人，劫掠，残杀，人身卖买，生殖器崇拜，灵学，一夫多妻，凡有所谓国粹，没一件不与蛮人的文化恰合”；在他的《药》《孔乙己》《阿Q正传》《祥林嫂》等小说中，同样让读者看到了民族自蔽、礼教杀人、人人自食的生动图景。长期以来，学术界之所以将《狂人日记》与这些作品的对读作为解读《狂人日记》的重要手段之一，是因为“这些作品是诞生在《狂人日记》的延长线上……因此必然与《狂人日记》具有深刻的互文性”[①]。“它们大都包含着‘吃人’的主题。其中有事实上的‘吃人’，如《药》，但更多的是抽象的、比喻意义上的‘吃人’，即文化、制度、统治者、社会黑暗势力对人的压迫、戕害，如《孔乙己》《明天》《头发的故事》《故乡》《阿Q正传》《白光》等。可见，在《呐喊》中，《狂人日记》与其他多篇作品之间存在着互文性，互文关系的焦点就是‘吃人’。”[②]

一、《狂人日记》与《药》《孔乙己》等小说的互文性

笔者认为，处于《狂人日记》延长线之上且有明显互文性的鲁迅小说有《药》《孔乙己》《祝福》《阿Q正传》等四篇，其中小说集《呐喊》的第三篇《药》通常被认为是与《狂人日记》最具互文性的作品。这部小说讲了一个悲伤的故事：革命者夏瑜因为参加推翻清政府的活动而被他的伯父夏三爷告发，被捕后在监狱中不但要告诉大家“这大清的天下是我们大家的”，还要劝牢头阿义造反。于是，他挨了牢头的耳光，并被一众看客和听众认为是个“疯子”。夏瑜最终被清政府杀害，而为了治好儿子华小栓的病，华老栓带着家里所有的积蓄来到刑场，通过贪婪的刽子手康大叔买到了治病良药——蘸满革命者鲜血的馒头。华小栓吃了人血馒头之后，却并没有治好他的病，没过多久便死了，死后和被杀的夏瑜都埋在了城西的乱坟岗。在这个故事里，革命者夏瑜并没有出现，而是隐藏在了刽子手康大叔的叙述和一群庸众的嘲笑和讥讽之中，“在明暗交织的叙事中却表现了民众的愚昧、父母与儿子间的亲情、革命者的革命活动与流血牺牲、革命者与民众间的

① 董炳月：《论鲁迅对〈狂人日记〉的阐释——兼谈〈呐喊〉的互文性》，《文学评论》2018年第5期。

② 董炳月：《论鲁迅对〈狂人日记〉的阐释——兼谈〈呐喊〉的互文性》，《文学评论》2018年第5期。

隔阂与对立等丰富而深刻的思想情感”①。《药》之所以与《狂人日记》有很强的互文关系，是因为《狂人日记》中“狂人”曾提到过这一事件——“去年城里杀了犯人，还有一个生痨病的人，用馒头蘸血舐”，而《药》则以这一事件为原型，讲述了这个孤独革命者的悲伤故事。小说的大部分笔墨都用在了对怯懦、蒙昧的华老栓夫妇——这正是当时中国社会众多“庸众”的代表——为生病的儿子华小栓买人血馒头的描写之上。而革命者夏瑜的革命行为和英勇就义却被置于暗线叙事之中，只能通过刽子手康大叔的只言片语和一众看客的评论来推断。作为先觉者和革命者的夏瑜，在监狱里发出了振聋发聩的呼喊，“这大清的天下是我们大家的”，然而他不但挨了红眼睛阿义两个嘴巴，而且听闻这件事的茶客们无一不认为夏瑜是“贱骨头”和“疯子”。不仅如此，革命者惨遭杀害之后，血肉却被愚昧的庸众当成了治病的良药。而勇猛、孤独、无助甚至充满绝望的先觉者和革命者们，却还在启蒙与解蔽、救亡与图存的凶险之路上前仆后继，寻找着救世的良药。李欧梵认为这正是《药》的另一层悲剧意义所在：“烈士被庸众疏远和虐待，成为孤独者；但这孤独者却只能从拯救庸众甚至为他们牺牲中，才能获得自己生存的意义，而他们得到的回报，又只能是被他想拯救的那些人们关进监狱、剥夺权利、殴打甚至杀戮。他们看着他死去，然后卖他的血和买他的血去‘治病’。”②

鲁迅在《呐喊·自序》中说，因为自己“还未能忘怀于当日自己的寂寞的悲哀罢，所以有时候仍不免呐喊几声，聊以慰藉那在寂寞里奔驰的勇士，是他不惮于前驱”，这可以看作小说集《呐喊》总的创作目的。许寿裳在《鲁迅的精神》一文中也曾说过，“鲁迅的小说，抨击

① 田建民、李梁：《启蒙的反思和心志的表达——重读鲁迅白话小说〈药〉》，《吉林大学社会科学学报》2020 年第 3 期。

② 李欧梵：《铁屋中的呐喊》，尹慧珉译，人民文学出版社，2010，第 73 页。

旧礼教、暴露社会的黑暗，鞭策旧中国病态的国民性，对劳苦大众的同情是其特点”①，这可以看作鲁迅小说创作的宏观的精神向度。笔者认为，五四文学革命的核心问题是批判与启蒙，即批判旧社会、旧制度、旧礼教、旧文化、旧传统。批判的目的是启蒙，启蒙的目的则是为了解蔽——令被压抑在这一切“旧”之下的“庸众”能够早日觉醒，从而具有人的独立意识和独立人格。然而事实却不一定如启蒙者所愿，在《狂人日记》中“狂人”不但要劝转以“大哥”为首的“吃人”的人不要再吃人，而且告诉他们“将来是容不得吃人的人”，所以“狂人”是一个启蒙者。然而他所启蒙的对象，却是“有给知县打枷过的，也有给绅士掌过嘴的，也有衙役占了他妻子的，也有老子娘被债主逼死的”——都是封建文化的受害者。他们不但不理解“狂人”的行为，而且认为他——启蒙者——是一个不折不扣的疯子。在《药》中，启蒙者干脆被淹没在了强大传统文化的惯性势力笼罩之下的蒙昧、迷信、冷漠、无情的庸众之中，他的启蒙呐喊不但没有产生“应者云集”的效果，被启蒙者反而将其当成了“疯子”和“贱骨头”。最终虽然成了“治病的良药”，但却仍以失败而告终。1935 年，鲁迅在选编《中国新文学大系·小说二集》之时，将自己的四部小说纳入其中，分别是《狂人日记》《药》《肥皂》和《离婚》，前两部出自《呐喊》，后两部出自《彷徨》。有学者认为，将《狂人日记》和《药》选入《中国新文学大系·小说二集》并且编排顺序与《呐喊》中一样并非偶然，“《狂人日记》与《药》并置的时候，‘狂人’与‘吃人’都被重构，启蒙与革命的主题突显出来，‘救救孩子’的呐喊获得了实践性，‘空洞’的‘仁义道德’问题、进化问题转换为具体的启蒙者、革命者与民众的关系问题。单就主题而言，可以说，当《狂人日记》与《药》被组合起

① 许寿裳：《我所认识的鲁迅》，中国文史出版社，2020，第 79 页。

来的时候，一部新的作品诞生了”①。笔者认为，通过《狂人日记》与《药》的对读可以得出以下三点结论。

一是确认了除“礼教杀人”之外，启蒙以及对启蒙的反思同样是《狂人日记》的主题之一。鲁迅在其小说中塑造了很多早期的启蒙者形象，《狂人日记》中的“狂人”、《药》中的夏瑜、《长明灯》中的“疯子”、《孤独者》中的魏连殳、《在酒楼上》的吕纬甫等都属于这一类，即“铁屋子”中最早被唤醒并企图唤醒其他人的先觉者。“狂人”认识到了封建文化“吃人”的本质，于是执着地要劝转“吃人”的人，然而所有人都认为他是个精神病，认为他发了狂，从而将他关进黑屋子中。因为启蒙与革命而被自家伯父告官被捕后的夏瑜，告诉大家“大清的天下是我们大家的”，他不但被“大家”殴打、嘲笑，最终被处以极刑，人血被当成“治病的良药”售卖给被启蒙的对象，还成了一干庸众饭后的谈资。《长明灯》中的“疯子”执意要吹熄象征封建宗法制度和礼教传统的“长明灯”，他的行为同样得不到庸众的理解和认可，最后被吉光屯村民——被启蒙者——当成危险的“疯子”关押起来。“特立独行的‘孤独者’魏连殳，抱着改良社会的目的热情宣传新思想，抵制旧礼俗。然而他的启蒙言行却被人们看为‘异类’，最终在诋毁、污蔑和流言中难以生存……以致死后的遗体含着的是痛彻心扉的‘冰冷的微笑’。”② 吕纬甫则在启蒙和革命的努力失败后，甘心在“铁屋子”里昏睡消沉、借酒消愁。这些启蒙先驱者的形象，在某种程度上就是鲁迅启蒙思想的具象化。小说中启蒙者所付出的努力、经历的艰辛、蒙受的误解、遭遇的坎坷与失败、忍受的痛苦与孤独，都有鲁迅自己的影子，也都是作为五四启蒙先驱者的鲁迅面对启蒙的理性思

① 董炳月：《论鲁迅对〈狂人日记〉的阐释—兼谈〈呐喊〉的互文性》，《文学评论》2018 年第 5 期。

② 田建民：《鲁迅、钱钟书论稿》，人民出版社，2015，第 183 页。

考。“鲁迅一生都在致力于思想文化的启蒙，而让他所具有的直面现实的怀疑精神，又使他在执着启蒙的同时也始终伴随着对启蒙的反思与质疑。”① 这也正是“狂人”在发现以“大哥”为首的人们“吃人”之后，最终确认了自己也是“吃人”的人的原因。

二是对启蒙者、革命者的社会政治理想与被启蒙者接受程度之间的巨大反差有了明确的指涉，进一步说明了国民性改造的重要性与必要性。李欧梵认为，“《狂人日记》所展示的真理有两层。明显的一层是揭示传统中国文化的吃人主义，较深的一层是谈人的进化的真正性质。在这里，‘救救孩子’的呼声是一位中国进化论者对未来一代应当更好些的‘寓意’的祈求”②。持类似观点的学者并不在少数，他们一般认为鲁迅受到了达尔文的进化论和尼采《查拉图斯特拉如是说》的影响从而形成了自己的观点，即更高级、更完美的人类会在中国出现，“但他们到来之前，现在的有远见的思想家只能像查拉图斯特拉那样地受苦”③，只能是“狂人”“疯子”“孤独者”。这种认知显然要超出“礼教杀人”和“暴露家族制度和礼教的弊害”这一范畴——单纯地解读《狂人日记》的文本，确乎可以得出这样的结论。但鲁迅在 1935 年时却说了这样一段话：“后起的《狂人日记》意在暴露家族制度和礼教的弊害，却比果戈理的忧愤深广，也不如尼采的超人的渺茫。”④ 显然这句话的重点在于后者，即《狂人日记》“不如尼采的超人的渺茫”。鲁迅在其思想形成的过程中受到尼采的影响，这一点是学术界公认的，很多学者认为创作《狂人日记》前后一段时间，是鲁迅接受尼采影响的高峰期。所以他在《狂人日记》中说，“大约当初野蛮的人，都吃过一点人。后来因为心思不同，有的不吃人了，一味要好，便变了人，

① 田建民：《鲁迅、钱钟书论稿》，人民出版社，2015，第 184 页。

② 李欧梵：《铁屋中的呐喊》，尹慧珉译，人民文学出版社，2010，第 55 页。

③ 李欧梵：《铁屋中的呐喊》，尹慧珉译，人民文学出版社，2010，第 55 页。

④ 鲁迅：《鲁迅全集（第六卷）》，人民文学出版社，2005，第 246—247 页。

变了真的人。……有的不要好，至今还是虫子。这吃人的人比不吃人的人，何等惭愧！怕比虫子的惭愧猴子，还差得很远”，“这意味着狂人说这些话的时候，就是尼采。但并非‘超人’意义上的尼采，而是进化论者意义上的尼采……不仅赋予狂人以‘超人’的气概和思维方式（重估一切价值），并且让狂人宣讲进化论”[①]。由此不难看出，《狂人日记》在批判“礼教杀人”的主题之外，确实如李欧梵所说的那样，还有“较深的一层”真理，即按照进化论的轨迹出现“真的人”。1919年初——《狂人日记》问世大半年之后——鲁迅在其《随感录·四十一》中说“尼采式的超人，虽然太觉渺茫，但就世界现有人种的事实看来，却可以确信将来总有尤为高尚尤近圆满的人类出现”，也证明了鲁迅此时尚坚信“真的人”一定会出现。然而到了1935年，他却说了“不如尼采的超人的渺茫”，这就等于承认在《狂人日记》中“狂人”所盼望并且心向往之的“真的人”是虚无缥缈、遥不可及的。按照许广平在其回忆录中所说，鲁迅先生“自从一九二六年，因‘三一八’惨杀案后，被列在当局屠戮者的点名册之内，从三月到五月因消息的时张时弛，避了三次不同的住处了。最后终于感到压迫的加紧，不易容身而到厦门。在广州，身历了一九二七年的大革命，被血吓得目瞪口呆而去”[②]。正是在这种情况之下，鲁迅说他的进化论观念在1927年时已经“轰毁”。许广平回忆录中也提到这一点，“在这伟大的无穷希望之下，也还看到真有人吃人的境况，而这吃人者有的还是青年，他呼号说‘被血吓得目瞪口呆’，开始不相信进化论了”[③]。由此可见，1935年的鲁迅以尼采“超人”的虚无缥缈和遥不可及，否定了《狂人

---

① 董炳月：《论鲁迅对〈狂人日记〉的阐释——兼谈〈呐喊〉的互文性》，《文学评论》2018年第5期。

② 许广平：《鲁迅先生的晚年（一九二六—一九三六）》，原载于1939年10月19日上海《文艺新闻》，引于《鲁迅的写作和生活——许广平忆鲁迅精编》，上海文化出版社，2006，第83页。

③ 许广平：《鲁迅的写作和生活——许广平忆鲁迅精编》，上海文化出版社，2006，第148页。

日记》本来存在的进化论思想，认为在当时的中国出现“真的人”——“尤为高尚尤近圆满的人类”——是不太现实的。在这一前提下，再将《狂人日记》与《药》对读即可发现，鲁迅所营造的先觉者“狂人”与革命者夏瑜的启蒙行为与大量麻木庸众接受现实之间的巨大反差便具有了更加直接的现实意义，即用对麻木庸众的描写和先觉者的悲剧结局消解启蒙的意义，用对启蒙的反思进行深刻的国民性批判，这与他 20 世纪初在日本形成的“立人”思想一脉相承。笔者在前文提到过，作为启蒙先驱者的鲁迅，以“立人”为自己的核心思想并以此作为基本评判标准对一切价值进行重估。具体到《狂人日记》，鲁迅在批判“礼教杀人”和病态社会的同时，对普通民众包括作家自己所具有的国民劣根性进行了无情的开掘和揭露。有学者认为，对人的精神创伤与病态的无止境开掘，使鲁迅小说具有一种内向性，而他的目的则是“逼迫读者与他小说的人物，连同作家自己，正视人心、人性的卑污，承受精神的苦刑，在灵魂的搅动中发生精神的变化”①，这种观点和鲁迅通过其作品进行国民性批判的目的具有一致性。作为“针砭民族性的国手”，他不能容忍具有奴性与惰性、闲散与怯懦、欺人与自欺、虚荣与贪奢等特点的国民劣根性存在，他要“搜寻出民族心理的阴暗面，拿到理性的阳光下暴晒，让热风吹度，吹到冷森森的坟里”②。

三是使“吃人”这一行为获得了更为深刻的符号性和象征性意义。在《狂人日记》中，涉及现实生活中生物意义上的“吃人”事件有三，一是“狼子村的一个大恶人，给大家打死了；几个人便挖出他的心肝来，用油煎炒了吃，可以壮壮胆子”。二是“从易牙的儿子，一直吃到

① 钱理群、温儒敏、吴福辉：《中国现代文学三十年（修订本）》，北京大学出版社，2021，第 36 页。

② 俞祖华：《深沉的民族自省——中国近代改造国民性思潮研究》，山东人民出版社，1996，第 31 页。

徐锡林”。三是“去年城里杀了犯人，还有一个生痨病的人，用馒头蘸血舐”。涉及“吃人”记载和传说的情节有四。一是“易牙蒸了他儿子，给桀纣吃”。二是“他们的祖师李时珍做的‘本草什么’上，明明写着人肉可以煎吃；他还能说自己不吃人么”。三是“至于我家大哥，也毫不冤枉他。他对我讲书的时候，亲口说过可以‘易子而食’”。四是“记得我四五岁时，坐在堂前乘凉，大哥说爷娘生病，做儿子的须割下一片肉来，煮熟了请他吃，才算好人；母亲也没有说不行”。而对社会意义上“吃人”的描写有二，一是“翻开历史一查，这历史没有年代，歪歪斜斜的每页上都写着‘仁义道德’几个字。我横竖睡不着，仔细看了半夜，才从字缝里看出字来，满本都写着两个字是‘吃人’”。二是“四千年来时时吃人的地方，今天才明白，我也在其中混了多年”，“有了四千年吃人履历的我，当初虽然不知道，现在明白，难见真的人!”通过以上归纳总结不难发现，鲁迅首先通过“偶阅《资治通鉴》”等各种诱因发现中国尚是生物意义上的“食人民族”，进而认识到中国四千年的历史其实是“吃人”的历史，中国也因此成为社会学意义上的“食人民族”，正是在这一认识的基础上，鲁迅赋予了“吃人”一定的象征意义。“《狂人日记》中‘狂人’的言行就现实看来是一个精神病人的胡言乱语，而从象征的意义上看却可以理解为反封建的战士对封建礼教‘吃人’本质的无情揭露。”① 在小说中，“狂人”从“小序”中开始，就被认定为是个疯子，他的言行举止与思维方式在以“大哥”为首的所谓正常人看来，无疑是个纯粹的精神病人。“然而作者在写实中融进象征性的双关、寓意、隐喻等手法，又使小说的通篇疯话表现出丰富而深广的意蕴。”② 其实在“吃人”叙事发展、形

① 田建民：《鲁迅、钱钟书论稿》，人民出版社，2015，第137页。

② 杜圣修：《“尚是食人民族”的自我超越——狂人日记的人类学解读》，《鲁迅研究月刊》1994年第9期。

成的轨迹之中，从19世纪末的关于异族“吃人”的蛮夷想象和妖魔化建构，到20世纪初《人肉楼》将“吃人”发展为革命排满的政治影射，再到陈景韩、河北觉生将其作为唤醒沉睡国人的呼号与呐喊，均赋予了“吃人”一定的象征意义。但从《狂人日记》问世，“吃人”才真正成为启蒙与解蔽的抓手、成为对封建文化挞伐与批判的工具、成为直面国民劣根性和人性觉醒的标志。

处于《狂人日记》延长线上的四部小说，使“吃人”叙事的内涵得到了一定程度的延展。如果说《狂人日记》塑造的是一个独醒且孤独的启蒙者，在小说《药》中，鲁迅则塑造了生活在封建传统文化和专制制度下的被启蒙者——“庸众”——的群体形象，他们自私、怯懦、愚昧、无知，吃掉革命者的“人血”馒头只为治病，而对于自己所处的时代、国家民族所面临的困境、革命者为什么要革命毫不知情也毫不关心。在《孔乙己》中，被强大的封建传统文化异化之后的孔乙己，“自以为是国家、社会不可或缺的‘君子’‘清白’而高人一等”[①]，而在那些经常在咸亨酒店里饮酒的“短衣帮”看来却只是一个可以被随意取笑的对象。作为“病态社会的不幸的人们”中一员的孔乙己最终被“吞噬”掉了，而“吃人”的也并非只有旧文化、旧道德，还有那些同样是“庸众”、是弱者的“短衣帮”。在《祝福》中，两次嫁人、两次守寡又死了儿子的祥林嫂被认为是一个“败坏了风俗”的不祥之人，从而遭到了全镇各个阶层的排斥。在众人的孤立、排斥和践踏之下，在死后要被阎王锯成两半分给两个丈夫的恐惧中，在捐了门槛任人践踏的罪恶感里，祥林嫂先是被道德礼教、三纲五常吞噬掉了精神，随后又被“吃”掉了肉体。在小说《阿Q正传》中，阿Q身上因为几乎集中了所有国民性弱点——“怯懦、贪心、无知、没骨气、

① 钱理群、温儒敏、吴福辉：《中国现代文学三十年》，北京大学出版社，1998，第40页。

骑墙、欺弱怕强，以及著名的精神胜利法”① ——而成为一个符号化的人物。阿Q一生愚昧无知，愚蠢、市侩的性格中夹杂着一些投机心理，靠着精神胜利法活在同为“庸众”的讥讽、嘲笑之中，最终在“似乎觉得人生天地间，大约本来有时也难免要杀头的”自我安慰中被枪毙了。“吃掉”阿Q的不仅仅是麻痹、毒害他并使之忘却压迫和屈辱永不知反抗的旧文化、旧道德、旧礼教，也有和阿Q一样的“庸众”，“阿Q的命运似乎说明，这在历史上被奴役、被迫害的中国群众，也是非常善于奴役和迫害自己的同类的”②。

二、《狂人日记》与鲁迅杂文的互文性

《狂人日记》中“吃人”的象征性含义并不隐晦，“其本义是实指意义的人吃人，即生物学意义的人吃人，其寓意是虚指意义的人吃人，即社会学意义的人吃人”③。显然，“吃人”的第一层含义很容易理解，但对于第二层——社会学意义的“人吃人”——到底指的是什么，小说中却并没有明确的说明。鲁迅在其对《狂人日记》的自评中，屡次说明其写作动机与目的，但对于这一问题却没有加以阐释。笔者认为，对于社会学意义的“吃人”的象征意义，可以通过《狂人日记》与鲁迅杂文的对读来寻找答案，而与《狂人日记》具有较高互文性的杂文便是1925年5月发表于《莽原》杂志上的《灯下漫笔》。在这篇杂文中鲁迅认为，“中国人向来就没有争到过‘人’的价格，至多不过是奴隶，到现在还如此，然而下于奴隶的时候，却是数见不鲜的”，中国的历史只有两个时代，一是“想做奴隶而不得的时代”，二是“暂时坐

① 李欧梵：《中国现代文学与现代性十讲》，复旦大学出版社，2002，第157—158页。

② 李欧梵：《中国现代文学与现代性十讲》，复旦大学出版社，2002，第157—159页。

③ 杜圣修：《“尚是食人民族”的自我超越——〈狂人日记〉的人类学解读》，《鲁迅研究月刊》1994年第9期。

稳了奴隶的时代”。而“所谓中国的文明者，其实不过是安排给阔人享用的人肉的筵宴。所谓中国者，其实不过是安排这人肉的筵宴的厨房”，而中国人在这个“厨房”里，“有贵贱，有大小，有上下。自己被人凌虐，但也可以凌虐别人；自己被人吃，但也可以吃别人。一级一级的制驭着，不能动弹，也不想动弹了”，“并且因为自己各有奴使别人，吃掉别人的希望，便也就忘却自己同有被奴使被吃掉的将来。于是这大小无数的人肉的筵宴，即从有文明以来一直排到现在”，而“扫荡这些食人者，掀掉这筵席，毁坏这厨房，则是现在的青年的使命”。

近年来，有学者认为“《灯下漫笔》第二节本质上是《狂人日记》的杂文版”，鲁迅在《狂人日记》问世七年之后写了这篇杂文，实际上他本人已经“狂人化”，他不再需要通过“狂人”来发声、代言。① 学术界一般认为，“批判性立场或否定性态度”② 是鲁迅杂文的外在表现，以反思自身与民族的弱点和批判国民性为手段，以“立人”——人性同时觉醒并形成独立性格——为精神内核。笔者认为，《狂人日记》无疑创造了鲁迅小说的“吃人”母题，并且使小说集《呐喊》中的其他作品都处于《狂人日记》的延长线上。如果说在这一母题之下的小说是通过艺术的手段“暴露家族制度和礼教的弊害”，其宏观指涉在于启蒙和对启蒙的反思，那么《灯下漫笔》则是以更强的战斗性、更直接的批判话语，在揭露中国“吃人文明”本质的同时，批判了国人的“奴性”并对当时的中国青年提出了明确的希望和要求——扫荡食人者，掀掉这筵席，毁坏这厨房，这无疑是《狂人日记》主题生成的重要补充，而这个补充作用是通过三个方面来完成的。首先是

① 参见董炳月：《论鲁迅对〈狂人日记〉的阐释——兼谈〈呐喊〉的互文性》，《文学评论》2018年第5期。

② 李玉明：《从“非人”到“人”——鲁迅五四杂文基本理念的构建》，《东方论坛——青岛大学学报（社会科学版）》2021年第4期。

视角的补充。在《狂人日记》中，鲁迅以历史的、线性的视角，通过“狂人”发现历史和现实中发生各种“吃人”的事实，从而确认了“四千年”的历史是“吃人”的历史，“我也在其中混了多年”；而在《灯下漫笔》中却以空间的、横向的视角，将当时的中国比作“人肉筵宴的厨房”——几千年封建社会的历史造就的壁垒森严的等级制度、阶级观念早已深入人心。各国列强对中国的打压、侵略，对文化的摧残和对民族自信的蹂躏，让国人渐渐失去了“兽性”、只剩下了“奴性”，在“吃人”与“被吃”之间挣扎。而这个人肉“厨房”和与傅斯年通信中说的“寂寞”的中国、散文诗《狗的驳诘》中所提到的“隘巷”、《“碰壁”之后》中“境由心造”且充满各种妖魔鬼怪、不堪闻见的地狱，无疑都是《呐喊》自序中的“铁屋子”意象的发展和延续。其次是符号化“吃人者”与“吃人文明”的最终确定。在《狂人日记》中，社会意义的“吃人”，或者说鲁迅所批判的对象——以“大哥”为首的“吃人者”以及“有四千年吃人履历的我”都是符号化和象征性的。但在《灯下漫笔》中，则直接将中国的文明认定为“安排给阔人享用”的“人肉的筵宴”。厨房是黑暗、坚固且“绝无窗口而万难毁灭的”，筵宴是几千年传承下来且根深蒂固的，而筵宴的制造者厨师——“秉礼杀人的执行者”① ——则是残酷、无情、虚伪且认为这是从来如此、天经地义的。再次是从“救救孩子”到“扫荡这些食人者，掀掉这筵席，毁坏这厨房”的变化与发展。前文笔者提到，鲁迅在《中国新文学大系·小说二集》中说，《狂人日记》在“暴露家族制度和礼教的弊害”这一主题上“却比果戈理的忧愤深广，也不如尼采的超人的渺茫”。在鲁迅看来，寻找“没有吃过人的孩子”并且救救他们，远比等待尼采所谓的“超人”出现更为现实。但“救救孩子”这一呐

---

① 李菀：《论“人肉筵席”与“厨房”的象征意义——鲁迅〈灯下漫笔〉启示录》，《西南民族大学学报（人社版）》2005 年第 10 期。

喊，同样是宏观和空泛的，这也是1927年他在《答有恒先生》一文中说“现在倘再发那些四平八稳的‘救救孩子’似的议论，连我自己听去，也觉得空空洞洞了”的原因之一。在《狂人日记》发表后的几年时间里，通过所经历的历史事件和无情的现实，鲁迅对改造中国社会、改造国民性有了更为清醒且深刻的认识——现实已经不容许把希望寄托在“救救孩子”之上，要想打破“铁屋子”，现在的青年就要承担起“扫荡这些食人者，掀掉这筵席，毁坏这厨房”的责任与使命。

至此，鲁迅通过贯穿其创作生涯大部分时间的“吃人”叙事小说和杂文，建构了他的“吃人”叙事基本框架。框架的时间几乎涵盖了大部分中国文明历史，空间则是彼时的中国——排满人肉筵宴的厨房。几千年传统文化之中的旧道德、旧伦理的压迫、摧残与塑造，使中国人的性格——民族的集体无意识——之中，存在着人性的遮蔽。在这种遮蔽之下，作为个体的人没有被发现、人性并未觉醒、人的生命遭到漠视。不但人的肉体可以被吃掉，而且“以理杀人”、以礼教杀人、以孝道“吃人”的现象时有发生，不绝于耳——人的精神同样可以被吞噬，“吃人”叙事被赋予了多维度的思考和内涵，并随着时间的推移而不断演进，具体在鲁迅小说之中，首先是人性的缺失、人格的不立导致“难见真的人”；其次便是国民劣根性——奴性而怯懦、愚昧而盲从之中却又有“狮子的凶心”，虽然处于被吃的地位，但却随时可能也可以去“吃人”——的产生，这自然是以人性遮蔽为基础的；再次便是“人”的不立导致民族国家的危机，这和国民劣根性又密切相关。所以，解决民族国家危机的基础且关键的一步就是对人性的解蔽，实现“立人”的目的。基于这个逻辑上闭合、思想上却可一直延展的话语框架，笔者认为，鲁迅通过其小说、杂文建构的“吃人”叙事，其核心在于用“人吃人”这一原始、血腥、野蛮的意象，隐喻了旧的社会价值观以及制度、规则对人的制驭与摧残、奴役与凌虐。在这个隐喻之中，本体和喻体都是几千年历史中真实发生的事件或现象，二者同出而共源，其根本基础即为中国固有之文明与传统文化的弊害。如果说“吃人”叙事是鲁迅文化与政治话语的核心，那么“吃人”这一意象所具有的批判性则是“吃人”叙事的精神内核。

第四章　隐喻性“吃人”叙事小说

在中西方文学史上，“吃人”在绝大多数情况下，都不是单纯地指生物意义上的吃人，即使是将“吃人”作为蛮夷想象的阶段，同样被赋予了“吃”之外的深层含义。“对‘食人’这一反人类行为的书写并不是简单的自然主义式的记录，也不是单纯地对食人行为做恐怖的效果渲染，而是利用这一反常行为做宗教宣讲和政治讽刺。”① 在中国文学的现代转型过程中，随着社会的发展、时局的变迁，“吃人”作为文化与政治隐喻的喻体被赋予了越来越多的深层含义，而“吃人”叙事作为一种叙事现象，在隐喻层面呈现出很强的张力和辐射作用，为五四文学革命及以后的小说创作提供了可供借鉴的范式和可以延展的文学母题。

---

① 林家钊：《晚清翻译小说中的政治、诗学与媒体——马克·吐温〈火车上的食人族〉日、中译本比较研究》，《中外文化与文论》2018 年第 2 期。

第一节 汪静之的《人肉》及其他作品

在中国文学史上，汪静之是以诗闻名的，“他以第一个爱情诗人进入了现代文学史，虽然他并未自觉到历史赋予的重任，但他的爱情诗里却跳动着时代的脉搏”[①]。汪静之的《蕙的风》《寂寞的国》等诗集在五四时期颇为人知。学术界对他的研究主要集中在其诗歌的思想内容、表现技巧和历史地位等方面，对其小说创作鲜有关注。直接以汪静之小说为研究对象的论著，只有学者乔丽华所作、后收入《汪静之先生纪念集》的论文《新文学路上的跋涉者——论汪静之的小说创作》。汪静之的小说作品相对他的诗歌来说的确是凤毛麟角、少之又少，在汪晴整理的《汪静之年表》中只提到了1928年发表的小说《翠英及其夫的故事》和1929年出版的小说集《父与女》。乔丽华在其论文中也提到，“汪静之的小说创作持续时间不长，只有三到四年；出版的三个单行本——《耶稣的吩咐》（上海开明书店，1926年），《翠英及其夫的故事》（亚东图书馆，1927年），短篇小说集《父与女》（大江书铺，1929年），也都是薄薄的小册子，用今天的标准来衡量，的确不够‘厚重’”，从而成了“长期以来被文学史遗忘的那一部分”[②]。

一、汪静之的创作转向

1922年8月，汪静之出版了他的第一部诗集《蕙的风》，且不必说

① 郑玲：《汪静之研究述评——纪念汪静之诞辰一百周年》，《黄山高等专科学校学报》2002年第3期。

② 乔丽华：《新文学路上的跋涉者——论汪静之的小说创作》，上海鲁迅纪念馆编《汪静之先生纪念集》，上海书画出版社，2002，第163页。

此君诗歌水平的高低，单就为这部诗集作序的两位先生——胡适与朱自清——来说，已经足以使这本诗集引起当时文坛的侧目。作为五四新文学运动旗手的胡适，从“新鲜风味”和“解放”两个方面肯定了汪静之和《蕙的风》。他说，“他的诗有时未免有些稚气，然而稚气究竟远胜于暮气；他的诗有时未免太露，然而太露究竟远胜于晦涩。况且稚气总是充满着一种新鲜风味，往往有我们自命‘老气’的人万万想不到的新鲜风味”①。胡适认为，汪静之的诗歌最大的突破在于“解放”，“我觉得他的诗在解放一方面比我们做过旧诗的人更彻底的多。当我们在五六年前提倡做新诗时，我们的‘新诗’实在还不曾做到‘解放’两个字，远不能比元人的小曲长套，近不能比金冬心的自度曲。我们虽然认清了方向，努力朝着‘解放’做去，然而当日加入白话诗的尝试的人，大都是对于旧诗词用过一番功夫的人，一时不容易打破旧诗词的镣铐枷锁”②。朱自清则认为汪静之的诗虽然工拙，但其中多是真性情的流露，“他的诗多是赞颂自然，咏歌恋爱。所赞颂的又只是清新、美丽的自然，而非神秘、伟大的自然；所以咏歌的又只是质直单纯的恋爱，而非缠绵委屈的恋爱，这才是孩子们洁白的心声，坦率的少年的气度”③。可见，在五四新文学运动最初的几年，汪静之是以其清新自然、个性解放的爱情诗得到文坛认可的。为了更清楚地了解此君的创作风格和诗风，笔者特录其短诗一首《过伊家门外》：

我冒犯了人们的指摘，

---

① 胡适：《蕙的风》序，参见《汪静之文集·诗歌卷（上）》，飞白、方素平编，西泠印社出版社，2006，第33页。

② 胡适：《蕙的风》序，参见《汪静之文集·诗歌卷（上）》，飞白、方素平编，西泠印社出版社，2006，第32页。

③ 朱自清：《蕙的风》序，参见《汪静之文集·诗歌卷（上）》，飞白、方素平编，西泠印社出版社，2006，第29页。

一步一回头地瞟我意中人；
我怎样欣慰而胆寒呵！①

这在当时的诗坛，的确是一种“新鲜风味”。要知道那时候虽然有胡适等人不遗余力地提倡白话诗，但诗坛的创作却没有出现明显的改变。“民国六七八年的‘新诗’，大部分只是一些古乐府式的白话诗，一些《击壤集》式的白话诗，一些词式和曲式的白话诗，——都不能算是真正新诗。”② 在多数研究汪静之诗歌的论著中，有一个基本得到大家公认的观点，即1922年8月出版的诗集《蕙的风》和1927年9月出版的诗集《寂寞的国》有着截然迥异的风格。《蕙的风》写出了受过五四洗礼的青年诗人对爱情真切而新鲜的感受，“这些爱情诗以天真的热情坦率地告白恋爱，以类乎儿童的诚挚对恋爱心态做多侧面的表现，以对爱情的审美态度表现对恋爱对象健康的亲昵关系，不断显示了迥异于传统的道德判断，更体现了对生活的崭新的审美评价”③；而《寂寞的国》中诗人却将悲观、绝望、厌世、颓废、消沉当作了吟唱主调，因此大部分学者认为这也是《寂寞的国》出版后即遭冷遇的重要原因。笔者认为，这两本诗集风格的变化，正是体现了汪静之在1923年到1928年这段时间里文学观念的变化和创作转向的问题。

汪静之在后来的回忆中，确认了他诗风的变化，他在八十一岁那年（1983年）接受日本汉学家池上正治访问时说道：“我的诗风变化大概发生在1925年的秋天吧，那时，我不再写恋爱和爱情的诗了。”按照

① 汪静之：《过伊家门外》，参见《汪静之文集·诗歌卷（上）》，飞白、方素平编，西泠印社出版社，2006，第55页。

② 胡适：《蕙的风》序，参见《汪静之文集·诗歌卷（上）》，飞白、方素平编，西泠印社出版社，2006，第32页。

③ 贺胜谟：《无心插柳与有意栽花——〈蕙的风〉与〈寂寞的国〉中的爱情诗的比较研究》，《宁波师院学报（社会科学版）》1992年第1期。

汪静之的回忆，发生这种变化的原因有三：一是其父亲的去世，他需要工作赚钱，写诗的时间少了；二是看了友人推荐的《共产党宣言》和《共产主义ABC》等书之后，“思想上发生了一些变化，这种变化可以从1922年出版的《蕙的风》和1926年出版的《寂寞的国》的对比中相当明确地看出”；三是五卅运动的影响。“在上海租界里也展开了大规模的学生集会，许多人遭到逮捕和枪杀……在这样的社会形势下，我还能写爱情诗吗？已经不能写了……”① 当然，汪静之的创作转向也正是当时众多文学家所面临的变化。有学者认为，经历了“五四”落潮期普遍的苦闷和彷徨，人们的思想意识与前一时期相比，有明显的政治化趋势，因为从1923年开始，“中国现代史上许多震撼人心的大事都挤在短短五年间迅速搬演”②，从“二七”大罢工到五卅运动、从“三一八”惨案到北伐出师、从国共合作到“四一二”反革命政变，各利益集团无休止的争斗、反复、屠杀，直接影响了当时的知识分子，这使得在1927年前后——五四新文学第一个十年结束、第二个十年即将开始——新文学经历了自身的变化。钱理群先生认为，“到了第一个十年的后期，一般新文学作者在忙着尝试各种创作方法之后，逐渐都转向现实主义。这种转变，对于小说创作来说收获更大一些。如偏于客观写实的乡土小说的兴起，作品表现的角度从个人圈子转向社会底层。从提问题或重抒情转向人物形象的刻画，艺术上显得更加成熟了”③。在这个大背景下，汪静之的创作发生重大转向是意料之内、情理之中的现象。1952年汪静之在新版《蕙的风》自序中回忆说，在编

① ［日］池上正治：《湖畔诗人汪静之》，王建华译，上海鲁迅纪念馆编《汪静之先生纪念集》，上海书画出版社，2002，第322页。

② 贺胜谟：《无心插柳与有意栽花——〈蕙的风〉与〈寂寞的国〉中的爱情诗的比较研究》，《宁波师院学报（社会科学版）》1992年第1期。

③ 钱理群、温儒敏、吴福辉：《中国现代文学三十年（修订本）》，北京大学出版社，2021，第29页。

辑《寂寞的国》期间，他就想到了“不能再在醉里生梦里死了，不应再写不合时宜的爱情诗了”[①]。乔丽华认为，“汪静之的小说创作表明，自20世纪20年代中后期开始，他的创作观念也同样发生了重大‘转向’。曾经以‘放情高歌少年天真的情感’而在新文学史上占据了一定地位的湖畔诗人汪静之，在出版诗集《寂寞的国》的同时转向了小说创作”[②]。在1927年到1929年，汪静之先后发表了《翠英及其夫的故事》《人肉》《父与女》《北佬儿》《火坟》等多篇以“吃人”或隐喻性“吃人”为内容的小说，其宏观指涉主要集中在四个方面，即展现贫富对立的可怕世界、表现社会底层人物的内心悲苦、表达对非人世界的极度厌恶、揭露人性的极端丑恶。

二、自觉暴露人性之内面的《人肉》

1928年4月，《小说月报》第19卷第4号发表了湖畔诗人汪静之的小说《人肉》，按照《汪静之自述生平》中的说法，这部小说写于1927年下半年[③]。小说描写了一个残忍而又可怕的故事：清同治二年（1863年），太平天国的军队第三次袭击了J县，该县白虎岭之东的汪村、胡村、曹庄等十几个村子为了抵御强敌，一面让妇女老幼躲进白虎岭后的深山，一面组织少壮男子在白虎岭据险抵抗。带领村民抵御太平军的头领，便是汪村的举人汪舜臣。汪举人是这一乡一世纪以来独一无二的举人，他“向来以道德为帽，以礼教为鞋，以天理为马褂，

① 汪静之：《蕙的风》，人民文学出版社，1952。

② 乔丽华：《新文学路上的跋涉者——论汪静之的小说创作》，上海鲁迅纪念馆编《汪静之先生纪念集》，上海书画出版社，2002，第164页。

③ 《汪静之自述生平》中原文为：“那年秋天，八一南昌起义之后，我有一天到劳工部去……过了个把月，我恐怕有搞错的事儿，所以到八月底，就不告而别，上了外轮回到上海、杭州，在西湖上住了半年……这半年我写了《人肉》、《父与女》等几篇小说……”参见上海鲁迅纪念馆编《汪静之先生纪念集》，上海书画出版社，2002，第290页。

以良心为长袍……完全是一副天生的正人君子高等绅士的相貌”。然而正是这位正人君子、高等绅士，却在太平军攻破白虎岭之后，变成一个十足的禽兽。在遭到太平军追杀之时，他只顾自己逃跑，并没有喊醒身边熟睡的八九百个乡民，因为“喊一声便要浪费一分宝贵的气力，便要减少一点速度，尾追在后面的‘长毛’和自己的距离便要缩短一步”。在太平军逼近、要继续逃跑的危急时刻，他便命令自己的太太和儿媳妇跳崖自杀“保全名节”，在太太跳崖之前甚至没有忘记把藏在太太身上的珍珠要回自己手中。当儿媳妇不愿意跳崖时，他竟然残忍地将其推了下去。最后汪举人逃进深山区，入冬之后食物极度匮乏，为了能够吃到新鲜的米肉（人肉），他用“生而辱不如死而荣”的理由，劝说被太平军侮辱过的妇人同意被吃，最终同丧失人性的乡民一起，残忍地杀害了妇人并分食了她的肉。

汪静之对于人性极端丑恶的揭露，集中体现在小说《人肉》之中。在1922年诗集《蕙的风》出版之时，汪静之遭到了一些诗人和批评家的断然否定和质疑，甚至连闻一多都认为“《蕙的风》只可以挂在‘一师校第二厕所’的墙上给没带草纸的人救急……我不是骂他诲淫，我骂他只诲淫而无诗……作诗是作诗，没有诗而只淫，自然是批评家所不许的”①。而周作人却在为其辩护时说，“道德进步，并不靠迷信之加多，而在于理性之清明。我们希望中国性道德的整饬，也就不希望训条的增加，只希望知识的解放与趣味的修养”②。在周作人看来，《蕙的风》正是用天然流露、纯真自然的诗句歌咏了爱情，抒发了觉醒的青年人对爱情的热烈渴望，表达了诗人对自由的向往和执着、心灵的觉醒和精神的诉求，这无疑暗合了五四新文学反对非人文学、弘扬人的本性的精神内核。如果说1922年“《蕙的风》以大胆坦率的情诗，给了

① 武汉大学闻一多研究室：《闻一多论新诗》，武汉大学出版社，1985，第193页。

② 周作人：《情诗》，《晨报副镌》1922年10月12日。

虚伪的传统道德猝不及防的一击”，那么发表于1928年的《人肉》则是通过“毫不惋惜地暴露人性之内面”①，对旧伦理、旧道德及其继承者与维护者进行了毫不留情地致命打击和定点清除，“不啻为曾经浸淫过传统教育的汪静之对旧阵营杀的一个回马枪，处处都击中对方的痛处”②。

《人肉》对于旧伦理、旧道德虚伪面目的揭露，对其丑恶本质的批判是通过塑造举人汪舜臣这一典型人物实现的。小说采用了反讽的手段，用极其冷静的口吻和细致的描写，将一个恐怖的故事和一幕幕残酷的场景铺陈开来。故事发生在清同治二年（1863年）的J县，当时太平军第三次袭击了这个地方，J县的汪村、胡村、曹庄等十几个村，先是将老弱妇孺疏散进深山躲避，然后在汪举人的带领下，组织了乡民对太平军进行抵抗。太平军见村庄里没人，便一路追击到白虎岭。小说中对太平军追击乡民的原因进行了交代，“一是要掳些女人来发泄；二是要掳些男子来挑水、烧饭、运刀枪物件；三是要抢逃难者随身带走的银钱首饰；四是他们在临县被官兵打败了窜走到这里来，找些人来杀杀好出气”③。——汪静之之所以将故事设定在太平军来袭的背景之下，和他小时候在家乡了解到的太平天国的传说以及其祖父的经历有一定关系。他在《汪静之自述生平》中提到，“太平天国的军队住在哪里呢？住在七都，离我们七里路的那个村庄。那个村庄现在还有太平天国时候的壁画。有一支太平天国的小部队就在七都，有的时候要到上庄、宅坦、余村这些村庄来抓人，所以农民害怕，常常逃到

① 此论为汪静之对其小说《人肉》创作目的的解说，原句为“是要毫不惋惜地暴露人性之内面的”。转引自乔丽华《新文学路上的跋涉者——论汪静之的小说创作》，上海鲁迅纪念馆编《汪静之先生纪念集》，上海书画出版社，2002，第167页。

② 乔丽华：《新文学路上的跋涉者——论汪静之的小说创作》，上海鲁迅纪念馆编《汪静之先生纪念集》，上海书画出版社，2002，第167页。

③ 汪静之：《人肉》，《小说月报》1928年第19卷第4号。

山上去。他们抓人去做挑夫，给他们挑担。我的祖父汪炜基（排行名高光）有一次被太平天国抓去了，抓去给他们挑担。挑什么？挑兵器，武器，刀啊枪的”①。——这个时候，乡民抵抗军“总司令”汪舜臣便粉墨登场了，汪静之用带有嘲讽意味的文字描写了这位“这一乡一世纪以来独一无二的举人”：

> 汪举人是这一乡最博古通今的绅士，又是汪村的首富……他为人清正，向来以道德为帽，以礼教为鞋，以天理为马褂，以良心为长袍。他那方头大耳，再加上不斜视的锐利的目光和自鼻孔拖到两边嘴角两条八字形深陷的威严的纹路，完全是一副天生的正人君子高等绅士的相貌。②

就是这位所谓的“正人君子高等绅士”，随着故事情节的发展却变成了内心极端丑恶、残忍的魔鬼。汪静之通过对举人“言”与“行”的对比描写，一步一步地展现了汪举人妖魔化的过程，从而达到反讽的目的。第一组对比描写是关于汪举人组织、带领乡民抵抗太平军的理由。在之前的两次太平军袭扰中，乡民们只知道逃避，“而今年这一次乡民们竟然敢于抵抗了，这是因为举人汪舜臣的缘故”。汪举人起兵抵抗的理由表面上是为被太平军杀掉的双亲报仇，而真实的原因却是太平军在上一次袭击中掳走了他的爱妾——太平军“寻到深山里寻着了举人的草舍，举人幸而逃脱，爱妾却被掳去了。举人说不出的心痛、愤恨，欲得‘长毛’之肉而甘心”——但如果以为爱妾报仇为起兵抵抗的理由，则颇有“冲冠一怒为红颜”的嫌疑，似乎有辱举人的道学。

---

① 参见《汪静之自述生平》，汪静之口述，汪晴记录整理，上海鲁迅纪念馆编《汪静之先生纪念集》，上海书画出版社，2002，第227页。

② 汪静之：《人肉》，《小说月报》1928年第19卷第4号。

“所幸举人的父母也于去年被‘长毛’杀掉了，今年‘长毛’第三次来时，举人便有一个正大光明的名义：为双亲报仇。”第二组对比描写是汪举人面对女性的态度和他心理活动的对比。“以道德为帽，以礼教为鞋”的汪举人在逃到黄顶山自家茶地之后，只能睡在简陋的草舍之中。在只有一条棉被可用的情况下，他太太要和他睡一头，“中间隔着一个睡在另一头的媳妇”，儿媳妇的脚在两人中间、将两人隔开。这个方案遭到了汪举人的强烈反对，“他的意思是公公和媳妇睡在一条棉被里已经几乎是乱伦了，同被而还要紧贴着睡那还了得？所以他要太太睡在中间，做他和媳妇之间的墙壁。如此总算不是乱伦了，他才放心睡下”。然而，就是这样一个道貌岸然的正人君子，在假寐之中闻到“忽然发来一阵妇人头发上的气味”，觉得很好闻之后便现出了原形，“但这发髻的主人到底是谁呢？三舅娘吗？已经老了，不会再搽菜油。大表妹么？可惜是麻子。内侄女么？脸儿太黑。妹夫的妹子吗？真是俏皮！但愿这个发髻的主人便是妹夫的妹子。他想着他的两个儿子都在去年‘长毛’来时失踪了，等太平的时候，可以后嗣为由把妹夫的妹子娶了过来”。在妇人发髻的香味越来越浓烈之后，“他的血脉很兴奋地跳着，那发出香气的地方有一种吸引力要把他的手吸去，但是一个体面的尊严的绅士，向女人伸出手去的事是未免有失身份的……这时他更加恨‘长毛’了，假使不在逃难的时候，有这样的艳遇那便不管三七廿一……”这样的情形同样发生在他想吃逃难路上遭太平军侮辱过的妇人之肉的时候，“当紧身棉袄脱掉，那胖妇的裸露的肥圆茁壮的身躯就完全呈显出来，举人震惊于这身躯的丰腴光艳而沉入默想，他赞美，他陶醉，他现出艳羡的颜色……”。第三组对比是“长毛”杀进黄顶山时，举人命令太太和儿媳妇跳崖自尽，却没有忘记要回带在太太身上的珍珠。举人要求太太和儿媳妇跳崖的理由是保全名节，“与其被他们掳去侮辱，不如便在这里滚下去自尽”。举人太太毅然决定自尽，因为“受他的从父从夫从子和贞操节烈的教训已经很久，已经成为一个可为坤范的很通达很知礼节的太太”。正当她“用了很大的力量做起跳的姿势正要跳时，丈夫却忽然想起一件极重大的要事似的，用力一把握住伊的臂：‘你袋里的珍珠——险些儿忘了’”。而在太太跳崖之后，面对不愿自尽的儿媳妇，汪举人则残忍地将其推下了悬崖。第四组对比发生在吃“米肉”的时候。汪举人和几个乡民在四处寻找“米肉”的时候，遇到了被太平军轮番侮辱的肥胖妇人。妇人不愿被人杀了吃肉，汪举人耐心地对她进行了“心理疏导”，“你现在这样死法比饿死——烈妇都是饿死的——还难得，也可以算得烈妇，将来天下太平的时候，任任县官都和我有来往，我托县官替你请个圣旨，造个节烈牌坊，流芳百世”，接着举人又从反面对妇人进行了劝导，“被‘长毛’强奸过的女人，还有什么脸面活着？多少不知廉耻呀！……生而辱不如死而荣，——这话你不懂，就是说：活在世上献丑，不如死了体面”。在他们最终残忍地杀害了妇人之后，汪举人分得了一块肉后，走到山上树林里烤食人肉，吃好之后心里独自想道：“这米肉是顶好的货色，这是佳肴美味！美中不足的是淡了点，假使有盐，那便刮刮叫了。”

20 世纪 90 年代初，有学者认为汪静之的诗集《寂寞的国》当时之所以受到冷遇，是因为他在写《寂寞的国》时虽然发现了社会的丑恶，“然而由于缺乏站在时代前列、顺应时代发展的思想的烛照，也缺乏足够的艺术功力把这种丑恶写到典型的程度，因而没能把现实的丑转化为艺术的美”①。如果单纯从汪氏诗歌创作情况来看，这确实是《寂寞的国》的最大欠缺，但宏观分析汪静之的文学创作生涯和作品即可发现，1927 年之后的汪静之似乎没有打算通过诗歌来揭露现实生活的种种丑恶，而是把他的创作重点转向了小说，这一点前文已有论述。这

① 贺胜谟：《无心插柳与有意栽花——〈蕙的风〉与〈寂寞的国〉中的爱情诗的比较研究》，《宁波师院学报（社会科学版）》1992 年第 1 期。

种转向在当时并不是孤立的现象，文学家、批评家等群体都认为，“我们现在需要最切的，自然是血与泪底文学，不是爱与美底文学；是呼吁与诅咒底文学，不是赞颂与歌咏底文学”①。乔丽华认为，汪静之的小说“不再像他的诗歌那样热衷于表现‘自我’。相反，无论从题材上还是从表现手法上看，都更接近我们所熟悉的‘血和泪的文学’……无论描写愚昧、落后、饱受压迫的乡村生活，还是讲述从农村逃往城市谋生的农民的困顿无助，都令人感到强烈的悲剧感，感到现实的黑暗和无望”②。在小说《人肉》中，汪静之通过反讽的手法、对比的描写塑造了举人汪舜臣这个表面上仁义道德、内心极度丑恶的魔鬼形象，这正是他对现实中种种丑恶的无情揭露。和汪举人一样，《耶稣的吩咐》中的醉经秀才和承祖公、《父与女》中柯荫祥等人物也都是作为封建旧伦理、旧道德的继承者、维护者和捍卫者出现的，在“作者对他们从头到脚、从外表到内心，进行了不留情面的嘲讽”③ 的同时，也将旧伦理、旧道德的伪善面具打得粉碎，使读者深切认识到所谓的礼教和道德无非是汪舜臣们吃人的幌子和借口，他们在吃人的同时也被旧封建传统吃掉了——将他们由“人”异化为了魔鬼。

按照汪静之的回忆，《人肉》写作于1927年下半年，在这个时间节点之上，中国的文艺界在经历了五卅运动、“四一二”反革命政变等血腥残酷的政治事件之后，整体面临着创作转向的问题，汪静之自然不会例外。《人肉》所塑造的汪举人，便是一个外表仁义道德、正义凛然，内心却无比黑暗、虚伪和残忍，为了自己能够活下去随时可以吃人肉，为了吃人肉便可以有冠冕堂皇和义正词严的理由。从小说的主

① 朱自清：《〈蕙的风〉序》，汪静之：《蕙的风》，上海亚东图书馆，1922。

② 乔丽华：《新文学路上的跋涉者——论汪静之的小说创作》，上海鲁迅纪念馆编《汪静之先生纪念集》，上海书画出版社，2002，第165页。

③ 乔丽华：《新文学路上的跋涉者——论汪静之的小说创作》，上海鲁迅纪念馆编《汪静之先生纪念集》，上海书画出版社，2002，第167页。

要内容看，这是一部以生物意义上的“吃人”——吃人肉——为主要内容的小说，但笔者仍然将其纳入了隐喻性“吃人”的分类，其原因有三，一是对小说主要人物汪举人符号化处理，使人物自身具有了一定隐喻性质。汪举人本身唯一具备的典型性格便是他的伪善、残忍与黑暗，他并不是“他”自己，而是一类人的代表，这类人便是被中国固有的文明、几千年的文化传统与礼教道德异化了的人群。二是在《人肉》的情节中，大量非主角人物基本上也是符号化的，比如被汪举人勒令跳崖自杀的太太和被他推下悬崖的儿媳妇，不管是前者赴死的决绝还是后者面对死亡的恐惧，都只是通过对其动作的描写来展现的。只有到了小说的最后，在汪举人和四个来自S县和J县的男女相遇并一起分食人肉的过程中，非主角才有了语言和对话。然而这样的处理同样是为了强调一个重要的隐喻——那些来自社会底层似乎一直处于被“吃”地位和状态的人们，在人性深处同样存有“吃人”的基因，只要机缘巧合便会自然而然地转化为“吃人者”。这与鲁迅在《阿Q正传》中所表现的“庸众”也可以“吃人”、可以压迫和奴役别人的思想是一脉相承的。三是小说所蕴含的深意和内涵是通过符号化人物之间关系来体现的，所以作者的创作意图是通过这个“吃人”的故事表达一个双重隐喻，即中国固有的文明和传统文化的弊害把人异化为“魔鬼”，而“魔鬼”的行为指认了“魔鬼”所产生的土壤——传统文化和伦理道德——并对其进行了妖魔化处理。

三、被“吞噬”的社会底层人物

汪静之在《人肉》中建立了两个逻辑链条，一是按照汪举人的逻辑，他越是觉得他要求妻子和儿媳妇为保贞操而跳崖的行为是正常的，觉得以“生而辱不如死而荣”的理由要求妇人作为食物被吃掉是正确的，便越会得到一个深刻的反讽，即传统文化和伦理道德的虚伪和无情。二是按照小说中社会底层人物的逻辑，吃人的唯一目的就是充饥和活下去，没有什么道理可讲。然而越是没有什么道理可讲，便越会体现人性的黑暗。人性消失了，取而代之的是兽性的张扬，在这种兽性的张扬之下，“吃人”叙事的内涵得到继续延展——多年启蒙与解蔽的效果何在？人性觉醒是否会带来黑暗的觉醒和兽性的回归？汪静之在对底层人物的描写方面具有一定的造诣，他的另外几部小说基本上把关注的重点都投向了社会底层，在以写实的手法展示他们悲惨现状的同时，往往会交织着对人性黑暗的流露。在《父与女》中，汪静之是这样描写穷人的：“他们是被全世界遗弃了的人，没有人把他们的生命看得比一个气泡更重一点。他们的所谓身体只是一架劳作垂死的机械，所谓生活只一串极长的继续不断的辛苦。”① 在贫富对立的可怕世界中，“富人掌控着穷人的命运，穷人唯一的出路就是没有出路，唯一的希望就是没有希望”②。在《翠英及其夫的故事》中，描写了翠英和她的丈夫——一对为躲避家乡地主恶霸盘剥和侮辱而逃到上海的夫妇——怀着发财的希望和对新生活的向往来到城市之后，却发现城市对穷人来讲同样像地狱一般。随着翠英丈夫的生病并且卧床不起、女儿的不幸残疾，翠英的生活陷入了极度困窘之中，她不得不重新走上既出卖劳力又出卖肉体的老路。最终生活的贫困、艰难、悲哀和羞辱使她的精神彻底变得狂乱、绝望，在亲手杀掉身患残疾的女儿之后上吊自杀，结束了自己悲惨的一生。在《父与女》中，离开家乡多年在城市里做工的男人，引诱女工上床之后，才发现她居然是自己的女儿。乔丽华认为，这个离奇的故事具有一定的象征意义，即“它象征了生存在社会底层的那一部分人内心的悲苦无告。只有从这个角度，我们才能真正理解汪静之笔下那些看似有些“猥亵”的故事，它们曲折地

① 汪静之：《父与女》，大江书铺，1929，第 39—40 页。

② 乔丽华：《新文学路上的跋涉者——论汪静之的小说创作》，上海鲁迅纪念馆编《汪静之先生纪念集》，上海书画出版社，2002，第 164 页。

吐露着作家对这个非人世界的极度厌恶”①。在《耶稣的吩咐》中，作为仁义道德代言人的醉经秀才，出谋划策惩罚并杀死了所谓的“奸夫淫妇”之后，却与大家冠冕堂皇地谈起“须知圣人决不可野合而生，野合决不能生圣人”的论调，这简直与汪举人令妻子、儿媳妇自杀，劝肥胖妇人被吃时用的伎俩异曲同工，都是想用“仁义道德”证明自己“杀人”“吃人”的无比正义。

汪静之的小说创作生涯并没有持续太长时间，作品数量很少，学术界对这些小说的研究也基本上淹没在对其诗歌的研究之中。但是，“汪静之的小说虽然不多，却记录了这位湖畔诗人‘沉郁顿挫’的一面。这一面是后来的研究者所不熟悉的，然而，如果忽略了这一阶段来谈汪静之的文学意义，我们所谈论的很可能是我们的臆想”②。笔者认为，虽然汪静之的小说在彼时的中国没有引发太大反响，在随后的文学史上也并没有引起太多的关注，但这些小说作品本身对于“吃人”叙事现象发展，以及对于文学史来讲，在一定程度上具有重要意义。在前文中，笔者对鲁迅于 1928 年时发表的翻译小说《食人人种的话》进行分析论述时，曾经提到过当时中国的社会状况、政治现实和文学思潮。汪静之的《人肉》和《食人人种的话》产生于同一个时间段，如果说后者的产生并不是偶然的，而是鲁迅有意为之，那么前者的出现也必然有一定的思想背景和深意。对于“吃人”叙事现象来讲，如果说最早出现的“吃人”小说《人肉楼》是一种政治寓言，《狂人日记》是以文化批判为内核的隐喻话语，那么《人肉》则是直面人性的描写。“狂人”疯狂的行为和呐喊是为了启蒙中国固有文明对于人的遮

① 乔丽华：《新文学路上的跋涉者——论汪静之的小说创作》，上海鲁迅纪念馆编《汪静之先生纪念集》，上海书画出版社，2002，第 165 页。

② 乔丽华：《新文学路上的跋涉者——论汪静之的小说创作》，上海鲁迅纪念馆编《汪静之先生纪念集》，上海书画出版社，2002，第 169 页。

蔽，从而实现人的觉醒；汪举人的兽性则揭露了人性的黑暗，一旦爆发甚至会超越魔鬼。所以笔者认为，“吃人”叙事的隐喻性在这些小说作品中得到进一步的延展，使“吃人”的内涵前进到更高的维度之上。在学术界，有学者认为汪氏小说之所以不被关注，是因为其作品本身缺少学术价值，一个善于直抒胸臆、具有“新鲜风味”的青年诗人，因为自身的境遇和社会的变迁转而从事小说创作，进入自己不擅长的创作领域，其作品自然会简单、幼稚，从而处于比较尴尬的境地。对此种论调笔者颇不敢苟同，对于文学史来讲，汪静之的小说具有两方面的重要意义。其一，在周作人提出“人的文学”主张并得到五四新文学运动一众精英的认可和强调之后，新文学的目标即更新为反对非人的文学、呼唤人的觉醒、张扬人的本性。这一目标实现的路径是对传统文化的批判和国民性反思，在新文学运动的第一个十年此类小说可谓斐然大观——这是思想启蒙的重要一环。鲁迅通过对“庸众”的塑造实现了对启蒙的反思，即启蒙的艰难与反复、启蒙者的悲哀与孤独。但这里就会出现一个与“娜拉出走以后会怎样”如出一辙的问题，即人性觉醒之后会怎样？如果说呼唤人性觉醒是现代性的要求，那么对人性觉醒之后会怎样的反思，或者说类似汪静之小说中对人性黑暗的描写，就是一个后现代性反思。其二，汪静之具有“暴露人性之内面”的意识。乔丽华认为，“汪静之的小说尽管不像同时代的柔石、鲁彦等左翼乡土作家那样耀目，但坚持一如既往地承袭着反对旧道德的思路，继承着新文学的方向，这才是他的小说的价值所在”，“汪静之小说的真正价值不在于它们属于哪一个流派哪一种潮流，而在于他那‘暴露人性之内面’的自觉的写作意识”①。

① 乔丽华：《新文学路上的跋涉者——论汪静之的小说创作》，上海鲁迅纪念馆编《汪静之先生纪念集》，上海书画出版社，2002，第166—167页。

第二节 巴金的《家》对封建家庭制度的批判

在《狂人日记》中，有两个细节颇值得讨论，一是小说的结尾处，“狂人”发出了“救救孩子”的呼号，但对于到底应该如何去救孩子，却没有具体的回答；二是在正文之前的小序中对“狂人”的结局做了交代，即“然已早愈，赴某地候补”。但这个结果却是“狂人”的大哥——“吃人”势力的代表——所言，所以“狂人”是否已经痊愈，便成了一个存疑且可以讨论的问题。对于这两个细节，学术界研究成果甚丰，故笔者不再赘述。之所以提出这两个问题，是因为笔者认为“吃人”叙事在进入20世纪30年代之后，在多篇以隐喻性“吃人”为内容的小说中，均能看到这两个问题的影子，并且有一些作家企图在其作品中给出相应的答案。这一时期社会历史的巨大变化和作家结构的更新调整，直接影响了文学创作的潮流和趋势。这一时期的中国，以上海为中心的沿海城市已经建立起初步的资本主义模式，现代化的进程也在加快。而在中国更为广袤的内地，虽然矗立了上千年的“农村封建宗法统治（及其生活方式）”依然存在，但已经有了大厦将倾的趋势。这种变化对当时国人——包括知识分子、民族资本家、工人、农民等——的心理产生了巨大的冲击，从而带来社会生活的震荡。钱理群等诸先生在《中国现代文学三十年》中写道：“中国已由‘五四’时期的思想革命转向这一时期社会变革所引起的社会革命。‘中国社会向何处去’成为时代的集体焦虑。如果说‘五四’是个性解放的时代，现在就进入社会解放的时代，人的思考中心发生转移，思维方式也相应发生变化：从对人的个人价值、人生意义的思考转向对社会性质、出路、发展趋向的探求。”[①] 而这一时期作家队伍的构成也因为大批新人的加入而发生了明显的变化，“中国的第一代作家大都来自封建旧营垒，是士大夫阶级的逆子，他们以对旧家庭旧传统旧思想的批判开创了现代文学的思想启蒙时期；新一代的作家则来自更广泛的社会阶层，在从事文学活动之前，有着丰富的人生经验……他们进入文坛必然大大密切文学与现实生活、时代及各阶层人民的联系，带来社会全方位的观察、思考、描写的视野与角度”[②]。这两种变化给当时的文学带来新的风气，小说的题材得到了拓展，表现角度更加多元化，表现形式由之前的重抒情转向了重叙事，能够容纳广阔社会历史内容的中长篇小说和多幕戏剧得到快速发展，并逐渐进入成熟期。正是在这样的背景下，一些以表现封建家庭弊害为内容的文学作品出现在历史舞台上，为“吃人”叙事现象的延展提供了更多的创作实践。五四启蒙运动之后，启蒙先驱常以对封建家族及其制度的批判作为探索社会变革的手段，这直接影响了当时的文学创作。巴金的小说《激流三部曲》就是在这样的背景下产生，其中的第一部《家》通过描写发生在“高公馆”中的“家变”，在解构封建没落家庭的同时隐喻了一种社会文化的衰落和制度的颠覆。在小说中巴金塑造了一个几乎潜隐在幕后的人物——专制的高老太爷，他是这个家族的最高统治者，虽然对他的直接描写并没有多少，但这个家族却无时无刻不笼罩在他的权威之下。他认为自己一直都是对的，“我说是对的，哪个敢说不对？我说要怎样么，就要怎样做！”[③] 高公馆内一切人物的命运及其故事，就是在这样一个威权之下徐徐展开。

首先被吞噬的人便是大哥觉新。在封建家族里完成性格养成的高

① 钱理群、温儒敏、吴福辉：《中国现代文学三十年》，北京大学出版社，1998，第180页。

② 钱理群、温儒敏、吴福辉：《中国现代文学三十年》，北京大学出版社，1998，第180页。

③ 巴金：《家》，《巴金全集》第1卷，人民文学出版社，1986，第322页。

觉新是一个具有多面性和矛盾性的人物，巴金先生曾在小说中以叙述者的口吻说他是“一个有两重人格的人：在旧社会里，在旧家庭里他是一个暮气十足的少爷；他跟他的两个兄弟在一起的时候他又是一个新青年”。他在这个家族里的地位，是由其身份决定的。“觉新在这一房里是长子，在这个大家庭里又是长房的长孙。就因为这个缘故，在他出世的时候，他的命运便决定了”，这无疑让他身上多了一些责任感。但他的性格善良软弱，是封建家长与叛逆弟兄之间的“中间”人物，他一方面要按照长辈的要求维护好家族关系，另一方面对两个弟弟的叛逆深表同情且心向往之。但是他却不敢反抗，最多只是思想上的挣扎。他深爱着他的表妹，但在他父亲用抓阄的方式替他选择了配偶之后，他所做的反抗只是偷偷地、绝望地痛哭。“他关上门，他用铺盖蒙住头痛哭。他不反抗，也想不到反抗。他忍受了。他顺从了父亲的意志，没有怨言。可是在心里他却为着自己痛哭，为着他所爱的少女痛哭。”因为他的软弱和不敢反抗，他所爱的梅表妹最后抑郁咯血而死，他的妻子因为产子而亡。他并不是意识不到造成这一切悲剧的根源何在，但他最终在家族的威权和长辈的制驭中选择了自我放弃。在高公馆吃完旧历新年的团圆饭之后，觉慧在街上遇到了向隅而泣的讨饭男孩，给了他两个半元的银币，并对他说，“你拿去罢，去找一个暖和的地方。这儿很冷。……这儿冷得很。你看你抖得这样厉害。你拿去买点热的饮食吃也好”。而此时他却想象着受到了大哥的“人道主义者”的嘲笑，“你以为你这样做，你就可以把社会的面目改变吗？你以为你这样做，你就可以使那个小孩一生免掉冻饿吗？……你，你这个伪善的人道主义者”。尽管这个嘲笑来源于觉慧的幻想，但同样说明了在觉慧这个大宅门里的觉醒者看来，高觉新的肉体和精神已经统统被高家堂屋中那些“画屏和神龛上穿戴清代朝服的高家历代祖先”所代表封建家族的威权所吞噬。——这个大哥虽不像“狂人”的大哥那样专制并且经常恶言恶语，间或能接受新思想、新文化，但他们的本质却是一样的。在面对家族制度的弊害和摧残，养成于封建威权之下的性格并不太可能起来反抗这种威权。

其次被吞噬的人物是婢女鸣凤。作为高公馆里最卑微的侍女，鸣凤爱上了三少爷觉慧，但这种爱是悲剧性的，即使鸣凤自己心里也清楚得很，“她自己也知道。自然她满心希望他来拯救她，让她永远和他厮守在一起；但是在他们两个人的中间横着那一堵不能推倒的墙，使他们不能够接近。这就是身份的不同。她是知道的。她从前在花园里对他说‘不，不……我没有那样的命’时，她就已经知道这个了。虽然他答应要娶她，然而老太爷、太太们以及所有公馆里的人全隔在他们两个人的中间，他又有什么办法?”所以在鸣凤的心底，“她愿意永远做他的奴隶，爱他，服侍他”。然而，在高公馆的高墙之内，“想做奴隶而不得的时代”还没有过去。在太太周氏拒绝鸣凤哀求不要把她送给冯乐山做小妾的时候，其拒绝的理由中最具权威性的话语有三个。一是“然而这是老太爷的意思，我也只得听他的话”；二是“然而这是老太爷答应了的。他说怎么办就要怎么办，我做媳妇的怎敢违抗?……现在没有法子挽回了。无论如何你初一一定要去”；三是“老太爷的话，连我也不敢不听”。这些话语的本质在于，在高公馆内，“高老太爷”是至高无上的封建家族威权，没人能反抗，当然也没有人敢去反抗。觉慧虽然属于觉醒的一代，但他同他的大哥一样生活在这个威权之下。他爱鸣凤，但是他对鸣凤的爱是畸形的，他可以随时以各种理由来忽视她的存在。即使在他知道高老太爷的决定、四处寻鸣凤而不得之后，他颇有些忧愁和痛苦，但在第二天就做出了放弃鸣凤的决定，“自然他不能够把心完全放在书上，他还不能不想到鸣凤，想到鸣凤时他还不能使自己的心不颤动。但是这并不是说他一定要拉住鸣凤。不，事实上经过了一夜的思索之后，他准备把那个少女放弃了。这个决定当然使他非常痛苦，不过他觉得他能够忍受而且也有理由忍受。有两样东西在背后支持他的这个决定：那就是有进步思想的年轻人的献身热诚和小资产阶级的自尊心”。然而鸣凤投湖自尽之后，高公馆并没有停止送婢女给冯乐山做妾的行动，而是又选了婉儿送过去，丝毫没有怜惜刚刚死去的鸣凤和又哭又闹的婉儿。在《家》这部小说中，被吞噬的人并不仅仅是觉新、鸣凤、婉儿，还有深爱觉新而不得的梅表妹，仅仅因为其母在打牌时发生口角而葬送了青春；还有觉新的媳妇李瑞钰，最后因为高家的愚昧和迷信难产而死……以“高老太爷”为代表的封建家族威权，面对这些卑微生命之时的冷酷，其本质正是以伦理道德之名行“杀人”“吃人”之实。

这样的悲剧不只发生在“高公馆”中，1934 年曹禺发表了他的多幕话剧《雷雨》，讲述了发生在“周公馆”里的“吃人”故事。伪善的资本家周朴园，接受了新思想的少年周冲，因爱受伤、因家庭冷漠而有些疯癫的女人蘩漪，因内心罪恶感和负罪感而企图逃走的周萍，以及单纯的四凤、曾经的婢女鲁侍萍、毫无地位的工人鲁大海等一众人物，都难以逃脱在“周公馆”中“吃”与“被吃”的结局。而发生这样“吃人”故事的公馆还有很多，在《憩园》中有杨公馆，在《子夜》中有吴公馆，在《金锁记》中有姜公馆，在《倾城之恋》中有白公馆……这一座一座的公馆，正是曾经封建文化、家族制度的象征，尽管这些显赫富有的旧式家庭到了 20 世纪 30 年代基本上已经开始衰落、瓦解，但它们仍然具有吞噬生命、泯灭人性的惯性和能力。

第三节　萧红、张爱玲等对女性的关注

1930 年之后，“吃人”叙事小说中出现了一些关注女性命运的作品，比较有代表性的是萧红的《生死场》和《呼兰河传》、老舍的《月牙儿》、张爱玲的《金锁记》等。学术界一般认为，萧红的《生死场》

是我国最早的以抗日战争为题材的小说之一，而《呼兰河传》则更像作者的自传，但这两部相隔六年面世的作品，其最大的相同点就是对挣扎在社会底层的女性的观照。《生死场》是鲁迅编印的“奴隶丛书”之一，在小说中萧红用特有的女性的笔触描写了东北人民在“生死场”里深重的苦难、垂死的挣扎与觉醒的反抗。鲁迅在 1935 年 11 月 14 日为这部小说所写的序言中认为，从《生死场》中能够看到更早的哈尔滨，“这自然还不过是略图，叙事和写景，胜于人物的描写，然而北方人民的对于生的坚强，对于死的挣扎，却往往已经力透纸背；女性作者的细致的观察和越轨的笔致，又增加了不少明丽和新鲜”。萧红在作品中塑造了很多被封建思想毒害的女性形象，她们一边忍受地主的压迫，一边被笼罩在神权、族权和夫权之下，展现出蝼蚁一般的生命，她们无声无息地活着，先是精神被无声无息地“吞噬”，然后肉体无声无息地死去。十七岁的贫家少女金枝虽然怀揣着梦想、憧憬着幸福，却要嫁给一个粗暴的男人，还没过门就已经怀了孕。嫁过去之后，丈夫居然嫌弃她和刚出生的女儿拖累自己，竟然将刚过满月的女儿活活摔死。在失去了女儿、死掉了丈夫之后，金枝流亡到陌生的都市，最终在生活的逼迫下开始出卖自己的肉体。少妇月英是村里最美丽、最温柔的女性，却因为患病瘫痪在床，丈夫把她当作累赘，不给她吃的，没有水喝，最后下身腐烂生蛆，悲惨死去。被丈夫殴打、离婚之后又两次嫁人的王婆可以说是小说中最具反抗意识的女性，但她仍在做了土匪的儿子被官兵枪毙之后，绝望地选择了服毒自杀。萧红用细腻而冷静的笔触描写了这个场景：

弯月如同弯刀刺上林端。王婆散开头发，她走向房后柴栏，在那儿她轻开篱门。柴栏外是墨沉沉的静谧的，微风不敢惊动这黑色的夜面；黄瓜爬上架了！玉米响着雄宽的叶子，没有蛙鸣，也少虫声。

王婆自杀未遂、死而复生之后，才逐渐认识到什么才是悲剧命运的根源，并选择了抗争。同样对女性的关注也出现在《呼兰河传》中，但这部小说中“吃人”的不再是地主的压迫，不再是族权和夫权，而是身边普通得不能再普通的善心婆婆、杨老太太、周三奶奶，等等。几千年的封建社会的遗毒和陋习依然寄居在这些人的心里，使他们的性格具有截然不同的两面性，一面是勤劳、纯朴、隐忍、善良，另一面却是愚昧、麻木、野蛮、迷信。而当这样的两面性结合在一起，就会变得非常残酷，甚至可以吞噬一切。小团圆媳妇本是健康、开朗且快乐的，“她头发又黑又长，梳着很大的辫子，普通姑娘们的辫子都是到腰间那么长，而她的辫子竟快到膝间了。她的脸长得黑忽忽的，笑呵呵的”。然而就是因为笑，她先是遭到婆婆的毒打，“我只打了她一个多月，虽然说我打得狠了点，可是不狠哪能够规矩出一个好人来?”最后，小团圆媳妇终于在代表“神权”的跳大神者认为她“入了邪祟”之后，被用开水洗了三次澡后悲惨死去。作品中的另一个女性王大姑娘曾被同院住的周三奶奶夸成“一棵大葵花，又高又大”，然而当她和冯歪嘴子自由恋爱、自己做主嫁给冯之后，却因为违背了父母之命、媒妁之言，从而成为乡邻舆论的中心和焦点，他们冒着严寒去“探访”“作论”“作传”，对王大姑娘的离经叛道、不守妇道进行嘲笑和挞伐。尽管王大姑娘想努力过好自己的生活，但最终还是在生过第二个孩子之后，“淹死”在“善良”的乡邻的唾沫里。在这两部小说中，萧红用女性特有的笔触和感性思维方式，用颇具跳跃性且冷静、客观的描写消解了中国人理念中传统的田园牧歌、男耕女织、安逸恬淡的乡村生活，取而代之的是建构了一个充满压迫与禁锢、苦难与绝望、挣扎与死亡的场域。正如她在《呼兰河传》着力描写的“大泥坑”，每一个人都深刻地知道这个场域的残酷和危险，却没有人有能力将它填平，愚昧而麻木的人们甚至能在被它吞噬的同时从中获得消遣的素材和无奈的快乐。在这个场域之中，“生活在社会底层的女性没有任何生路，即使生存下来，身心也是千疮百孔，备受煎熬。封建地主、日军、糟粕的思想无一不是杀人凶手，正是这些构建了压迫女性的密网，将女性置于水深火热的悲惨时代”①。

1935 年 4 月，老舍先生发表了中篇小说《月牙儿》，讲述了生活在 20 世纪 30 年代的母女二人先后被迫堕落为娼的故事。故事中的母女二人都曾经心存希望，妈妈更是一个勤劳、善良的女性，但随着父亲的去世、继父的抛弃，她最终沦为暗娼。女儿作为一个受过教育且希望独立的新女性，虽然其纯真的心灵从小时候就被蒙上了痛苦和不幸，但当她看见母亲为了自己不被饿死而不得不出卖肉体时却并不能理解这种行为，她虽然心疼母亲，但也憎恨母亲。可等到她自己辍学、失业、找不到安身之地的时候，终于明白了学校教她的知识和道德都是假的，妈妈所走的才是唯一的出路，于是她先做了别人的外室，继而又做了女招待，最后无奈走上了母亲的老路，和她的一些同学一样做了“暗门子”。悲惨的人生在她进入监狱时暂告一个段落——她并不想再走出监狱，因为“这个世界不是梦，是真的地狱”。出现在 1944 年的《金锁记》是作家张爱玲的中篇小说，她“以一个女性作家对女性生活困境的真实感受，塑造了曹七巧这样一个性格极端的疯女人形象”。这个故事发生在辛亥革命后不久，麻油店老板的女儿曹七巧之所以成为大宅门姜公馆里的二奶奶，是因为姜家二少爷身患骨病而无法与权贵之家联姻才娶了她做正室。但二少爷的疾病造成了七巧情爱的缺失，因而常年性苦闷，加上大家族里一众人等对她低贱出身、浅薄行为的鄙视，使这个曾经热情纯朴的少女变成了刻薄、吝啬、牢骚满腹的妇人。她在情欲的驱使下爱慕小叔子姜季泽却不可得，最终导致心理严

① 邵国茹：《重重枷锁下的底层女子像——浅析萧红〈生死场〉女子悲剧原因》，《文学评论》2022 年第 11 期。

重扭曲。在熬死了无用的丈夫和瞧不起且压榨她的姜老太太之后，她终于分得了一份可观家产。但分到手的“黄金”却使曹七巧异化为黄金的奴隶，成为一个“扑灭人间幸福和美的丧失人性的女妖”①。学术史上对于这部小说颇有溢美之词，比如翻译家傅雷认为其“颇有《狂人日记》中某些故事的风味，至少也应该列为我们文坛最美的收获之一”②；夏志清则认为这部小说是“中国自古以来最伟大的中短篇小说”③。且不论这种评价客观与否，两位前辈学人至少对张爱玲及其《金锁记》的重要性予以了充分肯定。

在《金锁记》中，因为张爱玲塑造了一个女疯子曹七巧，所以有学者认为她延展了鲁迅《狂人日记》的“母亲”也认可“妹子”被吃的行为，塑造了因为家族的弊害和“黄金”枷锁钳制之下“吞噬”亲生儿女的疯母亲形象。所以，“也许可以说《金锁记》是从《狂人日记》中抽取去了‘母亲吃人’这根肋骨而敷衍成文的，写的是女人如何变疯而吃人的，它是《狂人日记》最好的继承者”④。从对这两部小说的文本分析来看，首先都是从“月光”或“月亮”开始写起；其次都塑造了一个疯子的形象；再次都采用了开放性的结尾方式。但如果以此为依据认为《金锁记》是对《狂人日记》的继承，似乎颇有些牵强，这也许是傅雷认为其“颇有《狂人日记》中某些故事的风味”和夏志清过誉的影响。笔者认为，评价一部小说艺术水准是高是低、主题意义深远还是浅薄，大可不必做如此附会的类比。在《金锁记》中，张爱玲的成功在于她敏锐地抓住了曹七巧一生中的两次关键转变。第一次转变发生在她嫁给身患重疾的姜二公子之后，由麻油店老板的女

① 代军诗：《荒凉的美——浅评〈金锁记〉》，《佳木斯职业学院学报》2017年3月。

② 傅雷：《论张爱玲的小说》，南京师范文教资料简编，1982，第18页。

③ 夏志清：《中国现代文学史》，刘绍铭编译，友联出版社有限公司，1979，第343页。

④ 杜瑞华、刘锋杰：《她从他抽取了一根肋骨——〈狂人日记〉与〈金锁记〉的叙事比较》，《文艺争鸣》2019年第4期。

儿到姜家二少奶奶的转变。即使是在小说面世的20世纪40年代，女性仍然是男性的附属品——曹七巧不属于也不是她自己，她要么是麻油店老板的女儿，要么是姜家二爷的太太——女人通过其父、其夫来获得活着的资本、彰显地位与价值。处于没落边缘、行将崩溃的姜公馆虽然今不如昔，但仍然保持了踉跄前行的势能与吞噬生命、泯灭人性的惯性和能力。象征着封建家族的姜老太太对待子女和儿媳妇们采用的是双重标准。当时，因为避兵祸而逃到上海的姜家，虽然经济状况大不如以前，但仍然是瘦死的骆驼比马大，公子、小姐们仍然把大量的时间和金钱消费在娱乐、抽鸦片和嫖娼宿妓上。姜老太太虽然对这种生活方式表示默认，但她对曹七巧却是另外一种态度。她鄙视曹七巧的出身，无视曹七巧的娘家人，令她虽然“带着黄金的枷锁，可是连金子的边都啃不到”，甚至连姜公馆的婢女们也认为曹七巧不过是个“低三下四的人”。加之因为姜家二少爷的疾病给她带来的情欲上的压抑，曹七巧的性格发生了严重扭曲，那个曹家麻油店朴实开朗的曹大姑娘消失不见了，取而代之的是姜公馆内狭隘自私、牢骚满腹、牙尖嘴利的二少奶奶——这为以后她的彻底疯狂埋下了伏笔。第二次转变发生在她丈夫、婆婆先后去世，姜公馆分家之后。曹七巧如愿分得了可观的家产和金银，并带着儿子长白和女儿长安另租一幢房子住下。但这些家产和金银最终导致了她的猜忌、变态和疯狂，成为控制其精神的“金锁”。为了守住这些财产，她将自己的儿子、儿媳妇、女儿置于自己的淫威之下；她在潜意识里将儿子长白看作她的半个情人并亲手戕害了儿媳妇和小妾；她因为妒恨女儿的爱情和即将到来的幸福而告诉世舫长安抽鸦片，亲手断送了女儿的婚姻。曹七巧愚昧、凶残地夺走了儿女们的理想、吞噬掉他们的肉体和精神，“一步一步走进没有光的所在”，最终成了一个彻底疯癫的老太婆。“三十年来她戴着黄金的枷。她用那沉重的枷角劈杀了几个人，没死的也送了半条命。”“曹七巧从一个泼辣的年轻姑娘，转而成为守活寡的中年太太，再变成疯癫的老太婆而谢幕，其间的一步步都走向人生的暗淡，走得触目惊心、不可逆转，令人唏嘘。"[①] 但在"吃人"叙事视域之下，关照曹七巧对儿女的"残杀"与吞噬的同时，也必须要观照"姜公馆"所指代的专制、腐朽、没落的家族及其制度对曹七巧的吞噬。张爱玲正是以女性特有的敏感和略显琐碎的语言，描写了曹七巧变疯的过程和她的悲剧人生，从而对造成这一悲剧的社会结构性因素有所触动，但也更加重了"女性的负担"[②]。尽管已经经过了思想启蒙和文化重建，但时代对女性的定义同样没有能够突破传统且男女平权，仍然认为坤柔贞正、本分顺从才是女性美德，女性并未得到根本上的解放。

---

① 杜瑞华、刘锋杰：《她从他抽取了一根肋骨——〈狂人日记〉与〈金锁记〉的叙事比较》，《文艺争鸣》2019 年第 4 期。

② 王宇：《性别表述与现代认同》，上海三联书店，2006，第 20—21 页。

第五章　“吃人”叙事小说的精神内涵

戊戌变法之后，中国小说出现了与古代小说截然不同的变化，“在中国古代，小说一直被当作消遣娱乐的玩具，作家即使让它载‘道’，也大多是宣传一些封建伦理观念或因果报应思想”①。到了清末民初，在迫切的救亡图存需求和来自西方的“他者”双向作用下，小说被纳入了民族国家叙事，但这种变化没有脱离“文以载道”工具论的窠臼，只是“对‘道’的内涵作了区别于古代的理解”②，变成了“新民”与“改良群治”。彼时的中国，因为自身内部具有强烈社会变革的需求和富国强兵的愿望，使得中国人在科学技术、哲学、文学、美学等方面在向西方学习的进程中表现出一种以救亡图存为目的的矫枉过正——社会精英阶层对来自西方的思想、做法、经验往往不加批判、照单全收。“晚清小说家一方面焦灼地期待民族国家意识的养成，复苏天朝帝国，翻转国家在世界体系中的位置。另一方面却又不得不承受西方文明输入的成果，无论何种形象设计都是以西方‘他者’为范式的，通过取法西方文明特别是制度文明，将古老中国建设成与西方国家相媲

---

① 阎浩岗：《中国现代小说史论》，人民文学出版社，2006，第 17 页。

② 朱文华：《中国近代文学潮流——从戊戌变法前后到五四文学革命》，贵州教育出版社，2004，第 88 页。

美的现代国家。”[①] 在这种情况下，经过来自域外的文学思潮和民族国家叙事的催化，“吃人”叙事从对远方民族的蛮夷想象逐渐演变为对文化的理性批判。虽然不同时期的“吃人”叙事表现出了不同的特点、目的以及主题，但这一文学现象总的旨归却是一直与从清末到五四的“启蒙与救亡”紧密相连。

第一节 激愤的革命排满

一、革命排满思想的高涨

学者杨春时认为，“在鸦片战争之后，西方现代文化的侵入、冲击导致了传统文化的衰落；五四新文化运动自觉地以西方现代性反对中国传统文化，更加剧了传统文化的瓦解，从而诞生了中国的现代性”[②]，现代性的主体——理性精神——又促使从清末到五四的知识精英产生了启蒙思想。从这个角度来理解，清末启蒙思想与五四启蒙思想是相互联系的，属于同一运动的不同阶段。如果说发生在欧洲的启蒙运动本质是“祛魅”——祛除宗教和所谓神性的权威和对人性的压制——那么发生在清末民初延伸至五四之后相当长时间的启蒙运动则显得复杂得多。甲午战争之后，清末的老大帝国感受到了极其巨大的生存性压力，一方面是清王朝的统治者费尽心机地延续其对中国的统治，另一方面是社会精英努力寻找救亡图存、富国强兵的路径方法。在这个宏观背景和双重愿望之下，启蒙与革命其实是交叉并行的，所以有学

① 耿庆伟：《晚清小说的民族国家叙事》，《江西社会科学》2017年第1期。

② 杨春时：《现代性与中国文学思潮》，生活·读书·新知三联书店，2009，第5页。

者认为中国的启蒙与革命“往往因‘民族主义’的动因，而构成实际的‘共谋’关系”①。革命是用暴力打碎陈旧的政治上层建筑，建立新的政权；改良则是循序渐进地、有步骤地推动旧政权向新政权转化。对于晚清的中国而言，不管是通过革命来推翻清王朝的统治，还是通过改良建立君主立宪制的政府，无疑都是当时的救国路径。这就是戊戌变法失败以后，梁启超等维新派精英在流亡日本的初期，逐渐产生对革命派排满思想的认同和接受的内在原因。

清朝的满汉矛盾一直存在，只不过是起起伏伏、时隐时现的状态而已。到了戊戌变法时，因为“变法格外关涉满汉权力再分配，手握权力且江河日下的满人的情绪会更加敏感，对抗会更激烈”②，这无疑会激化满汉矛盾。戊戌变法在满洲皇族贵胄的坚决抵制和反扑之下，不出意料地走向了失败，梁启超在总结失败原因时，同样把“满汉之争”列入其中。之后，在庚子事变和“遮羞变法”中满汉矛盾不断升级，“排满”遂作为革命派的主流思潮，逐渐形成了不可阻挡的磅礴之势。梁启超对此有过比较科学、确切的描述，“满汉两族并栖于一族之下，其互相猜忌者二百余年如一日，一旦有人焉刺激其脑蒂，其排满性之伏于其中者，遂不期而自发，此革命党之势力，所以如决江河，沛然而莫之能御”③。到了庚子事变以后，革命排满、种族革命已然成了主流的社会思潮和趋势，当时的一位保守派曾有以下记录，“自从平等自由革命排满之说倡行，少年后学从风而靡……其毒乃遍于学校，裂纲毁纪，视为当然，相习成风”④。“只有通过革命排满才能确立现代

---

① 杨联芬：《边缘与前沿——杨联芬学术论集》，北京新星出版社，2018，第 340 页。

② 薛伟强：《满汉矛盾与晚清政局（1884—1912）——以统治阶级上层为中心的考察》，博士学位论文，河北师范大学，2012。

③ 梁启超：《论中国现在之党派及将来之政党》，《新民丛报》1907 年 5 月第 92 号。

④ 转引自耿传明：《决绝与眷恋——清末民初社会心态与文学转型》，复旦大学出版社，2006，第 153 页。

民族主义，只有通过革命才能推翻专制体制建立现代民主共和国家的思想，在那个时代的革命者心里是高度一致的。”①

阿英认为，“研究晚清小说，最被忽略又最不应该被忽略的”，就是种族革命小说。“这些小说，是以宣传革命思想，鼓动革命情绪，使人民同情、参加，以完成中国的种族革命为任务。”② 在1902年前后，已经出现了大量体现革命排满思想的小说，如《自由结婚》《狮子吼》《洗耻记》《卢梭魂》《东欧女豪杰》《革命军》等。在《自由结婚》中，作者就将当时的晚清指认为“只凭几个盗贼反客为主，收揽大权，可以算得一个盗主国体”和“贼民政体”，并借主人公黄祸的母亲说，如果想要为父报仇，第一仇人便是异族政府，“政府本是异族，几百年前偷了我国的神器，占了我国的江山。我们生长爱国，不愿做爱国的国民则罢，要做爱国的国民，一定咬牙切齿，不杀尽他们誓不肯罢手”。而邹容在《革命军》中，则提出了更为直接的革命排满主张：

> 扫除数千年种种之专制政体，脱去数千年种种之奴隶性质，诛绝五百万有奇之满洲种，洗尽二百六十年残惨虐酷之大耻辱，使中国大陆成干净土，黄帝子孙皆华盛顿，则有起死回生，还魂返魄，出十八层地狱，升三十三天堂。郁郁勃勃、莽莽苍苍、至尊极高、独一无二、伟大绝伦之一目的，曰革命！巍巍哉，革命也！皇皇哉，革命也！③

革命派将“倾覆清廷，创建民国”作为政治目标，希望通过文学作品呼唤、寻找“革命之健儿、建国之豪杰、流血之巨子”，带领四万

① 管雪莲：《中国现代文学思潮的萌端》，中国社会科学出版社，2014，第178页。

② 阿英：《晚清小说史》，江苏文艺出版社，2009，第90页。

③ 邹容：《革命军》，管林、钟贤培主编《中国近代文学作品选》，中国文联出版公司，1991，第269—270页。

万同胞“张九世复仇之义，作十年血战之期”，以报“食吾同胞之毛，践吾同胞之土”的种族仇恨。[①] 杨联芬认为，清末一系列的文学革新，都是为配合思想启蒙而产生的，体现革命排满思想的小说自然也不例外，只是这些小说所体现的启蒙思想并不是祛除宗教和所谓神性的权威和对人性的压制，而是要昭告天下造成国力积弱、列强环伺、民不聊生的根本原因在于满族政权的统治。从这个角度看，这一时期以革命排满为指向的小说所提倡的更接近于政治启蒙，这种启蒙的选择一直延续到梁启超的“小说界革命”，促成了“政治小说”的出现和短暂的繁荣。实际上这一时期的小说理论的建立，创作实践中题材的选择、人物的塑造等各个方面，无一不统一于政治启蒙思想之下，“吃人”叙事自然也不例外。

二、梁启超等康门弟子对革命排满思想的接受

戊戌变法失败之后，维新派内部发生了分化，“一部分转为保皇，成为封建势力的一翼，如康有为；一部分转向启蒙，如梁启超，他抛弃了康有为的天下观，正式确立了现代中华民族的观念”[②]。在分化的过程中，即从 1899 年到 1902 年，以梁启超、韩文举为首的康门弟子接受了革命派的排满思想，并与革命派代表人物孙中山来往甚密。梁启超的弟子、学者黎东方在《孙中山在日本和康有为、梁启超的关系》一文中认为，梁启超早在 1897 年就已经在对其学生札记的批语中流露出“对满人反抗的态度”，而戊戌变法失败，亡走日本之后，经过几次与孙中山的会谈和反复磋商，“1899 年间，孙中山等在日本曾与梁启超等多次讨论两派联合组党事，梁启超态度一度坚决……孙、梁商妥两

① 邹容：《革命军》，管林、钟贤培主编《中国近代文学作品选》，中国文联出版公司，1991，第 269—270 页。

② 管雪莲：《中国现代文学思潮的萌端》，中国社会科学出版社，2014，第 167 页。

派联合立党，拟推孙中山为会长，梁启超副之”[①]。1902年4月，梁启超致信康有为，认为要唤起民族精神，“今日民族主义最发达之时代，非有此精神，决不能立国，弟子誓焦舌秃笔以倡之，决不能弃去者也。而所以唤起民族精神者，势不得不攻满洲。日本以讨幕为最适宜主义，中国以讨满为最适宜主义……满廷之无可望久矣，今日望归政，望复辟，夫何可得？即得矣，满朝皆仇敌，百事腐败已久，虽召吾党归用之，而决不能行其志也”[②]，既表达了对清政府的失望，也表达了其“讨满”、排满的思想。在这一阶段，康门弟子受到卢梭民约思想和俄国虚无党、无政府革命思潮的共同冲击，脑质为之改易，思想言论与前者若出两人。以“‘十三太保’为代表的康门激进弟子群体倡言革命，与孙文为代表的共和革命派渐有合流趋势，与老师康有为的分歧则达到了顶峰”，“排满‘言革’之心已经非常坚定”[③]。

三、“吃人”叙事与革命排满思想

学术界一般认为，在1899年到1902年期间，梁启超等康门弟子明显受到了革命排满思想的影响并且体现在了文学创作之上，其代表作品便是梁氏向康有为提及的、扪虱谈虎客韩文举所创作的小说《人肉楼》。这部小说的主要内容笔者在前文已有介绍，遂不再赘言。小说将长期以来存在于中国古代文学中的“吃人”描写——如刘安杀妻、打江州割了黄文炳、李逵吃了李鬼的肉等——转换为对文化、政治以及残酷社会现实的政治影射，从而拉开了中国小说现代化进程中“吃人”叙事现象的序幕。韩文举是康门受革命排满思想影响较大的弟子之一，

---

① 周兴梁：《试论一九〇〇年前后孙中山与梁启超的关系》，《贵州社会科学》1984年第5期。

② 梁启超：《与夫子大人书》，《梁任公先生年谱长编》，丁文江、赵丰田编，欧阳哲生整理，中华书局，2010，第144页。

③ 朱军：《革命与超越：“新小说”的美学新变——以康门激变为线索》，《文艺理论研究》2015年第3期。

他在《人肉楼》中，将当时的清廷影射为一座专以“吃人”为乐事的“人肉楼”，将慈禧皇太后和光绪皇帝妖魔化为以须陀人为食的老妪和少年，将“扪焦人”看作满族统治者，表达了强烈的排满思想和对未来国家的模糊想象。除此之外，1902 年 11 月，以宣传革命排满著称的《大陆报》连载的翻译小说《鲁滨孙飘流记》（以下简称《大陆报》译本）也体现了强烈的排满思想，这是当时英国作家笛福《鲁滨孙飘流记》的第二个中译本——第一个为钱塘少年沈祖芬的《绝岛飘流记》。在笛福的原著中，不但有主人公鲁滨孙对“吃人”蛮族的恐怖想象，更有对在荒岛之上亲眼看见美洲世居民族“吃人”的野蛮场景的描写。在鲁滨孙开船从北方逃向南方时，他说道：“谁会认为我在往南走？走到野蛮之地，那些地方的黑人部落必然会划着独木舟来将我们干掉；而南方的海岸也是不能随便上的，不然我们要么被野兽吃掉，要么成为生番的佳肴。”① 在鲁滨孙流落荒岛十八年之后，他发现了散落在海岸上的人类骸骨，于是推测这里曾经是世居民族中“恶棍”围坐吃人的地方；又过了五年，鲁滨孙亲眼看到了大概九个世居民族的人围着篝火吃人的残酷场面。在这部小说中，“一共四次描写了血淋淋的吃人场面，采用文明与落后、先进和愚昧的二元对立模式的斯文来贬低原住民文化”②。笛福对世居民族“吃人”的描写，并未脱离欧洲 18 世纪对远方民族的食人想象——“食人族的形象是西方帝国主义欲望的投射产物，被用以支持文化殖民”③ ——“鲁滨孙和食人族都成了文明与野蛮、上升与堕落、理性与自然之间的二元对立，这成为欧洲/西方文

① 笛福：《鲁滨孙飘流记》，徐霞村译，人民文学出版社，2003，第 146—147 页。

② 刘小刚：《清末民初翻译文学中的西方形象》，浙江大学出版社，2017，第 229—230 页。

③ See Maggie Kilgour, *“Forward”*, *in Kristen Guest*, *ed.*, *Eating Their Words*, New York: State University of New York Press, 2001, p. ⅶ.

明进行文化与宗教殖民的理由”[①]。然而，在《大陆报》译本中，译者的重点显然不在这里，而是从《大陆报》“鼓吹改革、排斥保皇”的宗旨出发，对其进行了革命化改写。“一方面将之改写为以善恶做出道德的区分，另一方面又通过添加‘归旧洞沿途谈保种’的情节，大肆宣扬民族意识。”[②] 在原著中，鲁滨孙解救了白种西班牙人和星期五的父亲之后说：“首先这整个的岛只属于我个人，所以我对它拥有无可置疑的统治权，其次我的百姓完全听命于我，我是绝对的主宰，我的意志也就是法律；他们的性命都是我救的，所以万一有必要，他们都会毫不犹豫地为我献出生命。”[③] 不难看出，这完全是英国乃至西方殖民主义话语。但是在《大陆报》译本中，译者却赋予了鲁滨孙救同种的行为以及“狭义之气”和与生俱来的“爱种之心”，并且借白人之口，表达了译者的革命排满思想：

> 我幼时也曾听说有一个很大的国，后来因国中内乱，把他皇帝杀了。彼时有一个将官，因为他的私事跑到邻国借兵，打进本国来，那一把皇帝坐的金交椅，便被邻国人坐了。起初时，国民亦有不服的。到了后来做惯了，竟不知是异种的人，做他们的主人翁。且有一班的人，因贪这功名利禄，不得已把尽忠等字样做借口。有一次，他的同种要想恢复河山，那一班的人起一队的大兵，替异种剿除同种。战了好几年，也不知杀死的人有多少哩！这叫做同种代异种杀同种。[④]

---

① 王晓雄：《文明人的食人焦虑和帝国的纾解策略——十八世纪初期英国文学中的食人书写》，《外国文学评论》2018 年第 2 期。

② 李今：《晚清语境中的鲁滨孙汉译——〈大陆报〉本〈鲁滨孙飘流记〉的革命化改写》，《中国现代文学研究丛刊》2009 年第 2 期。

③ 笛福著、黄杲炘译，《鲁滨孙历险记》，上海译文出版社，2001，第 201 页。

④ 《鲁宾孙飘流记》，《大陆报》1903 年 5 月第 8 期，第 49—50 页。

除此之外，译者还在小说中增加了“谈他国事代报不平”“论中国痛谈丑官吏”等情节，“使鲁滨孙成为宣讲‘爱群’‘保种’‘排满’之类革命意识形态的传声筒”。[①]

费正清认为，1900年之后的中国，在八国联军攻克北京之后，慈禧携光绪仓皇出逃、巨额的议和赔款，实际上已经让清廷尊严扫地，皇族声誉归零，“中国百孔千疮的弊端都被大部分归咎于这个异族王朝的统治”，排满已经成为“一种大家都能够基本上或毫无保留地加以接受的思想”[②]。韩文举《人肉楼》的出现、《鲁滨孙飘流记》《大陆报》译本的改写，都是这种思想的产物。革命和改良是清末社会思潮与政治行动的一体两翼，其目的都是救亡图存。排满思潮是革命派思想的精神内核，也是清末政治启蒙的发端。韩文举用“人肉楼”指代清末中国黑暗、残酷的社会政治环境，用“吃人”的老妪和少年影射慈禧与光绪，以自然之华胥国作为对理想民族国家的想象，从而将真实的、物理意义上的“吃人”转化为批判满族专制统治、浓缩展示“人吃人”历史的政治寓言，形成了小说文本与社会现实的互文关系，完成了对晚清残暴统治的政治隐喻。而翻译小说《鲁滨孙飘流记》通过对原著的改写完成了对原著的归化，表达了充溢清末社会的革命排满思潮，企图通过这部小说达到召唤“革命之健儿、建国之豪杰、流血之巨子”，实现民族革命的目的。这两部作品对小说社会功用的认知和利用，无疑暗合了后来梁启超建立的“政治小说”理论体系。鲁迅对于“吃人”的历史有着更深刻的认识，他说，“我们自己早已布置妥帖了，有贵贱、有大小、有上下。自己被人凌虐，但也可以凌虐别人；自己

① 李今：《晚清语境中的鲁滨孙汉译——〈大陆报〉本〈鲁滨孙飘流记〉的革命化改写》，《中国现代文学研究丛刊》2009年第2期。

② 费正清、刘广京主编：《剑桥中国晚清史：1800—1911（下卷）》，中国社会科学出版社，1985，第472页。

被人吃，但也可以吃别人。一级一级地制驭着，不能动弹，也不想动弹了”①。这两部小说对“吃人”的认知以及对“吃人”叙事现象的建构，距离鲁迅尚有一定差距，但仍然可以被认为是《狂人日记》的先声，为后来“‘吃人’真正成为一个用来进行历史和文化批判的经典文学意象”②、熔铸成“吃人”叙事现象奠定了基础。

第二节　深沉的民族反省

一、民族反省的具体内涵

在前文探讨“吃人”叙事现象形成的原因时，笔者曾对民族反省的本质有过一个初步的论述，即民族反省是中国社会精英在危如累卵的局势之下，面对咄咄逼人的西方军事政治文化入侵，面对西方先进的社会观念、科学技术、知识体系之时，反求诸己的一种深入思考。从这个角度出发，民族反省具有“他者指涉”与自我指涉的双重特性：既要抛弃对西方固有的成见与偏见、克服对西方的恐惧与排斥，充分学习、借鉴西方的技术、制度和政治思想体系，还要对照西方、反观自我，反省民族自身存在的问题，弄清楚自己究竟怎么样、应该怎么办。严格地讲，在以“师夷长技以制夷”为目的的洋务运动中，从晚清政权到社会精英均未认识到其在政治、文化等方面与西方的差距，大多数人看到的只是“器”的差距以及国人的蒙昧无知。所以从这个层面来讲，民族反省在这个阶段并不属于思想主流，“天朝上国”的文

① 鲁迅：《鲁迅文集（第三册）》，北京燕山出版社，2018，第679—680页。

② 王一川：《吃人叙事的历史变形记》，《文艺研究》2014年第4期。

化优越感仍然存在于民族心理之中。“到戊戌维新运动前后，因‘民族反省’的主张得到更公开和更大范围的鼓吹，也就得到更多中国人的接受和响应，因此形成了完全的社会思潮的形态。”① 五四运动期间，在国民性改造和传统文化批判的语境之下，具有启蒙思想的先觉者则进行了更深入、更激烈、更持久的民族反省。纵观民族反省思潮的走向，不难发现它主要具有三个方面的内涵。一是认识到本民族文明程度、文化价值观的落后。梁启超在1922年时认识到，“……革命成功将近十年，所希望的件件落空，渐渐有点废然思返，觉得社会文化是整套的，要拿旧心理运用新制度，决计不可能，渐渐要求全人格的觉悟”②。二是反思民族精神的缺失和民族心理的病态。梁启超在《新民说》中提到，中国自古“有部民而无国民”，中国人所最缺者乃是“公德”“权利思想”“自由之义”和“进步精神”。更有激进的论者，认为“大梦酣沉，国魂销散，未有如我中国也；千钧一发，累石悬崖，未有如我今日之中国者也。中国泥于古，则闭关自守，外界之风潮不一省觉。中国炫于新，则崇拜强权，务饰表面，廉耻道丧，唯以功利攘窃为能。此大可悲痛矣！”③ 三是对国民素质不足的反省。比较有代表性的观点是壮游的《国民新灵魂》，他在文中说“梦魇于官，辞呓于财，病缠于烟，魔着于色，寒噤于鬼，热狂于赌，涕縻于游，痁作于战，种种灵魂，不可思议。而于是国力骤缩，民气不扬，投间抵罅，外族入之，铁鞭一击，无敢抗者，乃为奴隶魂，为仆妾魂，为囚虏魂，为

---

① 朱文华：《试论近代中国的“民族反省”思潮》，《复旦学报（社会科学版）》1993年第3期。

② 梁启超：《五十年中国进化概论》，《饮冰室合集·文集》之三十九，中华书局，1989，第43—45页。

③ 劲合：《国会论》，《辛亥革命前十年时论选集（第3卷）》。转引自朱文华《试论近代中国的“民族反省”思潮》，《复旦学报（社会科学版）》1993年第3期。

倡优魂，为饿殍待毙一息之魂，为犬马豢养摇尾乞食之魂”①。

二、“吃人”叙事与民族反省

近代“民族自省”思潮从本质上讲是中西文化冲突的产物，是国人中的先觉者在民族危亡之际，通过认真对比中西在科学技术、政治制度、思想文化等各个方面巨大差距的前提下，为民族国家的救亡图存而进行的思想准备。近现代的民族反省自鸦片战争起，经历了甲午战争、戊戌变法、庚子事变、辛亥革命，到五四运动时期达到高潮，深刻影响了中国文化的走向。正是因为如此，每个阶段的民族反省思潮，都会有相应的救国救民的方案，都会形成一定的文学思潮。体现民族反省的“吃人”叙事是从翻译小说开始的。笔者在前文提过，梁启超发动的“小说界革命”是以他和他的同志创作、翻译政治小说为抓手的，小说被他们认为是开启民智、救国救民的思想武器；翻译的日本、西方的小说也被认为具备文化参与的角色、承担了所谓的教化功能。而在“小说界革命”的前三年，梁启超就提出了“在昔欧洲各国变革之始，其魁儒硕学，仁人志士，往往以其身之所经历，及胸中所怀，政治之议论，一寄之于小说……今特采外国名儒所撰述，而有关于今日中国时局者，次第译之，附于报末，爱国之士，或庶览焉”②。但此时梁启超关于政治小说的呼吁并没有引起多大反响，直到 1900 年之后，情况才有变化。这是因为“庚子、辛丑年以后，中国文化以誓不回头的态度向着近代化方向前进，步伐坚定有力。如同冲决了堤防的西学洪流，几乎是以汹涌澎湃之势，不可阻挡地泛漫至整个中国社

---

① 壮游：《国民新灵魂》，《辛亥革命前十年时论选集·第 1 卷（下册）》。转引自朱文华《试论近代中国的“民族反省”思潮》，《复旦学报（社会科学版）》1993 年第 3 期。

② 陈平原、夏晓红：《二十世纪中国小说理论资料·第一卷（1897 年—1916 年）》，北京大学出版社，1989，第 21—22 页。

会，向各个社会阶层、各个领域扩展”[①]。此后，翻译小说呈现井喷之势。根据陈大庚的统计，在 1900 年到 1908 年期间翻译小说总共达 922 部。[②] 按照比较文学变异学的“他国化”理论，即“一国文学在流传到他国，由于文化观念、历史传统、民族心理等异质性因素，在通过译介、过滤、接受和阐发之后，发生了深层次的变异，及传播国文学本身的文化规则和文学话语根本上被接受国所同化，从而成为他国文化和文学的一部分”[③]。所以，这些翻译小说无疑属于清末民初中国文学的重要组成部分。

前文已经提到，最早出现在翻译小说中的“吃人”文本是《鲁滨孙飘流记》中的“吃人”描写，并对小说中所体现的翻译者的革命排满思想已有简述。在笛福的原著中，对野人“吃人”的描写目的在于渲染欧洲文明对愚昧、落后民族的改造，而小说的重点并不在于通过“吃人”描写界定“文野之分”，因为鲁滨孙的行为本身“实际上是资本主义本身的动态趋势，其目的绝不仅仅是维持现状，而是不断改变现状”[④]。文学理论家和批评家萨义德认为，如果没有西方殖民者“在非洲、太平洋和大西洋荒野之地创造它自己的新世界的殖民事业，出现鲁滨孙·克鲁索这样的人几乎是不可想象的”[⑤]。笛福所创造的鲁滨孙“他不是一个根植于他所熟悉的大环境中的商业旅行者……他不是一个迫不得已踏上征程的探索者，并非时刻想着回到自己的家庭和故乡。对于鲁滨孙来说，追求利益是他唯一的天职，整个世界都是他的

① 王茂林：《晚清文化史》，安徽文艺出版社，2016，第 260 页。

② 参见陈大庚：《论近代翻译小说》，《文学评论》2015 年第 2 期。

③ 曹顺庆、罗富明：《变异学视野下比较文学的反思拓展》，《中外文化与文论》2011 年第 1 期。

④ ［英］伊恩·瓦特：《小说的兴起》，刘建刚、闫建华译，中国人民大学出版社，2020，第 63 页。

⑤ ［美］萨义德：《文化与帝国主义》，李琨译，生活·读书·新知三联书店，2003，第 3、86 页。

领地”[①]，这正是西方殖民主义对外扩张的根本目的。在清末对该作品的翻译中，从沈祖芬到《大陆报》再到林纾，都对鲁滨孙对食人族的想象和在荒岛上所目睹的“吃人”场景进行了翻译，但因“吃人”并非原著的重点，所以各种译本也并未把“吃人”的描写作为重点，而是将“吃人”及其他故事情节统一纳入了民族国家叙事，旨在通过对鲁滨孙荒野大挑战的描写，反省软弱的民族性格，鼓励国人学习西方的冒险精神、奋发进取，从而改变民族和国家的现状。

甲午战败之后，认为民族精神的颓废是中国国民积弱不振、国力不堪一击、国风日渐堕落的重要原因，已经成为当时知识分子和社会精英的共识，沈祖芬正是在这样的氛围下，翻译了笛福的小说《鲁滨孙飘流记》和《鲁滨孙飘流续记》，并命名为《绝岛飘流记》。在这部译作中，沈祖芬对原著进行了改译，虽然他对原著中对中国人贫穷落后、自大傲慢、野蛮无礼之类的批评进行了删减，但也借鲁滨孙之口说出了清人柔懦无用、不能自强。可见在沈祖芬看来，“柔懦无用”是需要反省的民族性格，他翻译这部作品最主要的目的是想通过讲述鲁滨孙的冒险故事，以“激励国人学习西人，进取冒险，以求自强”[②]，也就是在其序中所言，“欲借以药吾人，觉四万万之众”[③]。《绝岛飘流记》虽然是只有两万多字的节译本，但仍在当时产生了极大影响，许多人认为鲁滨孙的“冒险性和忍耐性均可为顽懦者之药石”[④]。在《大陆报》译本对《鲁滨孙飘流记》的革命化改写中，其“革命排满”思想同样是民族反省的体现，无非是认为造成当时中国之危局、困局的主要原因是异族的统治而已。但它同时也对孱弱的国民性格进行了革

① ［英］伊恩·瓦特：《小说的兴起》，刘建刚、闫建华译，中国人民大学出版社，2020，第65页。

② 崔文东：《翻译国民性：以晚清〈鲁滨孙飘流续记〉中译本为例》，《中国翻译》2010年第5期。

③ 高凤谦：《绝岛飘流记·序》，参见狄福著、沈祖芬译：《绝岛飘流记》，上海开明书店，1902。

④ 宋教仁：《宋教仁日记》，湖南人民出版社，1980，第317页。

命化的反省和批判，这些话是借鲁滨孙和他侄儿的口说出的，“你看他的人民，个个懦弱，并无军国民的资格。他反借口为文献之邦，应该是斯文的，如今土地被邻国夺去，他也情愿做奴隶”“你们的国，若不速速自强，使人人皆练到军国民资格，恐不久必有一国来灭你”①。在1905年出版的林纾、曾宗巩翻译的《鲁滨孙飘流记》以及续记中，译者看重的同样是鲁滨孙的冒险精神。在《鲁滨孙飘流记》的序言中，林纾认为鲁滨孙“单舸猝出，侮狎风涛，濒绝地而处，独行独坐，兼羲、轩、巢、燧诸氏所为而为之”②，这和追求“中人之中，庸人之庸”“洞洞属属、自恤其命”的国人具有显著的区别。在译本中，林纾不但将鲁滨孙对中国人的批评——主要是针对国人贫穷、野蛮、愚蠢、傲慢的批评以及对官僚和士大夫的嘲讽——忠实译出，而且用圈点与双圈点的方式做了着重标志，以提醒读者注意。有学者认为，“林纾忧心于国民积弱不振，认为翻译冒险、尚武之类的小说，可以改变国民心态及士气，为中国文化注入强悍之气”③，这正是林纾在通过翻译冒险小说完成对民族劣根性的反省——懦弱与奴性——的基础上想要达到的目的。在《鲁滨孙飘流记》三个中译本中，“吃人”并非作为其主要描写对象和内容，在这部小说之后，更多的冒险小说在民族反省的思潮之下被大量译入中国。从1904年到1907年，有两部以“吃人”为主要内容的国外小说也被翻译成了中文，它们分别是马克·吐温的政治讽喻小说《火车上的食人族》和日本羽化仙史的冒险小说《食人国》。《火车上的食人族》的中译本名为《食人会》，译者为清末民初著名报人冷血，即陈景韩。《食人会》是第一部以“吃人”为主要内容的翻译小说，它发表于1904年8月《新新小说》第1年第1号上。但是这部

---

① 《鲁宾孙飘流记》，1903年5月《大陆报》第8期，第128、190页。

② 林纾：《鲁滨孙飘流记·序》，参见阿英编《晚清文学丛钞·小说戏曲研究卷》，北京中华书局，1960，第221—222页。

③ 刘小刚：《清末民初翻译文学中的西方形象》，浙江大学出版社，2017，第213页。

小说并非译自英文原版，而是译自日本著名翻译家原抱一庵的日译本。陈景韩对日译本进行了非常忠实的翻译，并通过加在结尾的“批解”总结了他翻译这部政治讽刺小说的“诸感交集”，指出了中国也是“食人”民族，虽然真正的以“人肉”为食的人很少，但“食人名誉、食人财产、食人事业、食人心思才力者，无时蔑有”。在晚清复杂的时局下，政治腐败、社会动荡、列强环伺，吞噬他人的财产、事业、心思才力，这样的事似乎每一天都在发生，这些现象的本质，又和吃人有什么区别呢？这实际上是借用马克·吐温小说中惯有的批判性对当时在列强倾轧、政治腐败的环境之下，中国人严重扭曲的民族心理进行的深刻反省。在另外一本翻译小说《食人国》中，这种民族反省的表达更加直接。这部冒险小说的情节非常简单，描写了三位不甘心居欧美“赤髯奴”之下的日本青年，带领一众日本青年，前往拍浦亚岛上的食人国探险、教化并改造岛上食人蛮族的故事。河北觉生在这部小说的“小序”中通过批判遇到一条小蛇都要吓得跑掉的怯懦而又缺乏冒险精神的中国学生，表达了对国家现状的担忧和民族性格的反省。

第三节　悲壮的文化批判

一、民族反省、文化批判与国民性重建的关系

在大部分学者对清末民初启蒙运动的研究和描述中，往往将民族反省、国民性批判和文化批判等概念混淆在一起，认为国民性批判或民族精神的反省是启蒙思想家关注的焦点，国民性批判是民族反省的重心。比如有学者认为，“以国民性批判为重心的近代民族反省思潮，既是民族劫难后在认知‘不如夷’的情况下对本民族的批判性的自我

体认，也是近代化的努力迭遭挫折后对救亡途径的一种深入思考”①，国民性是近代民族反省的焦点与核心，反思国民性则是民族反省的最深层面②；另有学者认为，“五四”是文化批判启蒙的肇始，启蒙的内涵非常清晰地指向文化批判，“甚至可以说，启蒙和文化批判已经基本上成为可以互换的词语”③。笔者认为，在清末民初“救亡与启蒙”的语境之下，广义的民族反省涵盖了国民性反思与传统文化批判，而国民性重建则是反思与批判的最终目的；狭义的民族反省是文化批判的前提与基础，文化批判则是国民性重建的手段。

二、文化批判的思想基础和目标指向

墨西哥学者奥克塔维奥·帕斯认为，对传统的批判就发端于觉察到自己属于一个传统——“对于一个传统的批判开始于对一个传统归属感的知觉。传统主义的人们毕生沉浸在他们的过去之中而从不质疑。对他们的传统毫无知觉，他们与它共生，活在其中。当一个人意识到自己属于一个传统时，他便隐隐地知道自己与那传统是不同的；迟早这一知觉会驱使他质疑，探究，有时是否定它”④。始于鸦片战争的民族自省、国民性反思，最终演变成对传统文化的批判，这正是体现了帕斯理论中对于“传统”的感知、质疑、探究再到批判的逻辑过程。甲午战争之后，以严复、梁启超为首的社会精英在来自西方“他者”的强势介入之下，已经深刻地意识到了自己所属于的“传统”的不足与弊病。“近代思想家多把民族危机的形成归结为人心之积患、国民性

---

① 俞祖华《略论近代中国的民族反省》，《北京师范大学学报（社会科学版）》2007年第1期。

② 俞祖华：《深沉的民族自省——中国近代改造国民性思潮研究》，山东人民出版社，1996，第7页。

③ 贺仲明：《再思启蒙——兼论“五四”文化批判传统》，《文艺争鸣》2002年第7期。

④ ［墨西哥］奥克塔维奥·帕斯：《泥沼之子——现代诗歌从浪漫主义到先锋派（扩充版）》，陈东飚译，广西人民出版社，2018，第15页。

的弱点、国民素质的缺陷”[①]，如严复在《原强》中就认为，甲午战争失败、“边衅屡开、亡国无日”的最主要原因就是“民力已苶，民智已卑，民德已薄”。梁启超同样认为中国之所以沦为任列强宰割的国家，是因为国民存在自私、卑怯、愚陋、涣散等弱点。如果说鸦片战争之后以“师夷长技以制夷”为目的的向西方学习也是一种民族反省的话，那么此时严、梁二氏已经向前迈出了一大步，他们把改造人心、改造国民性作为振兴国家、挽救民族、救国保种的根本途径。民族反省不再是单纯反思枪炮舰船技不如人、政治体制顶层设计存在缺陷，而是开始国民性批判并且在批判的基础上提出重建国民性的方法、路径和目的。20 世纪 90 年代有学者认为，“近代中国的‘民族反省’思潮启蒙主义色彩特别浓郁，尤其注重民族文化和民族素质的革新改造，由此在社会政治观上趋于认同改良主义，而不像‘民族主义’思潮那样特别看重社会革命——社会政治形态的迅速变革”[②]。此观点认为，近代民族反省注重民族文化和民族素质的革新改造是正确的，但却忽略了另一个事实——在清末的中国，不管是革命派、维新派还是改良派，他们的现代国家概念和国民意识均来自同样的理论思想资源，即当时大量翻译出版的西方理论著作，如卢梭的《民约论》、孟德斯鸠的《万法公理》、约翰·穆勒的《自由之理》，以及《法国革命史》《美国独立檄文》等。通过这些著作，中国近代思想家获得了国民意识，并对现代国家观念有了一定程度的认知，明白了“国者积民而成”，国家并不是谁的私人财产，不是“为君主而立者也”；“国民者，以国为人民公产之称也”，“一国之政治机关，一国人共司之”。在这种情况下，不同派别的政治主张和纲领可能不同，但他们对中国国民性的反思，“对中

---

① 俞祖华：《深沉的民族自省——中国近代改造国民性思潮研究》，山东人民出版社，1996，第 8 页。

② 朱文华：《试论近代中国的“民族反省”思潮》，《复旦学报（社会科学版）》1993 年第 3 期。

国国民奴性、懦弱、自私的批判，对自主、尚武、爱群等国民精神义务的提倡”① 是如出一辙的。换句话说就是，民族反省和国民性反思是当时主流的社会思潮，也是各路政治派别、知识精英的思想基础。“五四启蒙主义是从西方引进并且在中国建立启蒙理性的运动，而启蒙理性就是科学精神和人文精神……由于中国传统文化缺少现代科学精神、人文精神，引进和建立以启蒙理性为核心的现代文明，必然与中国传统文化发生冲突，于是就有‘传统文化批判’的发生，这是五四启蒙运动的重要一环。五四之前梁启超发动了以改造国民性为目标的新民运动，就已经成为传统文化批判的先声。”②

实际上，清末民初的民族反省和国民性反思是中国现代化过程中，作为现代化精神内核的现代性动力的要求——这一点后文会有论述——反思性本来就可以理解为人类一切活动的根本特征③，而“现代性的特征并不是为新事物而接受新事物，而是对整个反思性的认定，这当然也包括对反思性自身的反思”④。而“现代性始终是一种批判的激情……它是一个双重的否定”⑤，所以帕斯认为“现代艺术不仅是批判时代的产物，也是它自身的批判者”⑥，从这个角度来理解，批判性是一种反对自身的反思倾向。清末民初建立在民族反省基础上的文化批判，蕴含着当时几代知识精英意图改变民族国家的破败局面、建构理想现代社会的强烈愿望，其最本质的目标指向就是对国民性进行改

① 李今：《晚清语境中的鲁滨孙汉译——〈大陆报〉本〈鲁滨孙飘流记〉的革命化改写》，《中国现代文学研究丛刊》2009 年第 2 期。

② 杨春时：《五四“传统文化批判”的历史经验》，《上海文化》2019 年第 6 期。

③ ［加］查尔斯·泰勒：《自我的根源：现代认同的形式》，译林出版社，2001，第 195 页。

④ ［英］安东尼·吉登斯：《现代性的后果》，译林出版社，2000，第 34 页。

⑤ ［墨西哥］奥克塔维奥·帕斯：《泥沼之子——现代诗歌从浪漫主义到先锋派（扩充版）》，陈东飚译，广西人民出版社，2018，第 8 页。

⑥ ［墨西哥］奥克塔维奥·帕斯：《泥沼之子——现代诗歌从浪漫主义到先锋派（扩充版）》，陈东飚译，广西人民出版社，2018，第 8 页。

造并重建，通过“立人”以达到“立国”的目的。这种思想和意识在几代知识精英之间的传承非常明显，如严复在《原强》中说，“今日政要，统于三端：一曰鼓民力，二曰开民智，三曰新民德”。这可以说是最早提出的国民性改造的主张，无疑对后代学者诸如梁启超、鲁迅、胡适、陈独秀等产生了重要影响。梁启超非常认同严复的“三民主张”，他后来所作的《新民说》颇有严氏的影子，但梁启超显得更加急迫、所论更加深入。在他看来，中国国民最突出的劣根性是缺乏公德、不求上进、保守盲从，等等，而这些都是因为国民性格中的奴隶之根性。他说：“我中人以服从闻于天下者久矣。二千余年俯首蜷伏于专制政体之下，以服从为独一无二之天职。抚我而后也，固不忍不服从，虐我而仇也，亦不敢不服从。但得他人父我，则不惜怡色柔声而为之子。但使他人主我，则不惮奴颜婢膝而为之奴。一若无父之怙恃，则孤儿逐仆，将伶仃孤苦，不能自立于天地，养成服从之习惯，深种奴隶之根性。”① 除了对奴性的批判，梁启超对国民的冷漠旁观、缺乏责任感也非常激愤，他认为中国四万万人“皆旁观者也”，并将其分为了六派，进行了深刻的批判。五四期间，对国人“奴性”的批判成了鲁迅小说和杂文中国民性反思和文化批判的核心主题；在鲁迅小说“独异个人”与“庸众”的对置中，很容易看到梁启超所谓的各类“旁观者”的影子。奥克塔维奥·帕斯在论述何为现代艺术时说，“新的并不确定是现代的，除非它载有一个双重爆炸当量：对过去的否定和对不同的某物的肯定”。虽然这里的“某物”在历史进程中不断“更名和变形”，“但它一直是不同的那个，与统辖一切的传统分隔而又相异，一种突进到当下，并将其进程扭转到一个出乎意料的方向的异质性”②。

---

① 梁启超：《饮冰室合集》文集之十四，中华书局，1932，第 53 页。

② ［墨西哥］奥克塔维奥·帕斯：《泥沼之子——现代诗歌从浪漫主义到先锋派（扩充版）》，陈东飚译，广西人民出版社，2018，第 8 页。

清末民初的文化批判，正是当时的知识精英意识到了中国国民种种劣根性产生的根本原因在于以儒家文化为核心的传统文化，并且对其进行了坚决的否弃，同时肯定了来源于西方的“他者”——现代国家的观念和国民意识、科学精神和人文精神——同时希望在“他者”的照彻之下反求诸己，从而达到自身的目标指向。“吃人”这一文学意象从最初的蛮夷想象演变成一种叙事现象，正是在这样一种宏观语境之下，通过对旧体制、旧文化、旧道德的批判而实现的。

三、“吃人”叙事小说中的文化批判

“中国的文学艺术一直也扮演着启蒙先驱的角色。‘文学革命’在文化层面上率先触发了中国社会由传统向现代转变。”① 学术界一般认为，发生了戊戌变法的1898年是中国小说由传统向现代嬗变的一个重要转捩点。从这一年开始，以“进化论”为代表的大量西方理论资源进入中国，为小说转变的发生提供了思想基础。同时，大量留学生在海外——主要是日本——的学习和深造，使当时的知识界对中国的传统文化、国家现状、民族弱点等都有了相对深刻的了解。这就决定了在清末民初启蒙、解蔽、救亡的宏观语境之下，狭义的民族反省、国民性批判和文化批判共行且相互交叉、缠绕，具体反映到“吃人”叙事想象之上，出现了三种较为清晰的指涉。

一是文明程度和文化观念的落后。在晚清之前的中国历史上，中国人一直认为中国就是天下的中心，而中华文明则被视为天下唯一的文明。从“夷狄之有君，不如诸夏之亡也”到“夷夏之防”，无不体现了中华文明创造者对自身文明的自信与自负。这种自信与自负是无意识和不自知的，这正如帕斯所说，“传统主义的人们毕生沉浸在他们的

① 陈晓明主编：《现代性与中国当代文学转型》，云南人民出版社，2003，第12页。

过去之中而从不质疑。他们对传统毫无知觉，他们与它共生，活在其中”①。虽然在漫长的历史长河里，中华文明确实处于领先世界的位置，但是到了近代这种情况却发生了令人猝不及防的变化。在开始于晚清的一系列巨变中，“西方文化就像一面镜子，使中国人获得了自我镜像”②，列强的入侵和西方先进文化带来的震撼，给当时的启蒙先锋带来了醍醐灌顶般的解蔽作用，他们开始意识到中国的传统和传统文化的现状——“对传统的批判就发端于察觉到自己属于一个传统”③——以及文化观念、文明程度的落后，并且以西方文化为武器展开了对传统的批判，这种批判最早出现在韩文举的短篇小说《人肉楼》中。这部小说最重要的主题就是革命排满，但其对晚清落后的文明程度的批判也不可忽视。在天冶子被吃，华胥帝大举进军“遂迫其国”、解决了“扪焦人”之后，他说“吾种不同须陀，非易烹也。岂有野蛮烹文明者乎”听闻此话“须陀人”才明白“扪焦人专食我种也”——野蛮的“扪焦人”之所以能够专以“须陀人”为食，是因为“须陀人”的文明已经落后到了任人宰割的地步。在晚清翻译小说《鲁滨孙飘流记》中，译者同样借鲁滨孙之口对已经落后于世界的中华文明进行了批判。比如在《鲁滨孙飘流续记》的林译本中，林纾忠实地翻译了原著中对中国以及中国人的丑化描写——鲁滨孙在抵达中国之后，“以一种优越的姿态大肆贬低中国人，认为比起欧洲人来，中国人无论是社会结构、生活方式、科学技术、经济发展都落后很多，贫穷落后，却又骄傲自大，死要面子，所以就成了连美洲的印第安人都比不上的叫花子”④。

---

① ［墨西哥］奥克塔维奥·帕斯：《泥沼之子——现代诗歌从浪漫主义到先锋派（扩充版）》，陈东飚译，广西人民出版社，2018，第15页。

② 杨春时：《五四“传统文化批判”的历史经验》，《上海文化》2019年第6期。

③ ［墨西哥］奥克塔维奥·帕斯：《泥沼之子——现代诗歌从浪漫主义到先锋派（扩充版）》，陈东飚译，广西人民出版社，2018，第15页。

④ 刘小刚：《清末民初翻译文学中的西方形象》，浙江大学出版社，2017，第230页。

虽然笛福对落后中国文明的描写基本上属于18世纪初期西方对遥远中国的蛮夷想象和有意丑化——彼时的中国还没有堕落如晚清一样——但林纾仍然忠实地翻译了这些内容。“笛福一方面指出中国的贫穷落后，另一方面贬低中国人的人格，这两方面在林译中都得到了展现”①，这在清末启蒙语境之下无疑是有特殊用意的。据学者刘小刚研究，林纾在翻译鲁滨孙诋毁中国的情节时曾拍案而起、怒不可遏，“余译此愤极，至欲碎裂其书，掷去笔砚矣。乃又固告余曰：‘先生勿怒，正不妨一一译之，令我同胞知所愧耻，努力于自强，以雪此耻。’余闻言，气始少静，故续竟其书”②。林纾的目的是显而易见的，他希望通过翻译笛福在18世纪初对中国文明和中国人的丑化想象、借鲁滨孙的话语批判清末中国文明的落后——此时已经是真的落后——来激励国人自立自强，从而使落后的现状得到改变。

二是民族精神的缺失和民族心理的病态。戊戌变法之后，随着中国知识界对西方文化的加速认同，彼时中国的文明程度落后、传统文化对人的禁锢、政治体制存在的不足和缺陷都在来自西方的“他者”照彻之下，成为各个阶层的广泛认同，对国民精神缺失和病态民族心理的批判也体现在“吃人”叙事之上。在《人肉楼》中，主人公天冶子在“人肉楼”中看到了稳坐吃人的老妪和少年，而众多等待被吃的“须陀人”竟然会争先恐后、迫不及待地喊出“吃我、吃我”。韩文举正是通过这一细节的描写，表现了“须陀人”在面对残酷吃人的“扪焦人”之时，不但不知道反抗，反而出现了要主动献身于吃人蛮族这样的反常行为，从而用讽喻和影射的手法，对当时汉民族的精神缺失和民族的病态心理进行了批判。在另外两部翻译小说中，这一点也有

① 刘小刚：《清末民初翻译文学中的西方形象》，浙江大学出版社，2017，第234页。

② 达孚：《鲁滨孙飘流续记》，林纾、曾宗巩译，商务印书馆，1914，第56页。转引自刘小刚《清末民初翻译文学中的西方形象》，浙江大学出版社，2017，第234页。

明确的体现。在陈景韩翻译的《食人会》中，译者在"批解"中写道，"我译此篇，我知食人之事，虽不多见，然世界物竞，无一非食，食人名誉、食人财产、食人事业、食人心思才力者，无时蔑有，又为之一感"。虽然"吃人"的事并不是经常发生，但通过马克·吐温的故事反观诸己，才能发现国家的腐败和民族的病态，这正是译者欲通过这部小说想要表达的核心思想。在冒险小说《食人国》中，河北觉生通过"小序"批判了"终日梦梦"的国人，指出其缺乏冒险的精神和勇毅的性格，并在正文中借日本青年之口说道："仆素耻我政府当局诸公，每遇外交事件，不问事之大小，率以仰承外人之鼻息为其本能。吾辈铁血男子，岂可效彼等软骨汉之所为哉?"深刻地批判了清政府的软弱无能。

三是国民素质不足和国民性批判。杨联芬认为，"批判国民性，是一个发端于晚清启蒙运动，而在五四演化成为中国现代文学重要思想范畴的话题"，这种观点是正确而且中肯的。前文中笔者论述过，国民性批判既可以看作清末民初启蒙运动的重要主题，也可以看作对传统文化进行批判的重要手段。甲午战败之后，严复在《原强》一文中提出了"开民智、厚民力、明民德"的"三民主义"，从正面上看是对民智、民力、民德的大声呼吁，从反面上看却是严复对当时国民劣根性的检讨和批判。到了戊戌变法失败和庚子事变之后，国民性批判逐渐成为蔚然大观的社会思潮，其批判的指向主要集中在国民的奴隶性之上。邹容在《革命军》中就已经把中国"二十四朝"的历史定义为"一部大奴隶史"；梁启超在其理论体系中，把中国的"风俗"——"即人心风俗，指国民普遍的心理和习惯"[①]——归纳为"奴性""愚昧""为我""好伪""怯懦""无动"六点，其中最重要、最核心的便是"奴性"，这也直接影响了鲁迅在五四前后的文学创作。如果说晚清

① 杨联芬：《晚清至五四：中国文学现代性的发生》，北京大学出版社，2003，第170页。

对国民性的嘲讽和批判是民族反省的重要部分，那么五四时期的国民性批判则是对传统文化批判的重要手段，这种批判的直接目的是完成国民性重建。五四作家群中，对国民性问题探讨最多、批判最深刻的就是鲁迅。"1925年以前鲁迅的思想成分中，国民性理论占据了非常重要的部分。在批判国民性和评价中国传统文化上，鲁迅代表了五四最激进的西化派。"① 在他的小说世界中，对中国传统文化进行了全面、彻底、猛烈、深刻的批判，并企图通过这种批判，塑造健康向上、自立自强、勇敢坚毅的国民性格，从而达到改造民族文化，实现"立人""立国"的目标。

在从清末到民初二十年的时间里，对国民性的反思和批判、对中国传统文化的批判一直是小说家关注的主流社会思潮，是"吃人"叙事现象所体现的重要启蒙话语。在《人肉楼》中，采用隐喻和影射手法的文本通篇都可以看作批判性叙事，深受革命排满思想影响的韩文举毫不留情地对甘心被吃的"须陀人"——当时的国人——的愚昧进行了批判：奴颜婢膝、不敢冒险、没有反抗精神的民族，即使再有悠久的历史和灿烂的文化，最终也逃不掉被吃的命运。在冒险小说《食人国》中，河北党生以自己见了一条小蛇都要逃跑的自我反省，对国民素质的不足进行了深刻的反思，希冀中国青年能像三位日本探险家那样，做到"组织团结，冒危险、赌生命，深入此鬼蜮"，从而达到救国救民的目的——这无疑是对健康国民性的向往和呼吁。鲁迅对国民性和传统文化的批判贯穿了其思想基础形成的过程和文学活动的时空。许寿裳先生曾回忆道，"鲁迅在弘文时，课余喜欢看哲学文学的书。他对我常常谈到三个相连的问题：一、怎样才是理想的人性？二、中国国民性中最缺乏的是什么？三、它的病根何在？这可见当时他的思想

---

① 杨联芬：《晚清至五四：中国文学现代性的发生》，北京大学出版社，2003，第192页。

已经超出于常人”①。这也是鲁迅后来弃医从文的根本思考和原因，因为他已经发觉，“中国的呆子，坏呆子”单靠医学已经不能疗救了。从此时开始，鲁迅“对国民性劣点的研究，揭发，攻击，肃清，终身不懈，三十年如一日，真可谓鞠躬尽瘁，死而后已”② ——这也正是鲁迅小说文化批判的根本出发点和落脚点。他在其第一篇白话短篇小说《狂人日记》中，就表现出了对传统文化深入骨髓的批判和与传统文化彻底决裂的态度。他用“古久先生的陈年流水簿子”这一意象，既象征了以儒家文化为代表的传统文化和旧道德的强大和无处不在——即使只是“踹了一脚”，便也会遭到其追讨和迫害——又暗示了这种旧文化、旧道德实质上不过是专制社会和统治者“吃人”的工具，应该对其进行深刻、彻底的批判。对于传统文化的本质，鲁迅则给予了这样的评价：

> 我翻开历史一查，这历史没有年代，歪歪斜斜的每页上都写着“仁义道德”几个字。我横竖睡不着，仔细看了半夜，才从字缝里看出字来，满本都写着两个字是“吃人”！

在这部小说中，“狂人”的觉醒衬托了“庸众”的愚昧、自我、怯懦与奴性，“他们——也有给知县打过枷的，也有给绅士掌过嘴的，也有衙役占了他妻子的，也有老子娘被债主逼死的”，这些人虽然被知县、绅士、衙役等人欺压凌辱，但他们也不敢表现出一点“脸色”，相反却因为我只是踹了古久先生的簿子，他们便在遇到“我”的时候，或者“交头接耳地议论我”，或者“似乎怕我，似乎想害我”。《狂人日记》以犀利的笔锋借“狂人”之口揭出了封建礼教仁义道德背后掩盖

① 许寿裳：《我所认识的鲁迅》，中国文史出版社，2020，第 8 页。

② 许寿裳：《我所认识的鲁迅》，中国文史出版社，2020，第 9 页。

的“吃人”的本质，对封建文化和浸淫其中的“吃人者”虚伪的批判和对其罪恶的揭露，以及鲁迅对于国民劣根性的探讨，都是为了“要对传统文化进行彻底地改造和重新构建”①，而重建一切的基础首先便是打破那些虐杀人性的伦理纲常和封建专制统治，这也正是对传统文化最有力、最彻底的批判。暴露和批判的目的无疑是为了重建，在小说中“狂人”说：“你们立刻改了，从真心改起！你们要晓得将来是容不得吃人的人……”，这既是“狂人”对未来的憧憬，也是作为思想先驱的鲁迅对未来的想象。1928 年，鲁迅发表了翻译小说《食人人种的话》，这部小说讲述了一个好战的黑人部落“谟泰拉司”的吃人故事——他们曾经有吃掉敌人的传统，但自从“白人”渡海而来之后便改掉了这个恶习——黑人部落准备将在一次战争中俘虏的母女吃掉，但在部落人肉宴会之上吃掉母亲的同时，女儿一直在哭闹，最终导致大家心中的善念被唤起，小女孩才免遭劫难。这个种族曾经接受过“白人”的教化和启蒙，虽然吃敌人的肉是他们的传统，但是目前已经不吃了。然而现在，几乎空手而归、只带了母女两个俘虏的“谟泰拉司”勇士们，却因为小小的颜面问题、为了让父老和贪吃的女人们高兴，就轻而易举地恢复了这个传统，重新回到了野蛮时代。以此对比当时的中国，从清末开始的救亡图存与启蒙解蔽，不管是梁启超的“新民”还是鲁迅的“立人”，不管是国民劣根性的批判还是人性觉醒的呐喊，其目的均是为中华民族寻找一条自立、自强的复兴之路。然而，多年的启蒙运动却总是轻而易举地被现实“轰毁”，从洪宪帝制到张勋复辟，从“三一八”惨案到“四一五”政变……启蒙者的呼号奔走，革命者的流血牺牲，都抵不过一个堂而皇之的借口。而作为被启蒙者的民众，被唤醒且能够呐喊的人仍是少之又少。“传统”何其强大，启蒙又是何其脆弱呢？除了以上作品之外，汪静之发表于 1928 年

---

① 参见田建民《鲁迅、钱钟书论稿》引言，人民出版社，2015，第 4 页。

的小说《人肉》也对传统文化和封建道德进行了毫不留情的批判。在这篇小说中，道貌岸然的汪举人不但命令自己的太太和儿媳妇为“保全名节”而跳崖自杀，在跳崖之前甚至没有忘记把藏在太太身上的珍珠要回自己手中。当儿媳妇不愿意跳崖时，他甚至残忍地将其推了下去。后来他逃进深山区，在入冬之后食物极度匮乏之时，为了能够吃到新鲜的“米肉”，他用“生而辱不如死而荣”的理由，劝说被太平军侮辱过的妇人同意被吃。最终，他同丧失人性的乡民一起，残忍地杀害了妇人并分食了她的肉。汪举人无疑是旧文化和旧道德滋养出来的禽兽，而作者正是用汪举人的禽兽行为，将旧文化和旧道德妖魔化为禽兽生长的家园沃土。

在“吃人”叙事现象中，这些小说几乎是一场激情洋溢和全方位的对于自身——中国传统文化——的批判，其批判的本质目的是“一种与旧秩序的暴力决裂，以及一个新的，更公正、合理的秩序的建立”[①]。这一“秩序”在社会层面寄托了清末民初启蒙先驱、社会精英以及普通民众对未来国民与国家的想象；在文学层面则意味着对过去的告别和新文学的构建。正是在以上革命排满、民族反省和文化批判的精神向度之上，“吃人”叙事经过现代化转换，最终得以成为中国文学史上独有的文学母题和叙事现象，“吃人”意象也由最初的、原始的蛮夷想象演变成为文化理性批判的象征。

① ［墨西哥］奥克塔维奥·帕斯：《泥沼之子——现代诗歌从浪漫主义到先锋派（扩充版）》，陈东飚译，广西人民出版社，2018，第 43 页。

第六章　“吃人”叙事小说的现代性分析

在日本，开始于 19 世纪后期的中国人“食人风习”研究无疑是日本社会现代化过程中民族心理建设的需求，当然也可以理解为是现代性使然——“现代性可以被定义为那种其主要特征与传统文化特征相对立的文化状态”[①]——彼时的日本处于明治维新之后资本主义快速发展、企图和过去的自己告别从而脱亚入欧的年代。同时代的中国，则正在亦步亦趋地模仿着西方列强的声光电化、利炮坚船。然而，这种晚清洋务派眼中的“现代化”却随着甲午战争的失败而烟消云散。“晚清先锋知识分子认识到，西方文明作为一个由器物到精神的统一形态，实在是不可分割的整体；从物质文化到精神文化向西方看齐，是中国谋求独立富强所不可摆脱的命运，西方的政治、法律、思想学说被视为拯救国家的良药”[②]，文学同样被纳入其中。随着“晚清三败”[③]和“西学东渐”的影响，清末的社会结构、政治格局、经济面貌等各方面都出现了显著的变化。每一次军事和政治上的失败，都相应地带来意识形态领域思潮的发生，思潮带来变革、变革再走入失败，六十多年

① ［法］伊夫·瓦岱：《文学与现代性》，田庆生译，北京大学出版社，2001，第 25 页。

② 杨联芬：《晚清至五四：中国文学现代性的发生》，北京大学出版社，2003，第 1 页。

③ 指清朝后期两次鸦片战争、中日甲午战争和八国联军侵华战争的三次失败。

如此的轮回和摧残，使中国知识界完成了从“器变”“制变”到“意变”的认知过程，[①] 引发了声势浩大的文学革命和启蒙主义文学思潮，中国文学经历了文言/白话之变、小说地位之变、叙事模式之变等各种变化。显然，这也是现代性的需求，但这种需求却与日本的情况截然不同。明治维新之后，现代性要求日本从进化论和人类学角度完成对日本的形象建构，将作为日本文化一千多年“他者”的中国，从自身文化中逐步剔除[②]；而晚清的中国却在如饥似渴地寻找可以改良自我传统文化、帮助中国救亡图存的“他者”。在这个背景之下，“西方现代文化、思想及其价值观，作为‘文明’即现代性的范本，被介绍到中国”[③]，开始了一场深重忧患和热烈期待并存的思想启蒙运动。杨联芬认为，清末一系列的文学革新，都是为配合思想启蒙而产生的。实际上从 1898 年开始，小说理论的建立、题材的选择、人物的塑造等各个方面，无不统一于启蒙思想之下，“吃人”叙事自然也不例外。如果说从清末到民初启蒙思想经历了人性文学观、“新民”文学观、改造国民性、礼教批判和人性觉醒，那么“吃人”叙事小说则完整涵盖了这一范围，并体现出了这一时期中国小说的现代性之变。

---

① 梁启超：《五十年中国进化概论》，《饮冰室合集·文集》之三十九，中华书局，1989，第 43—45 页。

② 李冬木：《明治时代“食人”言说与鲁迅的〈狂人日记〉》，《文学评论》2012 年第 1 期。

③ 杨联芬：《晚清至五四：中国文学现代性的发生》，北京大学出版社，2003，第 2 页。

第一节 “吃人”叙事小说的现代性动力

一、中国文学“现代性”的发生

在清末民初社会变革的大背景下，当时的社会结构、政治格局、经济面貌等各方面都出现了显著的变化。中国的文学同样经历了文言/白话之变、小说地位之变、叙事模式之变等各种变化。但这一切都是显性的，是每一个当事人、观察者、研究者轻易就能感知的变化。而促使这些变化发生的隐性内在动力，便是“中国文学的现代性”。学者林超霞认为，“它通过影响世界、作家和读者，进而改变文学生成的形态和传播方式，促成文学思潮的诞生和历史涌动，因此文学思潮是文学对现代性的反应”①。南开大学学者耿传明也提出，中国近代文学的现代性起源有两大背景不可忽略，“一是上海等不同于传统城市的现代通商口岸、贸易中心城市的出现。……其次近代文学的变革与甲午之后社会群体心态发生的一系列的剧烈震荡直接相关，这种一系列的震荡使得文学进入了一个走向现代的急剧变革期，文学不管在写什么还是在怎么写方面都开始脱离旧轨，也明显区别于甲午之前 50 余年的‘近代文学’”②。

中国文学的“现代性”来源于西方，这一点毋庸置疑。但学术界还有一个很重要的共识，那就是中国文学“现代性”有着自己的现实情况和特点，这是大部分学者都认可的，尽管他们可能在对“现代性”

① 林朝霞：《现代性与中国启蒙主义文学思潮》，博士学位论文，厦门大学，2007。

② 耿传明：《清末民初小说中“现代性”的起源、形态与文化特性》，《文学评论》2010 年第 5 期。

的认知和定义上有着截然不同的观点。杨春时认为，“中国现代性是从西方引进的，具有现代性的一般性质的同时又有自己的特殊性。如果说西方现代性是‘脱神入俗’的话，那么中国的现代性则是‘脱圣入俗’”①。杨联芬也认为，“中国的现代性，是对西方近三百年（如从文艺复兴时算起则更长）历史进程中积淀的现代性文化资源进行整合和接受的结果，所以中国的现代性本源在西方，而又与西方现代性不同”②。王富仁先生对造成这种不同的根本原因有过论述，他说：“毫无疑义，中国现代社会、中国现代文化、中国现代文学的生成和发展与西方社会、西方文化、西方文学的影响是密不可分的，但中国现代社会、中国现代文化、中国现代文学的‘现代性’却不等同于‘西方性’和‘西方的现代性’。这里的原因是不言自明的，因为中国的‘现代性’是在中国人的社会历史的时间观念变化的基础上生成的，是中国人感受和理解中国社会历史发展及其状况的一种意识形式”③。按照杨春时的观点，西方现代性的理性精神是建立在与神学的对立之上的，“中世纪神学在禁锢人的感性欲望的同时，也以盲目的信仰否定人类理性，因而在文艺复兴的感性解放之后，启蒙运动又以理性取代了神性的权威，这就是完整的世俗化的‘祛魅’过程”④，而中国的现代性则是理性精神对以儒教为主的传统文化、道德礼教的反思，是对建立在这一基础上的封建、半封建专制政权的反抗，即“以理性祛专制权威、圣经贤传之魅”。这种反思和反抗还夹杂着更迫切的救亡图存的需求，既憧憬通过西方现代性的引入达到富国强兵之目的，又希望破解列强环伺、亡国灭种的危机。

中国文学的“现代性”并不是在五四期间突然出现的，而是经过

① 杨春时：《现代性与中国文学思潮》，生活·读书·新知三联书店，2009，第5页。

② 杨联芬：《晚清至五四：中国文学现代性的发生》，北京大学出版社，2003，第7页。

③ 王富仁：《“现代性”辩证》，《北京师范大学学报（社会科学版）》2013年第5期。

④ 杨春时：《现代性与中国文学思潮》，生活·读书·新知三联书店，2009，第3页。

了晚清至五四期间几十年的思想准备。笔者认为，以“小说界革命”为代表的清末文学革命与五四文学革命二者之间并不是割裂的，实际上是一种文学运动的两个不同阶段，梁启超企图通过“新小说”进行“新民”和“改良群治”的政治启蒙，正是五四启蒙运动的先声。“晚清小说的繁荣，基本是在启蒙、救国的激情下形成的，而关于小说艺术方面的探讨，则经过晚清、民初对西方小说的大量译介、模仿，积淀到五四方成雏形……而在晚清小说创作中难以兼顾的‘启蒙’与‘艺术’二者，经过周氏兄弟晚清阶段对西方文学的选择和思索，最终以‘人的文学’这一范畴，在五四的理论中达成统一。”① 在这个长达二三十年的过程中，不断出现文学和社会学的词汇都带有一个“新”字，如“新小说”“新民”“新政治”“新道德”“新文学”等。笔者认为，这里的“新”，既是文学现代性的要求，也是在文学变革中所被期望达到的结果。“中国社会、中国文化、中国文学的‘现代性’正是形成于五四新文化、新文学运动，与那时所说的‘新’是基本相同的一个文化概念。”②

二、“现代性”动力对“吃人”叙事的赋能

毫无疑问，在从鸦片战争到五四运动之间的近八十年时间里，特别是甲午之后，“现代性”在促使中国社会发生深刻变革的同时，也加速了文化、文学的转型。对于近代中国所发生的变化，梁启超曾作过这样的描述：

> 近五十年来，中国人渐渐知道自己的不足了。这点子觉悟，一面算是学问进步的原因，一面也算是学问进步的结果。第一期，

① 杨联芬：《晚清至五四：中国文学现代性的发生》，北京大学出版社，2003，第 17 页。

② 王富仁：《“现代性”辩证》，《北京师范大学学报（社会科学版）》，2013，总第 239 期。

> 先从器物上感觉不足。……很觉得外国的船坚炮利，确是我们所不及。对于这方面的事项，觉得有舍己从人的必要。……第二期，是从制度上感觉不足。自从和日被打了一个败仗下来，国内有心人，真像睡梦中著了一个霹雳，因想到堂堂中国为什么衰败到这田地，都为的是政治不良，所以拿“维新变法”做一面大旗，在社会上开始运动。……第三期，便是从文化根本上感觉不足。①

作为晚清民国的启蒙先驱与风云人物，梁启超非常清晰、透彻地掌握了中国人近五十年来的思想变化和“现代性”认知。他写下这段话的时候已是 1923 年初，彼时鲁迅的《狂人日记》已发表近五年、小说集《呐喊》也即将出版，新文学运动正在迅速扩张。茅盾曾将新文学运动的前十年分为了两个阶段，即前五年 1917 年到 1921 年和后五年 1922 年到 1926 年。他认为从 1922 年开始，“一个普遍的全国的文学活动开始来到”②。他高度评价了 1922 年开始的文学界的繁荣，“这几年的杂乱而且好像有些浪费的团体活动和小型刊物的出版，就好比是尼罗河的大泛滥，跟着来的是大群的有希望的青年作家，他们在那狂猛的文学大活动的洪水中已练得一副好身手，他们的出现使得新文学史上第一个‘十年’的后半期顿然有声有色”③。这同样也证明了“现代性”成了推动中国文学演进的有效动力。“现代性”的产生始于欧洲文艺复兴之后启蒙运动兴起之时，在这一时期，“宗教统治瓦解，神圣与世俗分离，感性与理性也冲破宗教蒙昧而独立，同时产生了对感性和理性的反思（哲学、艺术等）”④，在对一切诸神的否定和消解、对一

① 梁启超：《五十年中国进化概论》，《饮冰室合集·文集》之三十九，中华书局，1989，第 43—45 页。

② 茅盾：《中国新文学大系·小说一集·导言》，上海文艺出版社，2003，第 5 页。

③ 茅盾：《中国新文学大系·小说一集·导言》，上海文艺出版社，2003，第 8 页。

④ 杨春时：《现代性与中国文学思潮》，生活·读书·新知三联书店，2009，第 1—2 页。

切价值标准的反思以及对民众的启蒙基础之上产生了西方的现代性。通过西方学者的各种论著不难发现，西方现代性基本是沿着思想文化变革、社会制度变革和工业技术进步的路径发生、发展的，这一发展路径的前提是当时的欧洲并不存在强大的敌人，所以也就没有列强环伺、亡国灭种之危险。欧洲的思想家所需要对抗的仅仅是宗教对感性的蒙蔽、信仰对理性的否定，启蒙运动则是以理性否定并取代神性的权威，以达到“在一切事情上都有公开运用自己理性的自由”[①] 之目的。

早在1985年，黄子平、陈平原、钱理群就曾提出，在20世纪中国文学的研究中，“存在着一个以‘民族—世界’为横坐标，‘个人—时代’为纵坐标的坐标系，二十世纪中国文学的每一个创造，都必须置于这样的坐标系中加以考察”[②]。本着这一原则，反观前文梁启超所言中国的“器物—制度—文化”之变，中国现代性发生的路径，恰好与西方相反，这正是由清末民初中国独特的政治社会环境和民族危机所决定的。“十九世纪中叶以来西方对中国的掠夺、侵蚀、欺侮，中西民族之间的不平等关系，中国现代化启动的‘不情愿’，中国传统文化心理与制度的复杂性，都决定了中国现代性既是以西方为范本的，同时又具有它自身的复杂、艰难和曲折。”[③] 在清末民初的中国，存在着一个压倒一切的矛盾，即救亡图存的紧迫性，也可以理解为建立现代民族国家的紧迫性。如果说鸦片战争之后的所谓“师夷长技以制夷”——以学习西方工业技术为目的的洋务运动——是因为彼时的大清还保持的天朝上国的优越性，那么甲午战争之后的戊戌变法、庚子事变之后的“遮羞变法”和不久以后的辛亥革命，其目的均在于企图迅速改变政

① 康德：《答复这个问题：“什么是启蒙运动”》，《历史理性批判文集》，何兆武译，商务印书馆，1997，第24页。

② 黄子平、陈平原、钱理群：《论“二十世纪中国文学”》，《文学评论》1985年第3期。

③ 杨联芬：《晚清至五四：中国文学现代性的发生》，北京大学出版社，2003，第3页。

体、达到富国强兵的目的。政治腐败、社会动荡、列强环伺的危局，并没有留给启蒙主义太多的时间。在 19 世纪末引进中国的进化论影响下，“怎样使中国成为‘适者生存’现代演进中的民族主体，以免被世界历史淘汰（‘亡国灭种’）成为启蒙论述的焦点”① ——代表着西方现代性的，以塑造自由、理性之个人为目的的启蒙主义，在清末民初的中国似乎演变成一种政治启蒙。正是这种不同于西方的“现代性”，使“建立以‘民族’为主体的现代民主国家，成为中国启蒙主义者和政治革命家的共同目标”②。法国文化人类学家乔治·巴朗蒂耶认为，现代社会与传统社会的最大差别就在于文化绝对基准点的消失，传统的“方位基点为使人们摆脱混沌无边的现实，生活在一个井然有序的世界提供了一个方位参照体系”③。在从 19 世纪中叶到 20 世纪初的近七十年时间里，随着西方对中国军事、文化等方面的入侵和影响，作为中国社会的“文化绝对基准点”逐渐消解，参照系也不复存在了。在“混沌无边”的现实中，在落后、腐败的政治氛围和混乱的文化环境中，要想建立一个“井然有序”的新的中国，首先必然重新建立一个新的基准点和参照系，这恰恰是对“现代性”的必然反映并以其作为隐性的动力和精神内核。王富仁先生在《“现代性”辩证》一文中说，“‘现代性’不仅仅表现为一种性质和特征，一种区别于中国古代社会、中国古代文化、中国古代文学的中国现代社会、中国现代文化、中国现代文学的性质和特征，同时也表现为一种‘力量’，一种‘能力’，一种从中国古代社会、中国古代文化、中国古代文学传统的束缚和禁锢中解放出自己而获得自身的自由的‘力量’或‘能力’”④。这种力量和能力带来的就是“涉及各种经济的、政治的、社会的以及文

① 杨联芬：《边缘与前沿——杨联芬学术论集》，北京新星出版社，2018，第 340 页。

② 杨联芬：《边缘与前沿——杨联芬学术论集》，北京新星出版社，2018，第 340 页。

③ ［法］伊夫·瓦岱：《文学与现代性》，田庆生译，北京大学出版社，2001，第 26 页。

④ 王富仁：《“现代性”辩证》，《北京师范大学学报（社会科学版）》2013 年第 5 期。

化的转型”①。

基于以上考察和研究，笔者认为清末民初中国文学的“现代性”具有宏观和微观两个向度的指涉。在宏观层面首先表现在价值体系和文化逻辑的变化之上。对现代社会科学、民主、自由等一系列新的价值标准的向往直接导致了思想变革和文学革命，从梁启超的“新民”到鲁迅的“立人”，其终极目的在于“立国”，从而找到破解“亡国灭种”困局的路径，这是对“现代性”的基本特征之一——理性——的直接体现。其次是“人”的发现和觉醒，“以个体的人为出发点创造了人的文学”②。这是对“现代性”另一个基本特征主体性的直接体现，而“主体性原则既是现代思想观念的首要特征，也是启蒙理想的核心内容”③。再次是中国文学在“现代性”这一精神内核和隐性动力作用下的求新、求变。从洋务运动到维新思潮，从“小说界革命”到五四文学革命，“不论是胡适的白话文主张，还是鲁迅的立人思想，凡是具有‘现代性’的事物，后面都应该是一个删节号，是为后来的发展留下了无限的发展空间和时间的事物，而不是一个句号，不是一个所有人只能到此为止的历史的终点。——真正具有新的社会历史发展观念的人，绝对不会画地为牢”④。正是“现代性”的引进以及中国文学现代性的发生，为“吃人”叙事在晚清民国的发展注入相应的动力，使其发生了值得重视，却又被学术界部分忽视的现代性转换。在微观层面，清末民初中国文学“现代性”体现的则是这一时期文学的现代化，是清末民初思想家、文学家对西方“现代性”的寻求最终具象化为文学革命中出现的各种变化，这一点在中国现当代文学史的各种教程、

① 宋林飞：《西方社会学理论》，南京大学出版社，1997，第468页。

② 林朝霞：《现代性与中国启蒙主义文学思潮》，博士学位论文，厦门大学，2007。

③ 齐琳正：《哈贝马斯的现代性理论——兼论现代性视阈下中国社会的启蒙问题》，硕士学位论文，华中师范大学，2017。

④ 王富仁：《“现代性”辩证》，《北京师范大学学报（社会科学版）》2013年第5期。

论著中均有体现。

第二节 “吃人”叙事小说的启蒙思想之变

“吃人”叙事最为显著、激烈、迅捷的转变，发生在清末民初二十多年的时间里。伊夫·瓦岱认为，“启蒙主义和革命进步主义在十九世纪延续了很长一段时期，在这段时期，现代社会为一种动力所左右，‘进步’和‘理性’势力的发展曲线呈上升趋势”①。这自然是从正面、积极的角度出发来考量现代性，在这种观点之下，现代性使事物的发展充满张力与活力，它本身会成为历史进步所依赖的动力和背景；但如果反而观之，消极地理解现代性就会发现，它将使事物的发展充满矛盾性、冲突性和断裂性。清末民初的小说正是在启蒙与救亡的语境之下，一边执着地追求着“进步”和“理性”，一边在与传统的矛盾和冲突中，企图通过对传统的批判而告别传统。

一、“吃人”叙事现象的两次突变

从宏观上看，清末民初无疑是一个大变革的时代。“变”不仅是社会、政治的变革，小说同样处在变化之中。从 1897 年到 1900 年，严复、康有为、梁启超等人陆续发表了关于小说的文章和理论，比如严复所提的“公性情”之说；康有为主张的“‘六经’不能教，当以小说教之；正史不能入，当以小说入之；语录不能喻，当以小说喻之；律

① [法] 伊夫·瓦岱：《文学与现代性》，田庆生译，北京大学出版社，2001，第 31 页。

例不能治，当以小说治之”①；梁启超对文字与语言合二为一，专用俚语、广著群书的主张以及“特采国外名儒所撰述，而有关切今日中国时局者，次第译之”的做法和号召，无疑都是“小说界革命”与五四文学革命的前奏和理论预演，但其均因为缺乏创作实践的跟进而成为曲高和寡的流水落花。然而，这一切并没有因为缺少创作实际而成为无用功，“戊戌变法前后文学界对西洋小说的介绍、对小说社会价值的强调，以及对别具特色的‘新小说’的呼唤”②，都在为即将到来的中国小说的“突变”打基础、做铺垫、积蓄力量。“吃人”文本存在于近代文学的范畴，毫无疑问会随着近代文学的突变而发生变化，所以它具有的突变性同样不可忽略。

第一次突变出现在戊戌变法之后的1902年到1907年，突变的契机是庚子事变的刺激导致革命思潮的抬头和“小说界革命”的发起。在这期间，“新小说”理论框架基本成型，并出现了新兴的文学刊物和新闻杂志，大量来自西方和日本的作品被翻译成中文并广为流传，一批革命派和维新派作家开始走上历史舞台。“吃人”文本随着这一潮流，发生了第一次突变，其标志为韩文举《人肉楼》以及有关“吃人”叙事的翻译小说的发表。第二次突变出现在五四运动前期和初期，即从梁启超发起的“小说界革命”向五四文学革命演进的过程之中。梁氏的“小说界革命”发起后，“新小说”出现了短暂的繁荣，但是不久后便出现了分化、退潮的趋势。“自宣统元年（1909年）开始，小说界整体逐步步入低潮，进入一个调整期。而此时距轰轰烈烈的‘小说界革命’不过数年，倡导者们‘祖国思想言论之突飞大业必自小说家成之’

① 陈平原、夏晓虹：《二十世纪中国小说理论资料·第一卷（1897年—1916年）》，北京大学出版社，1989，第13页。

② 陈平原、夏晓红：《二十世纪中国小说理论资料·第一卷（1897年—1916年）》，北京大学出版社，1989，第1页。

的豪言壮语言犹在耳，但小说界却突然出现了此等令人尴尬的局面，真是甚煞风景。”[①] 1915 年，“小说界革命”的发起者梁启超在《告小说家》一文中痛心疾首地说：“而还观今之所谓小说文学者何如？呜呼！吾安忍言！吾安忍言！其什九则诲盗与诲淫而已。”[②] 当初志在“新民”“改良群治”的“小说界革命”，至此已经令梁氏捶胸顿足、呜呼哀哉了。小说虽然被梁启超等维新派思想家认定为“文学之最上乘”，“已经形成压倒其他文学作品的文化生存环境。但‘新小说’附属于维新运动，它本身的独立地位甚差，所以一旦政治陷落，谴责小说流入‘黑幕’，狭邪小说转化为‘鸳蝴’，商品化给小说带来的媚俗倾向便同时抬头。而且小说的文体虽然起了变化，却仍然难以摆脱文言的束缚，文言章回体无可挽救地处于衰败挣扎之中，这就是‘五四’小说发生前的景象”[③]。1917 年 1 月，胡适在《新青年》杂志上发表了《文学改良刍议》，提出文学改良应从“八事”入手；同年 2 月，陈独秀在《新青年》上发表了《文学革命论》。在胡、陈的理论文章的基础上，钱玄同、刘半农等人开始把改革和批判的矛头指向了旧小说。所谓旧小说，“主要是指五四前二十年中国文学潮流枯竭期充斥文坛的‘鸳鸯蝴蝶派’的小说，其中又以‘言情’（‘哀情’）小说，‘聊斋’体文言笔记小说以及‘黑幕小说’为主”[④]。这些小说出现和流行的年代，恰好起源于梁氏“小说界革命之后”、兴盛于五四文学革命之前。钱玄同在给陈独秀的信中说：“旧小说中十分之九，非诲淫诲盗之作，即神怪不经

---

① 谢仁敏：《晚清小说低潮研究——以宣统朝小说界为中心》，中国社会科学出版社，2013，第 43 页。

② 陈平原、夏晓红：《二十世纪中国小说理论资料·第一卷（1897—1916 年）》，北京大学出版社，1989 年，第 484 页。

③ 钱理群、温儒敏、吴福辉：《中国现代文学三十年》，北京大学出版社，1998，第 52—53 页。

④ 朱文华：《中国近代文学思潮——从戊戌前后到五四文学革命》，贵州教育出版社，2004，第 270 页。

之谈，否则以迂腐之见解，造前代之野史。最下者，所谓‘小姐后花园赠衣物’、‘落难公子中状元’之类，千篇一律，不胜缕指。”① 两个月后，刘半农则从创作手法上指出了旧小说的弊端：

> 至于吾国旧有之小说文学，程度尤极幼稚。直处于“Once upon a time，there was a……”之童话时代。试观其文言小说，无不以“某生，某处人”开场。白话小说，无不从“某朝某府某村某员外”说起。而其结果，又不外“夫妇团圆”“妻妾荣封”“白日升天”“不知所终”数种。《红楼》《水浒》能稍稍破其谬见矣。而不学无术者，又嫌其不全而续之。是可知西人所崇尚之“Half-told Tales”之文学境界，固未尝为国人所梦见②。

“文学革命理论在充满刺激性的论争中逐步完善……新文学的倡导者、先驱者和追随者们诉诸创作实践而获得的新文学运动的‘实绩’”③ 逐渐得到体现。然而在这一阶段里，文学改良的呼声不可谓不高、对旧小说的批判不可谓不深刻，可是从创作实践上来看，却尚无成形的、有影响力的新小说出现，这种情况一直持续到 1918 年。这一年，鲁迅《狂人日记》的发表，标志着“吃人”叙事发生了第二次突变。《狂人日记》发表之后，学术界开始关注“吃人”“吃人肉”“食人”等话题，陆续出现了与之相关的文学作品和学术研究。

二、“吃人”叙事所蕴含启蒙思想的转换

有学者认为，“文学现代化就是追寻文学现代性的实践过程；而文

① 钱玄同：《寄陈独秀》，《新青年》第 3 卷第 1 号，1917 年 3 月 1 日。

② 刘半农：《我之文学改良观》，《新青年》第 3 卷第 3 号，1917 年 5 月 1 日。

③ 朱文华：《中国近代文学潮流——从戊戌变法前后到五四文学革命》，贵州教育出版社，2004，第 286 页。

学的现代性就是文学为适应现代人的思想感情的表达和对自然社会的认识感受所应具备的性质特征”①。这种对文学现代性的理解未必是完全正确的，但它至少说明了文学现代化与文学现代性之间的关系。笔者曾在前文提到，清末民初的民族反省和国民性反思是中国在走向现代化过程中作为现代化精神内核的现代性动力的要求，对于中国小说的现代化来讲，其现代性动力首先在于反思性与批判性。这种反思和批判既伴随着文学家或者社会精英对现实的不满、对未来民族国家的想象，也蕴含着他们意图改变现状、立人强国的迫切希望。“现代性的批判理论在其激进的顶点当然诉诸社会革命”②，这也正是清末民初“小说界革命”和五四文学革命的本质动因。从文学本身来讲，文学革命有其非常明显且迫切的必要性，传统文学伴随着封建帝国“治—乱”的封闭式内循环的节奏，已经显现出沧桑老态。“至20世纪初，中国传统文学在‘文以载道’这一法则的权威的逼压下已钻进了愈来愈狭窄的黑胡同。传统文学曾经内蕴的灵性及其创造性的想象力，在那些充满学究气息、矫揉造作、四平八稳的‘八股式’诗文中表现出了惨不忍睹的退化。”③ 从文学的外部因素来看，启蒙与革命则是清末民初“小说界革命”和五四文学革命的思想根源。杨联芬认为，启蒙的指向是去掉蒙蔽，叫人明白。启蒙着眼人性，将塑造自由、理性、健全的“个人”作为目的，而革命将个人融入民族国家利益。④ 此种对于“启蒙”与“革命”的论述无疑是精确且深刻的，作为清末民初社会思想和文学革命的主调，其本质确如杨氏所论。但笔者认为，将启蒙与革命对立而置的做法是不客观且不科学的。如果把时间还原到清末民初，在当时的先觉者，诸如严复、韩文举、梁启超、谭嗣同、鲁迅等看来，

① 雷锐：《跨进现代——中国文学现代化之研究》，人民出版社，2022，第9页。

② 雷锐：《跨进现代——中国文学现代化之研究》，人民出版社，2022，第9页。

③ 赵小琪：《西方话语与中国新诗现代化》，中国社会科学出版社，2002，第88页。

④ 杨联芬：《边缘与前沿——杨联芬学术论文集》，新星出版社，2018，第338页。

民族国家意识的觉醒、建立强大的民族国家同样是启蒙所肩负的重要任务，所以无论是梁启超的“新民”，还是鲁迅的“立人”，其最终的指归都是“立国”。学者郑大华意识到了这一点，他在《晚清思想史》中说，“革命派在积极从事反清革命的过程中，也以饱满的热情批判封建专制主义、纲常名教和封建迷信，宣传资产阶级的人权、自由和平等思想，并提出了改造国民性的问题，为20世纪初期的思想启蒙做出过重要贡献”①。所以，启蒙与革命并不对立，从目的论来讲它们更应该是并肩而行且相互缠绕的。“我们实在难以把改良派的梁启超的文学主张和革命派的黄小配的文学主张截然对立起来”②，因为他们的思想中所蕴含的精神内核皆为启蒙。

具体到“吃人”叙事现象来说，从韩文举的《人肉楼》到鲁迅的《狂人日记》，再到汪静之的《人肉》，包括这期间有关“吃人”的翻译小说以及以隐喻性“吃人”为主要内容的小说，无一不是以启蒙为主调。所不同的是，随着不同年代社会思潮的变化，这些小说所承载的启蒙思想也随之而变。前文笔者论述了“吃人”叙事的两次突变，其所蕴含的启蒙思想自然也存在于这两次突变之中，只不过尽管被看作“突变”，但并不是突然发生的。1898年，在混沌的现实中，在落后、腐败的政治氛围和混乱的文化环境中，康、梁所主导的维新变法很快就失败了。这次失败一方面诚为晚清思想意识大变革提供了契机，使政治维新演变为思想启蒙；另一方面使梁启超取代了康有为，成了政治维新的主将。同时，变法的失败导致康、梁外逃，这才使梁启超有机会接触日本乃至西方文学，才使他们真正地摸到了“西学”的边缘。于是，流亡海外的梁启超“一计不成又生一计”，发起了“小说界革

---

① 郑大华：《晚清思想史》，湖南师范大学出版社，2005，第265页。

② 陈平原、夏晓红：《二十世纪中国小说理论资料·第一卷（1897年—1916年）》，北京大学出版社，1989，第1页。

命”。在这种情况下，“新小说”的发展出现了第一个突变，而这第一个突变则是以鸦片战争之后长达六十年之久的思想准备为基础的。第一部以“吃人”为主要内容的小说便是前文多次提到的《人肉楼》。这部小说虽然出现在梁启超发起的“小说界革命”之前，但因其表现出的主题、所蕴含的启蒙思想以及对小说功用的指向等因素，故可以将其看作“小说界革命”的先锋。在本书第二章论述“吃人”叙事的形成时，曾提到在戊戌变法之前就已经有西方“食人”传说进入中国，并与中国历史上的“吃人”文本发生了双向互动，但那时的“食人”传说和“吃人”故事，还只是停留在对远方民族的蛮夷想象和妖魔化建构的阶段。而到了1902年《人肉楼》发表之时，韩文举已经将真实的、物理意义上的“吃人”转化为了影射残酷政治现实、批判满族专制统治、浓缩展示“人吃人”历史的政治寓言。

在清末民初的中国社会追寻现代性的过程中，借文学的手段解决政治的问题始终是一个思想倾向，韩文举则是较早使用这一手段的小说家。在西方的理论体系中，现代性始终被认为具有两重特性：“一为启蒙现代性，它指涉的是社会现代化和工业化进程相一致的价值观念和规范。一为审美现代性，它的内核主要有主体性、个体性自由等反现代化的因素构成，在这两重现代性中，20世纪的中国文学在整体上明显地表现出了对前者的看重和偏爱。”① 在戊戌变法之后的中国，先觉者们身处官场腐败、政治黑暗、社会混乱的环境之中，接踵而至的政治、军事上的失利，使之倍感自身文化中民族精神、国家意识的缺失，这让他们将目光投向了西方，企图在西方现代化思想中寻找并转化西方的启蒙理性思想来改造国家和民族，这就决定了在中国文学——特别是小说——的解构与重构的过程中，启蒙是它所肩负的第一个任务。《人肉楼》的作者韩文举在戊戌变法前是康有为弟子中坚定

① 赵小琪：《西方话语与中国新诗现代化》，中国社会科学出版社，2002，第89—90页。

的维新派之一，戊戌变法失败，流亡日本之后，又和梁启超一起“以更大的热情投身思想启蒙运动，创办报刊、译介西书、传播启蒙思想”①。在这个时期，韩文举与梁启超一起接受了革命派的排满思想，遂成为康有为弟子中受革命排满思想影响最深的一个。从对《人肉楼》的文本分析来看，这部小说所蕴含的启蒙思想自然还有其他向度，但都不是韩文举所要表达的主旨。虽然“现实的中国是‘人肉楼’，历史则充斥着禽兽的恶行”②，然而彼时的中国所面临的现实问题却比反思历史更加迫切。1860 年之后的屡战屡败导致清末的中国已经面临亡国灭种的危险，革命派认为造成这一切的根源就是清政府的昏庸无能和残酷无比的统治。《人肉楼》是维新派在接受了种族革命思想之后，对清政府残酷统治、压榨之下的汉族人民的政治启蒙，而这种启蒙的直接目的就是推翻异族统治、建立民族国家。

对于救亡与启蒙的关系，郑大华有一个精辟的论述，笔者深以为然。他认为，“20 世纪八九十年代，学术界有一种比较流行的观点，说是在近代中国所谓‘双重变奏’中，救亡压倒了启蒙。但就戊戌变法思潮来看，则恰恰相反，不是救亡压倒了启蒙，而是救亡推动了启蒙。启蒙思潮的兴起，又进一步推动着救亡运动向前发展。救亡与启蒙是一种相互推动、彼此促进的关系”③。因为韩文举特殊身份——康有为的学生、戊戌维新的主将、梁启超流亡日本的战友——的原因，启蒙与救亡的思想在其作品中均有体现。在《人肉楼》中，除了革命排满这一以救亡为目的的政治启蒙之外，来自西方的进化论思想、无政府主义与社会主义革命思潮等启蒙思想也都在其文本中有所隐含。这部

① 郑大华：《晚清思想史》，湖南师范大学出版社，2005，第 265 页。

② 朱军：《“吃人”叙事与中国文学现代性的开端——从〈人肉楼〉到〈狂人日记〉》，《中国现代文学研究丛刊》2015 年第 10 期。

③ 郑大华：《晚清思想史》，湖南师范大学出版社，2005，第 263 页。

小说出现的时间位于“现代文学‘史前史’”① 的位置，既是“吃人”叙事现象的第一篇作品，也被看作“小说界革命”的开路先锋。几个月之后，梁启超发起了“小说界革命”，这个口号是他在发表于1902年《新小说》杂志第1号中的《论小说与改良群治之关系》一文中提出的。这场文学革命自1902年起，至辛亥革命前逐渐衰落，在近十年的时间里“借助着当时国民日益高涨的政治热情，获得巨大成功”②。梁氏“小说界革命”的理论基点，便是《论小说与改良群治之关系》中所说的“欲改良群治，必自小说界革命始；欲新民，必自新小说始”。按照他的论述，如果不进行“小说界革命”，“一国之主权”将被“华士坊贾”掌握并操纵，国家的前途也将一片灰暗。从今人的视角来看，“小说界革命”最大的成就便是提升了小说在文学中的位置，“而诸文之中能极其妙而神其技者，莫小说若。故曰小说为文学之最上乘也”③。陈平原先生认为，梁启超“凭借政治的力量，把小说从‘小道’提升为‘大道’，这里并没有什么理论价值，可很有实践意义。就是这么一个不伦不类的口号，直接促成了清末民初小说界的繁荣，并间接引发了一系列很有意义的理论问题”④。笔者认为，梁启超在其小说理论中对译印“政治小说”的号召，在解构中国传统小说的同时为其引进了一个来自西方的“他者”；他的“新小说”的理论和创作实践，则为中国新小说的演变与重构提供了一个全新的范式。

---

① 朱军：《“吃人”叙事与中国文学现代性的开端——从〈人肉楼〉到〈狂人日记〉》，《中国现代文学研究丛刊》2015年第10期。

② 徐鹏绪、张俊才：《中国文学现代化的先导——近代文学发展论纲》，百花文艺出版社，1993，第181页。

③ 陈平原、夏晓红：《二十世纪中国小说理论资料·第一卷（1897—1916年）》，北京大学出版社，1989，第34页。

④ 陈平原、夏晓红：《二十世纪中国小说理论资料·第一卷（1897—1916年）》，北京大学出版社，1989，第4页。

梁启超这个“不伦不类的口号”对于启蒙的意义却甚为深远。他关于民族反省和国民性反思的集大成之作，是1902年到1905年发表于《新民丛报》上的《新民说》。“所谓‘新民’，也就是革新国民，用梁启超的话说即‘吾民之各自新而已’。”① 在他看来，“国也者，积民而成”，“民”是国家的基础和立国的根本，而“欲维新吾国，当先维新吾民”，这无疑是他从戊戌变法的惨痛失败中得出的认识和结论。当把《新民说》与《论小说与改良群治之关系》对读便可发现，梁启超不但论述了“新民”的重要性，还“从思想启蒙的要求出发，根据他对西方思想文化的理解，重点阐述了什么样的人才能称之为‘新民’”②，即“新民”应该是自由的，具有利群爱国之公德和权利、义务的观念，更具有冒险与进取的精神的国民。对于“新民”的手段，他在《论小说与改良群治之关系》中明确说，“欲改良群治，必自小说界革命始；欲新民，必自新小说始”，企图通过“新小说”的手段，在进行国民性反思和批判的基础上重建人们的道德理念和价值标准，通过人的现代化实现国家的现代化。可见，“小说界革命”的本质可以被看作以提升小说的地位、改变小说的题材为手段，以实现“新民”为目的的思想启蒙，这种启蒙行为的内核是中国文化在西方文化冲击下的自我更新和现代化转换。梁启超的理论在当时对于文学革命和思想启蒙来讲，影响都是巨大的，“‘小说界革命’的口号，是维新派为配合其改良群治的政治运动而提出的；但其基本主张适逢其时，很快打破了政治上党派的局限，得到了文学界有识之士的广泛欢迎。因此，政治倾向很不相同的‘新小说’理论家，在关于小说的功能及表现特征等理论主张上，并不曾势不两立”③。

① 郑大华：《晚清思想史》，湖南师范大学出版社，2005，第271页。

② 郑大华：《晚清思想史》，湖南师范大学出版社，2005，第272页。

③ 陈平原、夏晓红：《二十世纪中国小说理论资料·第一卷（1897年—1916年）》，北京大学出版社，1989，第1页。

“小说界革命”是从翻译西方和日本小说开始的，而这一时期选择并翻译域外小说基本上以梁启超所说“有关切今日中国时局者”为标准，这当然也会影响到“吃人”叙事现象的现代化转换。夏志清在《中国现代小说》中指出，“中国文学进入这种现代阶段，其特点在于它的那种感时忧国精神。那种中华民族被精神上的疾病苦苦折磨，因而不能发奋图强，也不能改变它自身所具有的种种不人道的社会现实”①，这也正是一些学者认为“整个20世纪的中国文学在总体上是争取现代性和现代民族国家”② 的原因。“于是，怎样使中国成为‘适者生存’现代演进中的民族主体，以免被世界历史淘汰（‘亡国灭种’），成为启蒙论述的焦点；启蒙运动一切有关‘新民’或‘立人’、‘国民’或‘个人’的理论阐述，都是围绕着建造现代中国民族主体这个根本目的的。”③ 而在清末的最后几年，最终承担起改造国民性、重塑文化价值体系重任的正是梁氏所提倡的“新小说”。李欧梵则认为，“感时忧国精神”最主要的一点，就是从道德的角度将当时的中国看作“一个精神上患病的民族……这种病根植于中国传统之中，而现代性则意味着在本质上是对这种传统的一种反抗和叛逆，同时也是对新的解决方法所怀的一种知识的追求”。在这样的大背景下，“吃人”叙事所蕴含的启蒙思想也顺理成章地发生了变化。在翻译小说《食人会》中，译者陈景韩就借马克·吐温的讽刺小说表达了对患有这种精神疾病的国家的担忧，他在小说的“批解”中说，“我译此篇，我知西人仅有此思想，而我国饥馑之岁，赤地千里，人相食者，时有所闻，又为之一感；我译此篇，我知食人之事，虽不多见，然世界物竞，无一非食，食人名誉、食人财产、食人事业、食人心思才力者，无时蔑有，又为

---

① 夏志清：《中国现代小说史》，复旦大学出版社，2005，第478页。

② 杨春时：《现代性与中国文学思潮》，生活·读书·新知三联书店，2009，第38页。

③ 杨联芬：《边缘与前沿——杨联芬学术论集》，北京新星出版社，2018，第340页。

之一感”。译者正是通过对自己翻译食人故事的感受，表达了对当时病态中国的担忧和批判，“陈景韩借用西方人的口吻对列强的倾轧、政府的腐败进行控诉，控诉各方势力操纵下的中国社会陷入了一种病态，一种亟待解救的非正常、非健康的状态”①。而在河北觉生所译的冒险小说《食人国》中，更是通过遇到一条小蛇都要骇而疾走的中国青年与“相与组织团结，冒危险、赌生命，深入此鬼蜮，以感化凶恶，救生灵于现世之地狱”的日本青年的对比，对当时中国的国民性——愚昧、无知、怯懦、缺乏冒险精神——进行了反思和批判，希冀通过这样的对比唤醒并启蒙“终日梦梦，如睡狮不知所惕惧”的国民。

到了五四期间，在思想启蒙运动之中知识精英有两个方面的抓手：一是抨击文化专制主义，倡导思想自由；二是广泛引进、吸收并运用西方文化。所以，“五四启蒙的核心内容就是以西方的民主科学为思想武器来揭露和批判几千年形成的封建专制的礼教规范与迷信落后的蒙昧心态”②。在五四新文学运动中出现的“吃人”叙事小说所体现的启蒙思想基本上与这一核心内容相契合，同时又具备独有的个性和内涵。墨西哥理论家奥克塔维奥·帕斯认为，西方的“现代性是作为对基督教永恒的批判开始的……永恒被废除了；未来取而代之登上了王位。现代性看到了统治自己的乃是变化的原则：批判。这种批判，被称为历史的变化，采取两种形式：进化与革命”③。从这个层面来看，基督教之于西方就如同传承几千年的封建专制文化之于中国，都需要通过批判来实现它的进化与革命，实现其现代化转换。而现代文学则“与

① 辛亭亭：《陈景韩的“三重身份”解读》，硕士学位论文，苏州大学，2015。

② 田建民：《鲁迅、钱钟书论稿》，人民出版社，2015，第120页。

③ ［墨西哥］奥克塔维奥·帕斯：《泥沼之子——现代诗歌从浪漫主义到先锋派（扩充版）》，陈东飏译，广西人民出版社，2018，第44页。

一个批判时代恰相契合，是一种批判的文学”①。学术界一般认为，鲁迅小说是“中国现代性意义最典型的表达，鲁迅本人的思想明白无误地显示出他对自由、民主、科学的现代性价值的追求”②，他正是希望通过以绝对独立的精神对中华民族传统文化进行激烈批判，对国民劣根性深刻反省，以达到重估一切价值的目的，最终实现“立人”的目标。五四之后出现的《食人人种的话》和汪静之的小说《人肉》，虽然已经处于“第一个十年”的后期，但其所蕴含的启蒙思想却是与前者一脉相承的。这些作品相比“小说界革命”前后韩文举、陈景韩、河北觉生等人的作品，其“吃人”叙事的启蒙思想有了明显的、新的变化。

首先是对封建旧文化——尤其是封建专制制度及其伦理道德“吃人”的本质——做出彻底的清算与批判。在《狂人日记》中，鲁迅借“狂人”之口说出了中国这“没有年代”历史，虽然充斥着所谓的“仁义道德”，但却“满本都写着两个字是‘吃人’”，中国是一个“四千年来时时吃人的地方”，而身处其中的人们都有着“四千年吃人履历”。从“吃人”叙事的发展来看，这与前代的“吃人”小说有一定的传承关系。在韩文举的《人肉楼》中，他用“广大无垠”的“人肉楼”影射空间层面的中国，里面分门别类地蓄积了大量人肉；用储存在“人肉楼”中不同时代名臣的肉——比干心、鄂侯脯、子胥目、方孝孺舌——在时间层面定义了中国四千年的历史实是一部“吃人”的历史。在陈景韩所译《食人会》中，则通过文后的“批解”指出在当时的中国，“食人名誉、食人财产、食人事业、食人心思才力”的事每时每刻都在发生，将物理意义上的“吃人”延展为社会意义的“吃人”，赋予

① ［墨西哥］奥克塔维奥·帕斯：《泥沼之子——现代诗歌从浪漫主义到先锋派（扩充版）》，陈东飚译，广西人民出版社，2018，第45页。

② 陈晓明主编：《现代性与中国当代文学转型》，云南人民出版社，2003，第13页。

了其更为深刻的含义。在清末民初的思想启蒙历程中，对封建专制主义和伦理道德的批判有一个从“大胆怀疑到无情批判”[①] 的过程，这两部小说的以上表达，正是作者对旧制度、旧道德的不满、怀疑和感叹。《狂人日记》直接“剥掉了涂饰这‘仁义道德’的中国历史的假面，赤裸裸地暴露出封建意识形态的‘吃人’实质”[②]。田建民先生认为，“鲁迅的启蒙思想是以‘立人’为旨归，以张扬个性反对奴性为突出特点”[③]，这一特点是建立在对旧体制、旧文化、旧道德、旧礼教进行深刻批判之基础上的，“狂人”的所谓“疯言疯语”恰恰是鲁迅小说启蒙的开始、批判的先声。在鲁迅的小说《药》中，自私、怯懦、愚昧、无知的庸众吃掉革命者的“人血”馒头只为治病；在《孔乙己》中，被强大的封建传统文化异化之后的孔乙己最终被旧文化、旧道德和“短衣帮”无情地吞噬；在《祝福》中，祥林嫂先是被道德礼教、三纲五常吞噬掉了精神，随后又被“吃”掉了肉体。在汪静之的《人肉》中，举人汪舜臣以保全名节为由要求他的太太和儿媳妇自尽，以“生而辱不如死而荣”的理由劝说被侮辱的妇人同意被他吃掉，塑造了一个被封建传统文化和道德礼教妖魔化了的形象，表面上仁义道德、内心却极度丑恶。结合以上作品来看，“吃人”叙事发展到五四时期，其对封建传统文化的批判主要体现在三个方面：一是对生成国民性弱点的病根，即传承几千年的、以三纲五常为中心的封建传统文化进行痛击，以激发对民族病态的疗救与改变；二是对使人民生活苦难且控制人们安于“吃人”传统的思想根源——壁垒森严的等级制度和传统礼教的精神枷锁——进行批判，意图实现人的觉醒；三是“从个性解放的要求出发反对吃人的家族制度和礼教，主张由觉醒的人来背负因袭

① 彭平一：《中国近代思想启蒙论要》，《中南大学学报（社会科学版）》2004 年第 3 期。

② 彭平一：《中国近代思想启蒙论要》，《中南大学学报（社会科学版）》2004 年第 3 期。

③ 田建民：《鲁迅、钱钟书论稿》，人民出版社，2015，第 120 页。

的重担，解放下一代，已达到改革社会的目的”①。

其次是从“新民”到“立人”的变化。早在戊戌变法失败之际，以梁启超为首的维新派思想家已经认识到了“中国所以会面临亡国灭种的危险，关键就在于中国的‘民智’未开，亦就是中国人民还处于愚昧状态，知识水平和思想觉悟不高”②。梁启超等人逃亡日本之后，分别于1898年12月和1902年2月先后创办了《清议报》和《新民丛报》来进行启蒙宣传。《清议报》的主旨是“广民智，振民气也”③，《新民丛报》更是梁启超在认识到中国积弱不振的根源在于国民公德匮乏、智慧不开的现状之后，将“以为欲维新吾国，当先维新吾民”作为宗旨而办的报纸，并从创刊号便开始连载《新民说》。韩文举作为康有为的弟子、梁启超的战友，是《新民丛报》的主要写手之一。在他几乎是与《新民说》同期发表的小说《人肉楼》中，“须陀人”二百多年来甘愿被“扪焦人”吃掉，不但不去反抗而且竟然争先恐后地主动要求“吃我吃我”，自然能够看到梁氏所云愚昧、怯弱、奴性等方面的国民劣根性以及“新民”的必要性。林纾所译《鲁滨孙飘流记》及续记、河北觉生所译冒险小说《食人国》，也均以吸收欧美及日本冒险家所具有的独立、自由、冒险之精神，“粹我国民之心志”④为目的，以期望在这类冒险故事的感染、刺激和鼓舞之下，达到“新民”的目的。梁启超“新民”理论体系的本质是讨论如何在国民性批判的基础上实现人的现代化的问题，“他讲的‘新民’，也就是摆脱了封建主义压制和束缚的、具有资产阶级世界观、人生观和价值取向的一代新人”⑤。

---

① 姜新录：《〈狂人日记〉与鲁迅的启蒙思想》，《辽宁师院学报》1983年第3期。

② 郑大华：《晚清思想史》，湖南师范大学出版社，2005，第263页。

③ 梁启超：《清议报一百册祝辞并论报馆之责任及本馆之经历》，《饮冰室合集》第1册，文集之6，第54页。

④ 白葭：《十五小豪杰序》，《中国近代文论选》（上册）》，第238页。

⑤ 郑大华：《晚清思想史》，湖南师范大学出版社，2005，第276页。

“新民”的手段是“新小说”，“新民”的目标是“改良群治”。这一理论体系为清末社会思潮带来两个明显的思想倾向：一是赋予“新民”极强的政治属性，经过思想改良而养成的国民，是为了“群治”而诞生的，他们不是“个体”的人，而是属于“群体”的人；二是在赋予小说启蒙作用的同时，赋予了其极强的政治功利性，从而成为“新民”“改良群治”，进而实现民族振兴的重要工具。

1935年，郁达夫在《中国新文学大系·散文二集》导言中说，“五四运动的最大的成功，第一要算‘个人’的发现。从前的人，是为君而存在，为道而存在，为父母而存在，现在的人才晓得为自我而存在了。我若无何有乎君，道之不适于我者还算什么道，父母是我的父母；若没有我，则社会、国家、宗族等哪里会有？”正是有了这种“人”的觉醒，才促进了五四新文学的发展。在清末民初二十多年的时间里，“人”的发现和觉醒的过程始终伴随着波涛汹涌的启蒙运动。如果说这个时期里的民族反省、国民性反思和文化批判是启蒙思想的表征，那么“人”的发现——从梁启超的“新民”到鲁迅的“立人”——则可看作它的另一面，是一种存在于表征之下的隐性文化变革。“新民”和“立人”亦可看作不同历史阶段中思想启蒙的理论基点，两者之间内在联系和历史传承的直接体现就是对国民性的深刻反思和对国民奴隶性的批判。在《狂人日记》中，一个看似“疯狂”的觉醒者在突破封建专制文化樊笼之后，深刻地意识到四千年的历史只是一部“吃人”的历史，而“我”自己也处在这历史之中。在“人相食”的历史或者世界之中，每个人都是“吃人者”和“被吃者”，“吃”与“被吃”的关系最终具化为长幼尊卑的主奴关系，形成了国民性中自卑、怯懦和奴性的心理。因为是“狂人”，所以他不受旧伦理道德和社会秩序的制约，也就消除了社会赋予他的性格而回归于人的自然属性，换言之，即在“完全抛弃了社会、历史、文化的压抑束缚以后，呈露出自我的真实本性"[1]。在"狂人"的自然属性与真实本性中，鲁迅所赋予先觉者的思想性格和"立人"的期待——对人的个体自由与个性解放的追求、独立性格的建立、对封建伦理道德和制度的反叛——自然也被蕴含其内。"立人"是鲁迅启蒙思想的逻辑起点，人性的解放是"立人"的基础。这个"人"并不是社会人，而是自然的人，正如周作人在《人的文学》中所说，"我们所说的人，不是世间所谓'天地之性最贵'，或'圆颅方趾'的人。乃是说，'从动物进化的人类'。其中有两个要点，（一）'从动物'进化的，（二）从动物'进化'的"。"人的文学"成为五四时期的一个中心概念，文学成为发现人性、健全人性的重要手段。正如钱理群先生所言："'五四'时期的人的解放，不仅是思想意义和道德意义上的解放，更是情感意义、审美意义的解放，人的一切情感——喜、怒、悲、愤、爱、恨都被引发出来，在空前广阔的审美天地里，作自由的、奔放的、真实的、自然的表现。……这对于习惯于压抑自己的情感、心灵不自由的中国人，自然也是破天荒的。"鲁迅等启蒙先驱对"立人"思想和"人的文学"的执着坚守，正是要将"人"从"自我狭隘、封闭自满、精神胜利、相互践害乃至萎缩的文化精神中拯救出来"[2]；这是对那些"在寂寞里奔跑的勇士"的期待、对那些能够承担"扫荡这些食人者，掀掉这筵席，毁坏这厨房"这一艰巨使命的青年的大声疾呼与呐喊。

再次是对启蒙的反思。在五四文学革命以前的"吃人"叙事中，韩文举的《人肉楼》是充满革命排满思想的政治启蒙、陈景韩对病态社会的担心、河北觉生对民族精神缺失的呼唤以及唤醒"睡狮"的迫切心理，都可以看作五四启蒙运动的前奏，其本质是一种相对简单的民族反省。此时的小说家虽然已经意识到民族、国家、国民所面临的

---

① 李凌：《从"人"的解放看鲁迅与胡适的内在精神联系》，硕士学位论文，河北大学，2003。

② 李凌：《从"人"的解放看鲁迅与胡适的内在精神联系》，硕士学位论文，河北大学，2003。

问题和解决这些问题的迫切性，但对这些问题产生的根源缺少本质的认知。到了五四时期，随着文学革命和新文化运动的展开，一些启蒙思想家、文学家开始反思国民性问题的本质和产生的根源，并希冀通过彻底深刻的国民性批判和文化批判达到重塑国民性的目的。然而，对启蒙的反思自五四思想启蒙运动初始便伴随左右，在《狂人日记》尚未问世之前，鲁迅与钱玄同在S会馆里的对话可以作为这一点的佐证。“鲁迅就是一面抱着冲破铁屋子的希望为唤醒沉睡的人们而大声疾呼，勇猛地揭露和批判封建文化及封建吃人者的虚伪和罪恶，一面又由于封建文化和旧习惯势力的强大，感到这‘铁屋子’万难破毁，因而对启蒙进行反思和质疑。”① 伊夫·瓦岱认为，“每个时代都有自己的一些特征，它们将其独特的、历史性的风貌赋予了当时的艺术作品”②，这些作品所体现的艺术现代性本质是一样的，但也是不断发展变化的。在西方文论中，“对启蒙的思考，也意味着对‘现代性’（Modernity）和‘后现代性’（Post modernity）的同时思考。后现代针对现代性的体系，作不事体系的思辨，这不是拒绝秩序，而是在历史、变化、新语言认识的更大格局中寻求启蒙所必须的心智之光”③。从这个角度出发，后现代对现代性的思辨以及启蒙者对启蒙的反思，均可以看作中国小说现代化转换过程中现代性的要求。经历了清末民初一系列失败的五四启蒙先驱，无比清晰地“痛感中华民族精神负累的沉重，封建主义窒息民族的生机，造成了国民性的痼疾”④，他们既看到了启蒙的迫切性，也看到了启蒙的艰难与反复。在《狂人日记》中，“‘狂人’清醒地认识到了封建文化的‘吃人’本质，他一心一意要全专吃人的人，然而，所有的人都认为他精神出了毛病，包括他的大哥和母亲。

① 田建民：《鲁迅、钱钟书论稿》，人民出版社，2015，第9页。

② ［法］伊夫·瓦岱：《文学与现代性》，田庆生译，北京大学出版社，2001，第23页。

③ 赵一凡、张中载，李德恩主编：《西方文论关键词》，外语教学与研究出版社，2006，第385页。

④ 姜新录：《〈狂人日记〉与鲁迅的启蒙思想》，《辽宁师院学报》1983年第3期。

他被当成精神病人被关在黑屋子里”[1]，启蒙者的行为并没有得到人民的理解和响应，反而被当成了疯子，这不能不说是启蒙者的悲哀。在小说《药》中，革命者夏瑜的遭遇可以说与“狂人”一脉相承，只是庸众的行为更加愚昧、革命者的结局更加悲惨而已——革命者的启蒙非但没有成功，其鲜血反而被愚昧的庸众当成了治病的良药而吃掉。鲁迅在这两部作品中既表现出他对深受压迫与奴役的普通民众同情的态度，又表现了对庸众难以唤醒和解蔽的麻木、愚昧以及奴隶性格和奴性心态的痛心疾首。此时，他对启蒙者的处境和启蒙的意义有了进一步的认识，所以在作品中才出现了对启蒙的艰难与困境、对启蒙者与被启蒙者之间矛盾与隔阂的深刻反思。与《狂人日记》相隔十年发表的译作《食人人种的话》同样体现了鲁迅对启蒙的反思——一个本来已经改掉“吃人”恶习的食人蛮族，仅仅因为女人和老人的嘲笑便恢复了“吃人”的传统，并且赋予了“吃人”行为冠冕堂皇的理由和神圣的意义，这正是对启蒙的艰难与反复的影射和反思。

第三节　“吃人”叙事小说的现代化表征

在“小说界革命”和五四新文学运动期间，中国小说的现代化始终伴随着来自西方的“他者”——外国翻译小说——这可以看作中国小说“过河”时要摸着的“石头”。“从观念到文体，外国翻译小说的影响至深至巨，他们表现在小说的形式、叙事、语言各个方面。旧的从头道来的‘某生体’被扬弃了，小说可以从一个场面、一句对话插入，可以从后面发生的事情倒写上去，可以是日记、书信，叙述者那

① 田建民：《鲁迅、钱钟书论稿》，人民出版社，2015，第183页。

种全知的、无所不在的面目正改变，欧化的白话也在兴起。”① 英国学者伊恩·瓦特在《小说的兴起》中说，“小说要真正关注普通人的日常生活，似乎离不开两个重要的基本条件：一是社会必须高度重视每一个个体，把他看作其严肃文学的恰当主题；二是普通人必须有足够多样化的信仰和行为，只有这样，详细陈述这些信仰和行为才能引起普通人即小说读者的兴趣”②。虽然此君是面向英国文学史做出的论断，但如果将“多样化的信仰和行为”的含义进行充分且必要的外延，同样适合中国小说的发展和演进。从记录残丛小语和逸闻琐事的“小道”演变为“重视每一个个体”并记录他们行为的“人的文学”，这无疑是一个复杂而又充满波折的历程。本书所涉及的“吃人”文本横跨了晚清民国七八十年的时间，并经历了清末民初的两次文学革命和思想启蒙，最终完成了“吃人”叙事现象的创收和演变。如果说启蒙思想的转换是其发展的精神内核和动力，那么发生在“吃人”叙事小说之上的文学观念以及文本之变，即为“吃人”叙事现象的现代化表征。

一、“吃人”叙事小说观念的变化

对比中国古代文学中的“小说”与现当代文学中的“小说”便可发现，两个概念之间虽然存在着某些传承关系，但实际上却有很大不同。《汉书·艺文志》援引或假借孔子的话，把“小说”定义为“小道”，“虽小道，必有可观者焉，致远恐泥”③。正因为如此，当时的所谓君子是不屑于写这种东西的，然而却也有很多“闾里小知者”喜欢，所以“小说”没有彻底消失。中国古代文学史中，“小说”一直是与

① 钱理群、温儒敏、吴福辉：《中国现代文学三十年》，北京大学出版社，1998，第 54 页。

② ［英］伊恩·瓦特：《小说的兴起》，刘建刚、闫建华译，中国人民大学出版社，2020，第 57 页。

③ 班固：《汉书·艺文志》，中华书局，1962，第 1745 页。

"大道"相对应的概念,"指的是不见于经典的杂说和琐闻逸事"①。杨义先生曾对此做出过详细且精辟的论述,"'小'字有双重意义,一是属于文化品位,它所蕴含的是'小道';一种属于文体形式,它的表现形式是'残丛小语'";而"说"的语义就更为微妙,既有文体形态层面的"说故事或叙事之义",也有表现形态层面的"解说而趋于浅白通俗之义",还有功能形态层面的"喜悦或娱乐之义"②。显然,这个"小说"和后来的小说概念相差甚远。在古代,小说只是对"残丛小语"和"琐闻逸事"的记载,虽然在明清之季经过文学变革有了一定的变化,出现了像"四大名著""三言二拍"这样的经典,但中国传统文学的主体仍是诗文,"小说"仍然被视为小道。成书于清嘉庆四年至九年(1799—1804年)的长篇白话小说《蜃楼志》,其作者为庾岭劳人和禺山老人。小说讲述了富商之子苏吉士和侠盗姚霍武历尽艰辛、报效朝廷的故事。在罗浮居士为此书作的序中,对小说做了以下定义:

> 小说者何?别乎大言言之也。一言乎小,则凡天经地义、治国化民,与夫汉儒之羽翼经传、宋儒之正诚心意,概勿讲焉。一言乎说,则凡迁、固之瑰玮博丽,子云、相如之异曲同工,与夫艳富辨裁清婉之殊科,《宗经》《原道》《辩骚》之异制,概勿道焉。

由此不难看出,在漫长的古代文学史中总的来说小说是被轻视的,"士大夫虽也喜欢看小说戏曲,但忌讳在正规的场合谈论它们,更不会

① 霍明琨:《唐人的神仙世界——〈太平广记〉唐五代神仙小说的文化研究》,黑龙江大学出版社,2007,第1页。

② 杨义:《中国古典小说史论》,中国社会科学院出版社,2004,第4页。

将其编入希图传世的文集里”[①]。

小说观念的明显变化发生在清末民初中国小说由传统向现代演进的过程之中。清末小说功用观的变化脉络是非常清晰的，从蠡勺居士在《昕夕闲谈》小序中指出小说的教化作用开始，到傅兰雅对小说“感动人心，变易风俗”的认识，再经由康有为、严复、梁启超等历代思想家的强调与确认而最终形成。到 1902 年发起“小说界革命”之时，梁启超已将小说定义为塑造新型国民、改良群治的工具，进一步确认了小说的社会功用并赋予其强烈的政治功利性。对小说社会功用的强调不但提升了小说的地位，更是通过对传统文学“文以载道”观念的现代化转换，直接将小说定义为“文学之最上乘”。在古代，“文”并不是指“小说”，而是指“诗文”；所谓的“道”则是指儒家之道。诗文是“道”的载体，所以“文之不可绝于天地间者，曰明道也，纪政事也，察民隐也，乐道人之善也”，故“文须有益于天下”[②]。这无疑是对诗文社会功用的强调，是一种实用为主、经世致用的文学观。梁启超的小说理论对“文以载道”进行了改造，他将“道”的载体由诗文变成了小说，充分利用了小说的体裁优势——“小说因其具有通俗性、娱乐性等优点，获得了最大的读者群，社会影响也最广泛、最强烈，因而最有资格担当开通民智的启蒙工具”[③]；又将小说所载之“道”由儒家之道转换为“新民”与“群治”的启蒙之道，并且在《新小说》第 1 号中予以了强调——“盖今日提倡小说之目的，务以振国民精神，开国民智识，非前此诲盗诲淫诸作可比”。梁启超在对“文”与“道”进行转换的基础上，保留了传统“文学”的经世致用与传统小说的教化作用，正是对“中国‘以文治国’，强调文学的主要功用在于社会、

① 姜荣刚：《留学生与晚清文学转型》，中国社会科学出版社，2015，第 54 页。

② 顾炎武：《日知录集释》中册，黄汝成集释，上海古籍出版社，2010，第 1079、1090 页。

③ 夏晓红：《觉世与传世——梁启超的文学道路》，中华书局，2006，第 151 页。

政治服务的文学传统的延续”①。

1902年2月，梁启超在日本创办了《新民丛报》，并从该报创刊号开始连载集其国民性改造思想之大成的《新民说》。无独有偶，韩文举所作小说《人肉楼》也与之同时发表在《新民丛报》上，小说表达了作者强烈的革命排满思想。根据冯自由的回忆，韩文举品学具优，“迭任上海时务报、澳门新知报、神户东亚报、横滨清议报、新民丛报各报主笔，自号扪虱谈虎客，鼓吹民族主义最力。梁启超在新民丛报间有排满言论，以畏惧其师责备，往往借扪虱谈虎客录栏中发表之”②。虽然尚不能证明《人肉楼》为梁启超伪托韩文举名义所作，但至少可以得出韩文举此时已经接受了革命派的排满思想成了一个民族主义者。同时，作为梁启超的战友，从戊戌变法前到流亡日本时，他一直追随梁启超并与之并肩战斗，所以《人肉楼》非常鲜明地体现了梁启超的小说观念。从形式上看，这部小说具有非常明显的传统小说特点，它采用了“虞初体”笔记小说的形式并名之为《人肉楼》，故事的性质也充满“虞初体”志怪、猎奇的特点，但如果从内容上分析，它却准确地体现了梁启超赋予“新小说”的社会功用——“上之可以借阐圣教，下之可以杂述史事，近之可以激发国耻，远之可以旁及彝情”。

1902年“小说界革命”兴起之后，随着梁启超小说理论的广泛流布与小说创作的繁荣，其小说观念获得了广泛的认同。“新小说”一举成为“文学之最上乘”，成为“新民”和“改良群治”的工具和思想启蒙的良方。这期间也有一些理论家、文学家提出过对小说观念不同的理解——如王国维等——但终究因为没有因应时代大势而未被当时的社会潮流所认可。这期间出现的有关“吃人”叙事的小说诸如翻译小

① 参见袁进主编《中国近代文学编年史——以文学广告为中心（1872—1914）》，北京大学出版社，2013，第101页。

② 冯自由：《康门十三太保与革命党》，《革命逸史》第2集，中华书局，1981，第30页。

说《鲁滨孙飘流记》（包括《大陆报》译本与林译本）、《食人会》和《食人国》，其译者在译作中所体现的小说观念均与梁启超保持一致、无甚差别。1918年，鲁迅发表了他的第一篇白话小说《狂人日记》，这之后他的小说创作便一发不可收，在1918年到1925年间又陆续发表了《孔乙己》《药》《阿Q正传》《祝福》以及翻译小说《食人人种的话》等以生物意义上的“吃人”以及延伸含义为主要内容的多篇小说。综合分析这些作品可以发现，鲁迅的小说观念明显受到了“小说界革命”的影响。周作人曾经在《关于鲁迅》中回忆说，鲁迅读了梁启超《论小说与群治之关系》后很受影响，他“主张以文学来感化社会，振兴民族精神，用后来的术语来说，可说是属于为人生的艺术之一派的”。以鲁迅为代表的五四小说家主张以小说进行国民性反思和文化批判，从而改良社会的观念，和梁启超的小说观念确有一定的传承关系，但他们并没有使之仅仅停留在这个层面。在辛亥革命之前，“新小说”已经开始退潮。辛亥革命虽然推翻了封建王朝，但接连遭遇一系列的政治失败和社会的倒退，这使得文学界出现了旧文学回潮的现象，茅盾先生在《自然主义与中国现代小说》一文中认为，小说界出现了“游戏的、消遣的、金钱的文学观念”，钱玄同写了揭露黑幕小说的《“黑幕”书》，认为当时“一切腐臭淫猥的旧诗旧赋旧小说复见盛行”。随着鸳鸯蝴蝶派小说、黑幕小说的盛行，“那些曾经靠民众的改革热情而风靡一时的政治化、革命化的小说也不再像过去那样受到读者的热烈欢迎，‘小说界革命’已经走向衰落”①，但梁启超等倡导新小说的观念却并没有消失，而是被五四文学革命的发起者继承下来并进行了补充。从1917年开始，胡适、周作人、陈独秀等人先后发表了《文学改良刍议》《人的文学》《文学革命论》《思想革命》《平民文学》等一系列理

---

① 徐鹏绪、张俊才：《中国文学现代化的先导——近代文学发展论纲》，百花文艺出版社，1993，第184页。

论文章。胡适认为文学应该言之有物，即一要有情感，情感是文学的灵魂；二要有思想，人不能没有思想，文学也不能没有。周作人则在《人的文学》中提出了“人的文学”观念，把人和人性作为文学应该关注的重点，而文学最重要的任务是要发现“真的人”，“我们现在应该提倡的新文学，简单地说一句，是‘人的文学’，应该排斥的，便是反对的非人的文学”。这在当时的中国具有非常重大的意义，从中国传统小说到梁启超所倡导的“新小说”，“人”和“人性”均不是其关注的重点。在梁启超为“小说界革命”所创造的小说中，所有的人物都是符号化的，并没有体现出应有的情感、思想和性格，他们的存在只为图解政治，从而成为作者的传声筒。胡适、周作人的文学理论使民初文学观念发生了重大变化，“不再是讲究‘理’，而是追求‘情’；不再是礼教的宣本，而是人性的表现”①。在“人的文学”观念感召之下，“那些带着时代的苦闷，呼喊着个性解放，要求着人性平等的芸芸众生们，借着鲁迅、郁达夫等作家的笔登上了文坛，中国文学就此出现了旷古未见的新的题材、新的人物，变现出了更为深刻的思想和意识”②。由此反观《狂人日记》等有关“吃人”叙事的小说，其小说观念可以概括为两点。一是小说仍被视为启蒙的工具。鲁迅自己曾经总结过，他写小说的出发点首先是“十多年前的‘启蒙主义’”，其次是“为人生”和“改良这人生”，所以“每作一篇，都是‘有所作为’而发，是在用改革社会的器械”③，这和梁启超小说观念的价值取向是一样的。二是对小说的题材和表现对象有了明确的选择。在鲁迅看来，“古之小说，主角是勇将策士，侠盗赃官，妖怪神仙，佳人才子，后来则有妓女嫖客，无赖奴才之流。‘五四’以后的短篇里大抵是新的智识者了

---

① 汤哲声：《中国文学现代化的转型》，南京大学出版社，1995，第 60 页。

② 汤哲声：《中国文学现代化的转型》，南京大学出版社，1995，第 60 页。

③ 鲁迅：《中国新文学大系・小说二集・导言》，《鲁迅全集》第 6 卷，第 238 页。

场”①，这正是在“人的文学”的号召之下出现的变化——小说要发现“人”、关注人。所以，在这些小说中才能看到“独异个人”的精神苦闷、庸众的愚昧无知、觉醒者的无奈、革命者的悲哀。在五四新文学运动第二个十年以后出现的“吃人”叙事小说中，其观念基本延续了以上两点，并沿着文化批判的向度越走越远，为“吃人”叙事的发展提供了重要补充。

二、“吃人”叙事小说的语体之变

在清末民初小说“吃人”叙事现象的研究过程中，有一个比较明显的现象，即在清末出现的直接或间接以“吃人”为主要内容的小说中，韩文举的《人肉楼》语体为文言，翻译小说《食人会》和《食人国》则皆为接近白话的浅近文言。而民国时期鲁迅的《狂人日记》《药》《孔乙己》《祝福》等作品以及汪静之的《人肉》则均为白话小说。造成这种明显变化的原因，一是因为“吃人”叙事小说的发生、发展过程横跨了小说的古今之变，二是因为晚清民国两次白话文运动的推动。笔者前文曾提到，韩文举的《人肉楼》因袭了中国古代笔记小说的体例，属于文言小说的一种形态。在上海古籍出版社出版的《历代笔记小说大观》一书中，对笔记小说的定义为“泛指一切用文言书写的志怪、传奇、杂录、琐闻、传记、随笔之类的著作”。笔记小说一般以叙事为主，但叙事结构单一，故事情节简单，一般一事一记；内容可纪实也可虚构，篇幅短小；一般使用直白简洁的文言。《人肉楼》文体和语体的形态和特点，基本上与之相符。《人肉楼》的语体属于浅近的文言，虽然并不晦涩难懂，但仍然属于文言小说，而在其之后出现的翻译小说《食人会》与《食人国》，语体基本与之类似。

晚清白话文运动始于1887年，当时黄遵宪在《日本国志·学术志》

① 鲁迅：《中国新文学大系·小说二集·导言》，《鲁迅全集》第6卷，第238页。

中以日本为例提出了语言与文字合一的主张，“盖语言与文字离，则通文者少，语言与文字合，则通文者多，其势然也”，中国的文字在数千年的使用和传承中并未发生变化，而中国的语言数千年来已经发生了无数次变化，因为文与言的不统一，“中国以文明号召于五洲，而百人中识字者不及二十人”。黄遵宪认为，文体应该“明白畅晓，务期达意”，文字要“适用于今，通行于俗”，从而达到“令天下之农工商贾妇女幼稚，皆能通文字之用”。1896年，梁启超在《沈氏音书序》中说，“国恶乎强？民智，斯国强矣。民恶乎智，尽天下之人而读书识字，斯民智矣”。而想要达到“民智”这一目的，其路径便是文与言合，使“读书、识字之智民，可以日多”①。1897年，他在《演义报序》《小说丛话》等作品中陆续提出更明确的主张，“日本之变法，赖俚歌与小说之力”②“俗话文体之流行，实文字进步之最大关键也。各国皆尔，吾中国亦应有照”。这一年，白话文运动先驱裘廷梁在《苏报》上发表了《论白话为维新之本》，这可以看作晚清白话文运动的理论宣言和纲领性文件。他说：“有文字为智国，无文字为愚国；识字为智民，不识字为愚民：地球万国之所同也。独吾中国有文字而不得为智国，民识字而不得为智民，何哉？裘廷梁曰：此文言之为害矣。”而这种局面是怎么造成的呢？他认为在我国初有文字之时，著书立说皆为白话，是“后人不明斯义，必取古人言语与今人不相肖者而幕仿之，于是文与言判然为二，一人之身，而手口异国，实为二千年来文字一大厄”。随后，裘氏在批判彼时现行文体、语体的基础之上，提出了使用白话文的八种益处，直陈使用白话文对传播维新思想、进行启蒙教育的作用。在各路精英的鼓吹之下，从1897年开始，陆续出现白话报刊，在

---

① 胡适：《五十年来中国之文学》，《胡适文集（四）》，人民文学出版社，1998，第387页。

② 梁启超：《演义报序》，中国史学会《戊戌变法》，第538页。

“1897—1911 年出版的完全采用白话的报刊，至少已有 130 余种”[①]。1902 年，梁启超发起了“小说界革命”，“小说被作为政治宣传的工具推进了文学殿堂，由于小说的宣教化，此时的小说语言大都是用白话来撰写的”[②]。以梁启超创办的《新小说》为例，在该刊所发行的二十四期杂志中，共刊登了七十七篇小说，其中文言小说只有十一篇，白话小说高达六十六篇。[③]

在以上论述的基础上，必将产生一个不得不问的问题：既然清末知识精英和维新派思想家均提倡白话文写作，为何韩文举的《人肉楼》仍然采用了文言？笔者认为，这里既涉及梁启超新文体的影响，也涉及启蒙对象——《人肉楼》潜在读者的接受问题。戊戌变法失败后，梁启超、韩文举等人亡走日本，在接触了大量西方以及日本启蒙思想和文艺思潮之后，其思想上发生了一些变化，其中比较显著的变化有二：其一是受到革命派的影响，一定程度上接受了革命排满的思想，这一点前文已有论述；其二是其启蒙的对象由皇帝和士大夫阶层转移到了“国民”身上，亦即从游说皇帝发动自上而下的变法转变为开启国民民智，完成“新民”的任务。在这种变化之下，为了“向广大国民宣传新事物、新学理”[④]，梁启超发明了一种“新文体”。他在《清代学术史概论》中，曾经不无得意地这样评述之，“平易畅达，时杂以俚语韵语及外国语法，纵笔所至不检束，学者竞效之，号新文体……然其文条理明晰，笔锋常带情感，对于读者，别有一种魔力焉”。虽然他的这种新文体并不是针对小说创作而形成的，但从《人肉楼》的行文来看，其文言直白简洁、条理清楚，遣词造句之间确乎带有情感，显

① 庄逸云：《清末民初文言小说史》，博士学位论文，复旦大学，2004。

② 汤哲声：《中国文学现代化的转型》，南京大学出版社，1995，第 115 页。

③ 庄逸云：《清末民初文言小说史》，博士学位论文，复旦大学，2004。

④ 汤哲声：《中国文学现代化的转型》，南京大学出版社，1995，第 93 页。

然作者是受到了梁启超新文体影响而采用了这种颇具感染力的文言。除此之外，还有一个因素不可不察，那就是《人肉楼》读者的接受问题。晚清白话文与五四白话文之间存在很大差距，这是学术界的共识。戊戌变法以及后继的“小说界革命”究其根本可以说是清末政治精英发起的维新和启蒙运动，这些“维新志士都是长期在古书浸染中脱胎而出的士大夫，他们举手投足之间都有意无意地表现出他们所受的文化教育的熏陶”①。在他们看来，“文言文是对上层的，白话文是对下层的；文言文是真正的文章，有永久的价值；白话文是启蒙文章，是用于宣传的”②。前文中笔者曾提到，《人肉楼》实质上也是宣传革命排满思想的政治启蒙，又为何采用了文言的语体呢？究其原因在于，韩文举并未把小说的启蒙对象仅仅局限于普通民众，而是把主要受众定位于和他一样的维新派人士。流亡日本的梁启超与韩文举、罗普等“康门十三太保”，在1899年到1902年已经深受革命派影响并接受了革命排满的主张，这也正是梁启超在《新民说》中一再强调“必须取数千年横暴混沌之政体破坏而齑粉之，使数千万如虎如狼如蝗如蝻如蜮之官吏，失其社鼠蜮狐之凭借”的原因。笔者认为，此时革命派面向社会底层关于“革命排满”的启蒙和宣传在当时已经非常可观，韩文举创作小说《人肉楼》并不是为了启蒙民众，他最主要的目的可以概括为两点：一是作为康门弟子中最具民族主义的代表人物，这部小说是表明作者思想转向态度——由维新改良转向革命排满——的作品；二是以此影响戊戌变法失败之后还抱有改良思想的维新志士，令其认清清政府的残暴、腐朽，尽早完成思想转向。正是因为考虑到了这些知识精英对文言、白话的认知和接受习惯，所以韩文举采用了文言的语体。

① 汤哲声：《中国文学现代化的转型》，南京大学出版社，1995，第93页。

② 汤哲声：《中国文学现代化的转型》，南京大学出版社，1995，第116页。

晚清白话文运动作为中国历史上第一次理论与实践兼备的语体改革，虽然并未取得显著的成效并具有一定的局限性，但它给出了语言改革指向。真正做到“文言合一”是五四白话文运动的结果，从“吃人”叙事小说来看，自《狂人日记》问世之后，便没有再出现过文言语体。究其原因，笔者认为不外乎两点：一是对传统文化的不断批判以及对“文言已死，白话为正宗”的强调；二是第一篇白话小说《狂人日记》的示范作用。1917 年初，胡适在《新青年》上发表了《文学改良刍议》，态度坚决地宣布了白话文学为中国文学之正宗。他说，“以当今历史进化的眼光看，则白话文学之为中国文学之正宗，又为将来文学必用之利器，可断言也……，以此之故，吾主张今日作文作诗，宜采用俗语俗字。与其用三千年前之死字……，不如用二十世纪之活字；与其作不能行远、不能普及之秦、汉、六朝文字，不如作家喻户晓之《水浒》《西游记》文字也”。陈独秀对此论深以为然，他在《文学改良刍议附记》中说：“当以白话文学为文学正宗之说，其是非甚明，必不容反对者有讨论之余地，必以吾辈所主张者为绝对之是，而不容他人之匡正也。”之后，钱玄同、傅斯年等学者也都就白话文运动提出了自己看法、主张和路径，对于白话文学为中国文学之正宗的观点均持坚决且鲜明的肯定态度。正是由于“有了这种扎硬寨、打死战，一点也不肯退让的态度才带来了它的成功”①。1918 年 5 月，鲁迅发表了他第一篇短篇白话文日记体小说《狂人日记》。鲁迅后来说这部小说因为“‘表现的深切和格式的特别’，颇激动了一部分青年读者的心”。笔者认为，“格式的特别”即是指《狂人日记》文言小序和白话正文的结构以及使用白话语体的描写将“狂人”的荒诞行为、荒唐的呓语与恐怖的“吃人”想象和历史中真实的“吃人”事件相关交织在了一起，营造了充满压抑与恐怖、反抗与无奈的氛围。《狂人日记》的成功和引

① 汤哲声：《中国文学现代化的转型》，南京大学出版社，1995，第 120 页。

起的反响无疑是有示范意义的，“自鲁迅《狂人日记》出现后，各类严肃的白话文学开始陆续登上文坛，文言文学越来越受到人们的冷落，白话文学虽然幼稚，但越来越受到人们的喜爱”①。

三、“吃人”叙事小说叙事模式的变化

纵观清末民初出现的“吃人”叙事小说的相关作品，其叙事模式已经与作为“吃人”叙事史前史出现的、旨在体现对远方民族蛮夷想象和妖魔化建构的“吃人”文本有了明显的区别。后者从文体上看基本属于传统小说中的笔记体小说，其叙事模式特点有四。一是在叙事原则上，因为笔记体小说脱胎于史传，故而继承了史传文学“传信”的叙事原则。在古代文学史上，小说的任务一般被认为是补史之遗或者演绎正史，所以小说家们往往据闻而录——以写历史的精神来写小说。即便在一些志怪类小说中存在着大量虚构的成分，也会有意识地加以粉饰或掩盖。比如《搜神记》显然是一部志神志怪小说，干宝却要在其序中特别说明，“虽考先志与载籍，收遗逸于当前，盖非一耳一目之所亲闻睹也，亦安敢谓无失实哉？……今之所集，设有承于前载者，则非余之罪也；若使采访近世之事，苟有虚错，愿与先贤前儒分其讥谤。及其著述，亦足以明神道不诬也”。如此费力地证明所志“不诬”、说明“苟有虚错”，也是前承史“传”本有之的记载而来，这无疑是“一种根深蒂固的‘史说同质的观念’”②。二是在叙事时间上，大都采用线性的叙事方式，即按照时间的流向叙述事情的全部。陈平原认为，尽管在文言小说中，倒装叙述并不十分稀罕，“有个别文言小说家偶尔采用倒装叙述”，但直到19世纪末，艺术成就较高、在中国小说史上占主导地位的长篇章回体小说并没有将此种方式付诸实践，“因

① 汤哲声：《中国文学现代化的转型》，南京大学出版社，1995，第122页。

② 汤哲声：《中国文学现代化的转型》，南京大学出版社，1995，第114—145页。

此，可以这样说，到20世纪接触西洋小说以前，中国小说基本上采用连贯叙述方式”[①]。三是在叙事角度上，多采用第三人称“全知叙事”，即“叙述者无处不在，无所不知，有权利知道并说出书中任何一个人物都不可能知道的秘密”[②]。这种叙事角度在笔记小说、话本小说中非常典型，作者一般以旁观者的角度叙述和发表议论，他超越作品之中的每一个人物并且把每个人物的过去、现在、将来以及人物的性格、心理活动一一陈述。“将事件的来龙去脉、错综复杂的关系兜底摆明，对同时异地、异地同时，极其光明或极其隐密的事件都能明察秋毫。”[③]四是在叙事结构上，大多以事件为中心，或者说是以情节为结构中心——“中国古典小说基本以此模式创作”[④]。这种叙事结构突出的表现就是以叙事为主，以写人为辅，将人物概况、人物之间的关系、事件的发生发展和结局一一展现。“其作品结构显得严谨有序逻辑性很强，一个环节扣住一个环节，每一块材料都有自己的位置，这正是中国传统的小说和旧小说家创作的短篇小说的结构优点。”[⑤] 以上即为中国传统小说叙事模式的主要特点，在清末民初“吃人”叙事的演变过程中，“吃人”小说的叙事模式也有一个从传统到现代的转换过程。比较以《人肉楼》《狂人日记》《人肉》等为代表的十部小说可以发现，其叙事模式的变化也正体现了从传统小说到“新小说”再到“新文学”的变化。

对于传统小说“传信”的叙事原则，其实在小说从唐传奇、宋话本到明清两代长篇白话小说的演进过程中，已经逐渐被打破并抛弃掉了。比如出现在“小说界革命”前夜的文言小说《人肉楼》，虽然作者

---

① 陈平原：《中国小说叙事模式的转变》，北京大学出版社，2010，第36页。

② 陈平原：《中国小说叙事模式的转变》，北京大学出版社，2010，第58—59页。

③ 汤哲声：《中国文学现代化的转型》，南京大学出版社，1995，第135页。

④ 陈平原：《中国小说叙事模式的转变》，北京大学出版社，2010，第97页。

⑤ 汤哲声：《中国文学现代化的转型》，南京大学出版社，1995，第129—130页。

韩文举是一个在正统儒家教育体系中培养出来传统文人，其作品从形式上看保留了笔记体小说的特点，但其中已经看不到任何“史说同质”的影子。他将主人公虚构为“天冶子”——天选之子；将其国度想象为“不知所谓君臣、不知所谓治乱”的“世界中自然一极乐国”华胥国——乌托邦式的理想国；同时将当时的中国影射为异族统治者残酷吃人的场所“人肉楼”，使作品成为承载其革命排满思想的政治寓言。但这部小说仍然具有传统小说的叙事特点，采用线性的叙事时间、以第三人称全知视角、以事件为中心的叙事结构，讲了这个当时颇具现代思想的“吃人”故事。在这之后出现的翻译小说《食人会》《食人国》《食人人种的话》以及《狂人日记》《人肉》等多部作品中，已经完全不再遵循传统笔记小说“传信”的叙事原则。

从叙事时间来看，《人肉楼》无疑沿袭了传统小说连贯性的叙说方式，这种方式的突破是随着翻译小说逐渐进入开始的。在 1891 年，英国传教士李提摩太翻译了美国小说家爱德华·贝拉米于 1888 年创作的小说《回顾：2000—1887》，译名为《回头看记略》，1891 年 12 月开始在《万国公报》上连载。到 1894 年，李提摩太将其改名为《百年一觉》，发行了单行本。这部小说采用倒装叙述的方式，描写了 1887 年因躲避火灾而藏身于地窖的 Julian West，一觉醒来之后已经身处 2000 年的理想社会之中。Julian West 不断闪回到 19 世纪，并将那时的世界与 20 世纪的社会进行比较。陈平原认为，正是“这种借未来与现实的强烈对比来表达作者政见的笔法，启发了梁启超小说的整体构思”①，这种倒装叙述的方式也影响了梁氏。后来梁启超又受到日本作家末广铁肠《雪中梅》倒装叙事的影响，创作了“全用幻梦倒影之法”的《新中国未来记》，为“新小说”叙事时间的变化提供了范式。但那个时候并没有“倒叙”这个叙事术语，梁启超将其称为“开局突兀”，他在通

① 陈平原：《中国小说叙事模式的转变》，北京大学出版社，2010，第 38—39 页。

过日译本转译法国小说《十五小豪杰》时说，“此书寄思深微，结构宏伟，读者观全豹后，自信余言之不妄。观其一起之突兀，使人堕五里雾中，茫然不知来由，此亦可见泰西文字气魄雄厚处”①。1903年，周桂笙也在翻译小说《毒蛇圈》时说：“我国小说体裁，往往先将书中主人翁之姓氏来历叙述一番，然后详其事于后；或亦有楔子、引子、词章、言论之属，以为之冠者，盖非如是则无下手处矣。陈陈相因，几于千篇一律，当为读者所共知。此篇为法国小说巨子鲍福所著，乃其起笔处即就父女问答之词，凭空落墨，恍如奇峰突兀，从天外飞来；又如燃放花炮，火星乱起。然细察之，皆有条理，自非能手，不能出此。虽然，此亦欧西小说家之常态耳。”② “小说界革命”发起之后不久，梁启超的小说理论得到了广泛的传播和认可，倒装叙事也逐渐得到认可和推广。在1907年河北觉生翻译的冒险小说《食人国》中，即采用了倒装叙事的方式。他先描写了在“惟一二高峰，突兀磨天，侧视则深林郁苍，莫测涯际，而猛兽咆哮之声，且惨不可闻”的荒蛮之地，生长在这里的蕃人嗜食人肉，“已于世界有食人种族之称，此等土人，概不治生业，昼夜横行阔步，以杀人为快，又有名荆阿之野犬，性极狞恶，见生物辄屠而食之”。就在这样一个“现世之地狱”之中，却有一个“白面瘦躯”之青年，辗转来到林中一个灯影闪现的窝棚之前，看到里面有两个男子与一无臂之女子面露忧愁之色。此时“屋中人若有所觉者，一人突然道：‘屋外有人，恐是间谍。’后又一人道：‘不可使逃去，宜速捕之。’言已，二人齐出门外视，而青年已渺无踪迹矣。此青年果为谁？此处果系何地？且何故来此蛮地而探此蛮人之动作，且俟下回分说”③。很明显，这部小说采用了标准的倒装叙述的

① 参见梁启超译《十五小豪杰》第一回批语，《新民丛报》第2号，1902年2月22日。

② 周桂笙：《毒蛇圈·译者语》，《新小说》第8号，1903年。

③ ［日］羽化仙史：《食人国》，河北觉生译，河北粹文书社，1907，第1—3页。

方法，并在开头就提出了悬念。尽管在翻译小说中出现了很多类似的叙事方式，新小说的倡导者们也对“开局突兀”写法的艺术效果持肯定态度，但这在本土“新小说”的创作中并不多见，许多作家还是习惯于采用连贯叙述。陈平原认为，“‘新小说’家尽管喜谈小说的叙事时间，可戴着中国小说以情节为中心的有色眼镜，在西洋小说中找到的自然只能是最显而易见的‘开局突兀’。把叙事时间的革新集中在倒装叙述，又把倒装叙述简化为‘开局突兀’，可想而知这一革新所能达到的深度与广度”①。在这种情况下，在“新小说”作品中很难找到熟练使用倒装叙述甚至交错叙述的成功之作。

与“小说界革命”期间正好相反，“‘五四’作家很少谈论小说的叙事时间，倒装叙述早已司空见惯，交错叙述似乎也很平常。不谈并非不理解或者不喜欢，而是觉得太一般，似乎那应是老前辈们津津乐道的话题”②。出现在五四文学革命起点之上的《狂人日记》，在叙事时间的处理上显示出了形式的特别。这部小说并没有采用连贯叙述的方式，而是建立了两个时空。一个是现在，即“狂人”所生活的时间和空间，这个时空以“狂人”的现在进行时为主，如他发现“赵家的狗何以看我两眼呢”“赵贵翁的眼色便怪：似乎怕我，似乎想害我”等。包括他“翻开历史一查……从字缝里看出字来，满本都写着两个字是‘吃人’”、发现大哥也是“吃人”的人、最后发现“我”也是“吃人”的人。第二个时空是过去，“过去的事件借主人公的感受、联想插进现在的时间进程”③，包括“廿年以前，把古久先生的陈年流水簿子，踹了一脚”，狼子村大恶人的心肝被煎炒了吃以及幼年时听大哥讲的“易子而食”与“割骨疗亲”的典故，这些发生在过去的事均被作者用交

① 陈平原：《中国小说叙事模式的转变》，北京大学出版社，2010，第 48 页。

② 陈平原：《中国小说叙事模式的转变》，北京大学出版社，2010，第 49 页。

③ 陈平原：《中国小说叙事模式的转变》，北京大学出版社，2010，第 44—55 页。

错叙述的手法与“现在”融合到一起，形成了小说文本与历史、现实中“吃人”记载或“吃人”事件的互文关系，突出了小说的主题。早在1923年，茅盾先生就对鲁迅的小说做出评价，“在中国新文坛上，鲁迅君常常是创造‘新形式’的先锋，《呐喊》里的十多篇小说几乎一篇有一篇的新形式，而这些新形式又莫不给青年作者以极大的影响，必然有多数人跟上去试验”①。《狂人日记》“打破了中国传统小说注重有头有尾、环环相扣的完整故事和依次展开情节的结构方式，而以13则‘语颇错杂无论次’‘间亦略具联络者’的不标年月的日记，按照狂人心理活动的流动来组织小说”②，这不但打破了传统小说由头到尾连贯叙述的特点，而且创新了中国小说叙事时间的形式。有学者认为，鲁迅小说“在叙事时序上极为错综。在不少作品中，鲁迅采用了倒叙的方式，事先揭破了故事的结果。这种叙事时序破坏了读者发现最后结果的阅读期待，但它却造成了另一种性质的心理紧张，产生‘像这样的事怎么发生的’心理召唤结构。先进入生命体验的内层，然后从里向外层层展示”③。在鲁迅另一部以社会意义的“吃人”为主要内容的小说《祝福》中，即采用了这样的时间线。“我”在旧历年回到故乡鲁镇，遇到已经成了乞丐的祥林嫂，但她并没有讨钱，而是问我“一个人死了之后，究竟有没有灵魂”，而过了第二天傍晚，祥林嫂却在临近“祝福”的时候死了——这是叙事时间的最终结果——之后“我”将“先前所见闻的她的半生事迹的断片，至此也联成一片了”，开始叙事祥林嫂悲剧人生的缘由始末。最后，作为叙述者的“我”在鲁镇的“祝福”声中离去，使这个叙事形成闭合的圆环。

从叙事角度来看，“在20世纪初西方小说大量涌入中国以前，中国

---

① 沈雁冰：《读〈呐喊〉》，1923年10月8日《时事新报》副刊《文学周报》。

② 钱理群、温儒敏、吴福辉：《中国现代文学三十年》，北京大学出版社，1998，第40页。

③ 安文军：《鲁迅小说的叙事分析》，《晋东南师范专科学校学报》2003年第3期。

的小说家、小说理论家并没有形成突破全知叙事视角的自觉意识，尽管在实际创作中出现过一些采用限制叙事的作品”[①]。在中国传统小说中，叙事者往往以“全知者”的角色出现，“它能够展现极其广阔的生活场面，也能够指示出人物最隐秘的心曲，它能够理顺纷繁的头绪，也能够随心所欲地观察事态的发展”[②]。韩文举在其小说《人肉楼》中即采用了这样的叙事视角，叙事者像上帝一样掌控着全局，支配着情节的发展。在“小说界革命”初期，“‘新小说’家基本上不讨论小说的叙事角度问题，即使他们从人称角度谈自叙、他叙之分，也是很晚的事情”[③]。直到1914年，才有了成之的理论，他在《小说丛语》中提出了叙事的“主客观之殊”，主观的叙事角度即为自叙式——“书中所叙之事，均作为主人翁所述，著书者即书中主人翁……西洋小说多属此种（今年译出之小说，亦大半属于此种）”；客观的叙事角度则为他叙式——“主人翁置身书外，从旁观察书中人之行为，而加之以记述者也。中国小说，多属此种”[④]。诚如此君所言，清末民初的翻译小说之中确实以限制叙事为主，且大多是第一人称。陈景韩1904年翻译发表的小说《食人会》即属此列。这部小说采用了嵌套式的叙事结构，作者——“余”——讲了一个听来的故事，这个故事中也有一个“余”，他才是主体故事的讲述者。“早期第一人称小说译作，其叙述者‘我’绝大部分是配角。也就是说，是讲‘我’的见闻，‘我’朋友的故事，而不是‘我’自己的故事。”[⑤] 陈景韩的《食人会》即属于这一类型。陈平原认为，“作为故事的记录者与新世界的观察者而出现的‘我’，在中国古代文言小说中并不罕见。中国古代小说缺的是由‘我’

① 陈平原：《中国小说叙事模式的转变》，北京大学出版社，2010，第59页。

② 汤哲声：《中国文学现代化的转型》，南京大学出版社，1995，第135页。

③ 陈平原：《中国小说叙事模式的转变》，北京大学出版社，2010，第62页。

④ 参见成之：《小说丛语》，《中华小说界》1914年第4期。

⑤ 陈平原：《中国小说叙事模式的转变》，北京大学出版社，2010，第69页。

讲述‘我’自己的故事，而这正是第一人称叙事的关键及魅力所在”①。这一点直到《狂人日记》出现才有了突破。在《狂人日记》中，同样有两个叙述者出现，一个是出现在小序中的“余”，以日记撮录者的身份交代了“狂人日记”来龙去脉；一个是出现在正文中的“我”——即“狂人”——以第一人称限制叙事的方式，讲了自己担心“被吃”和“吃人”的故事。尽管从叙事主体上看与《食人会》的两个“余”极为相似，但对于《狂人日记》来讲却是一次富有创造性的创新和尝试。鲁迅精心设计了文言小序，使其与白话的正文——“狂人日记”——形成双重叙述和双重视点。在白话正文中，以“我”的第一人称限制叙事表现了“狂人”非正常的内心世界和日常行为；在文言小序中，则以“余”的全知叙事交代了常人世界对“狂人”的看法及其最终恢复正常成为候补官员的结局。使文言小序和白话正文之间形成一定的互文性，“小说文本就具有了一种分裂性，对立的因素相互嘲讽与颠覆、消解，形成反讽的结构”②。五四文学革命开始之后，小说家对采用第一人称限制叙事是积极的，尤其是《狂人日记》发表之后，很多人效仿其形式和叙事模式，创作了数量可观的日记体小说。也正是这种现象的发生，做到了“以叙述者的主观感受来安排故事发展的节奏，并决定叙述的轻重缓急”③，使中国小说在清末民初向现代化演进的过程中向前走出了一大步。到了 1928 年，在汪静之发表的小说《人肉》之中，已经能够比较成熟地运用第三人称限制叙事。虽然小说中叙述者也交代了事件的来龙去脉、人物的形象与背景，但在叙事过程中却是完全按照其选定的视角人物——举人汪舜臣——所见、所闻、所为来展开情节。如在描写汪举人逼迫太太和儿媳妇跳崖的情节时，

---

① 陈平原：《中国小说叙事模式的转变》，北京大学出版社，2010，第 69 页。

② 钱理群、温儒敏、吴福辉：《中国现代文学三十年》，北京大学出版社，1998，第 40 页。

③ 陈平原：《中国小说叙事模式的转变》，北京大学出版社，2010，第 83 页。

汪静之写道：

> 举人用悲凄的声调很快地对太太媳妇说：“已经来不及了，保全名节要紧，你们被他们掳去污辱，不如便在这里滚下去自尽了吧。这是没法的，我们今生分别，来生再相会，太平时我到这山坡下来替你们收尸。”
>
> 太太受他的从父从夫从子和贞操节烈的教训已经很久，已经成为一个可以为坤范的很通达很知礼节的太太，所以听了丈夫的话，毫不抗拒，马上便预备跳下去，但当伊用了很大的力量做起跳的姿势正要跳时，丈夫却忽然想起一件极重大的要事似的，用力一把握住伊的臂：“你袋里的珍珠——险些忘了！”
>
> 太太很快地从袋里掏出一包珍珠交给丈夫，一声不响脸上绝对没有怨恨畏惧的表示，连忙闭了贞洁正派的眼睛，向陡坡跳了下去，跳得这样快，好像怕要耽搁时候的样子。①

在这段描写中可以发现，汪静之真正把视角人物汪舜臣作为表现对象，在叙述过程中对人物的语言、行为并未作主观评价，也没有对人物心理进行分析，而是通过对视角人物语言、动作、行为的客观描写，把汪举人内心的虚伪、残忍，把他长期以来被封建传统文化的旧伦理、旧道德异化为魔鬼的本质表现得颇有张力。由此可见，第三人称限制叙事经过五四文学革命第一个十年的发展之后，新文学的作家们已经掌握得比较纯熟。

在叙事结构方面，这个时期中的“吃人”叙事小说也呈现出明显的变化。在最早出现的《人肉楼》中，采用的是和传统小说相同的以事件或者情节为中心的结构方式。在小说中，主人公“天冶子”没有

---

① 汪静之：《人肉》，《小说月报》，1928年4月10号，第19卷第4号。

话语和主观行为，只是以他的所见、所闻及所遭遇的不幸作为线索推动故事的发展。“天冶子”只是《人肉楼》所叙述事件的一个组成部分，他的“出现、变化和消失都是为事情的叙述服务并受其支配的”①。在此类叙事结构的小说中，小说的主人公往往是符号化的，或者是服从于事件或者情节的发展需要，所以很难刻画出有血有肉的人物。“事情是完整了，但描写是呆板的，叙述是清楚了，但语言是冗长的。更主要的是，事情的叙事使得作品的思想和感情难以展开和深化，读者的想象和思考受到了拘牵和限制。”② “小说界革命”兴起之后，梁启超亲自建立理论体系并给出范式的政治小说短时间内便声名鹊起，但“‘新小说’家借以冲击以情节为中心的叙事结构的，既不是风土人情、自然风光的着意描写，也不是人物心理的精细刻画，而是大段的政治议论和生活哲理。作家也讲故事，可不愿只讲一个有趣的故事，而宁愿以众多的故事来说明一个或许是众所周知的道理”③。在这一时期的翻译小说中，河北觉生的冒险小说《食人国》的叙事结构有了一些变化，尽管小说所设置的三位主要人物——二十九岁的“法科大学高才生”“未来政界泰斗”仁科德宝，二十六七岁的“士官候补生”“自比相如”的武田侠之助，二十二三岁的理科大学的“东京学界才子”生野流吉，看起来仍不免有些呆板的符号化倾向，但其叙事结构却是切实以这三个人物的行为为中心展开的，他们不是叙事的配角，而是叙事的主角。作为现代小说开山之作的《狂人日记》则采取了以人物的内心独白为中心的叙事结构。陈平原认为，“‘独白’无疑是对以情节为中心的传统小说叙事结构的最强烈冲击”④。鲁迅将他对封建专制主义以及旧文化、旧伦理、旧道德的反思与批判依附于“狂人”的独白

① 汤哲声：《中国文学现代化的转型》，南京大学出版社，1995，第 129 页。

② 汤哲声：《中国文学现代化的转型》，南京大学出版社，1995，第 130 页。

③ 陈平原：《中国小说叙事模式的转变》，北京大学出版社，2010，第 109 页。

④ 陈平原：《中国小说叙事模式的转变》，北京大学出版社，2010，第 117 页。

之中，他的“独白”越是疯癫，作者“救救孩子”的呐喊就会越响亮；“狂人”的行为越清醒就越不会被“庸众”所理解，作者对人性觉醒的期望就会越高，对“启蒙”本身的反思就会越深刻。

1920年，周作人在北平做了一次名为《新文学的要求》的演讲，他在演讲中提出，“一，这文学的是人性的，不是兽性的，也不是神性的。二，这文学是人类的，也是个人的，却不是种族的、国家的、乡土及家族的”①，这实际上可以看作是他对两年前所发表《人的文学》的补充。这两篇文章把“人”推向了文学创作的中心，“从而较好地解决了叙事作品中人物的地位，确立了以写人为中心，事件、环境、社会、情绪等因素为辅的现代小说的叙事模式”②。这对当时的小说界影响颇深，鲁迅以社会意义的“吃人”为主要内容的小说《阿Q正传》《祝福》以及汪静之的小说《人肉》等，采用的都是这种叙事结构。比如在《人肉》中汪静之塑造了汪举人的形象，而整部小说都是围绕这个人物展开的。他通过描写，解决的主要问题不是在“吃人肉”事件中汪举人是谁，而是汪举人为什么要“吃人肉”，以及造成他外表堂皇伪善、内心极度残忍变态的根本原因是什么。这样就可以引导读者进行更深层次的思考，在社会、文化、历史、传统等空间里，探求妖魔化汪举人的背后力量和精神内核。

第四节　“吃人”叙事小说主题建构策略的变化

中国古代小说的主题建构策略与现代小说有很大区别，而在近代

---

① 周作人：《新文学的要求》，《艺术与生活》，上海文艺出版社，1999，第18页。

② 汤哲声：《中国文学现代化的转型》，南京大学出版社，1995，第133页。

小说中则兼有古代和现代小说的主题建构手法。“吃人”叙事小说发端于近代、成熟于现代，其文本能够明显体现小说主题建构策略在这一转型时期的变化。

一、中国古代小说主题建构策略

其实不论古代小说还是现代小说，其创作的核心都是如何将初步确定的主题，随着人物的塑造、环境的描写、情节的推进等环节的展开而逐步落实并成功建构。“宽泛地说，举凡题材、人物、情节及语言等小说文体的各个要素，均受制并服务于主题，古今中外，莫非如此”①，但对于中国古代的笔记小说——如“虞初”系列、《搜神记》、《太平广记》等——来说，因其小说观念的重点在于“史说同质”，小说一般被认为应该去补史之遗或者演绎正史，所以小说家们往往据闻而录，其主题的建构要靠读者依据故事的内容和情节自己去体会与推敲。随着小说的演进，到话本小说、拟话本小说和章回体长篇小说出现之后，逐渐形成了一些主题表现与建构的方法和策略。

首先，是通过潜隐在文本中的“说书人”来强调、宣讲主题，这也是全知视角叙事模式的常见做法。在明末小说《欢喜冤家》中，作者西湖渔隐主人便经常使用这一手段，比如在第一回《花二娘巧智认情郎》的结尾，以说书人的口吻说“正是：心好祇好，心恶祇恶，仔细看来，上天不错”。在第四回《香菜根乔妆奸命妇》回末云：“此一回小说，切记不可少年犯色，无故杀人之戒。”第六回《伴花楼一时痴笑耍》回末云：“看这一回小说，也不可戏谑，也不可偷情，也不可挑唆涉讼，行好的毕竟好，作恶的毕竟不好。”这些“说书人”在章节的篇末所做的提示总结，正是每一回的主题意蕴。作为掌握整个故事前

① 潘建国：《试论古代小说主题表现的若干策略》，《北京大学学报（哲学社会科学版）》2011年第3期。

因后果、每个人物命运性格、情节发展变化轨迹的全知叙事者，在叙事过程中偶尔出现在文本中，所发表的意见或评论，是对小说主题进行提示、阐发、强调的重要手段。其次，是通过位于小说卷首或篇尾的诗词来引出或总结、强调主题。有学者认为，卷首和篇尾的诗词“源自唐宋说话艺伎的‘开场诗’和‘散场诗’，其功能本来在于静摄观众，但在案头文学的话本体小说中，篇首诗和篇尾诗的主要功能，已转化为对故事主题的预告和归结”①。在《喻世明言》第一卷《蒋兴哥重会珍珠衫》中，开头便是一首《西江月》：“仕至千钟非贵，年过七十常稀。浮名身后有谁知？万事空花游戏。休逞少年狂荡，莫贪花酒便宜。脱离烦恼是和非，随分安闲得意。这首词名为《西江月》，是劝人安分守己，随缘作乐，莫为酒、色、财、气四字，损却精神，亏了行止。求快活时非快活，得便宜处失便宜”，这其实就是《蒋兴哥重会珍珠衫》的主题指向。接着，叙述者对该篇主题做了更加深入的阐述，“若是生心设计，败俗伤风，只图自己一时欢乐，却不顾他人的百年恩义，假如你有娇妻爱妾，别人调戏上了，你心下如何？古人有四句道得好：人心或可昧，天道不差移。我不淫人妇，人不淫我妻。看官，则今日听我说《珍珠衫》这套词话，可见果报不爽，好教少年子弟做个榜样”。在这样的提示、阐述、总结之下，读者接下来再读故事本身，无疑会对其主题的理解更加透彻。在《警世通言》第二十一卷《赵太祖千里送京娘》的篇尾，叙述者写道：“不恋私情不畏强，独行千里送京娘。汉唐吕武纷多事，谁及英雄赵大郎！”这是用篇尾诗总结升华了主题，突出了赵太祖英雄形象。再次，以故事起笔作为“入话”，以此故事类比正话中的故事，从而达到突出主题的目的。笔者认为，古代话本小说或者拟话本小说文体形态主要包括篇首诗词、入话

---

① 潘建国：《试论古代小说主题表现的若干策略》，《北京大学学报（哲学社会科学版）》2011年第3期。

（或头回）、正话和篇尾诗词。入话的形式有很多种，有的学者会将篇首诗词也当作入话的一种。“在开头叙述正文之前，往往先有一段‘入话’以为引起正文之用。‘入话’之种类甚多，有的先之以‘闲话’或‘诗词话’之类，有的即以一诗或一词为‘入话’，……有的以与正话相同的故事引起，……有的更以与正话相反的故事作为‘入话’……”① 入话作为作品的附加部分所起作用在于引出主体部分，对小说的主题做正向渲染或反向烘托。在《喻世明言》第十二卷《众名姬春风吊柳七》一篇中，其入话便讲了怀才不遇的陶渊明在偶然遇见唐明皇时，却因为错念了一首诗而被“放归南山，终身不用”的故事，以此类比柳永因为填词忤逆了当朝宰相而不被见用的正话。在入话和正话之间，作者还加入了“古人中，有因一言拜相的，又有一篇赋上遇主的，那孟浩然只为错念了八句诗，失了君王之意，岂非命乎？如今我又说一桩故事，也是个有名才子，只为一首词上误了功名，终身坎壈，后来颠到成了风流佳话。那人是谁？”这样一段话，进一步阐发了两个故事的关联性，为突出主题埋下伏笔并留下悬念。

除以上三种主要的主题建构策略之外，古代小说中还有以首回统摄全篇、敷陈大义来凸显主题的，这在章回体小说中比较普遍；有以作者所撰写序跋、凡例、评点文字来强调和衬托主题的，这在晚清小说中比较常见；还有借助象征、谐音、双关等修辞手法，通过人物的特殊命名来暗喻小说主题的，这在清末民初小说中时有出现。凡此种种，不一而足。在“吃人”叙事小说的发展中，经历了从古代小说形态到现代白话小说演进的过程，其文本形态和主题建构策略的变化具有一定典型意义。比如在《人肉楼》中，即采用了通过对小说中的地名、人名的双关性命名来暗喻主题的手段；在翻译小说《食人会》和《食人国》中，则采用了撰写序跋的手法来突出主题。出现在五四新文

① 郑振铎：《明清二代的平话集》，《中国文学研究》，作家出版社，1957，第361页。

学运动前期的《狂人日记》，虽然也能看到“入话”或“序跋”的影子，但去主题建构的手法却已经实现了完全的现代化。笔者认为，以《人肉楼》与《狂人日记》为标本进行分析，即可看到“吃人”叙事现代化转换中主题建构策略的变化。

二、《人肉楼》的主题建构

1.《人肉楼》中的命名原则

利用象征、双关的命名方法对小说以及小说中主要人物、国度、地点的命名，是建立“人肉楼”隐喻体统的第一个层面。韩文举对这部小说的命名，直接体现了他对晚清残酷社会现实的认知。在20世纪初的中国，自庙堂之高到江湖之远都已感受到大清帝国命不久矣，而统治者为了止住颓势、挽狂澜于既倒，其手段自然是暴力、残酷和无情的。包括韩文举在内的知识精英自然看到了这一点并且有着相对清醒的认识。在1902年吴趼人发表于《新小说》之上的《二十年目睹之怪现状》中，也借主人公“九死一生”的口说出了当时的社会现状：

> 只因我出来应世的二十年中，回头想来，所遇见的只有三种东西：第一种是蛇虫鼠蚁，第二种是豺狼虎豹，第三种是魑魅魍魉。二十年之久，在此中过来，未曾被第一种所蚀，居然被我都避了过去，还未曾被第二种所啖，未曾被第三种所攫。不算是九死一生么？

文中所谓“蛇虫鼠蚁”“豺狼虎豹”“魑魅魍魉”皆为“吃人”怪物，所不同的是在于它们的吃法可能不同。吴趼人用这十二种意象代表了“一个正常、合理的社会所不应有的种种病态现象”①，从这个层

① 朴捧淳：《晚清四大谴责小说艺术研究》，博士学位论文，北京师范大学，2001。

面看，他和韩文举对晚清残酷社会现实的认知如出一辙。韩文举用《人肉楼》作为小说的标题，从表面来看“人肉楼”是小说中故事发生的地点，实际上是对中国几千年封建专制制度和清朝异族政府对汉族无情压迫的影射，其目的是表达作者革命排满的政治诉求。《人肉楼》中对主人公和所涉及国家的命名同样值得玩味，文本中除了“天冶子”之外，所涉人物并无姓名，皆以“童子”“老翁”“少年”“老妪”等代之。故事涉及两个国家、三个人种。一是天冶子与华胥国。毫无疑问，“天冶子”有天选之子、自然之子的意思，而他的国家则是一个“不知所谓君臣、不知所谓治乱”的“世界中自然一极乐国”。华胥国最早出现在《列子》黄帝篇中，“（黄帝）昼寝，而梦游华胥氏之国……其国无帅长，自然而已。其民无嗜欲，自然而已……”①。朱军认为，“考虑到《列子》系伪书几成定论，华胥梦想象应该被认为是先秦儒家思想、道家思想和后世佛家世界杂糅的乌托邦”②。参考我国古代文献和文学作品中对“华胥氏”之国的描写，以及现代考古学和人类社会学的研究成果，可以认为“华胥国”是一种理想的社会模式。具体到《人肉楼》中，则属于韩文举在对晚清政权以及社会模式极度失望之后，对理想社会的政治想象。学者耿传明认为，“‘华胥国’即梦中之国，理想之邦，显然是以西方为背景想象的一乌托邦国家。不知君臣、不识治乱，显然是指近代西方的民主共和国体，自然一极乐国，喻其文化的合乎人性、合乎自然”③。实际上，作为维新派中激进分子的韩文举，刚刚经历了戊戌变法的失败，与革命派的联合又被其师康有为扼杀在萌芽状态，对未来中国的政治体制和社会模式应该仅仅处于向往的状态，并没有清楚的认识和具体的期待。这也是他使用了源于中国传统

---

① 杨伯峻：《列子集释》，中华书局，1979。

② 朱军：《革命与超越：“新小说”的美学新变——以康门激变为线索》，《文艺理论研究》2015 年第 3 期。

③ 耿传明：《决绝与眷恋——清末民初社会心态与文学转型》，复旦大学出版社，2010，第 141 页。

文化中的“华胥国”代替理想社会模式的根本原因。二是须陀人与须陀国，即汉族人与中国。“须陀”本是梵文，意为甘露，在唐朝儿种佛学著作中均有注释，比如在唐道世和尚所著《法苑珠林》卷六中提到，“四大天王并食须陀味。朝食一撮，暮食一撮，已转成身”。而唐代的释玄应在《一切经音义》卷四中说，“须陀食，或云修陀，此天食也”。所以笔者认为，在《人肉楼》中“须陀”应是用来指代好吃的食物，这也暗合了文中“须陀人”脑力甚大，人脑至为美味“最为可啖”之说。既然“须陀”指的是美食，那“须陀人”无疑就是“好吃的人”。因为几千年的文明和礼教，“三千余年古国古”的中华，早已教会了国人“怎样服役，怎样纳粮，怎样磕头，怎样颂圣”[①]。对于“专以食人为事”的“扪焦人”来讲，须陀国无疑是一个理想去处，而且“此地有数亿人，愈食愈多，食之不尽”。三是食人族“扪焦人”。在我国历史文献中，似乎并没有关于“扪焦”一词的记载，故笔者认为在《人肉楼》中，韩文举创造了“扪焦”一词，并以此命名了“食人”异族。扪，本是一种诊断方法，在《黄帝内经·素问》第三十九篇《举痛论》有其记载，“视其主病之脉，坚而血及陷下者，皆可扪而得也”，唐代医学家王冰对此注释为：“扪，摸也，以手循摸也。”焦，则为“焦急”之意。有学者认为，在甲午战败之后，“中国乃是一个有病的肌体成了士人知识分子的集体想象方式，‘医病救国’的隐喻已经成弥漫之势。尽管各个不同的精英思想家在对病体的诊断和治疗方案上不同，但是却都统一于‘医国’的目的下”[②]。比如严复在《原强》中说，“盖一国之事，同于人身，今夫人身，逸则弱，劳则强者，固常理也。然使病夫焉日从事于超距赢越之间，以是求强，则有速其死而已矣。今之中

---

① 鲁迅：《灯下漫笔》，《鲁迅文集·第三册》，北京燕山出版社，2018，第 676—677 页。

② 李音：《晚清至五四：文学中的疾病言说》，博士学位论文，华东师范大学，2009。

国，非犹是病夫也耶?”[①] 1896年谭嗣同在《仁学》中提出，“中国、土耳其、阿富汗、波斯、朝鲜，海内所号为病夫者也”[②]。类似的表述和为有病之国探病治病的观点，在当时的守旧派、维新派、革命派的论著中比比皆是。从这个背景出发来理解“扪焦”，便可理解韩文举在两个方向的指涉：身处末世之朝，作者以手探之，以眼观之，以心感之，既对“须陀人”甘为人吃的现状哀其不幸、怒其不争，又对“专以食人为事”的“扪焦人”的病态国体感到无比焦急。这也正是清末残酷社会现实的真实写照。

2.《人肉楼》中对“吃人”态势的描写

韩文举对“人肉楼”中“吃人”态势的描写，是《人肉楼》隐喻系统的第二个层面。天冶子被捉之后，旋即被带到“人肉楼”中。在这里天冶子看到前面坐一少年，后坐一老妪，“老妪啖人肉最多，十余年间，啖‘须陀人’数百万”，她旁边有数十人，“专执剖割之役以供奉老妪”。耿传明认为，这是一种政治影射性质，少年即为光绪皇帝、老妪即西太后。少年在前，老妪在后，正是清末朝廷“垂帘听政”的写照。作为戊戌变法的直接参与者，韩文举自然对满族政权的体制、模式以及运行状态有所了解。变法最终被慈禧镇压，“六君子”血溅菜市口，他与梁启超等人远遁日本，这些经历对韩文举产生了重要影响。晚清政治小说、谴责小说中经常采用影射性的描写，“其影射内容直接对应着现实生活的原型或真实的社会情况，甚至有确切所指”[③]。所以，这也是韩文举政治隐喻的一部分。他运用隐喻的手法，将在“人肉楼”中一前一后、吃人无数的少年与老妪影射为光绪皇帝与慈禧皇太后，

---

① 严复：《原强》，《严复集》诗文卷（上册），王栻编，中华书局，1986。

② 谭嗣同：《仁学》，《谭嗣同全集》，生活·读书·新知三联书店，1954，第75页。

③ 方国武：《影射叙事与政治批判——晚清谴责小说政治修辞分析》，《学习与探索》2009年第2期。

一方面明确地表达了隐喻意象所暗含的指涉——政体无能、国体孱弱，对外仰人鼻息，“量天朝之物力，结与国之欢心”，对内残酷镇压，视人民如牛马猪狗的社会现状，正是由于啖人肉最多的老妪和前面少年造成的，他们才是根本中的根本；另一方面变法失败带来的极度失望和对清政府的清醒认识，使其看到了所谓“君主”，“绝不是华胥国的圣王，而是专制的代名词，因此无论他们个人脾性是放纵、粗野，还是柔和、驯服，都只是自然界的兽性的化身”①。韩文举在《人肉楼》的隐喻系统里，成功对光绪皇帝与慈禧皇太后进行了妖魔化处理，从而完成了对晚清政权合理性的否定。

3. 将中国数千年历史浓缩成“人吃人”的残酷场景

这是《人肉楼》隐喻系统的第三个层面。小说通过天冶子的视角将中国数千年历史浓缩成“人吃人”的残酷场景。小说中这样写道，因为天冶子人种特殊，遂被“养于一室，待其驯性，察其举动，乃可烹之”，于是天冶子被带进一个大屋子，其地广大无垠，“畜人无数，其中人皮、人眼、人耳、人心、人手足、人脑等各为一堆”，并且烹人也分先后，瞎者、聋者、傻者等都排在后面，“其目炯炯而其心昭昭者又最多言语者则优先之，不特先之，而又多之，故今所余，炯炯、昭昭者无几也”。这实际是作者对晚清“万马齐喑究可哀”状态的影射和感叹。接下来更令人触目惊心，“食人品分数千，又分新旧，一一标识。最古者为比干心、鄂侯脯，其次为子胥目，为方孝孺舌……”。耿传明认为，韩文举“以现代启蒙主义的文野之分彻底颠覆、取代了传统的华夷之辨，传统中国所推崇的圣贤、忠臣、义士在此都成为‘吃人国度’中无畏的‘被吃者’，这种价值重估的颠覆性、深刻性自不待

① 朱军：《“吃人”叙事与中国文学现代性的开端——从〈人肉楼〉到〈狂人日记〉》，《中国现代文学研究丛刊》2015 年第 10 期。

言”①。韩文举通过这个层面的隐喻，不但将晚清政权的残酷统治体现得淋漓尽致，同时将中国几千年文明史压缩为一部“人吃人”的历史、一部封建专制制度和礼教吃人的历史——比干、鄂侯、伍子胥、方孝孺尚在被吃之列，更何况千千万万挣扎在帝王统治之下、礼教束缚之中的芸芸众生呢？

通过以上论述不难看出，《人肉楼》虽然发表于梁启超发起“小说界革命”前的几个月，但早在1898年梁启超远遁日本之后，就发表了《译印政治小说序》，其中提到“故六经不能教，当以小说教之；正史不能入，当以小说入之；语录不能谕，当以小说谕之；律例不能治，当以小说治之”②。从韩文举与梁启超的关系以及其创作实践来看，虽然小说是对晚清政权的政治影射和对礼教吃人的批判，但其美学取向还是“借思想文化作为解决问题的途径”③，和后来“小说界革命”对小说功用的功利性选择别无二致。韩文举作为康有为弟子、万木草堂的学长、梁启超的好友加战友，其思想倾向和创作实践都有康门的影子并受梁氏的影响。梁启超在《译印政治小说序》中说，“自《虞初》以来，佳制盖鲜”④，韩文举遂将小说命名为《虞初今语·人肉楼》，由此可见一斑。正是因为韩文举既接受过其师康有为封建正统教育，又在日本受到了先进文学观念的影响，所以在《人肉楼》中既可以看到古代小说主题表现的手段，也可以看到近现代文学中主题建构的方法。

---

① 耿传明：《来自“别一世界”的启示——现代中国文学中的乌托邦与乌托邦心态》，南开大学出版社，2014，第47页。

② 陈平原、夏晓红：《二十世纪中国小说理论资料·第一卷（1897年—1916年）》，北京大学出版社，1989，第21页。

③ 朱军：《“吃人”叙事与中国文学现代性的开端——从〈人肉楼〉到〈狂人日记〉》，《中国现代文学研究丛刊》2015年第10期。

④ 陈平原、夏晓红：《二十世纪中国小说理论资料·第一卷（1897年—1916年）》，北京大学出版社，1989，第21页。

三、《狂人日记》的主题建构

在《狂人日记》中，鲁迅将“吃人”这一历史经验性事件上升为具有象征、隐喻性质的意象和文化理性批判，“吃人”叙事至少被赋予了三重内涵，一是对封建礼教和专制制度的批判和深刻的民族自省；二是国民性改造与救亡图存；三是人的觉醒与思想启蒙。这也暗合了《狂人日记》的多义性主题。笔者认为，《狂人日记》的多义性主题的建构手段与策略，与中国古代小说相比已经发生了质的变化。具体如下。

1. 文言的小序与白话的正文组成的特殊结构

《狂人日记》作为中国文学史上第一部白话小说，在“五四新文学的起点上，创造了现代文学的经典文本”①，它在当时的中国，不仅在思想内容上提出了对封建道德和礼教的批判、昭示了人的觉醒与抗争，还证明了“旧文学自以为特长者，白话文并非做不到”②。钱理群认为，《狂人日记》显示了用现代白话文学语言表达现代中国人的思想感情是具有生命活力的，为以后的现代文学写作提供了一个可资借鉴的文本，“更提供了一种高境界、高标准”③。但是，在这样一篇白话小说的开山之作的文本之前，却还有一个文言的小序；在“一个被指为狂人的人在日益加深的迫害狂痛苦中的许多胡言乱语”④ 之前，却添加了一个由“余”口述、条理清楚，讲述了“狂人日记”的由来以及事情缘由始末的小序，这无疑会引起后世研究者的兴趣。虽然这个小序看起来颇有点古代小说中“序跋”或“入话”的样子，但究其本质却有着极大的

---

① 参见钱理群主编：《中国现代文学编年史——以广告学为中心（1915—1927）》，北京大学出版社，2013，第 82 页。

② 鲁迅：《小品文的危机》，《鲁迅全集（第四卷）》，人民文学出版社，2005，第 592 页。

③ 参见钱理群主编：《中国现代文学编年史——以广告学为中心（1915—1927）》，北京大学出版社，2013，第 82 页。

④ 李欧梵：《铁屋中的呐喊》，尹慧珉译，人民文学出版社，2010，第 52—53 页。

区别。目前学术界对于文言小序以及其与白话正文的对立结构研究，有以下几种观点。一是认为小序在叙事学意义上“引入了一个具有全知全能视角的叙述者。他深谙一切秘密：故事的缘起、过程和结局，更重要的是他希望以‘知情者’的身份来获取话语权力，制造出某种绝对真实。读者一定认同了叙述者的话语权，就将撤除虚构与真实的界线，进入到‘我’所安排的小说逻辑中”①。二是认为这是一种烘托的写法，“‘小序’是以小说作者的口气写的，他假托这‘日记’是自己的旧日同学在病中所写，他得到后加以整理发表出来。这显然是一种烘托手法，目的是增加作品的真实感。烘托的目的一达到，‘小序’也就完成了自己的使命，这时它和作为正文的‘日记’也就不再有什么关系了”②。三是认为小序和正文之间存在着一种微妙的关系，二者既对立又联系，从而达到了一种反讽的效果。李欧梵认为，用正规文言写成的小序，“价值观完全合乎旧习，和日记的价值观恰恰相反。‘序’在挑起读者想知道狂人是谁的同时，也使他们对这日记内容之奇有所准备。虚构的效果就由这小小的聪明的设计创造出来，它同时也是对传统‘序’这种形式的陈词滥调的嘲弄”③。小序与正文的不同被界定为所谓的“两重叙述”和“两重观点”，“余”同“狂人”的叙述被判定为构成对立，“这样，小说文本就具有了一种分裂性，对立的因素相互嘲弄与颠覆、消解，形成反讽的结构”④。

笔者同样认为《狂人日记》中文言小序与白话正文之间存在着一种微妙的联系，这也是正确理解此作主题的关键。通过对小序与正文的对读不难发现，二者各自讲述了一个完整的故事，正文故事的结尾、人物的结局隐藏于文言小序之中。小序不长，全段如下：

---

① 何敏：《〈狂人日记·序〉的解读》，《黔东南民族师范高等专科学校学报》2002年第5期。

② 萧新如：《〈狂人日记〉四题》，《东北师范大学学报（哲社版）》1985年第6期。

③ 李欧梵：《铁屋中的呐喊》，尹慧珉译，人民文学出版社，2010，第53页。

④ 钱理群、温儒敏、吴福辉：《中国现代文学三十年》，北京大学出版社，1998。

某君昆仲，今隐其名，皆余昔日在中学校时良友；分隔多年，消息渐阙。日前偶闻其一大病；适归故乡，迂道往访，则仅晤一人，言病者其弟也。劳君远道来视，然已早愈，赴某地候补矣。因大笑，出示日记二册，谓可见当日病状，不妨献诸旧友。持归阅一过，知所患盖“迫害狂”之类。语颇错杂无伦次，又多荒唐之言；亦不著月日，惟墨色字体不一，知非一时所书。间亦有略具联络者，今撮录一篇，以供医家研究。记中语误，一字不易；惟人名虽皆村人，不为世间所知，无关大体，然亦悉易去。至于书名，则本人愈后所题，不复改也。七年四月二日识。

文言“小序”实际上传达了四个方面的信息。一是确认是“其弟”病了，而不是“大哥”病了。在离乡多年、“消息渐阙”之时，偶然得知昔日与自己交好的兄弟俩中有一个生病了。“余”返乡之后见到了“大哥”，确认了得病的人是“其弟”。二是“大哥”向“余”确认了所谓病人最后的结局，即“然已早愈，赴某地候补矣”。三是对病人在生病期间行为的否定。“大哥”说“其弟”病情时的“大笑”，可以看作对“狂人”行为的轻视、嘲讽与否定；“余”持归阅后，认为病人是患了“迫害狂”的病，日记也均是语无伦次的荒唐之言。四是这部小说的名字，其实并不是作者所赋予的，而是由痊愈后的“狂人”所题，作者也认为合适，遂“不复改也”。白话的正文虽然看起来记录的只是一位“迫害狂”患者的臆想、猜测、胡言乱语以及癫狂行为，但如果将十三段日记放在一起来读，却是“一个紧张心理的故事”①：“我”在三十多年后见到了“很好的月光”“精神分外爽快”之后，发现身边的人都想谋害“我”、吃“我”的肉。“我”百思不得其解，“人何以要吃

① 李欧梵：《铁屋中的呐喊》，尹慧珉译，人民文学出版社，2010，第52页。

人”呢？为了得到答案，“我”去研究历史，可“翻开历史一查，这历史没有年代，歪歪斜斜的每页上都写着‘仁义道德’几个字。‘我’横竖睡不着，仔细看了半夜，才从字缝里看出字来，满本都写着两个字是‘吃人’”。最终“我”发现，几千年历史的中国，处处都在吃人，吃人的人也在被吃，“四千年来时时吃人的地方，今天才明白，我也在其中混了多年”。“有了四千年吃人履历的我”现在才明白“难见真的人”，并发出了“你们可以改了，从真心改起”和“救救孩子”的呼喊。

在《狂人日记》诞生之前，五四文学革命已经拉开了序幕。1917年初，胡适在《文学改良刍议》中就已经提出“然以今世历史进化的眼光观之，则白话文学之为中国文学之正宗，又为将来文学必用之利器，可断言也”。有些学者认为，《狂人日记》发表的年代，正值新文化运动的启蒙时期，新文化的倡导者们正大力宣传“提倡新文学，反对旧文学。提倡白话文，反对文言文”。虽然白话文的提倡是必然的趋势，但当时文言的传统力量还非常强大，如果直接以狂人“疯言疯语”的白话开篇，读者接受起来可能会有一些困难。鲁迅特意用文言来引渡一下，并把白话文定为“狂人”所言，这样白话革新的锋芒就不那么尖锐了，在语体接受上起到了一个小小的缓冲作用，这可以说是鲁迅的一种叙事策略。① 然而，这也许只是研究者的一种臆测而已，根据周作人的回忆，鲁迅“对于文学革命即是改写白话文的问题，当时并无兴趣”②。在当时的中国，以白话取代文言从而做到言文合一，已经得到了大部分知识精英的认同，鲁迅自然也是其中之一，通过鲁迅在其杂文中对白话文的表述即可以证明这一点。然而，鲁迅并没有将改写白话文等同于文学革命。周作人曾说，“鲁迅对于简单的文学革命不

---

① 参见赫灵华：《鲁迅序跋研究》，硕士学位论文，延边大学，2006。

② 周作人：《鲁迅的故事·新青年》，第365页。转引自钱理群主编：《中国现代文学编年史——以广告学为中心（1915—1927）》，北京大学出版社，2013，第80页。

感多大兴趣，以前《域外小说集》用文言，固然是因为在复古时代的缘故，便是他自己从创作上，如题名‘怀旧’的那一篇，作于辛亥（一九一一年）的下半年，用的是文言，但所描写的反动时代的‘呆而且坏’的富翁与士人，与呐喊里的正是一样。所以他动手写小说，并不是来推进白话文运动，其主要目的还是在要推倒封建社会与其道德……他对于文学革命赞成是不成问题的，正是觉得如不与思想革命结合，便无多大意义”①。钱理群也认为，“在鲁迅看来，把文学革命的任务仅仅归结于‘改写白话文’即语言工具的转换，是有可能将文学革命、包括语言变革的内容狭窄化与表面化、形式化的”②。综合以上论述，笔者认为，虽然文言小序与白话正文这种特殊结构具有一定深意，但鲁迅并非希望通过二者文体的对立与消解达到某种目的，也就是说他不一定是像李欧梵说的那样，打算用白话正文对传统形式的文言小序的陈词滥调进行嘲弄，更不是用文言小序的缓冲作用来提高读者对白话正文的接受程度，所以对其研究也就不能仅仅停留在文体的层面。

笔者认为，在小序和正文的文本以及两个故事之间，存在着三组对立与统一的关系。一是“我”与“大哥”、叙述者“余”的关系。在小序之中，“我”隐藏在了“大哥”的叙述之中，并被确认为日记的主人公。“大哥”是“我”疯狂行为的见证者和日记的提供者。“余”则为事件的叙述者和日记的整理者、发布者。“大哥”与“余”代表了当时正常社会之下的所谓“正常人”，他们在封建制度和礼教之下成长并浸淫其中，深谙这个制度和社会秩序之下的各种显、潜规则。在他们看来，“我”的行为是荒诞、疯癫、桀骜不驯和有辱斯文的；而在“我”的眼中，他们却是“瞒和骗”的虚伪世界中时时会吃人，却不打

① 周作人：《鲁迅小说里的人物》，北京十月文艺出版社，2013，第15—16页。

② 参见钱理群主编《中国现代文学编年史——以广告学为中心（1915—1927）》，北京大学出版社，2013，第80页。

算悔改的人——这是无疑是一种对立的关系。“我”与“大哥”、叙述者“余”之间的统一和联系则体现在三者都是这个“瞒和骗”世界中的一员。在这个世界中，几千年封建社会的历史造就的壁垒森严的等级制度、阶级观念早已深入人心，各国列强对中国的打压、侵略，对文化的摧残和对民族自信的蹂躏，让国人渐渐失去了“兽性”、剩下了“奴性”。生活在其中的国民每天都在“吃人”或者“被吃”，间或有几个先觉者发现了“吃人”的现象和礼教的本质并呼号奔走以唤醒沉浸其中的国民，却被当成了疯子——这正是当时中国社会的真实写照。二是“我”与“大哥”的关系。“大哥”的形象是具有特殊意义的，这一点毫无疑问——这也是发疯的是“其弟”而不是“大哥”的原因——“大哥”首先是“我”的否定者，“我”的行为和话语在他看来是荒诞的，是无稽之谈，所以他才会在人们围观“我”的时候“忽然显出凶相”，并喝道：“都出去！疯子有什么好看”。其次，“大哥”的一个隐藏身份是旧秩序、旧礼教的捍卫者，这种捍卫是几千年传承下来的惯性，是深入骨髓、写入基因的——这也正是“我”认为“大哥”“吃人”他却不自知的原因。最后，“大哥”是“我”要改造的对象，是我启蒙的第一个人。“我诅咒吃人的人，先从他起头；要劝转吃人的人，也先从他下手。”但显然“我”失败了——这是两者之间的对立。两者之间的统一则表现在“我”对“大哥”的启蒙失败之后，突然发现“我”也是“吃人”的人，“我”和“大哥”其实是一样的，只不过我不愿再“吃”了而已。三是“余”与“我”的关系。“余”作为小序的讲述者和日记的整理与发布者，所讲述的小序和日记的内容上存在一定的对立，即通过“大哥”的表现和“狂人”病愈后的“赴某地候补”的结果，消解和否定了日记中的癫狂。但他们之间的统一和联系却体现在整个作品主题的表现上。其原因有二。一是在于这种对“狂人”的消解和否定的力度越大，越能证明制度的残酷、礼教的黑暗，借助制度和礼教“吃人”的人，是多么的虚伪和残忍；二是在于“余”

并不完全认为“狂人”的癫狂是荒诞且不可理喻的，“狂人”的呓语和疯狂的行为背后或许存在某些深意或者可以探讨的东西，所以他才“撮录一篇，以供医家研究”。前文中笔者曾经提到，在甲午战败之后“医病救国”的隐喻就颇为流行，为有病之国探病治病的观点，在当时的守旧派、维新派、革命派的论著中比比皆是。周作人也曾说过，“因为那时报纸上喜欢登载异闻，如三只脚的牛，两个头的胎儿等，末了必云‘以供博物之家研究’，所以这里也来这一句”①，可见这在当时是一种比较流行的写法。将此两种因素结合，“余”的供医家研究的说法正是体现了作者的意图，即作为先觉者的“狂人”——也许就是作者本身——他“超前的远见卓识和极具历史穿透力的思想无人理解，自己的言说无人响应，自己的主张无人遵从，没有志同道合的人可以交流，甚至没有伴侣和朋友”②，并且常常被认为是个疯子。所以作者希望通过对“狂人”行为的分析，认识到先觉者呼号的合理性，了解其癫狂话语背后的真意与深意，从而达到“暴露家族制度和礼教的弊害”“救救孩子”以及寻找“真的人”的目的。

2. 虚实交织的写法，文本与现实的互文

在前文对文言小序加白话正文组成的特殊结构的分析中，可以看出小序和正文之间有一定的互文性，这正好符合热拉尔·热奈特狭义互文性理论。热氏认为，“跨文本关系”具体来说共有五种，分别是互文性、副文性、原文本性、广义文本性和超文性。其中副文性是指正文与标题、副标题、前言、跋、插图等的互涉关系。③ 通过细读文本不难发现，《狂人日记》中除了文言小序与白话正文之间存在着互涉关系外，在其文本与社会现实之间也存在着一定的互文关系——一种广义

---

① 周作人：《鲁迅小说里的人物》，北京十月文艺出版社，2013，第 20 页。

② 田建民：《鲁迅、钱钟书论稿》，人民出版社，2015，第 19 页。

③ ［法］热拉尔·热奈特：热奈特论文集，史忠义译，百花文艺出版社，2000。转引自赫灵华：《鲁迅序跋研究》，硕士学位论文，延边大学，2006。

的互文性。广义互文性理论认为，任何一个文本都是在与其他文本的互动中进行吸收、改编与融合的，文本是对已有文本的重新组合。在这一理论中，文本不仅仅是语言文本，而且大的社会、历史环境也被看作了文本。① 在《狂人日记》中，鲁迅采取了虚实交织的写法，他把“狂人”的荒诞行为、荒唐的呓语与恐怖的“吃人”想象和历史中真实的“吃人”事件交织在一起，形成了一个互文性的有机整体。通过文本分析可以发现，“狂人”的吃人想象共有四个层次，并且在四个层次之间存在一种递进关系。一是感觉到害怕，有人“似乎想害我”。之所以做出这样的判断，是因为赵贵翁眼色很奇怪，“还有七八个人，交头接耳的议论我，又怕我看见”，一伙小孩子的眼色也很像赵贵翁一样。二是认为“他们要吃我了”。这样认为的原因在于狼子村的大恶人被打死后心肝被人吃掉的诱发，并因此进行研究后发现，历史书都是“仁义道德”掩盖之下的“吃人”，同时“家里的人都装作不认识我；他们的眼色，也全同别人一样”，都很凶。三是发现“吃人的是我哥哥”。认为“大哥”请来为其诊病的医生是刽子手装扮的，其目的是“揣一揣肥瘠”，并且在临走的时候对“大哥”说“赶紧吃罢”，遂知“大哥”原来也是密谋吃“我”的人之一。四是发现自己也是“吃人”的人。由妹子的死想到“大哥正管着家务，妹子恰恰死了，他未必不和在饭菜里，暗暗给我们吃”，于是“我”也可能无意中吃了妹子的几片肉，成了“吃人”的人，成了“有四千年吃人履历的我”。作者通过“狂人”的这四层臆想，将“吃人”由“我”担心自己被吃放大到“吃人”的不仅仅是村民、“大哥”“母亲”“我”，还包括四千年履历中的每一个人，最后“狂人”才明白，这个世界已“难见真的人”。

然而，这一重大发现并不是只靠“狂人”的臆想来完成的。在作品主题演进的过程中，“狂人”的臆想与历史和现实中的真实“吃人”

① 参见［日］西川直子：《克里斯托娃：多元逻辑》，王青、陈虎译，河北教育出版社，2001。

事件、“吃人肉”历史记载或传说组成互文系统，完成了对“吃人”意象的升华——一个“从史实到历史再到文化的转换、升级的过程”①。在《狂人日记》中，“吃人”作为“狂人”的主要想象贯穿了全篇，与之构成互文关系的真实“吃人”事件或者记载有以下四种。一是“易子而食”。这是“大哥”在对“我”讲书的时候亲自给“我”讲的。这个故事见于《公羊传・宣公十五年》：庄王围宋，军有七日之粮尔。尽此不胜，将去而归尔。于是使司马子反乘堙而窥宋城，宋华元亦乘堙而出见之。司马子反曰：“子之国何如?”华元曰：“惫矣。”曰：“何如?”曰：“易子而食之，析骸而炊之。”显然《公羊传》中的记载并不是要说“吃人”，只是以“易子而食”倍言宋国的疲态。但在这些代表国家法度、伦理道德的君主与士大夫关于所谓“不欺人之臣”和开明之君高谈阔论之中，血淋淋的“易子而食”却被冠冕堂皇地遮蔽了。二是“易牙蒸了他儿子，给桀纣吃”。易牙烹子所献之人并非桀纣而是齐桓公，这里是作者有意缪写以衬“狂人之狂”。《管子・小称》记载，管仲在劝齐桓公亲贤远佞时说：“臣愿君之远易牙、竖刁、堂巫、公子开方。夫易牙以调和事公，公曰：‘惟烝婴儿之未尝’。于是烝其首子而献之公。人情非不爱其子也，于子之不爱，将何有于公?”显然，这是一个明君贤相的故事，但是在他们眼里，易牙的儿子烹了也就烹了，与君主的开明与臣子的贤达没有什么太要紧的关系。三是“徐锡林”被吃。“徐锡林”即徐锡麟，这是一个真实的历史事件。根据章太炎《徐锡麟传》记载，1907 年 7 月 6 日，光复会成员安徽巡警处会办兼巡警学堂监督徐锡麟，在安庆刺杀了安徽巡抚恩铭，“锡麟持短铳，遽击恩铭，数发，皆中要害”。之后徐锡麟率领学生军起义，攻占军械所，激战四小时后失败被捕。第二天，徐锡麟被清政府杀于安庆抚院门前，

① 董炳月：《论鲁迅对〈狂人日记〉的阐释——兼谈〈呐喊〉的互文性》，《文学评论》2018 年第 5 期。

时年三十五岁。徐锡麟就义之前说，“我自为汉种，问罪满洲”。他畜志排满已十余年，本拟带领学生军起义推翻清政府为汉人复仇，最终却起义失败惨遭屠戮，恩铭的侍卫为了复仇炒食了他的心肝。四是“去年城里杀了犯人，还有一个生痨病的人，用馒头蘸血舐”。这自然也是指真实的历史事件，即革命女侠秋瑾的就义。收于小说集《呐喊》中的《药》同样写了这个事件，不过是用“夏瑜”代替了秋瑾。

有学者认为，“《狂人日记》所记述的‘吃人’大约包括被‘仁义道德’遮蔽的‘吃人’；被‘仁义道德’宣扬的‘吃人’；或医或巫的‘吃人’及涉及战争和报复的‘吃人’”①，笔者在上文提到的、与狂人“臆想”形成互文系统的真实的“吃人”事件也大都包含在这三类之中。这些事实存在于中国古籍之中，从《公羊传》到《本草纲目》、从《鸡肋编》到《资治通鉴》，都是鲁迅自己读过的。作者通过史书“乃悟中国人尚是食人民族”，“狂人”则在怀疑“他们要吃我了”之后，带着疑问转而向历史寻求答案——“我翻开历史一查，这历史没有年代，歪歪斜斜的每页上都写着‘仁义道德’几个字。我横竖睡不着，仔细看了半夜，才从字缝里看出字来，满本都写着两个字是‘吃人’”。至此，鲁迅建立的“狂人”臆想和历史事实之间的互文关系发挥了作用，历史与现实交织在了一起，当狂人“‘从字缝里看出字来’的时候，终于逐渐达到‘中国历史是吃人的历史’这一关键性的认识”②。

---

① 北海：《关于〈狂人日记〉——鲁迅自评探讨》，上海社会科学院出版社，2018，第 16 页。

② 李欧梵：《铁屋中的呐喊》，尹慧珉译，人民文学出版社，2010，第 52 页。

结　语

“吃人”叙事现象是指在中国近现代文学中发端、形成、发展、成熟的一种以真实性或隐喻性“吃人”为主要内容的叙事类型。这一现象在晚清“西学东渐”语境下萌芽，在期末“小说界革命”前夜发端，在五四新文学运动前期形成，到五四新文学运动的第二个十年及以后逐渐成熟，并出现了大批“吃人”叙事小说作品。本书站在文学、人类学、社会学等学科相互交织、影响的维度，抓住“吃人”叙事现象发展脉络中的关键时间节点和作家作品，对其进行了全面、系统、深入的研究，尝试建构了中国近现代文学研究的新视野。首先是建构了“吃人”叙事的发展轨迹，确认了不同时代、不同作品之间的精神联系与发展传承。在传教士带来的西方思想影响下，晚清小说观念的变化使出现在以《点石斋画报》为代表的报刊中的一些“吃人”文本出现了现代化萌芽，从而为“吃人”叙事小说的出现奠定了基础；继而维新派思想家对小说教化作用的强调、译印“政治小说”的提倡与“小说界革命”的揭幕与“新小说”理论框架的建构，促使“吃人”叙事现象出现了具有开端意义的作品——《人肉楼》；在清末民初翻译小说不断进入，为“吃人”叙事现象的发展补充了重要话语资源和思想资源的基础上，“吃人”叙事现象的标志性作品《狂人日记》在五四新文学运动前期诞生。《狂人日记》一方面继承了《人肉楼》从时间和空间上建构的“吃人”场所——中国就是一座每天都在“人吃人”的残酷的“人肉楼”——并对其内涵予以延展，一方面受到来自日本学术界中国人“食人风习”研究成果和国民性讨论的影响，在五四启蒙运动语境之下塑造了一个疯狂的觉醒者，对中国的历史进行了“吃人”指认——四千年“吃人”的历史，而“我”正在其中。将“吃人”叙事建构为以批判为精神内核的文化政治隐喻，标志了“吃人”叙事现象的形成。五四新文学运动的第二个十年及以后，“吃人”叙事现象沿着《狂人日记》的延长线逐渐成熟，“吃人”内涵不断延展，出现了大量以隐喻性“吃人”为内容的文学作品。其次是对有代表性的“吃人”叙事小说进行了研究，分析了“吃人”叙事现象发展的内在动力。近代以来，在民族反省的基础上，在启蒙与救亡的双重需求之下，“吃人”叙事被纳入民族国家叙事之内，获得了发展、形成的现代性动力。其一是对科学、民主、自由等新价值标准的向往以及对建立新的民族国家的追求；其二是以“人”的发现和觉醒为目标的“人的文学”的建立，这直接引发了清末民初两次思想启蒙和两次文学革命，这是“吃人”叙事发展的隐性动力和精神内核；其三是挖掘、整理了“吃人”叙事现象中长期以来被学术界忽略的作品，确认了其对“吃人”叙事现象形成的价值以及学术意义。这类作品主要有两类，一是几乎没有得到学术界关注的作品，主要是河北觉生的翻译小说《食人国》、鲁迅的翻译小说《食人人种的话》、汪静之以《人肉》为代表的六篇小说等；二是有一定关注度但研究成果甚为稀少的作品，比如韩文举的《人肉楼》、陈景韩的翻译小说《食人会》等。通过对这些小说的产生背景、作家的思想背景和文本进行分析，确认了其对“吃人”叙事形成的意义，肯定了其应有的学术价值。

在既往学术史中，“吃人”叙事小说或“吃人”叙事现象并未得到足够的重视，本书将其作为一种叙事现象并对其作家、作品进行系统研究，具有一定的创新性与突破性。一是对“吃人”叙事现象的提出与确认。尽管有关“吃人”事件的记载、“吃人”故事在中国古代文献里数量可观，尽管鸦片战争之后随着西学东渐步伐的加快西方“吃人”传说陆续进入中国并与本土文本发生互动，尽管在清末民初出现了一定数量且极具分量的“吃人”叙事小说，但长久以来却鲜有学者将其作为一种叙事现象加以系统性研究。正是基于此，“吃人”叙事现象这一概念的提出具有一定的创新意义。二是对“吃人”叙事现象及相关作品进行多维度考察。将相关作品置于晚清民国宏观政治、文化视野与中国小说现代化转换的视域之下，对其成因、发展、演变等环节进行相应的考察，并对“吃人”叙事小说做出两个向度的研究——经典叙事学的文本研究，以及从后经典叙事学理论出发，对文本所涉及的文化和语境进行的研究——并通过对两种研究的结合全面阐述这一叙事现象。这不但是对“吃人”叙事在中国近现代文学史上应有地位的肯定，也在一定程度上填补了学术研究的空白。三是对近现代小说研究新视野的尝试性建构。将“吃人”叙事置于二十世纪文学史中便可发现，在“吃人”叙事小说中一些作品具有非常重要的学术价值。例如，韩文举的《人肉楼》不但处于现代文学史前史的位置，还被认为是“吃人”叙事小说的滥觞之作和《狂人日记》的先声；陈景韩、河北觉生的翻译小说《食人会》与《食人国》不但为中国近现代小说提供了“他者”标本，同时为“吃人”叙事现象的形成提供了话语资源；处在现代小说起点位置的《狂人日记》，本身就是中国现代文学的标志，更以独特的格式、深邃的思想、别具一格的魅力吸引了大批五四文学青年并为他们提供了现代白话小说的范式。每一部作品都足以令研究者动容，都值得深入发掘、研究。对这一叙事现象所涉作家、作品之间的内在联系，文本的精神向度与主题建构、现代性转换以及现代化表征的研究，是中国近现代小说研究的新角度、新视野，而“吃人”叙事现象的形成也正是中国小说现代化的标志之一。

因笔者本身水平有限以及材料占有的局限性，导致对“吃人”叙事小说的研究尚存在明显不足。第一是研究范围的不足。本书的研究所涉时间设定于1840年到1949年，文本范围限定于中国近现代文学，研究范围略显不足。未来可以将研究时间下限放宽至当代文学，将文本范围放大到中外文学史，以获得更多“吃人”叙事现象的文本。因为“鲁迅之后，作家们对‘吃人’仍有持续书写，其创作模式基本还是延续着《狂人日记》的‘批判’特征，把‘吃人’看成既定的文化象征和审美资源”①。在现当代文学中，陈映真的《乡村的教师》、李佩甫的《送你一朵苦楝花》、莫言的《酒国》、王学森的“定西孤儿院”系列小说之《黑石头》、田耳的《掰月亮砸人》，等等，这些作品，其内容均与“吃人”有关。“吃人”叙事现象提出之后，在对这些作品的研究中会增加全新的考察角度和研究向度，从而对“吃人”母题的发展、“吃人”叙事的变化以及现当代文学之间的传承与否弃形成进一步的追溯与认知；在更高的维度上建立起“吃人”叙事研究框架，更立体、更全面地对这一现象进行研究、探讨，以提升其理论意义与学术价值。第二是学科交叉的限制。虽然本书的研究也引入了一些人类学、社会学的研究成果，但囿于笔者自身水平、能力的问题，并没有真正做到跨学科的交叉研究。近现代西方和日本对于“吃人”现象的研究多集中在人类学和社会学方面，这些研究成果对于文学层面的研究具有相当重要的意义，未来可以通过加强学习，弥补这方面的不足。

---

① 王学森：《“吃人”的复活与永恒的现实精神——从〈狂人日记〉到〈黑石头〉》，《新文学评论》2017年第4期。

参考文献

一、著作

[1] [美] 佩吉·里夫斯·桑迪 (Peggy Reeves Sanday). 神圣的饥饿：作为文化系统的食人俗 [M]. 郑元者译，北京：中央编译出版社，2004.

[2] [美] 乌尔利希·韦斯坦因. 比较文学与文学理论 [M]. 刘象愚译，沈阳：辽宁人民出版社，1987.

[3] 陈平原. 中国小说叙事模式的转变 [M]. 北京：北京大学出版社，2010.

[4] 曹顺庆主编. 比较文学教程 [M]. 北京：高等教育出版社，2010.

[5] [美] 勒内·韦勒克、奥斯·汀沃伦. 文学理论 [M]. 刘象愚、邢培明、陈圣生、李哲明译，杭州：浙江人民出版社，2017.

[6] [法] 伊夫·瓦岱. 文学与现代性 [M]. 田庆生译，第 26 页，北京：北京大学出版社，2001.

[7] 梁启超. 五十年中国进化概论 [M]. 饮冰室合集·文集之三十九，北京：中华书局，1989.

[8] 刘小刚. 清末民初翻译文学中的西方形象 [M]. 杭州：浙江

大学出版社，2017.

［9］钱理群、温儒敏、吴福辉. 中国现代文学三十（修订本）［M］. 北京：北京大学出版社，1998.

［10］周作人. 鲁迅的青年时代［M］. 石家庄：河北教育出版社，2002.

［11］易白沙. 帝王春秋［M］. 北京：中华书局，1924.

［12］胡绳. 从鸦片战争到“五四运动”［M］. 北京：人民出版社，1981.

［13］朱文华. 中国近代文学潮流：从戊戌变法前后到五四文学革命［M］. 贵阳：贵州教育出版社，2004.

［14］耿传明. 决绝与眷恋：清末民初社会心态与文学转型［M］. 上海：复旦大学出版社，2006.

［15］［日］伊达源一郎. 近代文学［M］. 张闻天、汪馥泉译，北京：商务印书馆，1930.

［16］顾长声. 传教士与近代中国［M］. 上海：上海人民出版社，2004.

［17］张天星. 报刊与晚清文学现代化的发生［M］. 南京：凤凰出版社，2011 年 7 月.

［18］［美］威廉·阿伦斯. 人食人的传说［M］. 孙云利译，上海文艺出版社，1993.

［19］ARNOLD A. *A history of literature in the Caribbean*［M］. Philadelphia:John Benjamins Publishing Company,2001.

［20］［意］利玛窦等. 利玛窦中国札记［M］. 北京：中华书局，1983.

［21］陈平原、夏晓红. 图像晚清：《点石斋画报》［M］. 东方出版社，2014.

［22］［日］石川荣吉. 现代文化人类学［M］. 周星译，北京：中

国国际广播出版社，1988.

［23］慧琳．一切经音义［M］．上海：上海古籍出版社，1986.

［24］周致中．异域志［M］．陆峻岭校注，北京：中华书局，1981.

［25］顾长声．传教士与近代中国［M］．上海：上海人民出版社，2004.

［26］管雪莲．中国现代文学思潮的萌端［M］．北京：中国社会科学出版社，2014.

［27］蒋廷黻．中国近代史［M］．上海：上海古籍出版社，2001.

［28］刘小刚．清末民初翻译文学中的西方形象［M］．杭州：浙江大学出版社，2017.

［29］张之洞．劝学篇［M］．桂林：广西师范大学出版社，2008.

［30］汤哲声．中国文学现代化的转型［M］．南京：南京大学出版社，1995.

［31］杨联芬．晚清至五四：中国文学现代性的发生［M］．北京：北京大学出版社，2003.

［32］胡全章．晚清小说与文学转型［M］．北京：中国社会科学出版社，2012.

［33］夏志清．人的文学［M］．台北：台湾纯文学出版社，1984.

［34］陈汉才．康门弟子述略［M］．广州：广东高等教育出版社，1991.

［35］阿英．晚清小说史［M］．南京：江苏文艺出版社，2009.

［36］耿传明．来自“别一世界”的启示：现代中国文学中的乌托邦与乌托邦心态［M］．天津：南开大学出版社，2014.

［37］FOWLERR. *A dictionary of modern critical terms*［M］. London:Rutledge and Kegan Paul,1987.

［38］［德］瓦尔特·本雅明．德国悲剧的起源［M］．陈永国译，北京：文化艺术出版社，2001.

[39] [美] 勒内·韦勒克、奥斯·汀沃伦. 文学理论 [M]. 刘象愚、邢培明、陈圣生、李哲明译，杭州：浙江人民出版社，2017.

[40] 陈平原. 中国现代小说的起点——清末民初小说研究 [M]. 北京：北京大学出版社，2005.

[41] [美] 马克·吐温. 马克·吐温自传 [M]. 姜贵梅、楚春礼译，北京：中国书籍出版社，2017.

[42] [美] 罗德·布鲁姆. 小说家与小说 [M]. 石平萍、刘戈译，南京：南京译林出版社，2018.

[43] 袁进主编. 中国近代文学编年史——以文学广告为中心（1872—1914）[M]. 北京：北京大学出版社，2013.

[44] 谢仁敏. 晚清小说低潮研究——以宣统朝小说界为中心 [M]. 北京：中国社会科学出版社，2013.

[45] 严家炎. 二十世纪中国文学史 [M]. 北京：高等教育出版社，2010.

[46] 鲁迅. 中国小说史略 [M]. 北京：朝华出版社，2017.

[47] 许广平. 鲁迅回忆录 [M]. 北京：中国文史出版社，2020.

[48] 杨早. 清末民初北京舆论环境与新文化的登场 [M]. 北京：北京大学出版社，2008.

[49] 周作人. 鲁迅小说里的人物 [M]. 北京：北京十月文艺出版社，2013.

[50] 李欧梵. 铁屋中的呐喊 [M]. 尹慧珉译，北京：人民文学出版社，2010.

[51] [日] 竹内好. 近代的超克 [M]. 李冬木等译，上海：生活·读书·新知三联书店，2005.

[52] 陈方竞. 鲁迅与浙东文化 [M]. 长春：吉林大学出版社，1998.

[53] 田建民. 鲁迅、钱钟书论稿 [M]. 北京：人民出版社 2015.

［54］鲁迅. 中国新文学大系·小说二集导言［M］. 上海：上海文艺出版社，2003.

［55］鲁迅. 鲁迅全集［M］. 北京：人民文学出版社，2005，

［56］许寿裳. 我所认识的鲁迅［M］. 北京：中国文史出版社，2020.

［57］赵一凡、张中载、李德恩主编. 西方文论关键词［M］. 北京：外语教学与研究出版社 2006.

［58］朱彤. 鲁迅作品的分析第一卷［M］. 北京：东方生活出版社，1954.

［59］许钦文.《呐喊》分析［M］. 北京：中国青年出版社，1956.

［60］徐中玉. 鲁迅生平思想及其代表作研究［M］. 台北：自由出版社，1954.

［61］俞祖华. 深沉的民族自省——中国近代改造国民性思潮研究［M］. 济南：山东人民出版社，1996.

［62］李欧梵. 中国现代文学与现代性十讲［M］. 上海：复旦大学出版社，2002.

［63］夏志清. 中国现代文学史［M］. 刘绍铭编译，台北：友联出版社有限公司，1979.

［64］［法］西蒙娜·德·波伏瓦. 第二性［M］. 上海：上海译文出版社，2012.

［65］王宇. 性别表述与现代认同［M］. 上海：上海三联书店，2006.

［66］阎浩岗. 中国现代小说史论［M］. 北京：人民文学出版社，2006.

［67］杨春时. 现代性与中国文学思潮［M］. 上海：生活·读书·新知三联书店，2009.

［68］杨联芬. 边缘与前沿——杨联芬学术论集［M］. 北京：新星

出版社，2018.

[69] 王茂林. 晚清文化史 [M]. 合肥：安徽文艺出版社，2016.

[70] [英] 伊恩·瓦特. 小说的兴起 [M]. 刘建刚、闫建华译. 北京：中国人民大学出版社 2020.

[71] [美] 海登·怀特. 形式的内容：叙事话语与历史再现 [M]. 董力河译，北京：文津出版社，2005

[72] 宋教仁. 宋教仁日记 [M]. 长沙：湖南人民出版社，1980.

[73] [墨西哥] 奥克塔维奥·帕斯. 泥沼之子——现代诗歌从浪漫主义到先锋派（扩充版）[M]. 陈东飚译，南宁：广西人民出版社，2018.

[74] [加] 查尔斯·泰勒. 自我的根源：现代认同的形式 [M]. 南京：译林出版社，2001.

[75] [英] 安东尼·吉登斯. 现代性的后果 [M]. 南京：译林出版社，2000.

[76] 陈晓明主编. 现代性与中国当代文学转型 [M]. 昆明：云南人民出版社，2003.

[77] [法] 伊夫·瓦岱. 文学与现代性 [M]. 田庆生译，北京：北京大学出版社，2001.

[78] [美] 马泰·卡林内斯库. 现代性的五副面孔 [M]. 顾爱彬、李瑞华译，北京：商务印书馆，2002.

[79] DAVID LYON. *Postmodernity* [M]. Buckingham: Open University Press, 1994.

[80] [德] 于尔根·哈贝马斯. 现代性的哲学话语 [M]. 南京：译林出版社，2004.

[81] [英] 安东尼·吉登斯. 现代性与自我认同：现代晚期的自我与社会 [M]. 北京：生活·读书·新知三联书店，1998.

[82] [美] 马歇尔·伯曼. 一切坚固的东西都烟消云散了 [M].

徐大建、张辑译，北京：商务印书馆，2003.

［83］汪晖．汪晖自选集［M］．桂林：广西师范大学出版社，1997.

［84］茅盾．中国新文学大系・小说一集［M］．上海：上海文艺出版社，2003.

［85］宋林飞．西方社会学理论［M］．南京：南京大学出版社，1997.

［86］陈平原、夏晓虹．二十世纪中国小说理论资料・第一卷（1897—1916）［M］．北京：北京大学出版社，1989.

［87］雷锐．跨进现代——中国文学现代化之研究［M］．北京：人民出版社，2022.

［88］赵小琪．西方话语与中国新诗现代化［M］．北京：中国社会科学出版社，2002.

［89］郑大华．晚清思想史［M］．长沙：湖南师范大学出版社，2005.

［90］徐鹏绪、张俊才．中国文学现代化的先导——近代文学发展论纲［M］．天津：百花文艺出版社，1993.

［91］霍明琨．唐人的神仙世界——《太平广记》唐五代神仙小说的文化研究［M］．哈尔滨：黑龙江大学出版社，2007.

［92］杨义．中国古典小说史论［M］．北京：中国社会科学院出版社，2004.

［93］姜荣刚．留学生与晚清文学转型［M］．北京：中国社会科学出版社，2015.

［94］顾炎武著、黄汝成集释．日知录集释中册［M］．上海：上海古籍出版社，2010.

［95］夏晓红．觉世与传世——梁启超的文学道路［M］．北京：中华书局，2006.

［96］冯自由．康门十三太保与革命党［M］．北京：中华书局，

1981.

［97］胡适．五十年来中国之文学［M］．北京：人民文学出版社，1998.

［98］陈平原．中国小说叙事模式的转变［M］．北京：北京大学出版社，2010.

［99］周作人．新文学的要求——艺术与生活［M］．上海：上海文艺出版社，1999.

［100］杨伯峻．列子集释［M］．北京：中华书局，1979.

［101］［日］西川直子．克里斯托娃：多元逻辑［M］．王青、陈虎译，石家庄：河北教育出版社，2001.

［102］［法］热拉尔·热奈特．热奈特论文集［M］．史忠义译，天津：百花文艺出版社，2000.

［103］陈思和．中国新文学整体观（修订本）［M］．上海：上海文艺出版社．2000.

［104］杨义．中国现代文学流派［M］．北京：人民出版社，1998.

［105］李泽厚．中国近代思想史论［M］．北京：人民出版社，1979.

［106］梁漱溟．中国文化的命运［M］．北京：中信出版社，2010.

［107］张清华．中国当代文学中的历史叙事［M］．北京：北京大学出版社，2012.

［108］严家炎．论鲁迅的复调小说［M］．北京：北京大学出版社，2011.

［109］汪晖．反抗绝望——鲁迅及其文学世界［M］．石家庄：河北教育出版社，2000.

［110］［美］爱德华·W. 萨义德．文化与帝国主义［M］．李琨译，北京：生活·读书·新知三联书店，2003.

［111］鲁迅．中国小说史略［M］．济南：齐鲁书社，1997.

［112］［奥］弗洛伊德．梦的解析［M］．高申春译，北京：中华书

局，2013.

［113］周作人. 中国新文学的源流［M］. 南京：江苏文艺出版社，2007.

［114］［德］尼采. 查拉图斯特拉如是说［M］. 黄明嘉译，桂林：漓江出版社，2000.

［115］乐黛云、张辉主编. 文化传递与文学形象［M］. 北京：人民出版社，1999.

［116］程文超. 欲望的重新叙述——20世纪中国的文学叙事与文艺精神［M］. 桂林：广西师范大学出版社，2005.

［117］李欧梵. 未完成的现代性［M］. 北京：北京大学出版社，2005.

［118］贺红梅. “新启蒙”知识档案［M］. 北京：北京大学出版社，2010.

［119］［德］尼采. 悲剧的诞生［M］. 周国平等译，西宁：青海人民出版社，1995.

［120］陈思和. 中国现当代文学名篇十五讲［M］. 北京：北京大学出版社，2003.

［121］张清华. 存在之镜与智慧之灯——中国当代小说叙事与美学研究［M］. 福州：福建教育出版社，2010.

［122］［美］杰拉德·普林斯. 叙事学：叙事的形式与功能［M］. 北京：中国人民大学出版社，2013.

［123］林非. 鲁迅和中国文化［M］. 天津：南开大学出版社，2007.

［124］彭平一. 冲破思想的牢笼［M］. 长沙：湖南师范大学出版社，2000.

［125］张琢. 鲁迅哲学思想研究［M］. 武汉：湖北人民出版社，1981.

［126］鲍晶．鲁迅“国民性”思想讨论集［M］．天津：天津人民出版社 1982

［127］梁景和．清末国民意识与参政意识研究［M］．长沙：湖南教育出版社，1999：

［128］孟繁华．众神狂欢——世纪之交的中国文化现象［M］．北京：中央编译出版社，2003.

［129］连燕堂．梁启超与晚清文学革命［M］．桂林：漓江出版社，1991.

［130］［美］约瑟夫·阿·勒文森．梁启超与中国近代思想［M］．成都：四川人民出版社，1986.

［131］丁文江、赵丰田．梁启超长编年谱［M］．上海：上海人民出版社 1983.

［132］沙莲香．中国国民性［M］．北京：中国人民大学出版社，1988。

［133］郭延礼．中国近代文学发展史［M］．济南：山东教育出版社，1991.

［134］严家炎．中国现代小说流派史［M］．武汉：长江文艺出版社，2009.

［135］［美］戴卫·赫尔曼．新叙事学［M］．马海良译，北京：北京大学出版社，2002.

［136］格非．小说叙事研究［M］．北京：清华大学出版社，2002.

［137］李欧梵．中西文学的回响［M］．南京：江苏教育出版社，2005.

［138］刘忠．二十世纪中国文学主题研究［M］．北京：社会科学文献出版社，2006.

［139］栾梅健．二十世纪中国文学发生论［M］．桂林：广西师范大学出版社．2006.

［140］严家炎. 严家炎论小说［M］. 南昌：江西高校出版社，2002.

［141］［英］乔治·奥威尔. 我为什么要写作［M］. 董乐山译，上海：上海译文出版社，2007.

［142］［英］杰拉德·德兰蒂. 现代性与后现代性：知识，权力与自我［M］. 李瑞华译，北京：商务印书馆，2012.

［143］王治河主编. 后现代主义辞典［M］. 北京：中央编译出版社，2005.

二、期刊

［1］姜振昌. 呐喊彷徨：中国小说叙事方式的深层嬗变［J］. 文学评论，2006（05）：26—33.

［2］姜振昌. 故事新编与中国新历史小说［J］. 中国社会科学，2001（03）：164—175＋207—208.

［3］姜振昌、邢光. 中国文学现代转型的内趋力和基本趋向［J］. 理论学刊，2002（05）：119—120.

［4］张清华. “混乱的美学”：新世纪中国文学的狂欢化趋向［J］. 长城，2009（03）：146—159.

［5］张清华. 二十世纪中国文学的知识分子谱系［J］. 粤海风，2007（05）：53—59.

［6］黄子平、陈平原、钱理群. 论“二十世纪中国文学”［J］. 文学评论，1986（01）：292—293.

［7］刘呐. 辛亥革命时期至“五四”时期我国文学的变革［J］. 文学评论，1986（03）：60—74.

［8］李怡. 重估“现代性”思潮与中国现代文学传统的再认识［J］. 文学评论. 2002（04）：85—96.

［9］陈晓明. “历史终结”之后——九十年代文学虚构的危机［J］.

文学评论，1999（05）：36—47.

［10］刘呐．新文学何以为“新”——兼谈新文学的开端［J］．中国现代文学丛刊，2012（05）：1—14.

［11］裴争．从启蒙到民间——论故事新编的内在发展线索［J］．鲁迅研究月刊，2010（06）：23—27.

［12］钱理群．试论“五四”时期“人的觉醒”［J］．文学评论，1989（03）：5—6＋159.

［13］钱理群．沉默的鲁迅［J］．浙江社会科学，2003（01）：134—141.

［14］陈思和．现代知识分子觉醒期的呐喊：狂人日记［J］．杭州师范学院学报（社会科学版），2003（04）：26—38＋57.

［15］吴义勤、王金胜．“吃人”叙事的历史变形记——从《狂人日记》到《酒国》［J］．文艺研究，2014（4）：15—22.

［16］朱军．“吃人”叙事与中国文学现代性的开端——从《人肉楼》到《狂人日记》［J］．中国现代文学研究丛刊，2015（10）：84—94.

［17］张惠仁．辨“狂”——狂人日记若干问题初探［J］．教学研究，1979（03）：24—29.

［18］耿传明．清末民初小说中“现代性”的起源、形态与文化特征［J］．文学评论，2010（05）.

［19］耿传明．清末民初“乌托邦”文学综论［J］．中国社会科学，2008（04）：141—145.

［20］［乌兹别克斯坦］凯玫丽亚．谈虎客批点《东欧女豪杰》［J］．中国文学观念的背景与特质——古代文学理论研究（第四十五辑）中国古代文学理论学会专题资料汇编，2017（12）：389—400.

［21］罗晓静．“群”与“个人”：晚清政治小说与五四问题小说之比较研究［J］．文学评论，2012（06）：88—96.

［22］王学森．“吃人”的复活与永恒的现实精神———从狂人日

记到黑石头［J］. 新文学评论，2017. 6（04）：81—88.

［23］陈涌. 鲁迅与五四文学运动的现实主义问题［J］. 文学评论，1979（03）：3—20.

［24］李铁秀. 现实主义的象征：狂人？——《狂人日记》综论［J］. 中国现代文学研究丛刊，1992（02）：89—102.

［25］严家炎. 论鲁迅小说的历史地位［J］. 中国文学研究. 1982（04）：7—9.

［26］郭帅.《狂人日记》的哲学寓言形态及其意义［J］. 东岳论丛，2016（02）：121—126.

［27］袁盛勇. 人文觉醒的寓言化表达——作为启示录的〈狂人日记〉［J］. 福州大学学报（哲学社会科学版），2003（01）：50—54+112.

［28］朱羽. 革命、寓言与历史意识——论作为现代文学“起源”的《狂人日记》［J］. 杭州师范大学学报（社会科学版），2011（09）：55—60+79.

［29］龙永干. 现代觉醒者“呐喊”与“彷徨”的寓言——也论《狂人日记》［J］. 百家评论，2018（05）：105—111.

［30］耿传明. 清末民初‘乌托邦’文学综论［J］. 中国社会科学，2008（04）：176—190+208.

［31］吴义勤、王金胜.“吃人”叙事的历史变形记［J］. 文艺研究 2014（04）：14—22.

［32］都海虹. 新民丛报：思想启蒙的先锋［J］. 青年记者，2017（09）：105—106.

［33］周海波. 狂人日记与中国现代小说的建立［J］. 鲁迅研究月刊［J］. 2018（09）：33—42.

［34］王富仁. 中国鲁迅研究的历史与现状［J］. 鲁迅研究月刊，1994（12）：39—49.

[35] 袁少杰. 两篇《狂人日记》的比较 [J]. 社会科学辑刊, 1982 (2): 131—136.

[36] 梅希泉. 拿来主义和艺术创新——从两本《狂人日记》看借鉴与创新 [J]. 上海师范大学学报, 1989 (2): 53—58.

[37] 刘长. 其入人也深　其化人也速——从两篇《狂人日记》的结尾说起 [J]. 昆明师范高等专科学校学报, 1987 (2): 33—38。

[38] 刘长. 对两篇《狂人日记》的再思考 [J]. 惠州大学学报, 1998 (01): 51—54+67.

[39] 顾国柱, 龚红萍. 形似而实异　借鉴又创新——中俄《狂人日记》比较论 [J]. 毕节师范高等专科学校学报, 1994 (02): 29—34.

[40] 周音, 李克臣. 试论鲁迅的《狂人日记》与安特莱夫的《墙》[J]. 中国现代文学研究丛刊, 1982 (04): 234—246.

[41] 王本朝. "吃人"的寓言与象征——鲁迅《狂人日记》与安特莱夫《笑》[J]. 广东社会科学, 1993 (1): 61—64.

[42] 高旭东. 拜伦的《该隐》与鲁迅的《狂人日记》[J]. 苏州大学学报, 1985 (2): 71—73+64.

[43] 苏晖. 超越者的悲剧——《哈姆雷特》和《狂人日记》[J]. 外国文学研究, 1992 (1): 62—67.

[44] 李春林. 鲁迅的《狂人日记》和陀思妥耶夫斯基的《穷人》[J]. 河北学刊, 1988 (4): 100—106.

[45] 王确.《狂人日记》和《浮云》的创作启示 [J]. 东北师大学报, 1992 (6): 80—84+93.

[46] 张薇. 试论《狂人日记》与《荒原狼》[J]. 南通师专学报, 1997 (2): 4—17.

[47] 胡志明. "恐惧"的诗学——《变形记》与《狂人日记》[J]. 山东大学学报, 2000 (6): 24—27+32.

[48] 方文开. 来自大洋两岸不同背景下的"呐喊"——从《麦田

里的守望者》和《狂人日记》的比析中看人类面对困境的反思［J］. 荆州师范学院学报，2003（1）：89—93.

［49］税海模. 《堂·吉诃德》与《阿Q正传》《狂人日记》的跨文明比较［J］. 乐山师范学院学报，2005（1）：43—47.

［50］张冬梅. 《狂人日记》和《黄色糊墙纸》叙事艺术比较研究［J］. 中州学刊，2006（4）：232—234.

［51］章小叶. 《我是猫》与《狂人日记》表现手法之比较［J］. 福建师范大学福清分校学报，2006（1）：63—66＋75.

［52］王海燕. 迫害狂、恐惧及其隐喻——《狂人日记》与《地洞》的比较研究［J］. 上海鲁迅研究，2020（01）：163—176.

［53］吴晖湘. 20世纪家族小说叙述方式的转换——以《狂人日记》《激流》《财主底儿女们》《白鹿原》为个案［J］. 湖南大学学报，2003（6）：91—94.

［54］许祖华. 从《红楼梦》到《狂人日记》——20世纪中国家族小说传统溯源［J］. 华中师范大学学报，2005（6）：110—115.

［55］张磊. “吃人”意象的精神对应——鲁迅《狂人日记》和莫言《酒国》之比较［J］. 鲁迅研究月刊，2002（5）52—56.

［56］杜玉梅. 生存思考中沉重的突围——《狂人日记》与《一地鸡毛》知识分子主体形象比较［J］. 东岳论丛，2006（5）：193—194.

三、学位论文

［1］裴争. 痴狂叙事与现代中国小说［D］. 吉林大学博士学位论文，2018.

［2］宫爱玲. 现代中国文学疾病叙事研究［D］. 山东师范大学博士学位论文，2007.

［3］杨熔. 鲁迅与沈从文“疯癫”“痴傻”书写研究［D］. 东华理工大学硕士学位论文，2018.

［4］谢琼．绝望与反抗：中国现代文学“疯癫”现象分析［D］．华侨大学硕士学位论文，2013．

［5］尹延安．传教士中文报刊译述语言文化研（1875—1907）［D］．东北师范大学博士学位论文，2013．

［6］林红玲．清末民初国民意识生产与嬗变的历史考察［D］．吉林大学博士学位论文，2015．

［7］李志梅．报人作家陈景韩及其小说研究［D］．华东师范大学博士学位论文，2005．

［8］赵琳娜．陈景韩翻译中的日本影响［D］．陕西大学硕士学位论文，2017．

［9］辛亭亭．陈景韩的“三重身份解读”［D］．苏州大学硕士学位论文，2015．

［10］倪宏玲．文化守夜人与后期寻根文学的精神特征［D］．青岛大学硕士学位论文．2007．

［11］薛伟强．满汉矛盾与晚清政局（1894—1912）——以统治阶级上层为中心的考察［D］．河北师范大学博士学位论文，2012．

［12］胡艳琳．文学现代性中的生态处境——世纪中国文学现代演进中的自然之维［D］．北京大学博士论文，2012．

［13］林朝霞．现代性与中国启蒙主义文学思潮［D］．厦门大学博士论文，2007．

［14］齐琳正．哈贝马斯的现代性理论——兼论现代性视阈下中国社会的启蒙问题［D］．华中师范大学硕士论文，2017．

［15］李凌．从“人”的解放看鲁迅与胡适的内在精神联系［D］．河北大学硕士学位论文，2003．

［16］庄逸云．清末民初文言小说史［D］．复旦大学博士学位论文，2004．

［17］朴捧淳．晚清四大谴责小说艺术研究［D］．北京师范大学博

士学位论文，2001.

[18] 李音. 晚清至五四：文学中的疾病言说 [D]. 华东师范大学博士学位论文，2009.

[19] 赫灵华. 鲁迅序跋研究 [D]. 延边大学硕士学位论文，2006.